可凡倾听 | 龍前虎後

上海人民出版社

《可 凡 倾 听》

总 监 制 滕俊杰 杨文红 李 勇 储敏达 张建明

监　　制 尹庆一

策　　划 曹可凡

王　群

制 片 人 石　岚

主　　持 曹可凡

导　　演 沙　琳

吕庆云

郭　璐

贾　如

资　　料 王　啸

摄　　像 冯建国

灯　　光 李建中

造　　型 许茂红

平面摄影 毕悦平

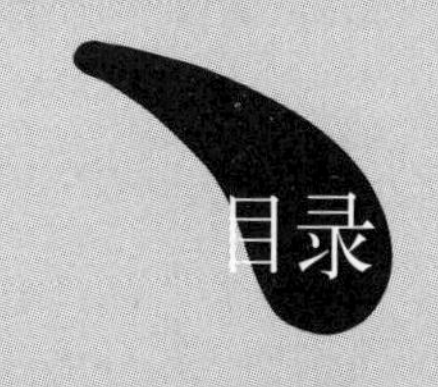

目录

目录

智力

定力

勤力

热力

我有一段情

我爱倾听

白 桦

可凡要我为他的新作写序，虽然我不大会写序，也不大为人写序，但我没有拒绝，因为我喜欢他和他的节目，而且当即就有一种奇想：给《可凡倾听》写序不是很容易的事么？把它的目录抄一遍可能就是一篇序言。那些如雷贯耳的受访者们，大部分都是具有世界影响的政治家、文学艺术家，以及拥有数以万计“粉丝”的明星，其中有歌手、画家、演员。人们都熟悉他们的容貌和成就，却难得知道他们的生活和内心。记得可凡开始在屏幕上主持节目的时候，还是个翩翩少年。我曾预言，他会深受观众和他的受访者所喜爱，因为他睿智、诚恳、和蔼、宽容、亲切而且才思敏捷。后来的事实证明，无论是显赫的政要，还是光彩四射的明星，在可凡的诚恳的“倾听”下甚至像儿童那样天真烂漫地“倾吐”着自己的衷肠，可凡很快就得到了所有受访者的信赖。因此，我们就有福分了，当他们在向“倾听”者“倾诉”的时候，作为屏幕前的观众也就“倾听”了他们的“倾诉”。我经常听到《可凡倾听》的观众说：怎么？那些赫赫有名人物都和我们一样普通！这些熠熠生辉的明星都是从普通人群中走出来的啊！银幕上的硬汉子杨在葆原来是那样深情，妻子辞世多年，他却一直恭恭敬敬地赡养着岳母、而且奉为家长。张韶涵竟然在洗车房和餐馆打过工！我至今还记得，日本女演员栗原小卷走进《可凡倾听》的样子，当她谈到电影《望乡》的时候，一种忧伤的美使我肃然。不仅是日本，几乎所有民族的女性都有一首长长的悲歌。1981年《望乡》的原作者女作家山崎丰子来上海看我，和我讨论过许多问题，也谈到日本民族的悲情，她认为：“智者才能听懂民族的悲歌，中国有一个成语说得多好啊！‘悲从中来’，‘中’就是心呀！”

我在“倾诉”者和“倾听”者的眼睛里看到的是智者的光芒，每每给我以十分深刻的启迪。当可凡静静地面对安德烈·波切利的时候，我没有感觉到波切利是盲人，可凡在访谈时，和他合作绘制出无数张美丽的图画。安德烈·波切利谈到帕瓦罗蒂时向可凡这样倾诉：“许多突如其来的变故对于所有人（我想，他指的是艺术大师们），至少对很多人来说，都是悲剧。但遗憾的是，在那个时候，有太多人忘记了他的天赋，太多人忘记了他曾经带给这个国家的震撼，忘记了他奉献给这个国家的荣誉。”我深有同感，我们不也是这样吗？仅仅在历史上，就有屈原、李白、徐渭这样的旷世奇才……不胜枚举。可凡对汤氏人家的专访，十分细密地把中国艺术家的命运展示了出来，让人不胜唏嘘，既有不幸，又有侥幸，也有幸运，汤晓丹一家就是在不幸——侥幸——幸运中沉浮，幸运是什么？是机遇，但机遇也不是等来的，也需要拥抱机遇的勇气。应该说，最终他们还是幸运的。幸运的汤沐海在少年时，妈妈给他买过一架手风琴，那时候买一架手风琴需要多大的财力和动员多么大的人际关系啊！可怜天下父母心！就是那架手风琴，奠定了汤沐海今天乐坛大师的地位。他在三十多年后重新抱起还幸存着的手风琴的那一刻，他的幸福实在是难以言表！他们的成就在另一方面又说明大师并非遗传，依然是“业精于勤”，依然是“梅花香自苦寒来”。诚然，电视是大众媒体，给予观众的是无穷的愉悦，即使是莞尔一笑也是好的，但不能让人傻笑，尤其不能总是让人傻笑，人们还有更多更高的要求。走进《可凡倾听》的人物有各行各业的专家学者，访谈内容不仅是他们的人生经历，还涉及多种学科。这有多么宝贵啊！“与君一席话，胜读十年书”，《可凡倾听》等于多少书呢？难以数计。我只能用八个字作为这篇序言的结语：琳琅满目，美不胜收。

可凡与《可凡倾听》

杨　澜

与可凡合作大概有二十年了吧。

我们共同主持过的晚会应该超过五十场，又因为分别主持两档人物访谈节目《可凡倾听》和《杨澜访谈录》而成为同道。

我们还有一个共同点，就是都非播音主持科班出身。他在大学里学的是医科，我学的是外语，后来又学国际关系。这让我们在主持风格方面较少程式化的播音腔，在入行之初还是给观众带来一点新鲜感的。专业的背景和因此形成的某种学习能力、思考能力，又很好地融进我们的主持，并使之在内容上不至于太过轻薄。这让我们有不少共同语言。

有一段时间，我们甚至还做过邻居。

所以当他请我为2010年的《可凡倾听》写序时，我立即就答应了。

访谈节目是最容易的，又是最难的。容易的是形式，一问一答，两人坐在那儿对谈，没什么花里胡哨的流程与环节；它又是最难的：正因为形式简单，所有的吸引力都在谈话的内容里，所以特吃功夫。谈话的人几斤几两，立分高下。我们还必须在嘉宾选择方面兼顾节目深度和收视率，并常常因此纠结，甚至要做出妥协。有时可凡采访一些娱乐圈的年轻明星，看他努力表现出对一些八卦话题的兴趣，我心里就不禁感慨道：容易吗？！

在积累了一些人生阅历后，我越来越强烈地感到：世界上没有什么完美的工作环境。你只有在种种条件的限制下，努力做出一点让自己感到骄傲的事情。我和可凡大抵都有能力做一些很热闹的节目，一天录几集，效率很高，不像访谈节目耗时耗力。在谈话节目产量减少，播出时间被边缘化的电视生态中，我们还孜孜不倦地做着两档文化类的访谈节目，恐怕也还是与内心的一份骄傲有关吧。

外人常认为访谈者“不懂就问”，殊不知一个好的访谈节目主持人必须是“先懂才问”，懂的是基础知识，问的是更深的见地。我最喜欢看可凡的两类节目：艺术界人士的访谈和与上海相关的话题。可凡对戏剧、书画都有长年的研究，更重要的是兴趣和爱好，所谓“好之者不如乐之者。”他本人也是书画和古董的收藏者。这让他在与艺术家对谈时总能一拍即合，谈到点上。

从京剧的流派到国画的传承，他娓娓道来，如数家珍；但又绝不炫耀知识，而是能够深入浅出道出不少典故传奇，使谈话趣味盎然。

让我印象最深的是他抢救性地采访了一批国画大家，使他们在生前就自己的艺术道路留下了珍贵的资料。可凡与程十发先生情同父子，老先生常常拿出自己收藏的明清时期的名家作品与可凡一同鉴赏，这让可凡见识了不少“好东西”，也对国画的发展慧眼独具。比如他当时问程十发先生“今人为追求画作的冲击力常钟情于大尺幅的作品，您怎么看待这个问题？”十发先生答曰：“一幅好画，必是大中见小，小中见大。”问的到位，答的精辟。貌似随意的一个问题，若是在此方面毫无功底的人是问不出来的。有时，必须有好的提问，才能激发被访者的谈兴！

在2010年的《可凡倾听》中，我最欣赏他对汤氏艺术人家的采访。老一代电影导演汤晓丹先生（曾导演过《南征北战》、《红日》、《渡江侦察记》等经典故事片。）他的夫人蓝为洁女士（剪辑师、作家），还有他的儿子，画家汤沐黎，指挥家汤沐海，交叉接受了曹可凡的采访。他们不仅说出许多鲜为人知的家庭趣事，更引发了半个多世纪的时代追忆和家国情怀。从抗日战争时期的重庆，到“文化大革命”中一分钱的汤水；从两个儿子远渡重洋的苦苦求索，到一家人在澳大利亚团聚的相拥而泣，无不感人至深。选题的独家性，谈话的延展性和内在张力，体现了可凡对时代和艺术话题的驾驭能力，更以浓浓的人情味给观众带来感叹与共鸣。

可凡对上海的历史也有相当深入的了解。这座城市的变迁，海上闻人的种种趣事，他信手拈来，显现出扎实的功底。

记得一次指挥家陈燮阳先生参加上海的春节晚会，正巧住在香港的上海三四十年代的当红歌星吴莺音女士也在场。作为主持人，可凡随口道出吴莺音当年的代表歌曲《我有一段情》，这正是陈燮阳的父亲陈蝶衣先生的作品，而这首人们公认的情歌其实是当年陈蝶衣先生写给远在异地的陈燮阳的！一曲相思，一段往事，让两位老人都相当激动。这令同为主持人的我深深佩服！只有往日里点点滴滴的积累，才有这一刻的才华横溢。

可凡曾在2010年春节策划制作了5个小时的特别系列“阿拉全是上海人”，在上海地区的收视率创造7%的佳绩。卢燕、周采芹、潘迪华、姚明、刘翔、陈冲、毛阿敏，连我这个生在北京的上海人也被他“挖掘”出来，用上海话接受了他的采访。我回忆小时候外婆家弄堂里的柴米油盐，也谈吴征的爷爷吴凯声大律师十里洋场的传奇故事。上海够大，容得下叱咤风云的大人物，也养得活早出晚归的小市民；学得会西洋的戏法儿，也留得住祖宗的玩艺儿。收放自如的气魄，海纳百川的胸怀，让这座城市如此与众不同，也通过可凡这一匠心独具的系列访谈活色生香，有滋有味地呈现在观众面前，引起观众极大的兴趣和响应。与自己生活的城市同声同气，可凡不仅做到了，而且做到位了。

访谈节目往往带着主持人的深深烙印。他的所思所想，个性爱好，都在节目中潜移默化地展现出来。其实，能拥有一档自己有掌控力的访谈节目是主持人的幸福。可凡心广体胖，应该与此也有关吧。希望他把《可凡倾听》继续做下去，并增加其中非他莫属的特色选题的比重。我知道，这不完全取决于他。但，以他的智慧，一定可以做到！

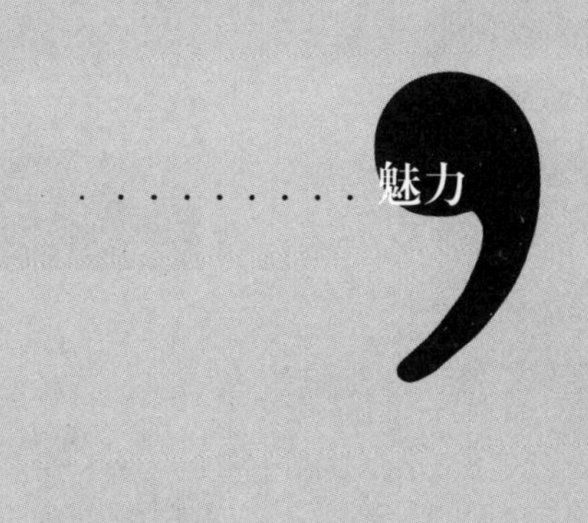

魅力

魅　力

侠骨柔情当是你——阿兰·德龙专访

阿兰·德龙,法国第一美男子。虽然他从来没有接受过电影表演方面的专业训练,但是凭借天资聪慧,阿兰·德龙很早便在影坛闯荡出一片属于自己的天地。他有着一双深邃如海的眼睛,他的外貌俊秀得让人屏息,他无与伦比的优雅气质与绅士风度尽在举手投足间洋溢。那些温柔情人抑或是风流倜傥的英雄角色,绝对非他莫属。在中国,阿兰·德龙的名字可以说是家喻户晓。这位近乎完美的男人不仅是少女们的梦中情人,更是每个小伙子崇拜的偶像。无论是演除暴惩恶的侠客,还是冷酷无情的杀手,阿兰·德龙都能轻而易举地使影迷折服。而阿兰·德龙在中国影迷们的心目中最无法动摇的经典角色恐怕当属那位一袭黑衣、剑法高超的佐罗了。都说"人过七十古来稀",但是阿兰·德龙却从未停下事业的脚步。无论在影视圈还是商业圈,阿兰·德龙依旧雄心勃勃,继续书写着他不朽的神话。

阿兰·德龙和曹可凡

曹:阿兰·德龙先生您好!很荣幸在世博会期间,能够在法国馆对您做访问。您是不是知道您在中国,特别是在上海,拥有非常广泛的影迷?

阿:我知道这一点,我非常高兴。我与中国之间可以说有一段悠长的爱情故事,至今已经35年了。

曹:您是不是知道,其实在我们这代人的心目当中,您绝对是我们的偶像?我采访过世界上很多非常重要的人士,可是今天我见到您,还是有一点紧张,因为我是您的超级粉丝,我很少对我的被访嘉宾这么说。

阿:您这样说我很不好意思,您别紧张,千万别在意。要知道,现在喜欢我的人主要是妈妈级的,我常常碰到一些年轻姑娘,她们总是告诉我:我母亲非常喜欢您,当然年轻姑娘也有喜欢我的。

曹：我相信今天您走在大街上，一定还是有很多中国的女孩子会为您倾倒。

阿：对，我想会的。

银幕上的阿兰·德龙酷感硬朗，无论是演正邪何种角色都能深入人心。在中国，阿兰·德龙就是法国男人完美的形象代表，这也正是他被选为上海世博会法国馆的形象大使的重要原因。在以感性城市为主题的法国馆内，阿兰·德龙携手美丽大使巩俐共同出席，更为这座水韵柔美的法国馆增色不少。

曹：这次您是作为法国国家馆的形象大使来到中国，来到上海。您给我们介绍一下，您为什么会愿意承担这样一个责任，来做这样一个工作？能不能给我们介绍一下，怎么通过法国馆来介绍法兰西的文化，以及他们的高新技术？

阿：事情很简单，2010世博会法国组委会的负责人向总统先生推荐由我担任这个工作，萨科奇先生同意了。我的任务很清楚，就是接待来参观法国馆的人士，比如今天，我就要在这里接待来为法国馆揭幕的萨科奇总统。他还对我说："在中国，你是法国的形象代表，所以由你来做法国馆的形象大使是再自然不过的了。"当然，这个头衔完全是荣誉性的。5、6月份我还要来上海多次，6月21日，我们要在这里举行音乐节，我将在上海逗留一个星期，参加一些文化艺术活动，并在法国馆接待来此举行婚礼的中国新人。我会尽力做好代言人的角色，法国人民、法国总统选择了我做这个工作，我非常荣幸，对我来说这件事很重要。

曹：听说在法国馆展出期间，还有一部您执导的音乐剧，叫做《温柔的法兰西》。我知道这是上个世纪40年代法兰西非常流行的一首歌，能不能介绍您执导的这部音乐剧？

《佐罗》剧照

阿：这个就是6月21日的节目。您知道，法国40年代歌坛有两位大师：夏尔·特耐和埃蒂特·皮亚芙。夏尔·特耐就是歌曲《温柔的法兰西》的作者。这首歌至今在法国还脍炙人口，常常被人们挂在嘴边。我给您唱两句："温柔的法兰西，我亲爱的童年的国度。"

曹：真美！我来到法国馆，发现整个法国馆的建筑,采用了一个真实的法国庭院的那么一种设计风格,让所有的参观者能够有一种回归自然的感觉,特别符合现代的环保、低碳的理念。您是不是也非常认可这样的一种设计的方案?您生活当中,是不是也是一个特别注意低碳、环保的人?有什么样的相类似的生活习惯?

阿: 确实,法国馆的建筑设计充分体现了法国风格,它是由建筑师雅克·费里耶设计的。它的格调恰恰是我非常喜欢的,因为我是个乡下人,我在巴黎工作,但住在乡村。乡村给我带来宁静,是我的避风港。

在银幕上我们所见到的阿兰·德龙,大多是些锄强扶弱粗犷豪迈的英雄形象。不过褪下银幕光环,阿兰·德龙其实更热衷于参加慈善公益活动。他不仅喜欢动物,更毕生致力于保护世界环境。

曹: 您生活在乡下,是不是有一些特别的习惯使您注重低碳、环保?或者说您可以向大家介绍,在生活当中我们可以有一些什么方法做到低碳、环保?

阿: 追求低碳、环保的生活可以说是我主要的事业,我是很多环保组织的成员,这些组织的工作范围不仅仅是法国,我们致力于保护全球环境,包括陆地,海洋。我还和碧姬·芭铎小姐的环保组织合作,她的组织每天都在为保护环境、保护动物而奋斗。

曹: 我经常看到有一些照片,您和一些可爱的狗一起合影,是不是您平时对动物特别特别喜欢?

阿: 狗是我的至爱。我要告诉您一个秘密:在我的庄园里有一座狗墓地,里面埋葬了35只狗,每只狗都有自己的墓碑,上面刻着自己的名字。这些狗陪我度过了很多美好时光,我从它们那里得到的温情比从人类那里更多。我在墓地中间造了一座小教堂,并征得当局同意,我死后要埋在教堂里,埋在我的狗狗们身边。

阿兰·德龙和狗

阿兰·德龙与米勒的《晚钟》

曹：非常有趣！我们再回到法国馆，这次法国馆里面有7件从奥赛博物馆拿过来的珍品，其中包括有罗丹、塞尚、高更，还有梵高的作品。如果让您选一件的话，您会选择哪一件？

阿：米勒的《晚钟》，我想我会选择米勒的《晚钟》。这些画作实在精美之至！精美之至！这是总统先生的主意，目的是要让中国观众有机会欣赏法国艺术的精品。这7幅画是法国文化遗产的精华，有米勒、莫奈、马奈等等。

曹：为什么您最喜欢米勒的《晚钟》？

阿：因为这幅画最能引起我的共鸣，画面表现了一对夫妇，在田里听见了远处传来教堂的钟声，于是停下手中的工作，开始祈祷。非常美，表现了大自然，也很具有象征意义。当然了，赵无极的画也不错。

曹：在法国有两位非常著名的中国画家，赵无极和朱德群。当您看这两位中国画家的作品时，您的第一个反应是什么？

阿：我对他们并没有特别的爱好，其实我不太热衷当代艺术，我的口味偏重19世纪，印象派和后印象派的作品。他们在画作里释放自己，表达自己，我也觉得画面挺美，很美，喜欢看而已。但他们的作品并不会让我震撼。

阿兰·德龙自幼父母离异，他由母亲埃迪特一手带大。支离破碎的童年时光铸成了阿兰·德龙桀骜不驯的秉性。他无心向学，不到十八岁便报名当兵。阿兰·德龙是典型的花花公子，他的身边从来不缺少女人。不过在众多女友当中，唯独他与"茜茜公主"罗密·施耐德的"世纪罗曼史"被传为传奇佳话，不过最终两人还是分道扬镳。可惜罗密后来因丧子之痛而撒手人间，阿兰·德龙则带着怀念依然坚强地拥抱生命。这位昔日的问题少年不仅成为了国际影坛巨星，他还开创了以自己名字命名的品牌：阿兰·德龙。

曹：其实在我们中国人的眼中，法国，特别巴黎，是一个时尚之都。巴黎的时装设计、香水、所有的化妆品，都是中国人非常喜爱的。比如说您也用自己的名字命名了香水等等，我还用过您阿兰·德龙的香水。会不会在这次法国馆当中，也向大家推荐这样一些非常有意思的、给人们带来美的奢侈品？

阿：身为法国馆的形象大使，我可没想过在世博会推销我自己的产品，我觉得这样做是不合适的，太喧宾夺主了。

曹：我一直认为一个艺术家是很难在商业领域有所成就，您觉得自己有商业方面的天赋吗？

阿：这不是什么天赋的问题，要点是要了解自己面向的人群。我更愿意跟中国人做生意，因为他们喜欢我，这要比跟那些对我不感兴趣的人打交道容易得多。我确实偏重亚洲市场，中国，韩国，日本，因为这里的人民是世界上最喜欢我、欣赏我的。不管是电影还是香水，我在这里都更容易成功。其实，正是通过中国，法国人才知道我原来还有自己的产品，也是通过中国，法国人才知道我原来是个世界级偶像。暂且撇开我的产品不谈，有一件事，是我希望在有生之年能做的，我要郑重其事地对着镜头说，我希望在离开人世以前，能来中国拍一部电影。请记住我的愿望，我想在中国，跟吴宇森、杜琪峰拍电影。

阿兰·德龙与罗密·施耐德

曹：吴宇森导演曾经多次提到您，我也知道您曾经和杜琪峰导演有过一次合作的机会，可是一直没有最终实现。能不能透露一下，您和这两位导演有一些什么样的实实在在的计划细节吗？

阿：这取决于他们。我是很想在上海，或者在香港拍一部电影，但这决定权在他们。吴宇森曾经亲口对我说过，他对我的电影、我的事业是多么欣赏。我真的很想跟他一起做点什么。

曹：您想象当中，如果和中国来合作拍一部电影，你希望演一个什么样的角色？

阿：这完全取决于剧本，如果剧本的内容是我喜欢的话，我当然就会去拍；但是如果这部剧本我并不喜欢，那我想我是不会出演的。

曹：您主观上想演一个什么样的角色？如果让你来选择一个角色。

阿：那我会慢慢选的。

一提起《佐罗》，中国观众最先反应的肯定是两个名字：阿兰·德龙与童自荣。长期以来，字母“Z”不仅仅是一个简单的符号，它让人联想起那位一身黑衣、除暴安良的蒙面侠佐罗。而在那个年代，阿兰·德龙俨然成为了男性形象的代名词。

曹：今天您在这个节目里面说的话，可能对于中国的观众来说都非常新奇，因为他们第一次听到您本人用自己的声音说话，他们听到的大多是一个特定的配音演员为您配音

访问中国时阿兰·德龙和童自荣在一起

的,那就是著名的配音演员童自荣先生。我不知道您 1987 年来中国的时候,有没有和您的这位中国声音的代言人有过见面?因为大家耳朵里的阿兰·德龙的声音,其实是他的声音。

阿: 对,我的确见过,我至今还记得,我们还有一起的合影。1987 年我来中国,在上海,在《佐罗》上映后,我和童先生一起跟媒体见过面。

曹: 在《佐罗》和《黑郁金香》这两部电影当中,您都是扮演那种风流倜傥的民间英雄,是不是您觉得自己的个性非常适合这样一些角色,或者您偏爱这样一些角色?

阿: 关于电影角色的选择,我确实觉得相比之下,眼下的世博会更让我觉得兴奋异常。关于我的电影,我的往事,我一定要约你在世博园外继续讨论这个话题。请答应我。

同样都是身披黑衣、劫富济贫的侠客,不过阿兰·德龙在《黑郁金香》中的形象多了份桀骜不驯、风流不羁。在片中,阿兰·德龙更是破天荒地一人饰演两个角色,让人叹为观止。

曹: 对于中国人来说,法兰西文化给我们的感觉只有一个字是"美",您个人也是被称为欧洲百年来最美的美男子,您对"美"这个概念是怎么看的?

阿: 应该问问现场的姑娘们,她们是否同意您的说法。我自己认为,我的一切都来自于我母亲的优秀基因,我母亲造就了今天的我,我的一切归功于她。

曹:我知道您1987年首次来到中国,登上了长城。23年之后重新来到中国,这次您看到的中国和您上次来的时候所看到的,您觉得最大的区别是什么?

阿:我并没有游览整个中国,但我见到了上海,我看到了上海的变化。上次来的时候,外滩对面光秃秃的什么都没有,现在那里一片宏伟的景象。上海使纽约和巴黎这样的城市都落后了,纽约和巴黎应该猛醒了。

曹:人们常常把上海称作是东方的巴黎,所以希望阿兰·德龙先生可以到上海来,经常住一住、走一走、看一看!

阿:对,巴黎该醒醒了。我希望自己能常来。我觉得自己出生得太早了,如果上帝允许我再多活几年,我想亲眼看看中国变得更为强盛的那一天,我希望这一天早点到来。

曹:非常感谢!

其实在那迷人的微笑下,阿兰·德龙淋漓尽致的演技更为令人惊叹。无论是阴险狡诈的骗子、冷酷无情的杀手,还是柔情似水的情人、劫富济贫的侠客,阿兰·德龙都能轻而易举地虏获影迷们的心。阿兰·德龙所追求的就是不同凡响的人生,一切都要按照他自己的方式来打造。仿佛阿兰·德龙就是自己人生这出戏的导演,让人不得不钦佩他的睿智。

别说再见——安德烈·波切利专访

2010年上海世博会开幕式晚会，浦江两岸烟花绽放，万众欢腾。这一刻，没有比《今夜无人入睡》这首咏叹调更能准确描绘此番胜景。当晚唱响这一旋律的，正是我们熟悉的安德烈·波切利。2002年他以歌声为世博申办成功一周年喝彩，8年后他果然又来了，就像他自己总结的，别说再见，经常再见。波切利，这位横跨古典、民歌、流行三大领域，歌唱、演奏、创作无所不能的传奇人物，用歌声为我们带来那片属于他家乡托斯卡尼的艳阳。

安德烈·波切利

曹： 波切利先生您好，非常高兴见到您。这次您来到上海，用美妙的歌声为上海世博会放声歌唱，而且您也曾经来过上海演出。您对世博会，对上海有什么新的期待？

波： 上海是一座令人难以忘怀的城市，因为来到这里，人们会期待着接触到中国的传统和文化，发现它与西方世界之间存在着的差异。但总的来说，这是一座和我们的世界非常相似的城市，充满西方气息。而它的优势又在于，在黄浦江的一边，老城的传统得到了很好的尊崇和延续。总之，我觉得这座城市所具有的两面性会让它变得非常有趣。

安德烈·波切利和宋祖英

曹： 听说您1998年，当自己的事业正要开展的时候，您就特别想来中国开您的演唱会，可是等待了漫长的6年之后，您才如愿以偿。为什么那么希望到中国来举办您的音乐会？

波：即使我们说今天的世界因为科技、网络等因素而变得很小，事实上，它依旧很大，因为人们必须坐飞机长途旅行。确实，长久以来我一直梦想着能够来到中国，只是之前忙于环球巡演，从美国开始，再到古老的欧洲。因为没有替身可以为我演唱，所以确实经过了漫长的等待，我才最终实现了这一梦想。中国是一片神奇的土地，有着13亿的人口，它所散发出的无穷魅力让所有人都难以抗拒。如果可能，我真希望可以多来中国进行演唱。

当你感到幸福的时候会闭上双眼，当你唱到动情之处会闭上双眼，但波切利的幸福和动情，是收拾起儿时的创伤一路走来的。一出生就患上严重青光眼的波切利，在一次快乐的足球比赛中被球砸中眼睛彻底失明。黑暗中他痛苦万分，直到那老唱机的音乐重新照亮了他幼小的世界。

曹：您是不是从小就是一个对音乐特别敏感的孩子？当您聆听那些唱片的时候，您可以通过那些歌剧的咏叹调，进入另外一个别人无法到达的世界，在那样一个美妙的世界里，您可以忘掉所有的一切？

波：音乐当然能够帮助我们更好地生活，更平和、更轻松地生活。是的，自孩提时代起，我就一直活在音乐之中。现在再次面对这样的问题，我的回答还是和从前一样。我想说，这些年环球巡演，我所收获的很大一部分精神财富都应当归功于音乐。正是我对音乐的热爱引导我慢慢走向这门语言，走向这门触动了人们心灵的语言。所以，是的，我一直生活在音乐之中，我聆听音乐，并且无时无刻地在内心聆听它。

曹：您小的时候在寄宿学校里边读书，我知道您那时候在班级里为学生和老师唱了一首《我的太阳》，这是不是您第一次在公众场合演出？尽管这么多年来，您听惯了掌声，可是那个晚上听到的掌声让您至今记忆犹新？

波：是的，那是永远不会被忘却的回忆，给我留下了极为深刻的印象。我记得那是一次年末演出，台下有许多学生，忙碌的学生。当时我并不怎么喜欢在公众面前演出，有点心不在焉。所以轮到我的时候，我还有点紧张，因为我想也许没有人会听，没有人会愿意听我唱歌。记得在几个音符过后，我感觉到一片寂静，随后，在我唱完整首歌时，台下就爆发出了雷鸣般的掌声。当时我并没有意识到这其实就是一个里程碑，一个明确的里程碑，一个后来我才懂得的标志。慢慢的，当几乎每天都有人要我唱歌，我才逐渐明白，那也许就是我的归宿。

以波切利今天的声誉，许多人都误以为他走了很长一段职业道路，事实上，波切利30岁才踏入歌坛，乃大器晚成之才。当初也许是怕唱歌维持不了生计，波切利大学选的专业是法律。而正是法律系的专业训练，让他比一般歌唱家多了许多哲学性的思考，还有出口成章的语言魅力。

曹：您读大学的时候，为什么没有选择音乐而是选择了法律，是因为您对法律特别有兴趣么？

波：这恐怕是整个采访中最难回答的一个问题了。因为事实上，对于当初为什么会选择学习法律，我自己也找不到一个明确的答案。也许是因为家族传统吧，我有一些从事律师行业的亲戚，叔叔伯伯，不知不觉地也就被律师领域吸引了。可能也是因为当时觉得要走进音乐的世界，对我来说还为时过早吧。也许我们的命运早已被安排好，总有一个时刻是正确的，它不会过早地出现，也不会姗姗来迟。也许在这场环游世界的旅行里，正是需要一些音乐以外的知识才能来回答您的问题。

曹：听说您在大学求学期间，对马克思的著作很有兴趣。您还曾经写过一篇有关马克思《论雇佣关系》的论文？

波：是的，我对马克思主义有着非常浓厚的兴趣，因为这是一门在多国人民的实际生活中都得到广泛应用的哲学。所以在高中毕业时，我写了一篇有关马克思和恩格斯的论文。我研读了《共产党宣言》，又了解到在《资本论》中有对雇佣关系的阐述，所以仔细阅读了马克思的《资本论》，写了一篇关于这些理论的文章，而这些马克思主义的理论也让我自己得到了提升。

安德烈·波切利和曹可凡

曹：您在大学期间，我知道您很帅，又很有艺术气质，是不是很受到女孩子的青睐？

波：那可没有。作为男生，我从来就不受女孩子的青睐。相反，在我年轻的时候，总是在爱情里遭遇挫折，真的。也许是因为我不够主动，我不知道。对于这类事情，我总是感到不那么自在。直到过了 25 岁，我才开始意识到，在我身上也有可能发生某些爱情故事。现在想来，我当时也不丑，但也只是徒有虚表。在当时，在现在，外表都是远远不够的，因为在爱情里，帅气的外表只是一部分，就好像声音之于歌唱只是一部分。在声乐界有句名言是这么说的：“要唱歌，也是需要声音的。”是的，因为光有声音是不够的。爱情也是同样的道理。爱情需要帅气的外表，却又不仅仅如此。再说，当年的我也并非如此英俊。

曹： 您有一段时间，白天在法院里面做实习生，写写文书或者状子，晚上在一个酒吧里面演唱，您现在是不是有的时候，还真是会怀念当年的那种非常悠闲的生活状态？

波： 我清楚地记得，并且相当怀念，因为不管怎么说，那是一段无忧无虑的日子，但我还是专心地去做每一件事。我之前也提到过决心。我认为，决心是每一个成功的基础。英语中有句谚语说：“Where there is a will, there is a way。”意大利语中也有“Dov'è c'è la volontà, dov'è c'è la via.”。我想也许在中文里也有对应的说法。因为事实就是如此。如果我会为一件事而感到惋惜，一定是因为我原本可以做得更好，却没有尽自己的全力去做。

曹： 在意大利，我们知道有很多非常伟大的男高音，比如说吉利、卡鲁索、斯苔方诺，可是为什么您独独对科莱里情有独钟？而且非常巧的是，后来科莱里又成为您的老师，指导您唱歌。

波： 要回答这个问题，也许得引用伟大哲学家莱布尼茨的名言。他曾说：“音乐是心灵的隐秘练习，一种隐秘的算术练习，虽在计算，却不自知。”也就是说，音乐具有一种隐秘的语言，它所包含的这种语言直到现在还没有被破译，或许它根本就是无法破译的。通过这种语言，可以和人们的心灵进行对话。而科莱里作为歌唱家，在他的歌声里，我就感受到了那些让我感动，甚至流泪的东西。我记得当我独自在深夜聆听他的唱片时，好多次我都落泪了。那就是他声音的魔力。我总是渴望着能够在我的听众中唤起那些他曾经在我身上唤起的情感。我不知道自己是否做到了，但这就是我努力的方向。

科莱里

曹： 听说有一段时间，您的声音，特别是高音出了一点问题。所以有的时候，您还会在晚上突然唱出一个很大声的高音。后来是怎么去解决这个问题的？

波： 我想说，如果一个人的声音具有丰富的特

点，他也会面临以错误的方式进行歌唱的风险。在这个时候，就需要有毅力、决心和谦逊的态度去彻底忘却过去的一切，从零开始，尝试着从我们的乐器，从钢琴、小提琴，任何一种乐器中获得灵感。也就是说，需要不费力气地进行演唱，使得歌唱成为一种乐趣，不管是对于演唱者，还是聆听者。

波切利的名字，是和他的同胞、前辈、伟大的帕瓦罗蒂紧紧相连的。当年正是帕瓦罗蒂慧眼识才，凭一份试音带便许可了这位新人的冒尖，更是亲自向公众隆重推出他，为他走向一流舞台铺就坦途。所以波切利当然地被人当做帕瓦罗蒂的接班人、世界第四大男高音。对这位恩人，波切利有着深邃而理性的情感。

曹： 您的名字常常是和帕瓦罗蒂紧紧地相连在一起，用您的眼光看，帕瓦罗蒂是一个什么样的人？

波： 不管从帕瓦罗蒂在歌剧界的成就还是从他为歌剧界贡献的一切来看，他都是独一无二的。我想在短时间内，是很难有人能够和他相提并论的。他是一位超凡的人物。而对他，我也怀着无限感激之情，因为他是第一个在我声音里发现我之前提到过的那种隐秘语言的权威人物，他把我的潜力发掘出来。因为他是大师帕瓦罗蒂，他的推荐自然也得到了人们的重视。

曹： 您在悼念帕瓦罗蒂的时候，曾经写过这样一句话，您说："帕瓦罗蒂给意大利带来的，远比这个国家带给他的多。"我们今天应该怎么去理解您的这句话呢？

波： 是的，是的。千真万确。因为所有人都知道，也都承认帕瓦罗蒂的天赋。在他的国家，他使所有人都自豪地说："我和帕瓦罗蒂一样，是意大利人。"然而，他却受到一些事情的困扰，比如逃税及其他诸多问题，总之，在他人生的低谷，他被分居、离婚等各种问题困扰。这些突如其来的变故对于所有人，至少很多人的生活来说，都是悲剧。但遗憾的是，在那个时候，有太多人忘记了他的天赋，太多人忘记了他曾经带给这个国家的震撼，忘记了他奉献给这个国家的荣誉。我是这么认为的。

安德烈·波切利和帕瓦罗蒂

曹：如今波切利被认为是全世界公认的著名的歌唱家，可是我知道，其实您一直到1992年才正式步入乐坛，到了1997年，才真正地在古典音乐界立下了脚跟。在如此短的时间里达到如此高的声望，您是不是觉得跟其他的音乐家相比，您确实是比较幸运的一个人？

波：坦白说，我从来都不太相信运气。运气只是用来安慰那些不幸的人。运气是需要我们去寻找、构建和捍卫的，这也意味着巨大的牺牲。我更愿意相信决心。是的，有些人天生就被赋予明确的使命，造福世界。如果一个人意识到他具有某些天赋，他就应该努力将它们发挥到极致。如果有人擅长画画，那么他就应当把他的画作赠予这个世界。如果有人擅长数学，他就应该帮助人类向前发展。其他亦是如此。

人的魅力来自整体，波切利的歌喉和他的特殊形象，综合为一个符号。由此他的个人生活也被人关注着。波切利有过一次婚姻，前妻给他留下两个可爱的儿子。目前他和女友开心地生活，相爱，牵着手在世界各地巡游。刚过50岁生日的波切利，享受着努力获得的一切。

曹：您现在通常一年有多少时间是工作？闲暇的时候怎么跟家人相处？

波：这样说吧，我想，可以说我每天都在工作，因为没有哪一天我是不想着音乐，不练声，不读乐谱的。当然，我认为在工作中，重要的不是数量，而是质量。当我们出现在公众面前的时候，是需要精神饱满，并且具有演唱欲望的，否则那将成为一种无谓的职业。所以，即使我每天都在和音乐接触，和工作接触，我也几乎把它看作一种娱乐，而不是工作。除此之外，我总是尽量不过度演唱，因为始终需要保留一点想要唱歌的热情。

曹：您是不是属于特别乐天的那样一类艺术家？

波：我认为乐观是我们每个人生活中不可缺少的元素之一。如果没有乐观，就很难希冀宁静的生活。因为在生活中，乐观是比幸福更为重要的东西。是的，我一直都在努力培养乐观的心态。

曹：您在您的自传中，多次强调过，沉默这个字眼对您的重要性。您是不是根据自己的人生经历讲的，也从中获得了很多？

波：沉默有着非常重要的意义。其实在音乐中也有沉默，休止符就是音乐的一部分，它们的作用举足轻重。而在我们的生活中，沉默也极为重要，因为我们活在一个太过喧闹的世界。所有的一切都在制造噪音：发动机、来来往往的车辆，还有宽阔的大街。这些噪音迫使我们大声地叫喊，而不是从容地说话。此外，所有人又不停地说，说得太多。如果我们在夜深人静之时好好反省，会意识到，我们在白天所说的话已经比我们的能力极限

安德烈·波切利留名好莱坞星光大道

还要多出了80%。唯有在那些沉默的片刻中，我们才能够思考，和自己对话，发现我们的错误等等，我觉得这是非常重要的。同时沉默也帮助我们培养乐观的心态，也就是我之前提到的，要成为一个乐观的人。我们需要热爱美，广义上的美。在我看来，广义上的美，就是在我们发现自己和他人和谐相处时的那种愉悦，发现自己可以为这个世界的进步做出贡献。也许这是在我走过50年生命历程后唯一能够继续吸引我注意的重要东西。

曹：很多年前，我曾经和一位中国的艺术家陈逸飞先生，在佛罗伦萨看歌剧《波西米亚人》的时候见到您。他突发奇想，说他特别想做一个中国版的《波西米亚人》，把巴黎的背景转到20世纪30年代的上海，让您穿着中国的服装来演鲁道夫，如果我们这个创意实现的话，您有没有这个兴趣？

波：其实，一部作品的伟大，一部歌剧作品的伟大，正是在于它超凡的现实性和高度的适应性。《波西米亚人》的背景可以是任何地方，只要它忠于乐谱，不对普契尼大师的原作进行任何改动。所以我觉得我们当然可以把它的背景移到上海，为什么不呢？

曹：谢谢！

中国心·美国情——赵小兰专访

2001年美国总统小布什力邀赵小兰出任劳工部部长，出人意料的是遭到了赵小兰的再三婉拒，她认为时机还没有成熟，直到老布什出面说话，她才欣然接受。她凭借自己的才华和实力成为华人移民美国200多年来第一位华裔内阁部长。赵小兰是上海嘉定马陆镇人，1955年出生，1963年在8岁的时候随父母移民美国，1979年以优异的成绩获哈佛大学商学院企业管理硕士，1983年被选为白宫学者，1986年出任联邦航务署副署长，后来担任美国银行高级副总裁，1988年被里根总统任命为联邦海运委员会主席，1989年又被布什总统任命为交通部副部长，2001年1月29日由美国参议院表决通过出任美国劳工部部长。

赵小兰

曹：尽管您出生在台北，但我知道上海才是您和您家人的故乡，欢迎回来。这次你们一行来上海参观了世博会，您有什么感想？您认为这次盛会将怎样影响上海的未来？

赵：我想上海世博会是一次伟大的盛会，我真诚地希望和邀请海外游客来参观本次世博盛会，这是一场宏伟的大型展览，包括各种场馆、建筑、展品都是如此充满创意、优美并有前瞻性。如2008年北京奥运会一样，上海世博会也将再次把中国上海推向整个世界关注的中心，并向全世界展示出上海作为一个现代化大都市的魅力，还有正在日益成为现代化大国的当代中国风采。

曹：在您小的时候，父亲是不是会经常跟你们描述上海是怎样的城市？是不是会讲起很多老上海的故事？

赵小兰与父亲赵锡成博士、母亲赵朱木兰女士、妹妹赵安吉

赵：是的,我父亲在我整个成长的过程中不断跟我们讲起他的经历,在嘉定的生活,在上海交通大学读书的生活。我的父亲和母亲总是不断跟我们讲起他们在中国的生活和经历。

曹：一直以来在您的家庭生活中是否依然保持了传统中国人的生活习惯和习俗?

赵：当然,比如说我们全家吃饭的时候,所有的孩子都必须等父亲坐下,如果父亲不拿起筷子我们都不可以吃。

曹：从小到大父母对您最大的期望是什么?

赵：我父母都是很开明的人,他们从不会给我们很大的压力,但是他们总期待我们能尽力做到最好,所以他们经常对我们说,你们每个人都有独特的天赋才能,你们有责任为自己发现它们并表现出来。

曹：你们姐妹六人都毕业于美国名牌大学,特别是您,甚至成为了美国历史上首位华裔内阁部长。您的父母一定为此感到非常骄傲。

赵：并没有特别骄傲,我是说他们为我们姐妹每个人的努力都感到骄傲,不只对我个人。他们是很好的父母,经常陪伴我们,为我们花费了很多心血。我父母总是会反复跟我们强调对社会作出贡献是非常重要的,要做一个好人,所以他们从不会教育我们追逐物质财富和名声对一个人有多重要,因为那些东西都是稍纵即逝的,是不真实的。他们告诉我们生活的真正财富,比如家庭、朋友、关爱等等,可以富足你的人生,还有要多为社会做出自己的贡献。

曹：听说在小布什总统就职典礼上，您被安排坐在正副总统之间，这对您来说是很高的尊敬和荣幸，您父亲非常激动以至于流下了眼泪，这是真的吗？

赵：我父亲和母亲当时跟我在一起，因为他们也参加了就职典礼。如果我们有一些快乐幸福的时刻，我们一定要跟爱的人一起分享。我们经历的一些美好时刻，跟家人的分享是很重要的，所以我人生中所有美好的时刻都是跟家人一起分享的，一起庆祝并享受其中的快乐。

曹：您觉得中国传统文化，对您参政产生何种影响？

赵：我不是政客，我只是为公众服务的公务人员，我很荣幸成为政府中的成员，有机会服务民众，并且以此作为自己的事业，不管是慈善事业还是政府公务。我的家庭背景的确对我的事业有所帮助，因为正如我父亲一直强调的，我们必须要做好人，做好人是非常重要的，然后就是要奉献社会，帮助其他的人。

从19世纪四五十年代起，华人移民开始大批到美国西部淘金，现在已经有160年的历史。在那个特殊的岁月里，美国常以各种理由进行排华行动，1882年美国通过排华法案不让中国劳工进入美国，并明令禁止华人取得美国国籍，一直到1943年12月27日小罗斯福签署废除排华法案，这个臭名昭著的排华法案才正式成为历史。历时61年的排华法案是美国历史上第一次禁止一个种族进入美国的法案，没有人能想到120年后美国华人能从苦力到担任劳工部部长，这期间走过的又是怎样一条漫长而又血泪斑斑的道路。

曹：刚到美国时是否强烈感受到中国人在那里是被歧视的？您是如何通过自己努力来适应并融入了美国的主流社会？

赵：首先，我们刚到美国时，美国的亚裔人口很少，在美国全国人口中，那时亚裔只占不到百分之一，很少有机会能见到其他东方面孔。那时，我读小学三年级，我很想能见到亚洲人，所以我跟一个日本女孩儿很好，因为我们看起来很像，我们成了很好的朋友。那时对少数族群的歧视是肯定有

赵小兰在演讲

的，但是因为我的家庭给了我坚强的支持，给了我充足的爱，所以这些歧视并没有很大程度上影响我们。从我自身来讲，我不是很在意别人的眼光，我最在意的是让我父母感到骄傲，在生活中不断做得更好，为我的家族带来荣耀。如果我遇到一些困难，比如别人的歧视，我不会放在心上，因为我知道我的目标是什么，我要的是什么，所以别人如何看待我并不能影响到我，我想这很好。现在，当然美国已经发生了很大的变化，亚裔人口越来越多，我想现在的情况，要比我们那时候好很多。

曹： 1983年您在"白宫学者"甄选中获得成功，您认为自己成功的秘诀是什么？

赵： 我并不是想要成功才参加，我只是想满足自己的好奇心。你知道我父母总是说我们要不断扩展自己的视野，提升自己的智慧。他们鼓励我们不断努力，扩展我们的眼界和思想。而我对美国政府非常好奇，有兴趣了解。我是移民，并不能完全理解美国的政府体系，所以我想试着深入了解一下，试着进入这个体系内部，理解、学习，就是抱着这样的想法，我获得了进入白宫学习和工作的机会。

曹： 在您参政道路上，里根和老布什两任美国总统都对您多有提携，能够告诉我他们是如何帮助您的？

赵： 里根总统执政时，我只是白宫里一个年轻的工作人员，但是还是有很多人，比如伊丽莎白·道尔注意到我工作总是非常努力、精力充沛、非常投入，所以他们给了我很宝贵的机会。小布什总统也一样，我很早就认识他了，当时我们一起为老布什政府工作。

曹： 小布什总统邀请您入阁时您先拒绝了，为什么后来又答应了？

赵： 事实上一开始我并没有得到邀请，那时我并没有意识到，我会被问及是否愿意成为劳工部部长，而这之前我认为我会成为运输部部长，因为我一直在从事这方面的工作，我的经验都是在这一方面，不幸的是那时我并没有得到这个提名。在我们之前的讨论中，总统先生曾暗示我他将会提名我做运输部部长，但是他们需要内阁中有民主党人士，而他们曾希望民主党人诺曼·梅内塔出任能源部部长，但是诺曼·梅内塔并不想要这个职位，他希望出任运输部部长，因为整个内阁非常需要一位有民主党背景的部长，所以诺曼·梅内塔就获得了运输部部长的提名。现在回想起来，你知道有时候生活的变化是很奇妙的，我很喜欢劳工部部长这个职位，通过这个职位我可以为美国广大的劳工者做更多的事情，争取更多的利益，我非常非常高兴能有机会成为劳工部部长。

曹： 在您眼中小布什是一位怎样的总统？

赵： 他是一位充满自信的总统，给了内阁成员非常多的责任和信任，他尽其所能，立场坚定。2001年"9·11"事件发生后我们开了一次内阁会议，他在会上对所有内阁成员承诺，他绝对不会再让美国受到任何的攻击。

曹：在您任职期间，您处理了很多棘手的大事，如“9·11”、加州大地震、洛克比空难，这对您来说是一种怎样的挑战？

赵小兰与布什

赵：我想在任何危机的情况下，保持冷静是非常重要的，你需要收集尽可能准确的信息。我的经验是在任何危机的情况下，你都无法获得完全准确的信息，所以你必须不断地收集信息，并把误差考虑在内。在危机处理中有效有力的沟通是非常重要的，给所有人信心，让他们知道整个危机的处理是在控制中的，是有条不紊的。

曹：我听说在处理空难的过程中，因为太过悲伤，您流下了眼泪。这是您第一次为工作而流泪吗？

赵：我不认为哭是不好的事情，但是那时候我并没有哭。你知道时代在改变，20年前女人总是哭哭啼啼是不被社会认可的，这样显得女性软弱，现在20年后男人们开始在电视上哭了，所以时代变了。作为一个领导者，你必须要帮助那些跟随你的人，聆听你的人，树立信心、激发信心，在洛克比空难时，我非常难过，特别是当我巡视在苏格兰洛克比飞机残骸处理现场时，那是一个偌大空旷的仓库，工人们和工作人员正在清理飞机残骸，那个仓库很大，有一部分摆放着收集来的旅客遗物，每个旅客都有一个盒子，他们的东西被放在里面。我想这个过程我们应该满怀敬意，因为我们收回的，不仅仅是一些没有生命的物品，而是对逝去生命的祭悼，我们正在处理他们的后事，我们必须心怀尊重和敬意。

1981年，赵小兰和父母回到老家上海嘉定马陆镇，捐款200万元修建了以仁幼儿园，以仁是她爷爷的名字。赵小兰8岁随父母移民美国，从一个英文字母都不认识的小女孩到领导17000多名员工的美国劳工部部长，有人评价她聪慧勤奋坚强同时又不失温婉与孝顺，在她的身上既具备了中华民族谦虚勤奋的美德，又有美国人竞争宽容诚实的优点，赵小兰平时喜欢打高尔夫球、骑马和溜冰，还弹得一手好钢琴，赵小兰是赵家最后出嫁的女儿，1993年初，忙于事业的赵小兰与51岁的美国肯塔基州共和党籍参议员麦康纳尔成婚，那年她40岁。

赵小兰和丈夫麦康纳尔

曹： 作为传统的中国老人，您的父母是否对您的婚姻大事也很关心？

赵： 我想他们会这样，可他们并没有说很多。我很乐意跟父母待在一起，我 39 岁的时候还跟父母一起去家庭旅行，我想他们也很喜欢我在身边。你知道缘分很重要的，所以我想这一切都要看缘分。

曹： 您是否还记得您丈夫到您家中求婚的情景？

赵： 是的，他来我家，拜访了我的所有家人，见到了全家人，他是第一个我带回家的男性，我从没有带其他任何人回家，所以当我带他回家的时候，当我告诉我父母我要带他回家的时候，他们知道我是很认真的。

曹： 你们生活中一般都聊些什么？

赵： 我们跟一般的夫妻一样，我们谈论我们在做的事情，谁要准备晚餐，谁要去倒垃圾，协调时间安排，跟所有夫妻一样。

曹： 我听说您丈夫很擅长烹饪是吗？

赵： 是的，他很棒。

曹： 您平时也做饭吗？

赵： 事实上我会，但我不告诉他，这样他可以来做饭。像你知道的那样，我其实很会做家务，因为我父亲教过我们，我们姐妹都很能干，但是我们从来不告诉我们的丈夫。

曹： 您可以跟我们说说您会做的中国菜吗？

赵： 宫保鸡丁，还有各式各样的那个豆腐，对，还有牛肉。最重要是没有时间，因为中国菜要切得很细，费好多时间。

曹： 对，你们在家里家务活谁做得多一点？

赵： 还是我。当然在家里我们都会一起做，对，一起做的。我们都一起做的。

曹： 如今又有两位华裔骆家辉和朱棣文进入奥巴马政府内阁，是否预示着华裔在美国政坛起着越来越重要的作用？

赵： 我想他们都是非常出色的人，当然华裔在美国政坛的影响力会越来越大。随着美国社会的日益多元化，一定会有更多的非洲裔美国人进入政坛，更多西班牙裔美国人，更多的华裔美国人进入政坛，我们现在已经有了非洲裔的美国总统，我希望奥巴马内阁的两位美籍华人内阁成员会进一步帮助美国和执政政府更好地、更多地了解中国。

曹：您觉得华裔参政有着怎样的障碍和挑战？

赵：挑战是肯定有的，因为东西方之间有太多的不同，当我在内阁任职时我这样理解我的职责，即在东西方之间搭起沟通和理解的桥梁帮助美国认识中国。中国已经经历了30年的改革开放，我1979年和父母第一次来到中国，这样的经历对我很有帮助，因为我看到了中国在过去30年的变化，我告诉我的美国朋友们中国发生了巨大的变化，比美国在过去30年中的变化还要大，中国还会继续发展下去，所以请继续跟中国合作，不要太着急。中国和中国社会正在以最快的速度，尽最大的努力向前发展，这一点很重要。

曹：您觉得是否将来的某一天华裔也有可能问鼎总统宝座？

赵：当然，毫无疑问绝对会。

曹：您想尝试吗？

赵：不、不，首先我是个低调的人，另外，美国总统必须是在美国出生的美国人。这里我来问你个小问题，国情咨文讲话时每一年将会有一名内阁成员是不现身的，以防出现任何突发状况，为了能够及时应对并继续履行政府职能，总有一位内阁成员被推选出来作为履行代理总统职能，你猜猜看谁永远不会成为这个人？

曹：这个问题对我来说太难了。

赵：你知道是谁吗？商务部部长卡洛斯·古铁雷斯，还有住房和城市发展部部长梅尔·马丁内斯，还有我，因为我们三个人都不是在美国出生，所以不可能成为总统继任人。所以我跟我父母说，我说每一次国情咨文讲话现场你们都会在电视上看到我，我都会在，因为我一定不会被选做代理总统。

曹：最后还有个问题，因为您是上海人，您会说上海话吗？

赵：阿拉是上海人。

赵小兰和曹可凡

美人依旧——栗原小卷专访

还记得她吗？上世纪七八十年代由她主演的电影《望乡》和《生死恋》在中国上映，在那个精神产品稀缺的年代，她所带来的震撼是强烈的。当年，多少人因为她而去学打网球，多少人因为她而立志要当一名记者，更有多少人因为她而坚定了对爱情的信念。从此，这个名叫栗原小卷的绝代佳人就成为无数男士的梦中情人，也成为一代影迷最经典的记忆。

栗原小卷

曹：栗原小卷小姐您好，很高兴今天能够在东京给您做访问。您的两部影片《望乡》和《生死恋》在中国引起很大的轰动，我不知道您事先有没有这种预估，自己的片子在中国会引起这么大的一个浪潮，在中国拥有这么多的影迷？

栗：通过电影中日双方可以达到文化交流的目的，对这一点我是很清楚的。不过当初中国观众对我的认同，我真的始料不及，所以的确让我感到非常高兴。

曹：当年《望乡》在中国播放的时候，曾经引起轩然大波，有不同的看法，有的人认为通过这部片子能够看到小人物的命运，通过这个小人物来折射一个时代的悲剧，而有人质疑，认为是一个妓女的生活，不值得用一部电影去渲染。当时中国著名的文学大师巴金先生也专门撰文参与了这个讨论，您在日本是不是知道自己的作品在中国引起这么大的动静？巴金先生评价说，能从《望乡》这部影片中感受到日本人的善良。

栗：我非常高兴能够获得巴金先生的肯定，而且也衷心希望能够这样，努力描绘出日本当年的女性的社会生活。所以这部作品具有很强的冲击力，在日本获得了民众广泛的认同。当时通过对相关女性的采访就像记者那样，我从中感受到一种使命感，对她们的苦难,心中涌起的对阿崎婆的爱怜和同情,对这些女性彷徨着的境遇等等,我都努力地体会,希望能够身临其境,感同身受地加以表现出来。同时呢,当时日本的经济,进入高速发展的时期,所以在适当的时候回顾一下过去,重新审视一些问题,我觉得这是非常必要的。战争充满了悲惨和苦难,决不能让它再次发生,对那些在战争中成为牺牲品的、处于弱势地位的人们,我们应该加以详实的表现。

在《望乡》中,栗原小卷与老艺术家田中绢代的合作可谓是丝丝入扣,在影片的拍摄过程中,两人建立了深厚的友谊,栗原小卷也在这位前辈艺术家身上学到了很多终身难忘的表演经验。

曹: 您还记得当时拍摄《望乡》的很多细节吗?我也知道这是田中绢代女士的最后一部影片,因为这部影片上映不久田中绢代女士就去世了。像这样的一个大师级的前辈艺术家在拍摄过程中是不是给当初的您树立了很好的榜样?

栗: 如同电影中扮演的角色一般,我们相处得非常融洽,我们都很亲切地直呼对方的名字,她叫我小卷,我也叫她绢代,就像电影里住在一起的角色那样自然。绢代女士自始至终对待我都很亲和,很自然地包容了我,我真的非常感激她。虽然她是名演员、大前辈,但一点也没有让我觉得拘谨和紧张,她始终很注意营造出如同电影角色一样的自然的环境和氛围,让我保持自在和放松。还有呢,就是她那种全心全意诠释角色的姿态,让我学到了很多。

曹: 巴金先生曾经说过,他通过《望乡》可以看出日本人内心的那种善良,很多日本的观众和中国的观众都会认为您是善良和优雅的代名词,那我想这种评价是不是也会限制您的戏路?因为大家很难去接受或者很难想象您去扮演一个充满邪恶的角色。

栗: 确实在很多情况下演员可能会因为一部电影而被定型,然后出现很难改变戏路的情况。不过我呢其实也演过性格相当邪恶的反面角色,比如在演绎莎士比亚的名作《麦克白斯》的话剧里,我演的就是反

《望乡》海报

派角色，而且还上演了相当长一段时间，当时这部话剧在伦敦等一些地方上演时引起很大轰动，获得了广泛好评。所以不是我自吹自擂，我也是能够扮演好反派角色的。

电影《生死恋》是栗原小卷最经典的代表作之一，影片中男女主人公的痴爱缠绵，令许多人为之倾倒，暗自神伤。而《生死恋》中，栗原小卷以精湛的演技和高贵的心灵向世人证明了，她拥有的不仅仅是美丽的容貌。1991年，当栗原小卷接受谢晋导演的邀请出演影片《清凉寺的钟声》时，她的演技更趋成熟。

曹： 当谢晋导演邀请您拍摄《清凉寺的钟声》这部影片的时候，据说在日本有很多您的影迷表示担心，生怕您的形象会受到损害，当时您接到谢晋导演的邀请去中国拍这样的一部作品，心里是怎么想的？

栗： 谢晋导演直接找到我邀请我出演《清凉寺的钟声》，那时我正好人在北京，我本人非常高兴，而且这部电影是为了未来的中日友好，还有世界和平而拍摄的。只要想到这一点我就非常感谢谢晋导演给了我这个机会。

曹： 谢晋导演在中国的导演当中，在现场特别强势。我知道在拍摄的过程当中您对剧本的一些细节也提出过一些修改意见，他能够接受您的意见吗？

栗： 我们每天拍完戏后在晚上肯定会就第二天的戏进行彩排，比如在上海的摄影棚里，搭建的工作人员就重新布景，效果非常好，无论是导演还是工作人员，都能够细心听取我们日本人的感受和意见，并且在很多方面给予我们指导。在合作的过程中，我们完全感受不到差异或是隔阂，大家齐心合力心里想的只有一件事，就是要把电影拍好。

栗原小卷、谢晋、濮存昕

曹： 在这个戏中您儿子的扮演者是中国观众非常喜欢的男演员濮存昕先生，跟他合作您觉得他给您留下什么样的印象？

栗： 我现在也还叫他小濮，

因为那是他演我儿子的关系，他也称我为妈妈，我们现在也还是经常联系的，我会去看他的舞台演出，他来日本时也会来看我的舞台表演。他在社会活动方面也很活跃，比如在艾滋病预防方面，他参加的很多社会活动，我都会去捧场，看看有什么力所能及的事情可以帮忙。我们在很多方面都有交流，我认为他是一名很优秀的演员。

曹：您是在什么时候或者说在什么样的一个情形下得知谢晋导演去世的消息？

栗：那在谢晋导演去世前的两个月，他最心爱的儿子，也是一位电影导演谢衍也去世了。

曹：您是不是知道这个前后的情况，谢导去世以后您有没有跟他的夫人表达过您的慰问？

栗：我其实是在北京得知谢晋导演去世的消息的。以前我和谢晋导演的儿子，在日本和旧金山见过面，见过好几次面，都觉得谢晋导演身体很好，完全没有想到他会走得那么快。我了解到谢导的夫人就在上海，刚开始我还以为她在美国。去年，不，是今年(2009年)，我正好去上海出席国际电影节，于是我利用唯一的一天休息时间，去拜访了谢导的夫人，然后和她聊了很多谢晋导演、谢衍导演的往事，陪她待了好一会儿，从夫人的言谈中，我深深感受到她伤心寂寥、悲伤哀痛的心情，毕竟是一下子同时失去了最爱的丈夫和长子。一想到这些，我都不知道该怎样用言语去安慰谢夫人。

《莫斯科之恋》是栗原小卷的又一部代表作，她在片中出演一名赴莫斯科进修学习的芭蕾舞演员百合子，在那里，百合子与雕塑家瓦罗佳坠入爱河，爱情又激发了她舞蹈的灵感。影片中，栗原小卷那苗条的身形，优美的舞姿让观众看得如痴如醉。然而鲜为人知的是，栗原小卷的艺术之路正式从学习芭蕾舞开始的。

曹：您曾经在日本最有名的音乐学校同恒女中读书，学习小提琴，后来去学习芭蕾，您觉得所有小时候学到的那些东西是不是对做演员来说奠定了一个非常好的基础？

栗：是这样的，当初我也不是完全为了要成为演员才去学的，有过拼命拉好小提琴、想进交响乐团的时期，也有努力跳好芭蕾、想成为一名芭蕾舞演员的时候。不过向着这些目标奋斗，努力的过程和学习的成果，最终在我成为一名演员后发挥了很好的作用。音乐方面的研习对我来说很重要，舞蹈也是如此，通过这些修养，比如我在出演古典剧目的时候，我就很少担忧自己的表情呀动作方面，同时在维持体力，保持健康的形体等方面我也是受益良多的。

曹：我听说您把电影分成三类，一类是艺术电影，一类是社会电影，还有一类是娱乐电

中野良子、赵丹、栗原小卷、黄宗英

影，你只愿意拍前两种。对于娱乐电影，您是采取一个不屑的态度，为什么会这么讲？

栗： 我觉得无论是哪一类电影作品吧都可以诞生经典，我的意思是说每一种电影都有其自身的精彩之处，所以我并不认为哪一种电影有什么不好。不过我认为演员的工作，终究是要通过电影来表达自己的审美观和情感，演员总是希望通过自己的作品来向观众传达某种信息，我就是这样来理解和演出的。

曹： 我曾经看到您在中南海有一张非常珍贵的照片，这张照片中有邓颖超大姐、您和中野良子小姐，同时还有赵丹和黄宗英，他们都是中国著名的艺术家。您还记得当时你们在一起彼此都聊了一些什么？

栗： 在见到赵丹先生之前，我已经知道他是一位非常优秀的演员，但真的见到他之后，他的人格魅力和纯熟演技仍然让我留下了深刻的印象，从他那里我学到很多东西，感觉到他人格非常高尚，待人接物也是充满了热情。

曹： 我知道赵丹先生对您的表演一直是大为赞赏，其实他晚年最大的心愿是能够跟日本的电影艺术家，特别是跟您合作一部片子，可是天不遂人愿，他被癌症夺去了生命，现在黄宗英女士也已是风烛残年。我特别想知道您跟这两位前辈在那些年当中有一些什么样的交往？

栗： 那个时候我们确实谈到过要一起拍电影的事，甚至还就具体方案进行过探讨，但是后来他生病了。对中国的电影界，还有电影人士来说，他的去世的确是一个不小的损失，大家都感到十分惋惜。当时我还通过他认识了很多人，有很多直到现在还经常联系。

《莫斯科之恋》剧照

那些在中国电影史上永垂不朽的名字，也在栗原小卷的心中留下了深刻的烙印。她的世界如此丰富，充满了友谊的温情，也许也正因为如此，今年已经年近七旬的栗原小卷并不因为没有结婚而感到遗憾。

曹：我们知道这么多年您为了电影作出了很多牺牲，比如说您也放弃了家庭生活，您会觉得遗憾吗？

栗：我从来没有后悔过，不管是什么事情。通过电影还有电视剧和舞台剧，我能够和日本各地的，还有世界各国的人士进行交流，虽然有人可能觉得我牺牲了很多东西，但我从来不认为这是牺牲。

曹：我特别想知道，从年轻开始您一直是日本影坛一颗耀眼的明星，这么多年来一直没有您心仪的人吗？您年轻的时候特别喜欢长得什么样的小伙子？

栗：可能有过吧。通过电影我接触过各种类型的男性，有的非常优秀，有的可能不那么优秀。我觉得在自己扮演过的各种角色中，我已经接触过很多人，要说我心目中喜欢的理想男性类型，可能是随着时间的不同在不断变化着的吧。

还记得1978年《望乡》上映，不知不觉已经30多年过去了，岁月虽然很无情，青春也渐渐逝去，但栗原小卷的美丽却永远不会褪色。当然，不会褪色的还有我们对她刻骨铭心的记忆，和初次见到她的怦然心动。

栗原小卷和曹可凡

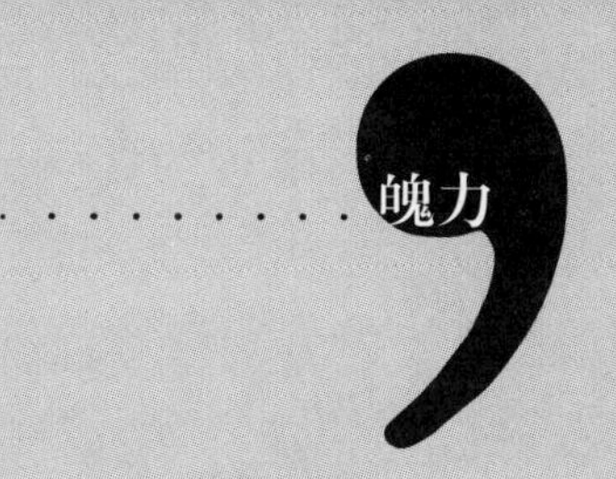
魄力

魄　力

功成而不居——福田康夫专访

福田康夫是日本前首相，也是日本政坛“温和派”的代表人物。2007年，他的“意外”上台开创了日本子承父业、父子同为首相的先例。从参选至当选，福田康夫面临着许许多多的挑战，有来自国内的，也有来自国际社会的。但是他继承父亲的外交政策，十分重视中日友好，他推行灵活务实的“新福田主义”，以将心比心的执政风格，把自己的诚实献给了美丽的日本！

福田康夫

曹：福田先生您好，非常高兴能够有机会在东京向您做访问。不知道您知不知道，其实您在中国有很高的知名度，也拥有很多喜欢您的粉丝。

福：我不太知道，谁都没有告诉过我，估计是受了那部漫画的影响。哪一部漫画来着，在中国也很有名！对了，叫《哆啦A梦》(又名《机器猫》)，里面主人公的名字和我一样叫康夫，是日本的漫画。不好意思，我不怎么看漫画。

曹：福田先生，我们都知道您工作之余特别喜欢读书，是不是也期望在阅读的时候能够减轻很多的工作的压力？另外您平时都喜欢读一些什么样的书？从中能够得到一些什么样的愉悦和快乐？

福：现在读的书大多是朋友送的，自己已经很少去主动找一些书了。光是朋友送的书，数量就很多，已经看不过来了。我想读各种各样的书，特别是古典类书籍。随着年龄的增长，我觉得那些自古以来有定评的、流传久远的、大家都喜欢读的书，能提供很多的真理，所以我特别喜欢反复阅读这一类的书籍。

曹：我知道您特别钟爱的一首乐曲是贝多芬的《命运交响曲》，不知道是不是这样？

福田康夫与父亲福田赳夫下围棋

福： 我初二的时候因为战后的关系，物资贫乏，日本国内什么都没有。偶然的一次机会，一个朋友给了我一张唱片，就是普通的单曲唱片，虽然音质很差，但我很喜欢，那张唱片就是贝多芬的《命运交响曲》。那时候我只有这一张唱片，所以一直在听。说实话现在当然是听厌了，但是我认为这是我和古典音乐命中注定的相遇。

曹： 据说您父亲过去曾经非常担心您的性格，因为比较温和，他怕这样一种性格会影响您今后的从政生涯。父亲有没有跟您做过这方面的讨论？

福： 我倒是没听过这样的说法。我父亲也是性情温和、行事稳健，总是希望通过谈话来解决问题，他从来不会动不动就挥舞拳头。

福田康夫毕业于日本诸多政要名人就读的早稻田大学。从出生到成长，他亲身经历了日本成为世界第二大经济强国的过程。然而他也明白，这个经济强国是战后才产生的。家世显赫的福田大学毕业后，选择了在日本丸善石油公司就职，他希望走科技之路，为振兴国家效力。福田先后在国内外从事石油能源的工作，这些工作实践，让他远离政治权力，却为日后的人生博弈打下良好的基础。

曹： 您从政之前曾经有17年的时间是服务于一家民间公司。那么，在那段时间，您和妻子都是住在公司的家属宿舍，每天要坐火车啊，或者是地下铁去上班。而且住的地方完全没有浴室，所以洗澡的话呢，要到附近的大众澡堂，应该说生活还是比较艰苦。您觉得那样一段长达17年的生活，对您后来的人生，特别是从政，产生一个什么样的影响？

福： 结婚前我是一个人住的，特别是在刚进公司的时候，经历了两到三年的集体宿舍生活，以后我再也没有经历过这样的生活。其实不仅仅是政治家，每个人都要经历各种事情才能成长。比如公司有它独特的组织架构，对于理解公司的运作是个很好的机会。我学到了很多，现在仍然受用。我觉得过早地成为政治家不一定是好事，因为政治家离权力很近，在年轻的时候就距离权力如此之近，并不一定是件好事！

曹：1966年，30岁的您和名门之后贵代子夫人喜结连理。我听说非常有意思，当年您在求婚的誓言中曾经有这么一段话，您跟夫人说，"您嫁给我吧，我不会让你成为政治家的妻子。"是不是那个时候政治家都不太受日本女孩子喜欢？

福：这倒没有。当时政治没有机会在电视上转播，所以对普通民众来说，政治家的存在是比较陌生的，不像现在大家都已经很熟悉了。只是由于我父亲是政治家，所以妻子担心我会子承父业。但老实说，我当时对政治完全没有兴趣，所以才对妻子那样说。当然从结果来看有些不同，但那是不得已的。我夫人是一位适应能力很强的女性，所以也就接受了我从政的事实。不过现在看起来，她对政治的兴趣似乎比我还浓。

曹：您和夫人贵代子是佳偶天成。你们琴瑟和鸣，举案齐眉。您在谈到夫人的时候说过一句非常有趣的话，您说您对夫人是"时而敬之，时而畏之，时而爱之，时而与之争"。能不能给我们举例说明何时敬、何时畏、何时爱、何时争，我们特别想知道。

福：我想在这方面我和你是一样的，通过观察对方的眼色和神情就可以明白对方的想法，毕竟在一起生活了40多年，如果无法敏锐地捕捉到对方心情的变化也就谈不上夫妻了。我想必须要尊重对方的想法及感受，对于对方的想法和感受适时适当地做出回应，这方面的努力还是必须的，其他也没什么特别的。

曹：您40岁那年开始做父亲的秘书，您觉得在父亲身边工作，跟他老人家学到最多的是什么？40岁按孔子讲叫做"不惑之年"，是不是您做出这个决定，意味着您也许下半辈子就是要走政治家这样一条路？您想得很清楚吗，当时？

福：现在的人都比较长寿，40岁不一定是不惑之年吧。在成为父亲的秘书之前我是个公司职员。为什么我会从政呢？其实我从政的理由有两个，第一是我原本从事的是和石油等能源相关的工作，很多能源问题在公司层面是无法解决的，很大程度上依赖于国家的政策，在公司做事有很多限制，我想跨越这些限制；第二是父亲当首相的时候，他已经是71岁的老人了，当时的平均寿命也不过75岁左右，年龄太大了，所以我想要帮帮他。这就是我从政的两个理由。

福田康夫和妻子

曹： 那您为什么后来一直到54岁那年，才正式出马去竞选日本的国会议员呢？

福： 很晚对吧？真的是非常晚。但是，我当时觉得自己必须要挺身而出了，可能我是踌躇满志，觉得非我不可，有些自负吧。我认为之前的日本政治是有很多问题的，特别是政治家的腐败问题。我非常想纠正这些错误和问题，而且觉得只有自己才能解决这些问题。

曹： 您曾经连续1259天担任日本的官房长官，据说这是日本宪政史上担任这个职务最长的一位政治家。而您奉行的人生的哲学是“光而不耀”，那我们怎么去理解这样一句话？是不是在您从政的道路上您一直奉行着这样一个原则？

福： 是的，就像“光而不耀”这句话的字面意思一样，仅仅靠做一些事情来吸引他人的注意，这不是我的处事风格！在这个世界上很多人都默默地努力和奉献，并且为这个社会创造着各种的财富，我们必须为这样的人喝彩。而我呢，只不过是这些人当中的一员罢了。

2007年9月23日对参选的福田康夫来说，是一个大喜的日子，他终于战胜竞争对手，问鼎日本首相宝座。从日本皇宫举行首相亲任仪式的那一刻起，素以作风谦虚、稳健著称的福田康夫，一心希望自己能像31年前当首相的父亲那样，为建设一个让年轻人充满希望，让老年人感到安心的国家而努力。

曹： 您和您的父亲福田赳夫先生都是71岁这一年成为了日本首相的。您觉得是不是冥冥之中也是有命运的安排呢？

福田康夫竞选首相成功

福： 这完全是出于偶然，就像美国前总统老布什和小布什一样。我当时也不是学布什总统他们，这只是惊人的巧合。我绝不是刻意等到71岁才当首相的，真的只是偶然而已。

曹： 当年人们把您父亲的很多的政治主张归纳为“福田主义”，我们特别想知道“福田主义”最基本的宗旨是什么？那您父亲当年的这样一些政治主张对您后来从政又产生一些什么样的影响?

福田康夫在北大百年讲堂

福: 日本战后进入了经济的高度成长期,物质上呢,比较富裕。虽然人们生活过得舒适了,但是很多人的内心依然空虚、不充实,这是最令我父亲担心的。另外一个呢,就是和现在完全一样的情况,也就是环境问题、资源问题。现在我们所面临的问题,父亲在30年前就开始考虑了,他希望我们警惕这些问题。在外交方面,我们觉得只要出钱,什么问题都可以解决,但是用钱解决问题是有诸多限制的,如果彼此无法增进了解和沟通,仅靠外交是无法取得成功的,所以,将心比心是很重要的。我父亲从政伊始,就自始至终提倡将心比心,现在从结果来看,还是成功的。将心比心这句话对内可以警示日本国民,对外有利于我们和各国友好地相处。现在日本首相鸠山提倡"友爱",两者的宗旨是一致的。人和人之间是平等的,要尊重每一个人,我想父亲是这样考虑的。

曹: 1978年您父亲担任首相期间,签订了《日中友好条约》。应该说这个条约对于促进中日两国的关系奠定了一个非常好的基础。那您父亲当时有没有跟您说过,在他的想法当中,中日的友好关系对于两国会产生一个什么样的影响?

福: 当然是听到过的。父亲认为这是必须的事,站在日本的立场上这是必须的,对中国人民来说也是一件好事。应该说这也是命运的安排,更是偶然之中的必然。我们要做的就是把握好这种天时地利人和的时机,做出正确的判断,使得外交获得成功!

曹: 您父亲跟邓小平先生有着非常深厚的私人的友谊,您能不能跟我们讲一些有关邓小平先生跟您父亲之间交往的故事。

福: 邓小平先生给我们感觉是非常友好,他一直保持着微笑,但其实他内心经常在考虑一些深层次的问题。我对他很有好感,想必日本人也都对他抱有好感吧。在我记忆里,他是个值得信赖的人,我是这样认为的。

曹: 听说您父亲年轻的时候花了很多的力气学习汉语,并且熟读中国的经史子集。1978年邓小平先生来东京和您父亲签订《中日友好条约》的时候呢,他们两人会面当中有个细节，就是您的父亲在一张小的便条上写了八个字，叫做“赳赳武夫，公侯干城”。这句话是取自于中国的诗经，所以呢这才知道其实您父亲福田赳夫的名字是从中国的《诗经》当中选出来的，是不是这样？

福：我想应该是这样的。当然父亲的名字并不是他自己取的，是我祖父取的。我的祖父也算是一个知识分子吧，当时他担任着镇长的职务，是个有文化的长辈，所以他老人家知道《诗经》里有这样的诗句。

福田康夫十分重视中日友好合作关系，在不到一年的首相任期内，中日两国高层互访不断，可以说中日友好关系能得到如此突破性发展，福田康夫功不可没。

曹：2008年5月，胡锦涛主席访问日本的时候，您特意在松本楼设宴款待胡主席一行。

福：对啊，松本楼对我父母来说是个很重要的地方，他们是在松本楼举行婚礼的。那是昭和8年也就是1933年的事情了，是个值得纪念的地方。松本楼和孙中山先生也有非常深的渊源，我想胡锦涛主席肯定也会喜欢的，所以特意选择在那里。松本楼饭店位于日比谷公园，公园的四周绿树环抱，在东京很少有环境这么好的地方，所以我们的会见也非常愉快。据说从那之后，松本楼名气越来越响，生意也越来越好。

福田康夫和曹可凡

曹：您曾经说过当首相感到有特别大的压力，而您总体上是喜欢自由的一个人，包括行动的自由、言论的自由。那么在当首相期间，可能这个两个方面都会觉得不太自由。那现在卸去这样一个重任，是不是会感到一种重新获得自由的快乐？

福： 现在我想到什么就可以做什么，包括各种各样的事情。想在某个领域尝试一下，就马上可以去尝试，这一点让我很高兴。我经常外出访问，十多次跨出国门访问了大约25

个国家，接触到各种各样的人，其中当然也包括各国的首脑政要，还有在社会各层面活跃着的人士。基本上，我比较关心环境问题和资源问题，另外，现在我致力于研究人口问题。现在全世界人口总数量是65亿，估计再过30年会增长到大约80亿。随着人口数量的增加，资源的使用量会扩大，另外消耗量也会相应地增长，所以应该尽可能地控制人口增长的速度。我现在主要是在做这方面的工作。

曹：福田先生也知道世博会很快要在上海举办。您作为跟中国人民非常友好的日本的政治家，您对这个世博会有些什么样的期待？

福：世博会汇聚了全人类对未来的美好梦想，来自世界各国、五湖四海的朋友们，都能通过世博会加深彼此的交流和了解，这是一件很好的事情，上海这座国际化的大城市，也将借助世博会取得更大的发展。我非常非常期盼上海世博会的开幕，我一定会在第一时间赶赴到世博会的现场。

虽然福田康夫卸下了首相的职位，却依然关注着世界和平。就在2010年，他凭借资历当选为博鳌亚洲论坛理事长。他说，世界正处于一个转变的时期，他将为下一代年轻人过上环境优美、自由丰裕的生活而努力！

人生即旅途——中田英寿专访

中田英寿，一个对日本足球来说有着标志性意义的名字！他是第一位去“意甲”踢球的亚洲球员，成为了日本第一个名副其实的世界级球星！他在20岁时获得亚洲足球先生的荣誉！从21岁到29岁的职业生涯中三次代表日本国家队征战世界杯！2006年时正值当打之年的中田英寿向世人宣布了一个震惊的消息——退役。这个决定让很多人感到不解。退役之后的中田过起了简单的生活，几年间他的足迹踏遍了世界100多个国家……

中田英寿

曹：中田英寿先生，非常高兴能够在东京见到您。中国的媒体一直把您称为是“亚洲之鹰”，可以这样说，您不仅是日本的骄傲，也是亚洲的骄傲。我发现一个非常有趣的现象，就是说您在踢球的时候有很多的球迷，可是当您退役之后呢，您的粉丝的量逐渐地还在扩大，而且当中女粉丝特别多，不仅是普通的女球迷，而且我认识的很多演艺界的，一线二线的女明星都对您特别崇拜，我觉得这是个非常有趣的现象，您知道吗？

中：我只是在做自己想做的事情，之前因为热衷足球就当了球员，退役后爱上了旅行，展开一些活动，就开始环游世界。在周围人眼里，我是个不受任何拘束的、随心所欲地过着自由生活的人，所以大家才会对我产生些许羡慕之情吧。

曹：您退役之后环游世界，据说您第一年去了50多个国家，100多个城市。您是怎么安排行程？哪些国家和城市给您留下了非常深刻的印象？

中：我去过许多国家，发达国家和发展中国家，看到许多在困境中艰难生存的人们。旅行给我带来的最大收获便是让我体验到了人性坚强的一面，无论环境如何恶劣，人们总

旅行中的中田英寿和孩子们一起玩球

能想方设法地继续生活，在我看来，比起生活在大都市中的人群，逆境中求生存的人更加坚强也更加有力量。所以至今在我脑海中印象最深的，还是那些体现人性坚强的一幕幕。

曹：而尽管您退役了，其实您到了很多地方还都是在踢球，比如说您在菲律宾和贫民窟的孩子一起踢球，在伊拉克饱经战火的街道上和喜欢足球的孩子们一起玩耍。是不是在这样一个旅行当中，在跟孩子们的交往当中，重新找到跟足球之间的那种亲密感？

中：到了国外最大的问题当然是语言不通，但只要一踢起足球，语言障碍就变得微不足道。足球让我在异国他乡结识了许多新朋友，学会了如何更好地为他人着想，也就是说足球让我们跨越了语言的障碍，进而坦诚地交流。

曹：您一直说希望在旅行当中重新寻找到自己，那您经过了第一年的150多个城市，50多个国家的旅行，有没有找到一个新的中田英寿？

中：之所以说通过旅行可以重新认识自我，是因为想通过这种形式来探询人生中新的可能性。与其说找到新的自我，不如说在广阔的世界中找寻自己力所能及的事情，为了达到这个目的就必须知晓世界的现状，只有对当今世界有了感性的认识后，才能找到人生中新的可能。

曹：退役后您以足球为媒介做了很多慈善方面的工作。能不能跟我们介绍一下，您是在哪个方面花了很大的力气来做慈善工作？

中：足球是世界第一大运动，不仅在亚洲，在非洲、南美、欧洲、美国，都有成千上万的球

中田英寿和齐达内

迷,其对世界的影响不可小觑。但要说足球真正对当今世界的发展有何种帮助，或者说扮演怎样的角色,可能还很难说,也就是说足球运动还有更大的可能性等待我们去发掘。于是我就有了借助足球之力,体验世界、援助困难人群的想法，而且这种援助不同于一般意义上的帮助。在我看来,足球运动蕴含着一种神奇的力量,能够跨越任何语言的障碍,联通人与人的心田。所以我不断参与各种活动,想方设法在人与人之间建立友谊的桥梁。

曹：有很多熟悉您的人都说,您是一个特别重情义的人,对别人总是无私地帮助,比如说,您在球场上会非常乐意地给其他的同伴提供一些进球的机会。同时也对弱势群体,对贫穷的孩子们给予无限的同情。特别想知道这种侠义的精神是从何而来的,是不是跟您从小家庭的熏陶,父母的教育是有关的?

中：在我的人生中,比起金钱、地位、名誉,我更在意别人对我的评价,所以我会尽全力做些力所能及的事情,这不仅限于乐于助人的层面,我希望与更多人建立起一种和谐友善的互助关系。

从开始足球旅程算起,中田英寿有20多年的球场生涯。他的足球生涯启程于日本山梨县一座小学的操场上。从爱上足球的那天起,踢球成了中田英寿最热衷的事儿,在肩负责任的每一次比赛中,他都为足球而深深感动。2006年,德国世界杯后中田英寿选择了急流勇退,从足球名将到时尚型男,中田的转型可谓是既快又准。

曹：那您现在不仅是一个国际球星,也是一个时尚达人,时尚界的宠儿。据说在日本很多您的粉丝会期待在成田机场看到您刚下飞机的着装是什么样的。是不是在时尚界您也觉得是一个非常如鱼得水的地方,觉得这是一个非常有趣的工作?

中：我不太清楚自己是否有时尚感,重要的是,如何穿着打扮,才能使自己的心情变得愉悦。比如今天的天气非常好,就自然想到穿一身清爽惬意的休闲服。相反,倘若套上一身不太舒服的行头,就会感到浑身不自在。所以为了能够轻松愉快地度过每一天,就会挑些自己喜欢的,能够提升自我精神状态的衣服。

曹:您曾经说过这样一句话,人生就像是旅行一样。是不是有时候人生也是像足球赛一样,今天成功了会非常高兴,明天可能一个球踢得不好就非常地沮丧,情绪起起伏伏,是不是也有这样的一个感受?

中:嗯,人生的确有失败也有成功,重要的是,面对过往能够保持积极乐观的心态。对待成功很容易,遭遇失败时,也要善于从中学习经验,失败根本就不是没用的东西,而是充满价值。因此失败后也请一定保持积极的心态,只有积极面对失败,才能更好地前进。

曹:我特别想知道您小的时候,是一个什么样的男孩,是很安静的,还是跟一般喜欢踢球的小孩一样特别闹腾,甚至喜欢跟同学们打架?

中:我小时候不管在家里还是外面,一直都是整天跑个不停,十分调皮的。

曹:当时在日本从大人一直到小孩,都是疯狂地喜欢棒球,那您小的时候为什么会独出心裁对足球那么喜欢?

中:之所以爱上足球,是因为看了漫画《足球小将》,看完之后就有了到真实的足球场上模仿漫画中主人公矫健身手的冲动,不知不觉就爱上了这项运动。

曹:当您作出决定希望能做一名出色的球员而放弃读大学,这个对一个小孩来讲,是不是一件特别大的事情?

中:足球运动对年龄有严格的要求,“过了这个村就没这个店了”,而上大学的话,只要有那份心,什么时候都能去念,我选择足球的理由就是这么简单。

足球将中田英寿带到一个完全不同的世界,他曾动情地说过他依靠足球生活和呼吸!从当年日本山梨县的选拔,再到关东地区的选拔,从U15、U17、国家青年队,直到后来成为J联赛的一员,被选入日本国家队,再到欧洲,他参加了无数场的比赛,在这个过程中,他也走遍了世界……

2006年德国世界杯时的中田英寿

曹:身为一个职业球员是不是在球场上真的是背负着很大的心理压力?有

的时候您会觉得自己今天踢得特别好，如有神助、无所不能，有的时候觉得自己是一无是处，什么劲也使不上，是不是这样？

中：最重要的是不要想得太多，既然木已成舟，不如将视线转向未来，不必耿耿于怀。其实很多事情只要及时换个角度去思考，就会出现新的转机。

曹：您后来去意大利踢球，到意大利以后立刻引起意大利球迷疯狂的追捧。您觉得自己靠什么样的魅力，在他乡异国受到这么多粉丝的喜欢？

中：我并不觉得自己有什么特别的魅力，倒是很有自信，总想着要把认定的事情做到最好，这种意识起到了很大的作用。而且既然来到国外，就应该入乡随俗，学那里的语言，过那里人的生活，与周围的人打成一片，这一点非常重要。

曹：那您刚去的时候，如何和欧洲的球员，能够在最短的时间内融为一体，并且适应欧洲整个文化的氛围？

中：在日本踢球也好，去欧洲踢球也好，我还是我。在与人交往方面，我没有使用什么特别的诀窍，只是把自己在日本为人处世的一套方法，搬到了欧洲，将最真诚的一面展现在欧洲人面前而已。自然地与人交往，这样做就足够了。

曹：2000年到2001年是不是可以看作您职业生涯当中最幸福的一段时光？因为这段时光既帮助日本队进入了联合会杯的决赛，也帮助罗马队获得冠军。

中：从结果来看确实不错，比如获得了意甲冠军。对一个足球运动员而言，成绩或许代表一切。但对我个人而言，更关注的是，人生的每一天是如何度过的，在有起有落的人生中，思考今天能够做什么事，实际做了什么事，这才是关键。

曹：2005年是您深受伤病困扰的一年，您不得不停下工作进行必要的治疗和休养。因为您习惯于平时在球场上奔跑，突然停下来，是不是对自己的职业生涯，甚至是自己的人生，都会有些别样的想法？

中：我不太习惯给自己设立长远的目标，更喜欢做一些短期计划，有时甚至细化到每一天。现在如此这般计划，将来会实现什么目标，我从不尝试这样的思维方式，反倒是时常思考，应该如何过好每一天，怎样才能做得更好，对我来说这才更具有意义。

曹：所以喜欢您的球迷都会注意到2006年德国世界杯，巴西和日本队的那场比赛，当裁判吹响了终场的哨声之后，您留下了眼泪。中国有句老话，叫“男儿有泪不轻弹”，在那样一个刹那，是什么样的原因让您留下了男儿的伤情泪？

中：因为当时就已经做好了退役的准备，深知自己再也不会参与如此盛大的赛事了。而且很多时候情感的外露并不是大脑所能控制得了的，所谓“真情流露”，或许就是这种情况吧。比赛结束后笑也好，哭也罢，并不是大脑思考后的反应，而是心情自然流露的结果。

一路走来，中田英寿球场上风光的背后，是不为人知的孤独和高压。连续三次参加世界杯，从21岁到29岁，整整8年的时间，对一个职业运动员是多么漫长的考验！如果说21岁时中田英寿在世界杯上的出色表现让欧洲足球界认可了这个青涩的日本男孩，那29岁时，他则从内心希望重新审视自己……

曹： 当您宣布全面退役的时候，这让全世界喜欢您的球迷大吃一惊，我想足球界也受到了震动。您向观众宣布了这样一个人生的重大决定之后，是一种什么样的心情，是恋恋不舍，还是如释重负？

中： 并没有什么如释重负的感觉，我对足球的痴迷至今仍未改变。不是因为厌倦了这项运动才选择退役的，只是觉得刚好是时候开始下一段旅程了。

曹： 我知道日本的文化是一种不太能接受个人主义的文化，但是我注意到，特别是您退役之后还是一个时尚的公众人物，这样一个高调的表现，会不会觉得自己有些压力？

中： 至今为止，虽然没感到过什么压力，但也挺辛苦的，把自己喜欢做的事坚持到底，绝对不是一件容易的事。抛开好坏不谈，面对自己喜欢的事，不管遇上什么困难，坚持不懈是很重要的。我真的只是尽量轻松乐观地对待而已。

曹： 中国的足球这些年一直提高不快，中国喜欢足球的人特别多。作为一名亚洲的一线的球员、国际球星，从您的角度看，您觉得中国足球的问题在什么地方？有些什么样的良策能够提供给我们的专业人士？

中： 因为我对中国足球的现状不十分了解，也没有当过教练，谈不上什么好的策略，但有一点可以肯定的是，2008年中国成功举办了奥运会，取得了那么好的成绩。中国人做事都那么认真，只要方法好，肯定会培养出一支成绩优秀的队伍。据我所知现在有很多中国球员正在外国球队踢球，这是个非常好的学习机会。虽然我对中国足球知之不多，但从北京奥运会的成绩来看，感觉中国人真的很棒，中国足球也是如此。应该说中国足球还有十足的潜力有待挖掘。

中田英寿和曹可凡

在闲暇时制作陶艺

曹：您现在也是国际足联的推广大使，您心目当中有没有一个足球的发展模式，特别是发展中国家、亚洲这样一些国家的发展模式，有没有想过？

中：在旅行中有时也会和当地人踢场足球，亲身体验了世界足球的巨大进步。应该把足球看作是一项单纯的体育运动，在畅快的游戏中体验无限的乐趣。另一方面，训练方法都已经普及到全世界，所以并不存在哪种能够让战绩飞跃提升的方法。最关键的是，对足球的思考方式、接触方式，还有就是牢记自己的特点。循此以往，必然能发掘出更大的可能性。并不是说亚洲的足球该这样踢，非洲的足球该那样踢，足球是世界共通的，最重要的是怎样才能踢出自己的特点，不能光顾着模仿，模仿后要拿出自我，"青出于蓝而胜于蓝"，这才是正道。

曹：您在踢球的时候备受球队球员的信赖和尊敬，生活当中，谁是您最信赖尊敬的人？

中：当然是自己了！我当然有许多值得信赖的朋友，父母也是我十分崇拜和信任的人，但如果一个人连自己也不能相信，没有一点崇拜自己的自恋精神的话，什么事也干不好，而且当今社会没有自信的人又不在少数，所以我就更有理由崇拜自己了。

曹：世博会很快就要在上海举行，您作为一个国际球星、时尚达人，能对上海的世博会表达一下您的期盼吗？

中：中国先是成功举办了奥运会，2010 年又举办世博会，可以这么说，中国给世界经济的复苏带来了巨大的机遇，做出了很大的贡献，这是有目共睹的事实。衷心希望上海的世博会能获得更多人的关注，给全世界人民带来一个惊喜。我也很想去看看。

挥别足球职业生涯的这几年时间里，中田英寿不再作为职业选手站在比赛场上，但他并没有彻底告别足球，在旅途中、在草地上、在小运动场，他依旧和喜欢足球的孩子踢球，并且怀着儿时那种熠熠生辉的心情！或许只有离开，才能将这份爱足球的心以更纯粹的方式延续……

武者的江湖——甄子丹专访

一身真功夫，一颗英雄胆。他是优秀的演员，出色的武打指导，电影江湖的传奇——甄子丹。这位与中国功夫有不解之缘的华裔电影明星，生长在美国。从小就梦想成为李小龙式的人物。母亲是他的武术启蒙教练，李连杰是他的同门师兄，他成功地塑造了数十个武打人物角色。近期甄子丹主演的浪漫武侠影片《锦衣卫》即将领军春节档。在探索武术的征程上，甄子丹永不停歇。

甄子丹

曹：你主演的《锦衣卫》很快就要上映了，你曾经说过这部片子是你打得非常辛苦的一部片子，给我们介绍一下。

甄：在《锦衣卫》里我扮演一个锦衣卫的头叫青龙，其实他是一个杀人机器。换一句话就是一个大反派。对我，对观众，大家很少看到古装武侠片是从反派的角度去写的，所以那个《锦衣卫》挺新鲜的。

曹：这次为了达到导演要求的肌肉效果，听说你刻意减肥，每天吃一些蛋白粉充饥。

甄：像《锦衣卫》有一两场戏，是要脱了上衣的，脱了上衣当然要以最好的状态展示给观众，所以我在还没有拍之前，大概两个月，就不断在现场锻炼自己的肌肉。

曹：我想对于一个武打演员来说，文戏总带有一些挑战性。其实这几年你已经慢慢地在适应那样一种变化，在很多的武戏当中加入文戏的成分。但这次拍的感情戏，还是有一些难度。我听说有一场戏，导演和赵薇都是觉得可以，可是你还是要求重拍一条。

甄：是，导演说我做得都不错，赵薇也说“子丹大哥做得不错”，但是我知道我可以做得更好。那天晚上我就真的睡不着。第二天就和导演说，希望能够再让我补拍那场戏，最起码补拍我那些镜头。但是赵薇已经走了,那怎么办呢?我们就找到一个赵薇的替身,重演那场戏。我当天状态就非常好,就非常投入。

曹: 这次拍片有没有受伤?

甄: 有,伤了左腿的韧带,撕裂了韧带的四分之一。我几乎每一部电影都受伤。

曹: 你受伤最严重的有几次?

甄: 有时候可以说有一些大伤呢,反而我觉得影响没有那么长、那么多、那么大。比如说我两个眼睛缝了针。拍《新龙门客栈》的时候,伤了眼睛4次,两次在左边,两次在右边,缝了6针。第一次就是《黄飞鸿》,我跟李连杰打的,打到那个眼睛缝了6针,之后《英雄》也缝了6针,反正就是经常伤眼睛,那个很危险,差一寸眼睛就瞎了。

曹: 这次在拍摄的过程当中,其实还发生了一件非常重要的事,就是从小把你带大的姥姥病重去世了。可是那个时候,你正同时参加几部片子的拍摄,最后没有回去送她,你心里会不会觉得有点遗憾?

甄: 非常遗憾和内疚,坦白说。当时接到爸爸电话,他告诉我,姥姥昨天晚上已经去医院了,医生说已经差不多了,他问我有没有办法回来。当时对我的打击非常突然,还有就是那种心情很难去形容。但是在现场几百个人,你不能叫大家不拍了,过两天再拍,第二天我还要再去《十月围城》那个组,我答应了陈可辛,帮他拍那个结尾,做武术指导,帮他拍一场。如果我当天就马上坐飞机回去,我家在美国波士顿,很远,我坐十几二十个小时回去,回来肯定赶不了两边电影的拍摄进度。当天晚上我反复考虑,第二天我接到爸爸的电话,我姥姥已经过世了,即使回去也没有什么用了。现在回头想,正如刚刚你说的,我从小由她带大,自己没有尽做孙子的责任。

从2006年起,甄子丹最新的作品集有《江山美人》、《画皮》、《叶问》等影片,不断带给观众新的惊喜。而甄子丹和武术的缘分可以追溯到他的童年,甄子丹1963年出生于广东,11岁时移民美国波士顿,母亲麦宝禅是世界著名的武术家和太极拳师,甄子丹从童年起就追随母亲习武。

曹: 我们都知道你母亲是一个武术大家,家里也开武馆。你小时候学武术,是耳濡目染,还是妈妈逼着你学?

甄: 小时候一开始她真的要逼着我起床,拿着一条木棍逼着我练功。后来我自己发现,原来我自己是练武的人才,慢慢对于练武就有兴趣,继续走练武之路。

曹: 那小时候如果练得不好的话,妈妈会打你吗?

《江山美人》电影海报

甄：小时候有的，会有的。

曹：你爸爸是报社编辑，是一个文人，所以你们家很厉害，文功武治？

甄：比较有趣的是我家的组合。因为一开始我妈妈是个女高音，我爸爸是拉小提琴的，所以我从小也有一点点钢琴的训练。

曹：他们说你钢琴相当有水准啊，能够弹肖邦的作品。

甄：一点点啦，很多年都没有好好地去练，所有艺术的东西都需要时间培养。

曹：我听说你小的时候，不仅是在自己家的武馆习武，有的时候还会偷偷跑到人家那里去。

甄：经常跑去，我对于练武很好奇，很有兴趣的，什么都会想学。

曹：你小的时候在美国是不是也经常看一些功夫片、武侠片，看完之后模仿学着电影里的动作？

甄：经常看。因为我妈开武馆在唐人街，唐人街有一两个专门放中国片的戏院，每个星期都有一些新的片子，几乎每个星期都看一部新的。所以在那个时候，我已经打了很深厚的基础。

对于武术知识的渴求以及一贯反叛的个性令甄子丹逐步学习并且精通多种不同风格的武术。作为一个热血少年，十几岁的甄子丹在波士顿声名欠佳的暴力区里横冲直撞。父母对此非常担心，因此采取了一种迂回的方式令他收心，将他送到北京，在著名的北京武术队中接受训练。

甄：当时也是好奇妙的，我在北京差不多一年多吧，不会说普通话，吃的也不习惯。后来一段时间，我看着那个建国饭店盖起来，然后我每个星期都去建国饭店买一个汉堡包。当时在北京跟他们练的时候，其实有一点点隔阂的，因为终归我还是一个华侨的身份嘛。那时很严格，其他队员跟我沟通都很小心的，要看着领导，能不能跟甄子丹说话，所

以我当时也挺孤独的，我也住在好远好远的地方，房租比较便宜嘛，每天五点多就要起来转车，转两三趟车去北京什刹海武术队。

甄子丹和曹可凡

曹： 那您后来是怎么跟袁和平先生结缘的？

甄： 是这样的，在北京武术队学了大概一年之后，发现这个完全不是我要学的东西，都是所谓的武术，都是停留在表演的一些套路的东西。我就离开北京，继续走我练武的一些路，偶然的机会我在香港就碰见袁和平，因为袁和平的姐姐以前跟过我妈妈练太极拳。当时袁和平需要找一个新人嘛，他好喜欢我，之后就跟他签约了，开始我拍电影的路。

曹： 你们俩合作的第一部戏就是《笑太极》，我想你拍那部戏应该是如鱼得水，因为你从小跟着妈妈学太极。

甄： 确实我在第一部电影《笑太极》里面也展示了我对太极拳的一些理解。

曹： 他另外的一部片子，就是你跟他一起合作的《情逢敌手》，其实你到现在还很少有这个类型出来，因为它完全是一个喜剧。

甄： 袁和平希望有所突破，就用当时很流行的一种霹雳舞。因为我从美国回来，我对霹雳舞比较熟悉，我自己也会跳一些霹雳舞。他就说我们要不要把霹雳舞元素加在功夫里面拍一个喜剧片，结果我们就拍了一部《情逢敌手》。

《情逢敌手》后，甄子丹继续与袁和平合作，拍摄了《特警屠龙》、《洗黑钱》等影片。在很长的一段时间里，甄子丹是袁家班里的一个得力干将。但他却没有紧随潮流，随遇而安，而是选择了一条继续探索之路，开始重新审视自己的发展路线。在1997年，甄子丹以《战狼传说》作为自己导演生涯的开端。

曹： 你自己导演的处女作《战狼传说》，当时这个投资环境是很差的，你花了多少钱拍这个戏？

甄： 三百多万，自己开公司，什么都做，然后很多想法、很多理想，当然出来就是一塌糊

甄子丹和李连杰

涂了,票房也失败了,还有刚好我就碰见那个金融风暴,所以很多资金都没有收回来。

曹:你最惨淡经营的时候最受挫折的时候有没有想过放弃?

甄:我最惨淡的那个时候,《杀杀人,跳跳舞》对于我来说也是一种胜利。可能那个票房只有一点点,但是从我整个电影事业来说那是我的一个转折点,一个学习的点。

曹:我听说你在好莱坞拼搏,尽管拼得很辛苦,可是并没有达到你所期待的那样。但是你在选择剧本的时候,有你自己的想法?

甄:是,我除了是一个演员,还是一个公众人物、一个华人的公众人物。在某种程度上,我是代表华人的一种形象,我不能有一个戏就接。如果扮演的角色会给我们华人一些负面的形象,我情愿不接。

曹:和张艺谋拍《英雄》是不是促使你重新回归到华语影坛的队伍当中?

甄:我从来没有跟我自己说是哪里拍片,是哪个地区,反正就是《英雄》在国内拍,我就在国内呆一段日子。

曹:那你在《英雄》当中其实跟连杰兄也是第二次合作,你们都是高人过招,那种感觉是不是跟其他人过招的感觉不一样?

甄:我们第一次合作的时候其实我不知道他的心态是什么样的。拍《黄飞鸿》的时候,我二十几岁,非常好胜,也没有讲话,反正一拍没怎么套招的,两个人就对上手了,拼劲很厉害。我还记得当时是越打越快。《英雄》之后,大家年纪也开始大了嘛,心态也不一样,我们那场戏是慢功出细活,慢慢拍,每个镜头我们都回放看,哪个地方可以再好一点,我们两个人在一起讨论。

曹:那你跟成龙大哥交手过几次?

甄:第一次在一个老外片,第二次是在《千机变 1》,在《千机变 2》中我们再次对打。我跟成龙大哥的对打没有那么刺激。

曹:其实现在中国的功夫明星也是后继乏人。当然也有一些年轻的演员在试图学习一些武打,比如在过去的一些合作当中,你也辅导过古天乐啊、谢霆锋啊,这次像黄晓明啊,你觉得年轻一代是不是会有这样的一些继承者将来会成为像你这样的武打明星?

甄: 坦白说,正宗的功夫片你还是需要正宗的功夫底子。拍一些警匪片当然可以了,任何人有一些体能都可以拍,但是要像我们这样子,我认为不太可能。

曹: 看到这种现象你心里是一种什么样的心情?是很担忧呢还是很欣慰?还好后面没人追着我。

甄: 都有。我觉得我作为一个动作电影的推动者,我当然是非常焦急,后面没有一些年轻人。真的需要很多年的一些培训、电影的训练才可以有所成就,不能一下子就看到成功。

在当今的华语影坛,甄子丹是和成龙、李连杰三分天下的功夫巨星。甄子丹自身出众的技巧天赋和经验,令他能够自如地跨越东方和西方之间的界限。他赋予"世界化"这个词全新的定义,他的电影反映出他强烈的个人感情,同时也反映他身边世界中鲜活的生命。那他又是如何不断挑战自我,一次次地完成角色转变的呢。

曹: 我在看《叶问》的时候,觉得有很大惊喜的是我真的看到一个不同的甄子丹。

甄: 其实去演那方面的不一样很难,特别是对一个已经演了二十几年动作片的、有一定习惯的一个动作演员。

曹: 有些惯性在那里。

甄: 我举个例子,有一场戏,一打十,经典的一场戏,我去那个日本的道场,跟十几个空手道的人对打。那当时叶问的心态就是看见自己的同胞给日本人杀了,有情绪出来吗,出手非常愤怒,但是不要忘记我是一代宗师,我是叶问,我们塑造的叶问是非常优雅,非常儒雅的一个人,就算他愤怒,也不会在脸上表达。但是你怎么把那种愤怒表达出来?所以那场戏是很难演很难演。作为一个动作演员,我们知道那个难度。一般观众就是觉得很不一样,但是他不知道是哪里不一样。其实每一个表情每一个动作,我都需要重复去告诉自己,重复去修正。

甄子丹和成龙

曹：那你现在是否期待会看到梁朝伟和王家卫的《叶问》？朝伟兄在练咏春的时候受伤了好几次，是不是觉得他作为一个非武功演员要完成这样一部片子确实要付出比常人更多的艰辛？

甄：我觉得他们有自己的想法，有自己的方向，有自己的风格。梁朝伟我是非常敬佩他的，他是影帝嘛。他拿影帝的时候，我都不知道演技是什么东西。所以我在那方面是非常欣赏他的，我也衷心希望他很顺利地拍出一部作品出来。

每当他谈起三段刻骨铭心的感情时都会感慨万分。如果说1993年，他情定圈外女友是一场美丽的错误，那么1999年，他挥别同为艺人的万绮雯时则是深思熟虑的结果。而如今历尽爱恨坎坷的沧桑后，甄子丹携手汪诗诗共同组成了一个幸福家庭。在不工作的时候，甄子丹就成为了彻底的居家男人。

曹：你和太太是在一个什么场合当中一见钟情的？

甄：在香港，朋友介绍。

曹：而且你们年龄也差了很多，

甄：18岁。她比较成熟，我比较幼稚。

曹：你还记得第一次上女朋友家里见到未来的岳父时紧张吗？

甄：我还记得当时是晚上12点，我送她回家，进去客厅坐的时候，一家人都坐在那里围着我。我知道大家都在那边观察我，究竟这个人是可否交往。我非常运气，因为整个家族都听她姥姥的话，她打电话给我岳母就说，这个人我看中了，肯定是他了。

曹：拍拖多久就结婚了，没多久吧？

甄：2个星期已经订婚了。

甄子丹一家

曹：2个星期就订婚了?!

甄：好几个月之后，我们结婚了。

曹：那结婚以后是不是太太掌管财政？

甄：掌管财政好啊，有人帮我掌管财政。

曹：帮你打理。如果有空的话，会在家里给她做做饭吗？有拿手菜吗？

甄： 拿手菜就是我煮波士顿龙虾，我们有一个习惯，就是她每次生日我都帮她做波士顿龙虾。

曹： 据说你们结婚周年的时候，你送给她一个非常特别的礼物。

甄： 之前本来答应她那天吃晚饭的，结果我约了工作室去录音。我不能说要录音，我告诉她我还要开工要拍戏，她就反正不开心了。我说过几个月，你肯定会后悔今天说的埋怨我的那段话。然后就在我们结婚周年那天，我就提醒她说，几个月之前你不是骂了我一顿吗，其实那天我没有去别的地方，我去录音，就拿了CD出来。我经常会找一些浪漫的事情做，其实两个人在一起是需要经营的，真的要经营，就是你不能想当然。

《叶问》剧照

曹： 我听说你孩子出生的时候你还自己去帮孩子剪脐带？

甄： 是，因为女儿出生的时候，她出来很快，总共去医院到出来才二十几分钟，真的二十几分钟，我女儿出来之后，我没反应过来，还问那个医生，可否自己剪那个脐带。他说，"下一次吧"，已经绑好了。所以在我儿子出生的时候，我就告诉我自己，一定要亲手去剪。

曹： 剪的时候手抖吗？

甄： 抖，我怕剪多了就惨了，我好几次问那个医生，有没有剪多，剪多了怎么办呢？剪多了就不好了。

曹： 如果将来有一天他们希望入这行，你是一个什么样的意见？

甄： 只要健康，只要他们开心，我都会尽量去支持他们。

曹： 你拍了这么多的武打戏，在你心目当中什么样的人才能真正地称得上是一个大侠？

甄： 很多电影塑造的一些大侠，是需要做一些惊天动地的事情。但是在现实生活中，我觉得人与人之间需要爱，需要互相去帮助。举手之劳的一些帮助也好，一些大事也好，只要你无条件地付出已经是一种大侠的行为了。

甄子丹，他曾经梦想着像李小龙那样成为华人的骄傲；如今，他希望通过他的电影把中国功夫传播到世界。从演员到导演，从台前到幕后，凭借着对功夫和电影的热爱，甄子丹开创了属于自己的动作电影风格，并且不知道疲倦地一路走下去。

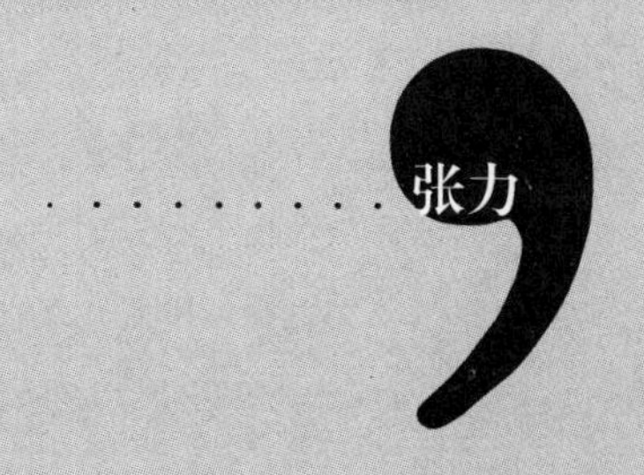
张力

张 力

…………………

戏梦人生——朱天文专访

朱天文,台湾女作家,台湾新电影的重要编剧之一。现今年过半百的朱天文,神情和姿态还一如当年那个书香门第家教良好的写文章的女孩子,永远恬静温柔。30余年的写作生涯里,朱天文始终饱含着"对现实的热情,对物的情迷"。她的作品意象繁复,在练达的叙述中偶然流露出细腻情态。她也始终相信,读者跟作家最好的沟通方式,无非在作品里共处。今天让我们走近她,感受她清冷文字背后的热爱和眷恋……

朱天文

曹: 天文老师,你好,很高兴在上海能够见到你。我记得阿城老师曾经在你的一本书的序当中写过这样一段文字,说你就像是一块稀有金属,在现场的阴影中发着柔和的光。这次译文出版社出了一套你的作品的系列,同时你也参加书市、书展的活动,能不能给我们介绍一下在书展当中推出的这套系列?

朱天文大学毕业照

朱: 这些其实都是少作,早的话也距今三十几年了,因为我算是写得早,高中吧,高中一年级就开始写,所以写龄很长。到底读者们读些什么呢,会不会觉得很遥远,因为生活情境非常不一样。我就是抱着一个想法,把我自己当成一个出土古物吧,放在那边给人家展览好了。

曹: 我大致翻读了一下,觉得基本上从一个侧面可以反映出你写作的轨迹。早年你在台湾,文字很受校园学子的青睐,写少女之间私密的情怀。到1983年你做电影以后,小说的创作进入到一个新的阶段,从《炎夏之都》到《世纪末的华丽》，可以说完成了自己文学上的一个蜕变，我觉得这套书基本上能够看出你的这种轨迹。你怎么看待自己写作上的不同的关注点？

朱：我觉得可能蛮基本的一个写作态度就是老老实实。我记得自己刚开始写的时候，当时在台湾，20世纪70年代我念大学的时候，有叫做“乡土文学”的一个论战和运动。就是说很多的老师是60年代在美国，大家知道60年代的美国是怎么回事，民权运动、黑人运动、民歌、民谣。他们就把这一套东西带回台湾，好像校园里整个风潮出来就是大家开始追回自己的乡土、自己的根。所以呢，我们作为一个只能写自己熟悉的、自己感动的东西就会觉得有一点小儿小女情怀。你现在看我们高中大学什么事情最重要，就是爱情，生活里头最重要的就是爱情。可是面对乡土文学运动或乡土文学论战的时候，我就觉得是矮了一截，就觉得他们是进步的、时髦的，我也真的也没办法去学，所以基本上你面对一张稿纸跟你的一支笔的时候，只能老老实实写那个年龄你会写的东西。结果这个素质一直到后来，就是路走得长的时候，这个老老实实的素质就显出它的力量了。就是说每个阶段你写你最在意的，你一定会成长。你离开了学校到社会上，你面对的不同，即使基本上是你个人的身份，可是还有那个台湾的背景也在后头，你只要是关注这些的话，你写个人，背后东西也都会写出来。它好像是台湾的一个大的身影跟你个人的小的身影，就是这样一个身影走过去，就像一大一小这样走，是不是有这个意义。

1956年朱天文出生于台湾眷村的一个文学家庭，父亲是著名作家朱西宁，母亲是日本小说翻译家刘慕沙。家学渊源也好，天资聪慧也罢，朱家三姐妹天文、天心和天衣也相继走上了文学创作之路。

朱氏三姐妹

曹：你的父亲是名作家，妈妈又是翻译家，我们知道你爸爸很好客，正所谓“谈笑有鸿儒，往来无白丁”。在这样一个家庭氛围中成长，对你们姐妹仨日后从事文学创作是不是真的起着至关重要的作用？

朱：是啊，可能早期你完全不觉得自己有这么大的财富吧，那当然越长大越晓得。因为我父亲是军职，他的所谓哥儿们，有结拜8个兄弟，其中一个兄弟在我们当时叫做“警总”，就专门检查书的，比如说30年代的书他们就没收了。可是呢，他那边没收这边就转给我父亲，所以我们家的那个书柜门一打开，后面一堆30年代的书，我们轻易就能读到鲁迅什么的，一读就喜欢沈从文，大概在我们小小的时候就读到吧。

曹：听说父亲去世了，你妈妈跟你妹妹、妹夫、侄女还是住在一起，是吧？

朱：对。

曹：是不是还是一个像过去一样充满文学的大家庭？

朱：是不是充满文学我就不知道。我听过我一个做评论的朋友，他说他非常不可思议，为什么呢？他说，其实每一个创作者都很像那个核能发电厂，意思就是什么，像个暴君，你只要是做一个创作者，当你要进入写作状态的时候，你不仅是隔绝自己而且非常暴躁。所以我这个评论界的朋友说："你们家一个发电厂就够，两个三个四个，你们是如何在一个屋檐底下，彼此辐射线这么强，互相干扰，你们怎么个相处法？"我们说："哎呀，我妈妈比较倒霉啦，她好像是变成收纳的，收纳所有人的射线。"像录音间里的录音板是一个洞一个洞会吸纳音的，基本上我妈妈扮演了这个角色，把我们的辐射线吸纳起来了。

曹：据说你现在写东西还不是用电脑，用爸爸留下的特定的稿纸，是吧？

朱：是啊，因为当时父亲觉得外面用的稿纸都不适合他，也不喜欢，所以他就自己画格子，画了五百字的稿纸，是用手工画的，横的直的，然后就交给印刷厂去印。当时印了很多，他没有用完就去世了。后来我们整理遗物，我就从那个床底下吧，找出两箱稿纸，有三十几摞，一张五百字，我说哎呀，大概我的余生就是这样吧，我如果能把这两大箱稿子写完的话，那我此生也可以交代了。这是我的余生，我的未来，就是这个，有这种感觉啊。

朱天文的父亲朱西宁，是张爱玲的铁杆粉丝，即使在生死未卜的军旅途中，行囊里也不离不弃地带着张爱玲的小说。

曹：当年你们姐妹仨的"三三体"文学在校园当中是很受大家关注的，你们也出版了所谓的"三三集刊"，自己写书、印书、卖书是一件非常有趣的事情。其实两岸的文学评论者或者读者在谈到朱天文的小说的时候，都会说你的小说是有一点"张腔胡调"，你自己介意别人这种评论吗？

朱：介意也没用，因为你自己东西写出来，大家怎么读，怎么看，其实是每个人取他所能取的。不过就是说，在你每个阶段，你最在意的，你吸收了什么，你把它毫无保留地写出来，给你所能给的，那读者依于他每个人的不同，取他所能取的，其实就是这样。我觉得有一个时期，像我们都说是因为张爱玲在台湾的影响非常大。但文学就像一个花园里面

朱天文全家

有玫瑰花，也有这种小酢浆草，就要众生喧哗，你就是要不一样才好。所以到后来我觉得已经不一样了，这两年不一样了，所以就不在意了。

曹：《小团圆》这个小说其实颠覆了我们对很多文化前辈固有的那些想法，比如说柯灵先生，桑弧先生。

朱：真的，尤其是上海的陈子善老师说基本上还是一个影射小说。可是我再后来再看一次《小团圆》的时候，因为第一次大家很八卦很震惊，然后像那个浮沫，叶子的浮沫整个被冲上那个水面，等浮沫再沉淀下来的时候，我们再看的时候，我还是对张爱玲致敬，作为一个小说同行致上最大的敬意。她一定是被逼视到不可逼视处，所以她凝视的目光一定是阴影的部分，是暧昧不明的部分，然后她绝不手软地去逼视到那个核心。

曹：我在你的散文当中看到有一篇写到三毛，当时你们之间有什么样的交往？

朱：其实也是办《三三集刊》，那时是在台湾皇冠出版社，张爱玲的东西都是皇冠出的嘛，我们有很多文章也在"皇冠"上登，然后是出版《三三集刊》。当时三毛是在加那利群岛跟荷西在一起，她都会固定收到"皇冠"寄给她的书，就看到《三三集刊》。《三三集刊》里头有我妹妹朱天心的作品。当时她写《击壤歌》，就是写她高中生活，里面就写到我们三个姐妹得到一个巧克力糖，那时候的巧克力还是非常贵的，舶来品，我们每次拿到巧克力糖,我们就是比赛吃慢,因为你吃快一下就没了,谁吃得慢就谁赢,所以这一段天心就把它写在《击壤歌》里面。结果三毛就在加那利群岛看到了,她说,哎呀,真可怜,这样子吃巧克力法。她就寄了十块美金给“皇冠”,托“皇冠”转给我们,还附了一封信说,这十块美金就让你们去买巧克力痛快吃一场。所以等她从加那利群岛回来,我们差不多有两三年期间非常密切地来往,找我们去她家,妈妈做一桌菜吃,然后她有一点钱就买我们的书,四处送朋友。因为那个时候我们才二十出头,她就带我们去一个好吃的地方,一群年轻人办期刊的就这样去吃。哇,我们那个叫是狼吞虎咽,就是风卷残云,一下子把它吃光光。她就不怎么吃,她就看着我们这样很开心的这样。后来等到我们也差不多到了一个年龄之后,我们说,哎呀,原来她当时其实看着我们的眼神是在说她也吃不动了,也玩不动了,可是她经济上有这个能力,就带你们吃好吃的,带你们玩好玩的,她的那个眼光我一直记到现在。

在文学之路上淡雅前行的朱天文,1983年时凭借《小毕的故事》涉足电影界,从此开启了她和侯孝贤导演合作的漫漫长路。朱天文试图从不同的眼光中糅合出时代特殊的生活方式与态度,忠实的记录却亦有传承。她褪去外表最为大众接受以致产生误解的迷雾,将生活的本原呈现在读者面前,于是显出纯净。

曹: 我们再来说说侯孝贤导演,我想是因为《小毕的故事》,你跟侯导开始了一个长期的合作。你是不是记得当你第一次在明星咖啡馆见到侯孝贤导演的时候他是一个什么样的样子?

朱: 我觉得他根本是个小鬼啊,当时,差不多三十几岁样子。他在台湾算是师徒制做起来的导演,所谓台湾新电影其他导演,大概都是在美国或欧洲学电影回来的。所以一个是土法炼钢,一个是学了很多的这种理论技巧、看了无数大师的电影。两边这样一激荡,正好那么多人,有足够数量的人,碰在一起撞出来的火花。当时他们说要买《小毕的故事》的电影版权,因为它是先登在联合报上,短短一篇。

朱天文与侯孝贤

所以我就把自己打扮得很干练，一副很女秘书很有社会经验的样子去。结果发现对方根本不是这样，他们就是非常朴素的一伙工作人员，而且年轻得不得了。尤其是再稍微接触一点，基本上我觉得侯导演他很草莽嘛，应该这样讲，是从城隍庙混出来的，一路混出来的。但他只是在早早的时候在某个阶段，可能他父亲对他的影响很大吧，他就没有再跟这一伙在一起，就自己到台北来念书了。如果他继续留在城隍庙，跟这一群人混的话，可能下场很惨吧，因为总是到后来杀过来杀过去的，搞不好就是断腿断手，总之就是走到另外一条路上。可是这个也变成侯导演的一个心结，所以在他心里始终总有缺憾就是没有做到顶，这个草莽没有做到顶，就改邪归正了。我觉得是他一个心理上的缺陷，就是没有满足到啦，所以在他后来的很多电影里头，他总会有这种我们说的黑道情怀，就是这种侠义吧。其实我有点看穿，说穿了那个时候没满足到，就一直有这种黑道情怀，我觉得比较接近武侠的这种侠义。

曹：其实很多人都说朱天文是侯孝贤的御用编剧啊，但是也有人说，侯孝贤是朱天文的御用导演，你怎么看？

朱：我觉得前句比较对，后一句不正确的。

曹：后句有点调侃的说法。

朱天文和曹可凡

朱：对，当然是前面那一句正确。因为我觉得我自己的战场吧，或者是成就感的部分，自己能真正表达的当然是文字。文字是形式，形式本身也就是内容，那是别人取代不了的，这个是我的立足点。

曹：通常你跟侯导是怎么一个合作的流程？你在书中写到，基本上你们更多的时间是谈话，但是你也说，你写的剧本其实对侯孝贤导演来说实际上是给工作人员的工作台本，这个很有趣的。

朱：我觉得我与其说是作为一个编剧，倒不如说是作为一个陪打球的，当他的能够练球的对手。这不是一般的，所以我觉得我扮演的角色是在一个比较长期讨论过程里面的，他的自言自语里头的一个自言一个自语，你要扮演一个自语的角色，频率相同才可以。

曹：侯导跟我说他在拍完《大儿子的玩偶》之后，接着发现自己站在一个艺术创作的十字路口，他认为自己导演的那种非自觉的阶段已经过去了，这个时候你正好给他看了沈从文的自传，使他豁然开朗。你当时为什么想到会给他看沈从文的自传？

朱：因为当时他是要拍《风柜来的人》，整个的故事就是他少年时候在城隍庙前面混的那些阳光灿烂的日子吧，类似像这样的东西。就是以前从底层做上来，那些土法炼钢的东西，你碰到了新的学电影回来的，那你以前是不知而能行，浑然天成。现在已经不管用了，因为你已经知道了，你不能假装不知道啊，那你知道了怎么办呢，所以他就一直找不到方向怎么来拍。可是你看沈从文那个时代背后的东西那么多，而且沈从文那种是自然的眼光，他是一个像天道的眼光在俯瞰。后来给侯导看，侯导就说他找到了怎么去拍的东西。

曹：那你自己现在手头有没有什么大的作品在写？

朱：下面想先写一个短篇小说吧，可能故事都有，就是七八篇，整个统合在一个大的主题，就是时差的故事，在写这些！

别样的红——韩红专访

韩红——华语乐坛传奇女声！无论是华丽的高歌，还是婉转的低诉，她的每一次出现，都带给听众无限的惊喜！游走于原生态与流行歌手之间韩红，对自己的歌声有怎样的评价？对于《天路》版权事件她在媒体面前首次开腔，又有怎样的解释？她是演艺圈里出了名的好人缘，却又为何称自己是演艺圈的异类？韩红有如手握平衡竿的小女孩，在众人瞩目中小心走着钢丝，平衡着理想与现实间的天平。

韩 红

曹：应该说第一次知道你的名字是1999年，在上海举办的"东方风云榜"。那次你得了新人奖。你觉得那时候这样一个奖项，对你这样一个刚刚步入歌坛的歌手来说，有什么样的意义？

韩：我觉得如果一个人，你想永不停止地去进步，最好就老拿新人奖。我跟上海一直都特别有缘，我会讲一点点上海话，因为上海人很喜欢我，我也很喜欢上海人。我对上海人的评价可能跟其他人的评价不太一样，我觉得上海人挺仗义的，跟我比较能说到一起，因为上海的"东方风云榜"，他们第一次大胆地去启用一个北方来的新歌手。我记得当时龚学平他在当市委副书记，龚书记就说："你愿意来上海开演唱会吗？"我说："太愿意了，但我还是个孩子，我能行吗？"他说："行，你行，上海人很喜欢你。"就这样，其实我对上海这个舞台是充满感激的。还有一件事情我必须要说，就有一年，我开演唱会，在上海赶上那个"麦莎"。

曹：热带风暴。

韩：我特别的感动。如果在其他城市的话，说不定观众上座率很差，说不定大家不会按时去观看,可是在上海一切都没有发生。

曹:而且那天还特别爆棚。

韩:当时在后台他们告诉我:"你信吗,全满了。"当时我眼泪就下来了,我说:"真的,上海人很有素质。"这一点我真的特别感激。我有一段时间差一点入了上海籍,就是那段时间上海一直在播放我的一些歌,然后包括上海最大的那个报纸,那个叫……

韩红演唱会

曹:《新民晚报》。

韩:对,《新民晚报》刊登了我一整版的专访,特别感动,然后觉得呀,好像上海挺喜欢我的。我说,龚书记,要不我来上海,他说好啊,你来当上海市民。

曹:他对西藏是很有感情,因为他大学毕业以后就是援藏干部。

韩:对。

曹:所以龚书记那时候也说,韩红声音那么有穿透力,他说这跟西藏地域有关。你自己也说,为什么能唱那么高,我们家乡的天高,山高,云高。

韩:我现在也是这样,每次一回到藏区,在拉萨的贡嘎机场,一下飞机我就想唱歌。对,我每次一下飞机,反正得唱,一路我得唱一会儿。

曹:你每年都要回西藏呆一段时间?

韩:不一定,如果我有时间的话就会回西藏。我想,那个地方,我个人认为她不是我终极精神家园,但是我的灵感来源,而且我现在已经在都市这么久了,我认为我自己应该是在都市中去涅槃的一个人。但我相信西藏是永远给我源源不断灵感和帮我洗刷灵魂的一个最好的地方。

这个从西藏走来的女孩带着她天籁般的嗓音征服了观众的心。她极其宽广并收放自如的唱腔,在当今纷繁炫目的华语歌坛上独树一帜,其中传唱度最高的当属《天路》。不过,因为她并不是歌曲的首唱者,有人更是质疑她是抢了别人的歌,韩红在本期节目中首次开口回应了这件事。

曹：在听你唱《天路》时，我在想，大概只有你这样的生活背景、你的声音才能唱这首歌。我相信你在唱的时候，家乡所有的景象，都会在你眼前浮现出来。

韩：关于《天路》这首歌，我从来没张嘴说过这件事情，网上也有很多人说我不好，好像抢了别人的歌等等。我在这个节目里第一次说，也是最后一次说，我从来也没说过这个事。其实这首歌是这么回事，早在我拿到它之前，始终有几个人在唱，一个是西藏军区的巴桑，她的确是首唱者，但是之后有索朗旺姆，也有其他歌手都唱过这首歌。我拿到这首歌的时候已经过了五年了，就是这首歌从出来，她们演唱，已经有五年的时间了，只是在西藏当地大家知道这个歌，并且很喜欢，但是并没有全国性的广为流传。

曹：所以，实际上是你唱了这首歌以后，它才成为一首在全国范围特别流行的经典歌曲。

韩：《天路》这首歌，经过2005年中央电视台春节晚会的推广，经过这样一个平台，然后在第六年的时候，我把它唱红了。然后，关于版权买断什么的，我也不想讲了，因为之后我知道的就有6个人，把这首歌都发行了，作为自己的专辑。其实按道理说，知识产权在中国是应该得到尊重的，可是这件事情，我希望它不了了之。为什么呢，很多人跟我讲，包括我的律师也问，需不需要打官司？因为我们买了这首歌的版权。但是我说不用，不用再打官司了，一开始是有一些怨气的，后来我不再提了。因为不管是谁唱，都在歌颂我的家乡。如果《天路》这首歌能够让大家更加了解西藏和更加喜欢我的家乡，OK，那么我愿意。

韩红出生在西藏昌都美丽的河畔，母亲雍西是著名歌唱家，曾因一曲《北京的金山上》而家喻户晓，父亲也是一位文艺工作者，韩红6岁那年他不幸去世。三年后，母亲雍西改嫁了，可小韩红却对继父很排斥，有时还故意同他顶嘴。雍西犹豫挣扎后，终于在1980年8月把女儿送到北京的奶奶家里……

曹：你小的时候，因为妈妈是一个歌唱家，听见妈妈在舞台上唱歌，是不是觉得在舞台上用歌声来表达自己的情感，是一件非常美妙的事情？

韩：对，我很羡慕她，我妈妈唱得很好，《北京的金山上》是我妈妈首唱，我很羡慕她。她每次演出我会在侧面看，妈在台上唱，我从侧幕这边窜到那边。看我妈在上面唱，我很激动，我很想上去站在她旁边唱，但是我没有那个勇气，因为下面坐着成都军区的首长。但是我可以窜过去，从幕的这头跑过去那头，然后底下全笑，我妈不知道为什么会笑，一回头看我过去了。

曹：那你在窜的时候是不是还唱？

韩：一边唱一边窜，刚好她唱到那个，藏文版的这一块，那个“多么温暖，多么慈祥”我唱着就过去了。后来我想我回家肯定被我妈暴打，肯定会暴打，因为底下坐着是成都军区首长。

曹：后来妈妈怎么做？

韩：就暴打了，就说上台不可以这样的，你想上台我理解，但你不能这样。

曹：你多大到北京来生活？

韩：9岁。

曹：你到了北京会不会有点不适应？从西藏那样广袤的地方，突然来到了都市当中。

韩红与妈妈雍西一起演唱

韩：我完全不适应，因为别人好像看不起我，我也看不起他们。班上同学们也不怎么理我，觉得我长得黑。然后编那个辫子，一脑袋羊毛卷，就是到今天也是这样，我的头发只要一着水——

曹：就开始卷起来了。

韩：全都是自来卷。羊羔毛什么样我什么样，基本上就是羊羔毛。

曹：那时候如果在学校里头，会跟别的同学打架吗？如果你觉得不舒服的话，或者他们惹你的话？

韩：我觉得那种体内和血液内还是有一种别人没有的超凡的勇气。因为我们习惯带刀嘛，然后就特别有意思，打架就特别下意识的“咵”，好像就要掏刀似的，其实没有。但在西藏老家的时候，都会带，带刀不是为了要干嘛，而是吃肉方便，因为我们吃的那个干肉特别硬，然后就这样从兜里拿出来，肉拿在手里，是这样往下弄。

曹：那到了北京跟奶奶一起生活，奶奶是靠什么工作来养活你？

韩：她白天要在妇女服装店上班，是裁缝。然后下班还会打工吧，反正卖卖冷饮啊，送送牛奶啊，什么都干过。我从小就帮她干活，家里因为很穷，小时候光送牛奶，没喝过，有一次打开盖舔了一下，被我奶奶打了，后来那瓶牛奶就不能再送出去了，我们就买下来。

曹：那奶奶卖冰棍，你会偷着吃几根吗？

韩：不会偷，因为我知道要卖钱嘛！我的作业都是在冰棍车上写的，我们家到现在还保留着冰棍车。一个木头的冰棍车，我趴在上面写作业，奶奶在旁边卖冰棍，然后带一个保温桶，里面装着一些饭，就在尘土飞扬的街上吃午饭，因为只有中午那一会儿时间，到学校门口去卖冰棍会卖得好一些。其实我是最不愿意回忆这段时光的，我觉得这人不能老往回看，应该往前看。当每一次回忆这一段往事的时候，我觉得心里特别难过，因为老人不在了嘛！不说了……

曹：所以我想奶奶是你一生当中最伟大的精神导师。奶奶虽然已经离开，但是她看到孙女的成功，应该还是很宽慰的。

韩：我是最不愿意说这段，但是确实我觉得，有时特别感慨，因为我奶奶她是一个非常普通的人，但是她对我的教育，使我特别佩服她。

曹：奶奶最喜欢你唱哪首歌？

韩：当然是《天路》了，对，当然是《天路》。我奶奶是听着《天路》走的，所以这首歌我每一次演唱都是用心在唱，所以我想《天路》这首歌，没有人能唱过我，我自信。

童年那段独特的经历，造就了韩红与众不同的丰富内心。她的人生方向或许已经和公益事业密不可分了，汶川地震、玉树地震、儿童福利院、养老院等这些地方，都有着韩红的身影，她正在用点点滴滴的实际行动和大家一起创造美好的未来。

曹：是不是因为自己小时候的这种经历，使得你成名之后，把自己更多的精力投身慈

韩红爱心救援行动四赴四川

善，对社会的弱势群体，尤其是孤儿，对他们特别关心，是不是也因为过去的这种经历？

韩红与孙楠合作演唱

韩：我从小就知道，如果我有5毛钱，我会给同学3毛钱，如果他需要的话，我一根油条可以给他吃一半。虽然我是一个穷人家的孩子，但是我非常懂得珍惜，非常懂得进取，我觉得至少我是个有涵养的人，我是一个读书人。这也是我特别佩服奶奶的地方，从小她就教育我好好读书。我想我是演艺圈的一个异类，他们喜欢玩的我不喜欢，我喜欢玩的他们不喜欢。

曹：据说朋友的很多派对、红地毯，都看不见韩红的影子。

韩：对，我不会去的，但我会送一份礼物。我通常会让我的助理去送一份礼物，因为友情还是很珍贵的，但是表达友情的方式，表达仗义的方式有很多种，比如在别人有困难找我的时候，我不会说NO的。

曹：你刚才说，人家爱玩的你不爱玩，你爱玩的人家也不爱玩。你爱玩什么？

韩：我爱玩书法。我爱玩茶，我爱喝茶。

曹：喝什么呢？普洱茶？铁观音？

韩：我还喝一种茶挺奇怪，大家可能都不怎么知道，但我很喜欢。汕头有一种茶叫做凤凰丹枞。然后我爱玩赛车，我小时候练，因为我师傅是黑哥嘛，就是柯受良，我是他亲手带的。

曹：最惊险的一次经历是什么？在哪飞？

韩：1995年陕西老机场，黑哥1997年第一次飞越黄河前的试飞。那时我真是飞了一下，我经常跟孙楠开玩笑说，你练吧，练完以后再来找我。

曹：那你会不会像其他女孩一样，喜欢逛街买衣服啊，血拼啊，这你喜欢吗？

韩：我特别喜欢买衣服，虽然特体，很难买，但我很执著。我买衣服，纵横美国纽约，然后夏威夷，然后香港、日本、韩国，但是很少在北京买衣服，因为我没法上街，别人都可以戴个帽子戴个眼镜，可是我能遮住眼，但遮不住身体。所以没办法，我很少上街。

回眸韩红的歌唱之路并不顺利，当年因为胖而且不够靓丽，她屡次跟奖杯擦肩而过。但上天总是眷顾有准备的人，1997年央视《半边天》栏目邀请韩红参加了一期《不要为你的相貌发愁》的录制，播出后，她的机会来了，终于有唱片公司肯和她签约，一年后，

韩红的首张个人专辑《雪域光芒》一经面世,便迅速在各流行音乐排行榜上独领风骚。

曹:很多人说韩红的成功确实是一个异类。你出道的时候,大家一直都认为声音不错,你也考过很多文艺团体,可是形象始终是个障碍,你觉得自己最终靠什么获得这样一个成果?

韩:**我就靠形象。对。为什么这么说呢?因为我的形象很正,因为这个国家的年轻人需要一个这样的形象的人,因为我不靠任何后门,不靠任何其他的手段,我靠自己的奋斗走到今天。我相信在我身后有很多,自己认为形象不好的人,他们会从此敢往前走,敢走向成功。**

曹:成功除了天赋,除了朴实的情感之外,还有就是你对工作的精益求精和一丝不苟,据说录音棚里的录音师最怕你,是吧?

韩:**但是他们也很开心,因为我三个小时之内绝对搞定,不会像别人一遍一遍地唱。**

曹:我记得有一次你到上海万体馆大舞台演出,那次你嗓子特别不好,然后你就跟我说,可能今天我会唱得不太好。当时有人说你是不是放个录音,但是你坚决不同意。

韩红和曹可凡

韩:**我不愿意放录音,除非是必须要求的,或者我身体状况极其差的时候,我会提前说好。因为我觉得唱歌太享受了,我特别开心,能够让我开心的方法也不多,我就愿意唱。**

曹:当你第一张专辑《雪域光芒》成功后,然后接着《醒了》、《红》都成功了,当你获得那样一种成功的时候,心态会有一些什么样的变化?

韩:**有一点小人得志的感觉。因为其实我骨子里,就是一个特别狂的人,这个我觉得不用掩饰,是怎么样的就是怎么样的。**

曹:所以有人会觉得你有一点霸横的感觉。有一种令人恐惧感觉。

韩:**对,我身上有一种霸气,很多人好像一开始和我就有一种隔阂吧!**

曹：反正说起韩红好像都有一点畏惧感。

韩：其实我是一个比较较劲的人，在其他方面并不较劲，比如住啊，非要什么套房，我不是这一种人，你爱有什么有什么，但舞台上这点事，你必须给我整明白了。你别给我弄那么多，又是上下台，又是升降，完了走到这儿灯光，我歌唱不是为了配合你灯光的，我个人是这么认为。因为我每次唱歌是非常投入的，好，你让我升降起来，走到这儿，然后这束追光，然后怎么样要配合，要做什么动作，那我就忘词了，肯定的。我来唱歌，电视机前的观众，他是来听我唱歌的，我必须每一次都那么认真，那么投入地去唱，我才对得起那些买我CD的人，我要唱到跟CD一样的水平，那才是我韩红，所以我是中国第一个带演出设备和音响师出去演出的人。别人带得最多的是化妆师，而我最后带的才是化妆师。

在流行乐坛打拼10多年的韩红，对音乐之路一贯坚持着最初的梦想——从她的“民乐为体、西乐为用”的音乐风格，到最新专辑《听我的声音》，韩红在她的音乐征途里总是不断地进行着开朗、豁达的尝试。不过这只是一个开始，更惊艳的音乐，更漂亮的好戏一定还在后面。

曹：前不久你推出了新的CD《听我的声音》，结合了格莱美奖获得者的音乐人，还有郭敬明等。其实现在已经很少有人花这么多的时间，投这么多的钱，5年花了200多万是吗？

韩：240万。

曹：240万去投一张唱片，为什么还这么执著？

韩：必须的，因为我觉得我的声音太珍贵了。我不能够对不起我的声音，我的乐声是最好听的音色，所以我当然要承认我自己的错误，我有时候不够爱惜它，我喝酒，我喝了酒以后可能嗓子就会不好。只要我觉得不好的事，我就废掉它，所以我没有在乎那个钱。然后重新写，再然后跟美国人进行交流。美国人反正赶上我这个藏族人也腻了，他说这么着，我说那么着。我是中国人，所以我觉得他该听我的，那是我们自己的音乐，本土的。

曹：作为一个中国歌手，是不是希望有一天能够在格莱美展示自己的风采，让他们来听一听属于中国的声音？

韩：我无所谓他给我什么，但我只是想，通过他的那个平台，让全世界人能够听到中国有这样的声音，中国有这样声音的人在西藏还多着呢。我只想让他们知道这一点就够了。

曹:最后还有一个关于私人的问题,你可以答可以不答,有没有心中的白马王子?

韩:我觉得谢霆锋不错,我一直觉得他不错,因为我觉得他是个好男人。他年纪很小,但非常成熟,对家庭有强烈的责任感,对妻子的这份爱和支持,让我更加觉得他是一个特别好的男人。还有一个我也觉得真的是挺不错的,就是我们中国国家足球队的邵佳一,他在去德国之前,我们就是很好的朋友,一直到今天,我觉得这是一个好男人,就这种类型的。

百花喜旺　星火燎原——仲星火专访

仲星火

满头的银发,满面的笑容,这样标志性脸庞几乎60年没变。著名老演员仲星火,1959年拍摄了电影《今天我休息》,扮演民警马天民一举成名,于是他是大家心中永远的马天民。他也是《李双双》中让人又爱又气的孙喜旺。这些银幕形象历经时代洗礼,越发变得鲜亮。如今的仲星火虽然已86岁高龄,却永远在等待着导演的一声令下,等待着塑造下一个崭新的角色。2009年,适逢中华人民共和国六十华诞,正好也是仲星火投身中国银幕六十周年。这一年,他在电影《建国大业》中出演爱国民主人士黄绍竑,虽然台词不多,但仲星火一上场,人物角色便熠熠生辉,写下了晚年最耀目的一笔。仲星火为中国电影历史留下了太多经典的银幕形象。

曹:大家知道您的名字,是一直跟两部影片连在一块儿的,那就是《今天我休息》和《李双双》。

仲:对,对。

曹:《今天我休息》是一部非常经典的片子,当年投拍这部片子时,其实是要凑一个指标的数?

仲:那一年我是海燕电影制片厂的,后来分厂了,海燕厂呢,上半年是拍《林则徐》,赵丹主演,下半年紧接着赵丹又是主演《聂耳》,那一年就是赵丹年嘛对不对?两部都是彩色片。到了10月初的时候,我在《聂耳》里边演一个角色叫张署,是一个聂耳同时代确有其人的人。我还没拍完呢,那会儿就让我到《老马的星期天》剧组,那时还不叫《今天我休息》,当时也不知道,一头栽进去,一看我主演男一号,这马天民不是主角吗,我干了十年

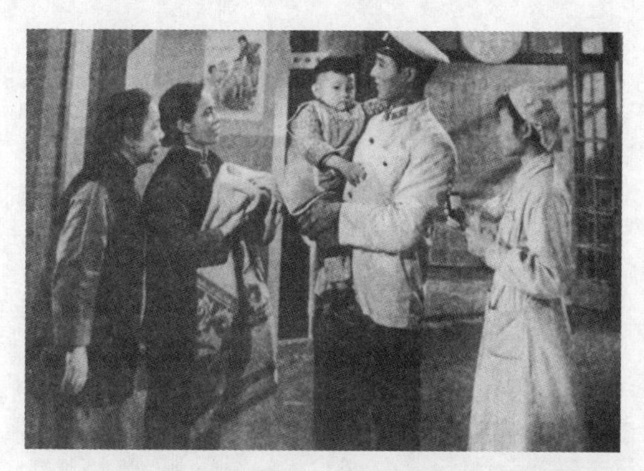

《今天我休息》剧照

了,第一次主演,不得了啊!心里面高兴啊,但是我到底也在电影厂混了十年了,拍了七八部戏,将近十部戏了,可得好好干。《老马的星期天》讲一个大龄青年民警星期天去跟女朋友约会,中间碰见一些事儿,忙得不得了。我们就去体验生活,就在我们漕溪北路派出所里体验生活。然后就试妆,研究剧本,拍了22天,日日夜夜地拍,拍得我鼻子都出血了,白天拍,拍完之后晚上把样片洗出来就去配音。

曹:那个戏的成本特别小,服装是用了十七块五毛?

仲:对,十七块五毛。我跟派出所所长借了两套民警的制服,当时民警制服就像海军军装差不多。同时还借了两套邮政局里边的绿色工作服。借来用完之后给人家洗一洗,洗费花了十七块五毛钱。

曹:这个戏是不是让您一炮走红?

仲:当时还不觉得,拍了也就算了。这个戏一拍完紧接着在梁波罗演的《五十一号兵站》演一小特务,当时不挑戏的,只要有戏演我就觉得很好,我确实也是这样一个人,不大挑什么戏,戏份多的我当然戏拼命演好,戏份少的我也很认真。紧接着就出外景去了,这个戏拍完之后,到了1960年,这时候就有人问:“老马,你不是叫老马?”他们又不知道我姓仲,我说我不姓马,我演的那个人姓马。还有一个事儿呢,这个戏出来之后呢,我就接到一封信,挺有意思。其实我已经都36岁,已经有三个孩子了,写信的人是南宁公安局的片警,是个姑娘,信上写“上海电影制片厂”,转优秀民警马天民同志,打开一看:“马天民同志,我跟你同行,我也是干你这行的,我看了你的优秀事迹很感动,我想向你学习。”说了很多的表扬的话:“你为了人民,去找对象的过程中,私人时间你能把自己放下,为群众服务,我就做不到,我有很多缺点,向你学习。”最后她说:“还有一个事情,我不知道你最后成家了没有。”她把它当真事儿了,她说,如果成功了,你要有了小孩,希望你能给我寄个全家照。我看了笑了,她当真事儿了。我跟鲁韧这个导演一生交往挺有意思,有一天他跟我说,说,老仲,你知道,我为什么找你演这个马天民?我说我不知道啊,他说我就要你那个傻、大、黑、麻、粗,他的意思,我意会就是土不啦叽,就是粗粒的感觉。

曹:粗粒的感觉,就是朴实、气质。

仲：其实我脸上也没麻子，傻也不傻，黑是黑点，人家一直都叫我老仲。我在文工团的时候，二十几岁的时候都叫我老仲，没有叫我小仲的，一直叫我老仲。

在那个年代，《今天我休息》着实让仲星火“火”了一把。正直而热心的年轻民警马天民，成为无数人学习的楷模。而之后他出演的《李双双》，以特有的诙谐表演，塑造了一个淳朴而带有些幽默感，但思想上还留有自私狭隘大男子主义的孙喜旺这一形象，和张瑞芳演的李双双一起，双双扎根人心。

曹：那后来鲁韧导演又选您跟瑞芳老师演《李双双》，他为什么对您情有独钟？

仲：他跟我有四次合作，一开始的时候演员组业务锻炼请他来，排一个叫《麦收之前》的独幕话剧，那时候演员没什么事儿，在批《武训传》，那是第一次。我就感觉到这个鲁韧挺能谈的，啰嗦得不得了，他能把一个小事情，一个钟头的《麦收之前》，从世界两大阵营开始说起，我说怎么那么啰嗦啊，哎哟我简直都觉得烦，又过几年之后，拍《洞箫横吹》，他把我找去了，演一个村长，腐化堕落分子。这回我就不觉得他烦了，觉得他挺亲切的，他天津人嘛。又过了两年，找我演这个孙喜旺。

曹：那您演这个孙喜旺，应该对那样的生活有点熟悉吧？

仲：鲁导确实比较喜欢我，想到这我就难过。后来他到90岁的时候，人已经有点糊涂了，他打电话，老仲我找你。我不知道他已经住医院住了很久了，我去看他，他整个人赤裸裸地躺在被窝里，瘦得不像样。我伸进去抓住他手，他说我打电话叫你来，我想看看你。应该说他最喜欢我，我很感谢他。我演了50多部戏，到最近的这个《建国大业》，大概是55部戏，大大小小，55部，但是现在人家，包括你，一提就是《李双双》、《今天我休息》。为什么人们那么喜欢鲁韧拍的这两部戏，而且那么长时间，观众都记着，当然也不是他一个人

《李双双》剧照

的功劳,就是有一个好的剧本,有一个好的班子,但是也最主要有一个好的导演。

在仲星火的心中,鲁韧已经不仅仅是一位导演,更是一个与他相知相惜的老朋友。斯人已去,往事仍历历在目,虽然电影《李双双》获得了许多赞誉,但是在拍摄之初,剧组也遇到过很多的困难。

曹: 当时你们拍《李双双》的时候,我们国家遭遇三年自然灾害,剧组的生活是不是会比普通的百姓稍微好一点儿?

仲: 好不到哪儿去。拍《李双双》时,正好是人家解散大食堂的时候,而这个剧本写食堂啊,我是在食堂里边做饭的,当时农村的文艺积极分子。我们到了外景的时候,人家都在往回领东西了。这里边就是看这个功底了,这个李准,他马上就把故事情节改成什么劈山饮水,两口子之间公私斗争。他写人物,又好又坏,这是他成功的地方,那才有深厚的群众基础。

曹: 据说当地的老百姓,对你们这个剧组还很欢迎,尽可能给你们提供一点好吃的?

仲: 哎哟,那没说的了。林县啊,现在叫林州市,它后面就是太行山,你现在看见我们的外景,搭的那个景,后边那个秃山啊,方形的,就是太行山,太行山过去就是山西,那个地方靠近山西,当时还很困苦,就是1961年的时候。县委说你们是上海来的,你们吃大米,我们专门给你们拨大米。结果第一顿做出来的饭是红的,吃到嘴里边硬得不得了。可是人家县委照顾你,人家当地还吃不上这个大米。另外呢,怕我们浮肿,那时候怕浮肿啊,营养不够,给我们拨一些黄豆面粉,说这里面有蛋白质,每人中午吃二两重的一个黄豆面粉的馒头,上面按一个小红枣。我们在那里呆80天,吃喝基本上95%都在那儿解决的,主食基本是南瓜和茄子,布景就搭在那山边上。所以这两个月完了之后,临走时扭头看太行山那地方,挺留恋的。我脑子里就作了一首打油诗:南瓜茄子八十天,而今告别太行山,太行山上云缭绕,不知何日再相见。

曹:《李双双》是瑞芳老师代表作,她体验生活的那个对象叫刘凤仙,两年前还来过。据说瑞芳老师跟那个原型,她们已经是亲如姐妹了。

仲: 我也上她们家去啊,也体验她们家的生活。那时候她们都很年轻,也让她讲讲,她爱人跟她两人之间吵架不吵架啊。

曹: 据说你们当时住宿的条件很差,每天跟蚊子、跳蚤做伴,是吗?

仲: 给你说到了,我们那时候就是住在一个蚕桑学校里边。学校夏天放假了,里边都是地板,木地板,我说这倒不错,可是第一天晚上可就来劲儿了,噼里啪啦噼里啪啦,全是跳蚤，在席子上，直蹦乱跳，演我孩子的那个，曹铎的女儿，浑身被咬得简直没办法说了，抓得到处都是，整夜的睡不着觉，曹铎心疼极了。为什么不能用DDT呢？你洒了灭虫药之后人家蚕宝宝到时候要被药死了。所以宁可让跳蚤咬。

张瑞芳

曹： 你们拍戏的过程当中，听说瑞芳老师常常会教育您？

仲： 咱是小年轻，瑞芳她是老前辈了，人家已经是四大名旦了。那时候我们还不敢叫她，都叫瑞芳同志，我说这一回咱们演两口子，我倒跟你打打擂啊。打擂台那时候叫比赛，我说你可得帮着我啊，你是老前辈啊，行，我就得帮你，她就是很爽气的一个人。你不太熟悉的时候觉得她挺傲，其实她不，她是为你好，就有点李双双那个味道，所以鲁韧选她选对了。还有一次才有意思呢，拍完了之后有一天，已经到1963年了，有一天我从厂里边摄影棚出来，正好放映室里边出来一批大高个的，阿尔及利亚的篮球队，访华的，一看见我就笑，嘴里叽里咕噜。我说怎么回事儿啊，那翻译就说，刚刚看了《李双双》。结果一个男的就拉着我说："你怎么怕老婆啊？"我就笑笑，我说真理在"老婆"手里。这个戏呢，人家说有点不足的就是说，这个戏里边我有点怕老婆，就是男子汉大丈夫的那个味道还缺。

曹： 所以据说当时有个顺口溜就是说，做人要做李双双，看戏还得看孙喜旺。

仲： 看戏要看孙喜旺，这是从群众里面来的。不过这是成功的一个戏，它经过时间的考验，已经过去几十年了，我觉得还可以看，还经看，不是像有的戏，看一看，觉得确实是落后了。

1962年电影《李双双》在全国上映后好评如潮。张瑞芳获得了《大众电影》百花奖最佳女演员奖，仲星火也收获了百花奖最佳男配角奖。《李双双》剧组到北京领奖时，受到周总理、陈毅副总理热情的接见，这一天更让年轻的仲星火终身难忘。

曹： 据说那个戏放映之后，还是出现一些质疑的声音，可是那时候周总理是力挺这个戏的，是吧？

仲星火和曹可凡

仲：这个戏呢，我觉得一开始厂里边也没有把它当像《林则徐》一样的重点项目，后来不知道怎么，忽然发现，大量地在印这个海报，我就想是怎么回事儿啊。可能呢，也是北京，周总理很重视，周总理见了瑞芳是很高兴的，说你演得像农民了。他接见了我们一次，那真是我一生中最高兴的，很大的荣幸。他跟陈毅副总理那天接见我们，就是那一天百花奖颁奖会之后，在政协小礼堂，一共就那么十几个人，然后呢我们就请总理拍照，总理怎么也不坐中间，总理说，你们今天是主角，你们坐中间。结果，杨小仲，我们上影厂一个胖胖的老导演，那也是很有名的，他坐中间。后来新华社第二天就发了，发的时候有人就说，这中间的首长是谁啊，怎么周总理坐在旁边。

曹：所以您是不是觉得自己作为演员是很幸运的。

仲：我跟你说，我这个人有一个特点，不计较任何条件，不计较待遇，包括外出旅游。当时买一个手表，或者买紧俏商品，都要票的，我一概都不在乎，你只要每天管我饱，让我演戏，不管戏多少，我都努力去干，我喜欢当演员，我说这是我的一个特点。我也不考虑评级什么东西的，所以这次《建国大业》，其实角色很小，也没什么词儿，我还是去了。

曹：您乐意为之。

仲：哎呀，高兴高兴，建国60年，我干60年电影，我又参加了《建国大业》，我演个群众，但这是我第55部戏。如果身体条件许可的话，我想凑个整数，拍个60部。

仲星火是新中国培养的第一代演员，他是从一名普通百姓走上大银幕的，出演的角色平实正气，朴实无华，有血有肉。也许正因为如此，电影《今天我休息》中，由他饰演的民警马天民受到了众多影迷的喜爱，而电影《李双双》中，那个让人又爱又气的孙喜旺，更是让他把百花奖最佳男配角收入囊中。其实青年时期的仲星火，也经历过战火纷飞的岁月，而那段难忘的日子更是为他以后的表演生涯奠定了扎实的基础。

曹：其实您的文艺生涯是起源于烽火连天的战争岁月？

仲：我是1946年年初在山东解放区参加革命的，那时候国共正在谈判，整个的情况外表还是比较平和。我就想到解放区去上大学，我当时只有21岁，想当作家，想写小说，因为小时候喜欢文艺，我就报考了山东大学中国文学系，文学系当然是写小说啦，结果到了山东大学。我们刚进去没几天，领导就说，仲同学，根据我们对你的了解，你到文艺系去比较好，我也不懂，我就说，文艺系是干什么的，他说文艺系就是演戏唱歌的。我一想，演戏唱歌也挺好吧，这一句话定了终身，我就演了戏了。

也许是因为机缘巧合，也许是因为兴趣使然，仲星火走进了文艺的大家庭，而对于当初这个初涉表演的小伙子来说，良好的家庭教育环境也给他增添了许多信心。

曹：那您小时候的家庭，是一个什么样的氛围？

仲：我小时候就没为吃饭愁过，饭来张口，但是也不是像现在那么阔绰，那是因为在一个小城市里面，很土的一个家庭。小时候上私塾，私塾是什么呢，就是几家凑一凑，请一个老师来，让你念《三字经》、《千字文》，从《百家姓》开始，然后就学《论语》《孟子》，就这样。

曹：《四书五经》？

仲：对《四书五经》，就是这样。

曹：那你们后来在部队里头是怎么给老百姓演出呢？

仲：是这样的，我到了文艺系那就上大课，大课就是集中全山东大学各系来一块儿听，第一次上大课就在树林子里边，老师是彭康。据说彭康当时是华东的宣传部部长，后来是西安交大的校长，彭康来给我们上课。这一课上的就是《在延安文艺座谈会上的讲话》，那时就提出了政策，文艺是干什么的。我听得挺新鲜的，因为我刚到解放区没多久，我说这文艺怎么还要有个政策啊，为工农兵而创作，为工农兵所利用的，要深入工农兵，文艺工作者要改造自己的思想感情，那时听听挺新鲜，但是不懂，不知道是什么意思。后来紧接着，文艺系扩充了，随着形势的发展，就开始排戏。那时候解放区外边也来了很多人，苏志定，赵慧深，赵慧深是在《十字街头》里边演妓女的，她也来了，还有大画家胡考，都在我们这当老师。那时候挺高兴，没什么顾虑，都像兄弟姐妹一样，都是十七八岁、二十来岁的小伙子，就感觉到生活得挺好，实际上外边都已经在打仗了。

青春充满着希望与喜悦，尽管战火纷飞，身处险境，仲星火和战友们却依然保持了积极乐观的态度，行军虽然很苦，但小伙子们却能苦中作乐。

曹：那你们在行军的过程当中有没有遇到过危险，据说你们这个部队只有两支汉阳枪？

仲：后来就成立了山大剧团，那时候在山东临沂，国民党进攻，我们就往山里边去。山里边的风景好啊，小桥流水，我那时候都忘了，这是在战争。大家还要在上课的同时排戏、演出，演《英雄好汉》、《白毛女》，高兴得不得了，不知道外边已经在开始打了。同时艰苦也是艰苦，我们就是吃小米儿，那时山东济南就是吃小米儿，走路就是自己背包，我们那儿还来了一个叫小叶子的13岁的小女孩，拿个小背包，豆腐块一样大，跟着走，整天整夜地走，走着路就哭了，第二天早晨起来，连自己衣服都找不到，就哭了，就是这样，艰苦确实艰苦。全文工团也就是我们一个队的曹光，大概有一杆汉阳枪，还有一个指导员别着个小手枪，也就是几发子弹，老同志都有个小手枪，那基本上是一个形式，真正打不行。有一次走着走着，国民党的飞机来了，我们就往旁边跑，哒哒哒，国民党的美式飞机打了起来，完了之后，我们团长张梅，搞音乐的，是当时一个作曲家，他这背包上棉花出来了，刚才趴在地上，一颗子弹从这里头打过去，再往里一点就完了，就打脖子上了。大家也说说笑笑，没觉得有什么。

曹：所以你们那时候也还特别乐观。

仲：乐观乐观，就觉得挺好玩。

也许那些曾经极度危险的经历，今天讲起来让人感觉到心有余悸，日子虽然过得清贫艰苦，却也是一种生活的积累，岁月洗尽铅华，却带不走那些曾经的故事。

曹：据说你们这个部队很有意思，说传令兵传话，头一个传的跟最后一个不一样？

仲：你怎么都知道？往回传了又变了，回去都不知道说的什么了。有一次我们晚上走路，因为白天有飞机。我们走到最后，一个人过一会儿就说，跟上跟上，就怕你睡着。走到下半夜的时候，是两三点钟的时候，人困得就看见一个背包影子,就跟着这样晃动晃动晃动,到最后就是深一脚浅一脚,走十里路坐下来休息一会儿,休息一会儿就睡着了。然后再起来走。有一夜是走得很活跃,就没有睡着。怎么回事儿呢,联合国救济总署来了一批美国的猪油罐头。我们一看猪油罐头可来劲了,在山东我们都吃什么呢,玉米面做的高桩窝窝头,那很香的很有营养,粗粮嘛,刚拿出来的,很热啊,我们就把一罐罐头猪油挖了全倒到里面,然后唏里呼噜喝,真香啊,就是喝猪油啊。连喝带吃,哎呦真香,不过晚上不行了,放屁,走着走着就"嘣",大家说,这怎么回事儿啊,猪油吃得太多了,大家走着数,21、22、23,都放七八十个。

仲星火为母校亳州一中百年华诞题词

在解放战争胜利的炮火声中,年轻的仲星火,随华东军区政治部文工团南下,1949年进驻上海,并随文工团一队分配到了上海电影制片厂,展开了他人生新的一页。

曹:那您后来随着文工团进入到上海,参加了上影厂的工作,对于一个部队出身的文艺工作者,来到上海电影制片厂,而且当年有很多在三四十年代就叱咤风云的演员,是不是觉得眼睛一亮?

仲:突然进入了一个新的世界。进上海之前我们在丹阳呆着,就整天开会,然后上海地下党员都出来,交换情况研究怎么解放上海,怎么贯彻,不能用炮,要保护上海。我们在那干什么,一方面准备排节目,扭秧歌啊,舞蹈啊,怎么打腰鼓,我是腰鼓队的,同时演《白毛女》,《刘舜卿开辟南泥湾》都是小歌剧,同时呢,还坐下来,抓紧时间举行一个活动,叫什么呢,叫评入城资格。

曹:怎么叫评入城资格?

仲:就是大家坐下来,你自己做好准备,你自己先说你有没有资格进城。我们就要进大上海了,你有什么缺点,你平常吊儿啷当的,身上也不干净,另外呢你哪一次借老乡的东西,把老乡尿盆给打了,你还没还给人家,你又吃人家的饭,你有一次在山东拾枣子,你这违反纪律。三大纪律八项注意,这就是我们后来常说的,大家都长普遍的记性,纪律教育，土办法就是说你有没有资格进城，你不遵守这个，你没有纪律观念，那你就没有资格进城。后来就出现这种动人的场面，上海解放之后，解放军露宿街头。我们当时进上海，吃的饭都是从十几里路外用马车拉来的，马车拉饭，马屁股还弄个小布袋接粪，不让弄脏马路。

在那个年代，电影演员的工资收入和普通工人没什么两样，仲星火的收入只有两块八毛钱，全家七口人都靠他一个人养活，而对于年轻的仲星火来说，这些都不算是什么困难，相反是第一次拍电影的情景却让他至今难忘，记忆犹新。

曹：那当时您进了场第一次拍电影，是不是会觉得有点手足无措？

仲：那根本不懂啊，有一些老同志就告诉我说，到了现场你要听导演的，这跟咱们在排戏的时候不太一样，现场很安静，同期录音，当时就是说到里边特别要安静，不许有任何事情，不许有任何声响。我们有一位导演，汤晓丹，老导演，有一天说，大家准备啦要开始啦，不要走动，然后打铃，他又加了一个，不要放屁，大家都反而笑了。真有人放屁，你知道吗？有时候忍不住了“嘣”一下，然后录音师说谁谁谁什么声音，就有这事儿。有的时候有的导演喜欢说洋文，说camera，那你就开始演这一段了，导演一说cut，cut什么意思，就是切，cut就是说停，就停下来。然后我第一次化上妆，都要先试镜头啊，第一部戏《农家乐》，第一次试镜头我跟秦怡。秦怡人家是大明星，演一个没结婚叫腊英的，在那儿哭，我去给她做工作。我那天化好妆的时候一进去，好家伙这个灯那么亮，得一两千支光的照度，我心里边就跳，怦怦怦地跳，我没见过，原来演戏都是土台子，在农村里边演戏，心里边就紧张。导演说“开始”，我就说，腊英啊，什么什么什么。完了导演说cut，cut了这个戏这个镜头就完了，秦怡站起来走了，我还在那儿。导演说，怎么回事，仲星火，你在干什么？还想什么？我说，你不是cut，我就停在那儿了。导演说，停就是没有了，你走吧你。出这洋相。

曹：据说您为了吸收养料，当时就花了半个月的工资去看了原版的那个《飘》。

仲：这事你也知道啊？这事想起来真是，我一到上海，秦怡啊这些老同志都整天在一块儿，就跟我谈电影，我们也很虚心，我们不懂，人家都拍过好多电影，就介绍说你要去看一个片子，这个片子叫《飘》。《飘》那个英文叫什么？

曹：《Gone with the wind》？

仲：对对对，说《飘》里边有几大头牌，你要看表演要吸收。我心里面很动，去吧，有一天下着大雨，也没工作也不学习，我披着大雨衣，蹚着水跑到了金门大戏院，就是后来的儿童艺术剧场，延安路那边，正好放《飘》。到那一问，一万四千块钱一张票，旧币，没改币呢，后来是一万块钱改一块，我一个月拿两万八，就是两块八毛钱了。我说我这一个月，看一次电影，抽烟的零用钱没有了，我就想，既然人家说这是八大头牌，很有参考价值，既然蹚着水过来了，好，就一万四千块钱买一张票，看了俩钟头。没有中文字幕，不是译制片，看得稀里糊涂，不懂，也不知道这部戏的背景是什么东西，完了就剩这一个印象就是镜头越拉越远，前面有一个人就是费雯丽，穿那个黑的衣服，就这一个印象。看完后，蹚着水又回来了。

曹：其他全忘了？

仲：全忘了，不懂啊，不知道什么东西，没看懂，后来有人问：你昨天去看了吗？我说看了。你觉得怎么样？我也不能说，给自己留点面子，说一点没看懂的话挺冤的，我就说，挺不错挺不错。就是这样。不过从那知道有这个《飘》了，见了世面。

如今的仲星火虽然已经86岁高龄，但始终保持着乐观的心态和健康的生活状态，而且依然活跃在荧屏。家居的生活虽然非常简单，但是他的精神领域却依然丰富，依然乐观。

曹：平时有什么特别的运动或者说自己的保健方法？

仲：不喜欢运动，那时候陈述活着的时候就说，你是个死角，你就是不喜欢运动。我说我不能运动，我现在哮喘啊，散散步时间长了都不行。我现在就是这样的，看看书，看书是一大乐趣。我年轻时候、中年时候，没有钱买书，也没有时间看书，都在忙着拍戏，现在有时间坐下来，人民给我时间，养着我，那我就看书。另外，写写字，练练毛笔字就作为活动，就是像运气功一样，我觉得很好。另外呢，看看碟片，看看过去的，看看外国的，这时间也有限制，看多了眼睛不行。就现在这样过，任其自然。最主要的我觉得，心情很重要，把什么事儿都想通了，包括生死问题都想通了，你就觉得心平气和，人活得很舒服。

生活中的仲星火

曹：您对生死是怎么看的？

仲：人总要死的，死的时候不要痛苦就行了，快点，快点解决问题就行了。但是活，活到什么时候，那我管不着，不关我的事儿，这是自然规律。能活一天我就愉愉快快地活一天，现在不愉快什么时候愉快啊？你看这个80多年，几个朝代这样起伏，包括新中国60年，这个起伏很丰富啊，80多岁，活得很值。而且现在这两年真不得了了，你看看，去年祖国六十大庆。我们很多老前辈，甚至于比我小的，都走了，我就为他们可惜，没有看到那么好的今天。今年又是世博会，我们都碰上好日子了。

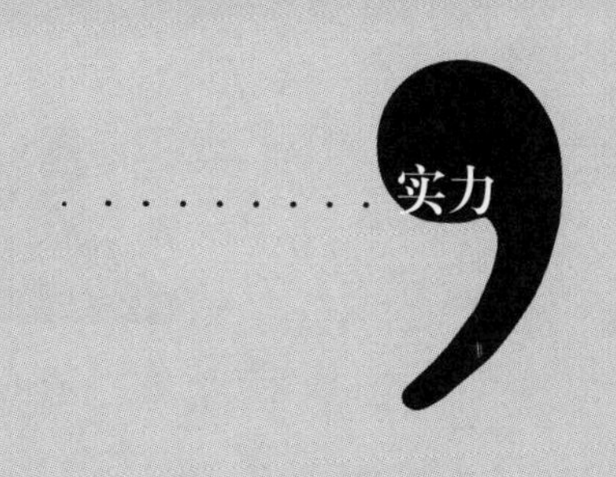
实力

实　力

与时代脉搏互动——蔡国强专访

蔡国强——国际当代艺术领域中最具开拓性的艺术家之一,20多年来活跃于国际展览舞台,连续多年被英国权威杂志《Art Review》评为全球艺术界最有影响力的100位人物之一!他尤其擅长用火药创作作品,北京奥运会开幕式上的“大脚印”,国庆60周年庆典的“和平鸽”,这些大型焰火作品的创意,全出自蔡国强之手。这次他携《农民达芬奇》展览,登陆上海外滩美术馆。这位有着不同寻常震撼力的艺术家,或许他就是魔法师的化身!

蔡国强

曹:我采访过很多的艺术家,他们中的大多数给人的印象都是留着长长的马尾辫、大胡子,您跟他们不一样。

蔡:我头发短。

曹:如果您走在大街上不说这是蔡国强,是北京奥运会29个大脚印的创作者,人家大概会以为你是一个中国的典型农民。

蔡:这很好啊,这就说明我还是状态好。

曹:我们今天这个主题就是《农民达芬奇》,这是个非常有意思的展览,农民和达芬奇这两个称谓似乎是风马牛不相及,但是在这样一个展览会当中得到了非常高度地和谐统一。我不知道您从什么时候开始去关注那些农民制造的飞碟啊,潜水艇啊,飞机啊,为什么会对这样的一些东西产生那么浓厚的兴趣?

蔡:大概是2000年以后吧,2000年以后就可以在网上啊,有时候在一些小的报纸上,看到一些农民的发明物。当然这都是作为一种好奇啦,什么山西农民竟然制造飞机这种的新闻,是吧?飞得起来啊,飞不起来啊,那天很多人三乡五里围着去看啊,然后搞了半

李玉明的“霞光一号”

天根本飞不起来啊，这种新闻很多，那当初我也很好奇，感到挺好玩的，但是，不是很在意，也没有想到要收藏。后来是到2004年底吧，看到湖北一个农民叫做李玉明，他做了个“潜水艇”，我一看，哇，这就是艺术作品啊。那个“潜水艇”做成像鱼一样的，尾巴能摇动，然后底下还有鳍，可以上啊，可以下啊，所以感到特别，就跟艺术品一样的，造型有趣，还画了眼睛，画了嘴巴。那个鱼身还写了潜水的数字，可以看出这个“潜水艇”能够潜4厘米、5厘米。因为说说也不容易，潜水艇啊，钢铁要放在水面上不沉人类很久才弄懂，然后再让它稍微能沉也不容易啊，所以我感到这个很有意思。2004年底开始打算收藏，在2005年初吧，大概2月份就买了第一艘“潜水艇”。

曹：您刚才说的李玉明，我听说他每天早上第一件事情是要给中风的太太洗好脸，以后就开始投身于自己的创作当中。这些人的这种梦想，他们的举动，可能在常人看来是非常疯狂的，痴迷的，但是您观察的角度却不一样？

蔡：其实人性非常美好，你看，就像你说的，他早晨起来去买菜，烧饭给太太吃，然后把她送到客厅后面坐着，那他在厅的前面，占用马路在做着新的“潜水艇”，然后他还一直看他太太怎么样了，太太坐着一直看他。她虽然中风很久了，那她可以看到他到底在做什么，他也可以看到太太是不是好好的，在这种很不好的，其实生活上很艰苦的状态里面做这个，从人性上其实是美的。另外他这样制作，在那个公寓大楼外面啊，因为他们以前是农民，但现在那些地方都变成城里面的一部分了嘛，那在公寓大楼外面大声敲打制作，其实是非常影响邻居的，所以他把我们各种各样对他的表扬啊，称赞的信件啊，用大红纸，用笔写出来贴在门外，经过门外都可以看到，他是非常认真地做一个大事情，大家应该支持他。这些都是可以看出人性上他对别人很介意，他是很微妙的，自己能够感受到自己对别人有打搅啊。可是你问他说，“你做这个是干什么用的啊”，他说的道理很清晰——他认为整个地球有超过一半以上的地方是水，我们人类可以在陆上啊，天上啊，自由地飞，自由地跑，那水底的世界，我们为什么不可以也自由起来呢？那关键是要有人研究一种非常方便，个人、家庭都能开的机器，能够潜到水底下去看水下的世界。

曹：我听说还有一位农民做飞机是用木头做的？

蔡：是。

曹：可是他太太不知道竟然把木头“飞机”当柴给劈了，烧了？

蔡：太太就是嫌他，家这么穷还做木头飞机呢。这还不是很严重，严重在飞机里面要很多发动机，他要去买抽水机的旧货，做发动机，这样把家里面的仅有的那点小钱都用掉了，太太觉得这不值得，就给拆了。后来他太太死了，他又做，我去买他这一架飞机的时候，我问他，“你有没有和你太太说啊，你现在又做飞机了，你这个飞机还能卖钱呢，还有人从上海来请你呢，在上海世博会期间你的飞机都会在上海展览，而且你还会被请到上海来，人生第一次真的坐飞机了？”他以前都没有坐过飞机。他说，我在她遗像前跟她相片说了。都很感人的！

曹：这次展览您还有一架飞机的残骸？

蔡：是。

曹：也是那个农民驾着飞机，因为飞机的故障摔死了。能不能说说这位农民发明家的故事？

蔡：他算年纪稍微大一点，是山东潍坊的农民，叫谭成年，我们当然也就没有见到他了。他四十几岁才造飞机，跟我同年生的，1957年生的，要活着也52岁了。他的飞机呢，做过三架，有一次他是纪念他太太的生日，还专门邀请他太太跟他一起坐飞机在天上转一圈，作为送给太太的生日礼物。我感到这很不容易，这样很浪漫。然后2007年的时候，他自己在试飞的时候就摔下来了。我们现在买到的是他飞机的一些残骸。进美术馆的第一件作品就是他的作品，有他的方向仪，有他的调控器，有他的电线，还有一个发动机的残骸，像陨石，我把它像陨石雨一样吊在空中，做一个纪念碑，就是给予他一个纪念。另外也提醒人们，这么多农民他们在开拓未来，开拓美好生活的梦想和勇气啊，是有代价的，而且是真实的，它不仅仅是一个乌托邦的理想色彩，是真实的。

这些农民发明家，他们淳朴单纯，却有着不可思议的豪情壮志。他们的发明简单粗陋，却是个体执著和专注的成果，有着不可思议的吸引力。这些农民创作者，站在了一个历史的临界点，在一个巨大的平台上，演出着他们的活剧，难道这不是一个新的奇迹的降临？

曹：其实这些制造飞碟啊，潜艇啊，飞机啊的农民是散居在中国各地的，他们相互之间会有一些联络吗？

蔡：飞机和飞机之间联系很多。

徐斌的“旋翼机一号”

曹：飞机和潜艇就没什么联系了？

蔡：对。但是他们知道一些报道，而且对对方很尊敬，像那个做潜水艇的李玉明啊。大家都挺尊敬他的。还有安徽农民做的那个“潜艇”，他很厉害，我叫他做一个“航空母舰”，他马上在“航空母舰”身上就带着“潜艇”了。但是他对李玉明很尊敬，感到他太棒了。他们的想法很好，但是不现实，在科学上不容易。那飞机呢，也是。他们飞机很多，像那一个叫徐斌的，他是做旋翼机的嘛，他那飞机看起来像一个风车，他用手去推那个翼，那个大翼转转转，后面有一个小的是有动力的，那个有动力的翼往前推的时候，那个转得就越来越快了嘛，他一拉就浮起来，像我们转的那个竹蜻蜓，一弄就飞上去，你看全中国有一万多旋翼机的发烧友，在网络上，也有10架左右的这种旋翼机，但只有他那架整天都能飞。我说别人的飞机都不能飞吗？他说：“唉，他们其实有的飞机都能飞，就是驾驶不好。”这个人驾驶非常好，他经常帮人家驾驶一下，说你这个飞机能飞，是你要驾驶技术更好。那别人呢，就都会看他的飞机，现在怎么样了。因为他要做现代化了，而且要做量产了，一天在工厂里要生产一架到两架，他的目标很大。

曹：您在收集那些农民的发明物的时候有没有遇到一些人家不愿意卖给你的？

蔡：有啊。

曹：不管你蔡国强名气多大，我就是不愿意卖给你？

蔡：我去跟人家买的时候，我都不说我是谁啊。我就是一个“粉丝”，很崇拜他们的东西，有的时候，他们以为我是一个大款；有时候，以为我是一个想偷他们技术的人。

曹：对您有戒心？

蔡：对，有的时候。最近他们知道我是要在世博会期间把他们的创作整个地呈现出来，他们很容易理解我是一个展览策划人嘛，又是收藏家又是策划人。但是有一个四川绵阳的农民，叫曹正书，这个农民很有意思。我去的时候，他整个工坊外面都是油菜花，就像梦境一样的，那他的房间呢，放在自己的工坊里面，因为他要盯着他的飞机，怕人家偷他的材料。人家不是偷他的飞机，是偷他的材料，你知道吗？然后我说，你还有其他的飞机吗？因为我担心他那架不卖我，可以买其他的。他说，我做了十几架，每一架都是拆了前面那一架，做后面那一架，所以我没有其他的。做过的每一架都飞不起来，留着干什么啊，就拆了。然后我看他那个飞机很好玩，乡村马路很窄，有电线杆有树啊，机翼展开来就会撞到嘛。他坐在机舱里面打一个扣子，这样一收机翼就收到后面去了，变成一辆汽车了，或者一辆小摩托车了，然后路一宽他给它打开，就可以跑啊。他说我已经捐给村里面200块了，路铺好了我还要再捐200块，这个马路呢是水泥的，这样以后我经常用这个马路当跑道，人家就不会说了。他很有策划的，70岁了。后来我们出来一看，旁边电线杆都已经拉起来了，以后他根本就飞不了了。他都没有注意到外面的电线杆已经在拉了。我们去的时候，他老婆就赶快来了，说："你们不要给他钱，不要让他买新的发动机，老头子啊做飞机玩一玩可以，要真有发动机一猛啊上天了，就玩出人命来了。"我问他说："这个飞机要真飞，是你驾驶吗？"他说："当然我自己驾驶啊！"70岁，你知道吗？后来我们也没有在现场一定要向他买，我们走出来了以后他就跟我说啊，他说我其实就需要一个好发动机，有发动机以后啊我就能够起飞了，我现在这个飞机呢百分之八十是起不了飞的。

曹： 他也知道。

蔡： 知道。那个百分之百起不了，因为他那个用布缝，用绳子绑的，飞机速度一快，"噼噼啪啪"就乱掉啊，速度一快啊螺旋桨这样转啊，地上的小石头就吹起来了，撞飞机的螺旋桨啊。螺旋桨是他用木头手工削的，削完一个他就称重，这边的螺旋桨和那边的螺旋桨，他要处理成百分之百一样重，这边稍微重一点他就刮掉一点，这样他保证飞机的平衡啊，但他这个想法都是很理想化的，像艺术家在做作品。艺术家基本就像小孩吧，做作品。然后那螺旋桨被石头一撞，就脆了，根本就起不来，但他还说是百分之八十起不来。后来怎么买不成了？后来他太太又来找我们了，坚持不让他卖，因为说一卖呢，老头子肯定拿你们的钱去买好的发动机，马力一到，飞机就危险了，马力不到它就像拖拉机一样"吭、吭、吭"。

曹： 玩就去玩吧，没什么危险。

蔡： 对对。

近期在上海外滩美术馆的《农民达芬奇》展览中，蔡国强带来5年的收藏——他行程9000多公里，绕了半个中国，从12位农民手里收集来的60多件发明物，让人们看到田间地头滋生的梦想是如此饱满、如此期待着起飞。虽然这样的飞机或飞碟几乎从来没飞起来过，但在蔡国强心里，这些农民发明家一个个就是"达芬奇"。

曹：我刚才到美术馆的路上，很远就看到这个墙面上很大的字写着“不知如何降下”。我知道您这次展览会有三个口号，这是其中之一。还有一个“重要的不在飞起来”，第三句叫“农民让城市更美好”，为什么会想出这三句口号？

蔡：我感到，我们作为一个社会主义国家，我们的集体力量可以做奥运会，叫无与伦比啊。可是我们大量时候是集体的力量、国家的力量在做。当我们的民族能够在边远的村庄，一个个个体的生命他都能有独立声音，独立的思想，独立的行为在创作、在创造的时候，这个民族才是了不起的。另外，也想到，我在这个展览里面的角色，我又是策展人，又是收藏家，又是艺术家，如果我把这个展览做得非常艺术性，这些农民的东西和农民的故事，他们的个人身份容易消失在我的作品里面，变成了一些材料；那我如果什么都不做，把这些东西挂起来给人家看，又和展销会没什么区别了。所以我需要给它提升一种精神空间，然后需要让它进入一个认真的社会议题。我是一个说故事的人，他们是我说故事的主人公，包括这些“飞机”呀、“潜艇”呀，都是我故事里面的这些事情本身。那么作为说故事的人他应该有创造性地给自己的故事一个理念，一个很清晰的理念、说法，所以这三句话就是在说故事的这个构思里面形成的。一个是“不知如何降下”，我请来的安徽农民、做飞碟的那个杜文达，他天天都在转飞碟，每天都这样转，我们都怕碟飞出来，一削到人就麻烦了。然后，一停，我就去问，“哎，这个要飞起来了，怎么降下你想过吗？”他没有，他只会加动，飞起来了，那个飞机就飞啊，但是怎么慢慢降？他很简单，他肯定就想我把油门开小我就降了，其实搞不好油门一小它就摔了，但他笑笑摇摇头。当时我就感到这是一个，也算是一个民族的力量，也算是一种我们国家现在迅速、高速发展的一种象征吧。只有勇往直前呢，是吧？所以这一点使我又感动又感到有一点问题，所以我把这个话呢，用巨大的字写在我们的墙上，从马路上走过去都看到“不知如何降下”。然后附近有些居民打电话去问那个官方机构，墙上写“不知如何降下”，怎么回事，出了什么事？好像需要救护似的。还有一个口号我写的是“重要的不在飞起来”，因为你看很多农民的飞机飞不起来，一辈子都在想着。其实需要创造一种

杜文达制作的飞碟

精神空间，看他的精神、他的心能不能飞起来。他专心执著地做一件事的这个梦想啊，我感到在我们的这个现代人的社会里面很需要被推崇。他们做一些无用的东西，花很长时间不断地去追求一种梦想，这种精神是应该值得拿出来让我们城里面的人来对照学习的。另外第三个口号就是“农民让城市更美好”，因为我一做这个展览，最经常被人问到的是上海世博会是一个城市主题，城市让生活更美好，“你这些农民，蔡先生，这跟城市有关系吗？”他们问我，我说，你没看到整个城市都是农民在建设的吗?而且我们的现代化的推动力，国家求变的一种最大的力量，就是农民的，几亿农民的，城市里面有 2 亿农民工，在建设这个美好的城市，怎么会跟城市没有关系呢?所以说在我们讨论城市主题的时候，应该留一个很大的空间或者说一个特殊的空间给农民，然后来讨论农民对城市，对我们时代，对现代化的贡献。

展览的外部广告：不知如何降下

曹： 据说您还找一个农民在现场做“潜水艇”？

蔡： 对，我找一个农民在美术馆里面现场做机器人，人来了以后跟它对话。还找一个农民是在我们旁边的大厅做一艘“航空母舰”，他把“航空母舰”都做出来了。

曹： 那您会特别有意识邀请一些农民来参观您的这个展览会？

蔡： 我们现在有两件事情，一个是请这些农民发明家来参加我的开幕式，他们作为主人公来参加那个酒会，登台，跟大家见面，另外他们在现场可以给观众讲他们的创作，跟民众对话。另外一方面我们美术馆也在规划能不能在一定的时候开放让农民工免票进场来参观，他们看起来肯定很亲切，而且对他们有鼓励，他们会感到他们的劳动是受到尊敬的，他们的创造力，他们的生活是受到注意的。这个是很重要的，很具体的！

蔡国强总是奇迹般地展现作品，具有一种来自中国传统文化的不可思议的戏剧性和神秘感，让我们感到惊奇和困惑的同时也感到了欣悦和趣味。蔡国强有一点像是一个神奇的魔术师，现成的东西在他的手中就会变得充满了奇异的“灵光”，让不可能的一切成为可能是蔡国强的神秘感的来源！2008 年时，蔡国强因为北京奥运会的 29 个大脚印，在普通百姓中人气直升，他天马行空的艺术思维，无不让人惊叹！1957 年 12 月，蔡

国强出生于历史名城——福建泉州。父亲蔡瑞钦喜欢画画，小时候蔡国强常常坐在父亲的膝头，看着他用钢笔在火柴盒上画山水，方寸之间充满写意。在这种潜移默化之下，蔡国强萌发了要当一名画家的理想。

曹： 我想更多的普通的民众是通过APEC的焰火晚会和奥运会的29个大脚印来认识蔡国强这个名字的，这可能也是国人第一次知道有一个艺术家是用爆破来进行艺术创作的。我想您跟火药之间的这种结缘是不是还真是跟您出身在泉州有关？

蔡： 应该跟几个方面有关吧。泉州封山娶亲用大量的鞭炮啊，烟花啊什么。小时候对这个火药很近，只要邻居中有人怀孕，鞭炮响的时候你知道生了，生了，就是说邻居的大嫂生小孩了。然后鞭炮声音很激烈，长久不息就是生男孩啦，鞭炮稍微弱一点是生女孩。就是说这个火药的信息啊，像周围的人说话，对自己来说是可以拿到手上做现代艺术的。但是我这个人做事情就是胆小，谨慎，理性，想很多，做作品的时候要不开。人家都是放开手去做，我是小心地用手去描绘，我想我要找到一个材料，对我没有破坏。

曹： 而且是不可预计性的。

蔡： 不可预计，偶然性和不可控制。

曹： 我在电视上看到您在抓火药再放的时候像是在一个药材铺抓药，是不是有这种感觉？

蔡国强的烟火作品：短暂的彩虹

蔡：炸一只鹰还是炸一只老虎，是不同的吧？在想要抓多少，要多一点还是少一点。这种火力啊，就会跟我这个压石头有关系。所以我经常想火药下了以后，下多的地方我石头压轻点，下少一点我石头压重一点，就一直在想这些。

曹：一般来说男孩子从小会把自己的父亲看成自己人生的第一个偶像。您小的时候是不是也是这样？

蔡：没有，我小的时候人生第一个偶像应该是毛泽东。

曹：为什么啊？

蔡：因为在我们那时代毛泽东思想啊，他的人格啊，他的诗词，他的革命运动的口号这些都影响了我们小时候。

曹：据说您从小画毛主席的头像就特别像？

蔡：我父亲是很不愿意我在学校的时候画这个，但我一直自己感觉到很像，而且我老是告诉他我画完了，学校老师和同学都觉得特像。

曹：您小的时候就喜欢画画吗？

蔡：是，因为我父亲喜欢画国画，写书法，所以家里面他的朋友都是画画的。我自己其实也学过拳，拉过提琴然后……

曹：据说您去南少林学过武术？

蔡：对，我有老师。

曹：都是专门的？

蔡：都是我父亲的朋友，一大堆，我学武术拍过电影，做过各种各样的玩意，但是我……

曹：您还拍过一个《小城春秋》是吧？

蔡：对，还拍过武打片。

曹：还拍过什么片子？

蔡：还拍过一个叫《忍无可忍》。

曹：里面演什么呢？

蔡：都是演坏人。

曹：都是演坏人？

蔡：我形象只能演坏人。

曹：对对，看着有点像。《小城春秋》我如果没记错是不是梁波罗主演的这个戏？

蔡：对对对，我演一个国民党的特务，那个行动队长。

曹：所以您在当地在泉州属于是多才多艺的人。

蔡：多才多艺，文化青年、愤青，哈哈。然后呢我也写小说写诗，但我大量的时候我感到

年轻时代的蔡国强

都在为当画家做准备。

曹：据说您很小的时候就喜欢读《史记》？我觉得一般的小孩在这么小的年纪是很难去读懂它、理解它的。

蔡：我父亲藏书很多，他曾经是古籍书店的经理，所以家里各种各样的古籍书很多，那司马迁的故事小时候是知道一点嘛，所以就从《史记》读起来。但读了根本读不懂，现在想起来其实也没有读到什么东西，但就是使你感到你自己的渺小，这一点对我后来出国以后一直有帮助。就是在国外人家对我不是那么亲切的时候，我能感觉的是我自己要来的，不是他们叫我来的。你很多时候都感到你唯一的那个信心是来自于你的祖先，是创造过了不起文明的祖先，你是要相信你跟他一脉相承的，你有他的遗传因子，你要连这一点你都没有，你就什么都没有啊。你是空空如也，外语也说得不行，那你还有什么可以跟人家谈的呢？所以这一点一直是我的一个很好的基础。

曹：我听说您母亲其实那个时候算是童养媳？但我觉得您母亲那个年代那种情况应该不复存在了？

蔡：有啊。

曹：那个年代还有吗？

蔡：有啊，是解放前啊，我……

曹：我觉得已经是很早很早年代的。

蔡：我母亲也不是家人去卖她当童养媳的，我的外公外婆去马来西亚逃亡，逃到马来西亚的时候，我的外婆把她送给我的奶奶，她们是好得像姐妹一样的，因为在船上怕小孩会养不活，就送给她了。然后我奶奶就把我爸爸和我妈妈同时养大，所以也就像童养媳一样。

曹：您的大学时代是在上海戏剧学院度过的啊，那当时为什么会选择到上海来读书呢？

蔡：因为在泉州我已经在做舞台设计，在剧团里面画画啊，拿着剧团的工资，然后在下乡时，人家在布置啊，在演出啊，你最多放放幻灯片，然后还写生啊、画肖像啊，所以慢慢的，想到外面去学习了，感到在泉州再磨下去进步不快，那第一个地方就想到上海，而且剧团可以带工资，我到上戏来读书的时候是带着工资来读书的，对，就到了上戏来了。

曹： 所以那时候学生当中您也算是富翁了？哈哈。

蔡： 差不多，算是有钱，而且算比较成熟。

上个世纪80年代中期，随着国门的开放，创作环境相对宽松，中国美术界进入一个重要转型期，各种观念碰撞激烈，青年艺术群体不断出现，创作了大量模仿西方的行为和装置作品，史称"85美术新潮"。这起艺术运动对当时还在上戏就读的蔡国强而言，影响并不大……

曹： 也许"85新潮"对个人创造没那么多的影响，但心态是不是会有一些变化，比如说什么都可以做了，萧鲁打一枪就会成为艺术？还有朋友打枪的时候他在这个美术馆里面洗脚，不停地洗脚，但是打一枪以后他就光着脚走了嘛。那个时候是不是艺术可以乱搞事，只要乱搞？

蔡： 那个时候我感到总体大家都受到西方的影响。西方影响我们一开始不是具体的，它是美学和哲学嘛。那哲学上各种各样的流派同时进来，可是我们的思想是马克思列宁主义、毛泽东思想作为一个主体，所以思想开始有一种很大的冲击。也看了很多西方的东西，那因为不同的哲学带来了各种各样流派的诗歌啊、电影啊、还有美术。尤其我在泉州，华侨归来会带来港澳的杂志，里面都有一些现代艺术的介绍，给我的最大的影响就是，艺术可以乱搞。那这个是一个纯中式的顿悟，就是说你看这样看那样，你不是哪样受影响，是你被打了一棒，艺术可以乱搞啊怕什么。你说对吧？但是我跟一些同行当时有一点不一样的是，我感到我应该抓紧时间去青藏高原去看土地的力量，到丝绸之路走这条文化的旅程，赶快接受一下然后再出去，因为我知道我会离开这里很远，很久，我应该吸收中国本土的文化。

在如火如荼的"85新潮"中，蔡国强并不是积极分子，他更愿意沉浸在自己个人的探索中……1986年年底，在出国热潮的裹挟下，蔡国强单枪匹马前往日本求学。

曹： 当时为什么第一站出行的地方是日本呢？

蔡： 刚好我有个朋友叫李毅华，在故宫博物院做出版社社长，他说你要出国我们故宫可以帮你去日本，因为故宫和日本很密切，办很多展览，所以我就去日本。

曹：可是您最初去的时候似乎也不是太容易被接纳？您后来的导师筑波大学的教授一开始也拒接了你？

蔡：他们看我这个艺术家就不是好学生。

曹：怎么叫不是好学生啊，不是循规蹈矩的那种？

蔡：对，已经想法太多，有自己的打算了。很多学生人家来是要教，我来了他都不知道怎么教，我自己做很多展览做很多作品了。后来我们就达成了很好的工作方法，我帮他做作品，他教我的东西就是在日本这个美术界如何成为一个艺术家。所以他在画廊展览，我就帮他做画廊展览，他在美术馆展览，我就帮他去美术馆布置。他就告诉我要怎么布置，他布置那个展厅，我布置这个展厅，布置完了他来稍微动一动。我是一个很好的帮手啊。

曹：那后来您到纽约，到纽约是不是确实让您的艺术的事业可以变得更开阔？

蔡：我感到我先到日本是对的，因为日本呢，我去了以后，好像回到了中国的过去，儒家的一种传统啊，还有很多中国文化里面的一种诗意的美。就是说表现一个事件，你要通过一个距离来表现得更含蓄一点，在古代中国是这样的。而且日本人正在面临着国际化现代化的努力，原来是一种西方化的结果，他们很紧张，看到我一个来自于中国的艺术家，然后用着火药、风水啊、中医啊等等，说着很多东方的哲理啊，可是做的作品很有张力，在西方也很受评价，他们就对我这个东西很支持，所以在日本我一直是他们国家的一个代表性艺术家，参加很多双年展啊，每次去都是日本外交部接待的。我到美国的时候，也是作为日本和美国的一个交换计划，作为日本艺术家去的。

1991年蔡国强在日本展出的“元初火球”奠定了他在日本艺术界的地位；1995年在美国内华达核实验基地的爆破艺术，更是让他成功打入美国艺术圈。蔡国强在西方获得空前成功，他的作品被多个博物馆收藏，他的艺术创作对艺术界产生巨大冲击力的同时，也受到了来自多方面的质疑……

曹：这些年其实您很多的作品在西方和东方都受到了不同程度的质疑或者说是批判，比如说《威尼斯收租院》，引起了罗中立等一些画家的反感或者说是质疑。同样有一些作品在西方是受到一些批评的，比如说您的《草船借箭》，比如说《龙来了，狼来了》，还有《成吉思汗的方舟》等等。您是怎么看待这种争论的？

蔡：我的艺术价值观不是用艺术来分析矛盾解决矛盾的，我的方法论，如果说中国文化留给我很多影响，最重要的是包容性和面临矛盾的态度。你能够包容，能够坚持住，你就能够有所贡献。而且艺术尤其不能用来解决矛盾，他能够呈现矛盾就很了不起了。比如说在1999年威尼斯双年展，人类回顾20世纪我们艺术的伟大成就是什么？创造力在哪里？社会主义为什么不能拿出来看看？我就想找一个社会主义的经典作品给他看一看是什么。所以《威尼斯收租院》就结合了社会主义主题，政治家和艺术家的命运关系。我就这么请了原作者袁熙理先生来现场做雕塑表演给人看，但这样的话很容易被争议。我这是不是山寨、完全盗版、窃为己有啊？其实不是。我就是讲故事的人，我只是在重温旧梦，把一个记忆复制给人家看。

曹： 将记忆重新复制。我注意到您在德国军事基地做的那个爆破，就是《胎动二》，我对那个很有兴趣。

蔡： 1992年的，你都知道。

曹： 您用一个电极记录你的心跳，表明在爆炸前的一瞬，您的心境是非常平静的。那刹那的平静我觉得是非常美好的。

蔡： 是德国和日本的科学家帮我做的。我在我爆炸的现场，一万平方米的现场，埋了测地震波的仪器，再装上脑波和心跳仪器，然后我点着一支香，我这样坐在正中间，那个香就一直烧，烧到2分钟时候，那支香点着了导火线，然后几百公斤火药，大地就炸起来了。我是尽量控制我的心态，后来他们打开看了仪器的记录以后，就说你这个心跳有问题啊，我吓一跳，我心脏有病吗？其实你完全没有反应啊。

曹： 这个很奇妙的。对于今天的现代艺术，人们有不同的看法，其中有一个部分人有一点点的皇帝的新装，只是一个观念，您是怎么看的？比如说您在威尼斯做的那

蔡国强和曹可凡

个《马可波罗遗忘的东西》，带回威尼斯，驾驶一个泉州的渔船，航行在威尼斯的运河上。这个其实是艺术家的一个观念，它的意义在什么地方？

蔡：人们对艺术到底需要什么？人们需要看到感动的，需要看到没看过的美，需要引起一些思考，这个都有啦。一艘帆船在大运河里面开进来，人们一下子就说那是马可波罗，西方人就是这样的，就被他吓一跳，感动。而且在整个意大利的西方的风景里面有一艘东方的帆船开进去，很美很优雅，历史突然好像忘记混沌了，忘记时间今天是哪天了，对不对？这个有啊。然后人们想为什么要这个，是吧？为什么这个艺术家要开艘帆船进来？然后他们会跟着走，这船啊会停下来，装运什么东西呢，运了一百公斤人参，威尼斯双年展100周年，说给他们补补气啊，他们100年辛苦啦。

蔡国强成功地把火药用在艺术上，为中国艺术创作走向世界走出了一条独特的道路。他用东方宇宙观和哲学根底，探求人类普遍的共同问题。作为一名以亚洲视点发言的艺术家，蔡国强早已成为世界艺术潮流中闪耀的明星。

曹：现在全世界都要您做各种不同的火药的作品，火药是个麻烦的东西，您是不是跟全世界的消防局，全世界的警察，都应该建立比较友善的关系？

蔡：很多时候呢他们还是愿意配合艺术家做一点事情。我现在在想，应该给你举哪一个例子。像"9·11"以后，美国全民都是同情被害者的感情，纽约和全美国不可以做焰火。然后我就去找市政部门，找消防局，说能不能炸出一个彩虹，很漂亮的彩虹，象征着新的时代，象征着我们不被打倒，我们有勇气，不要听了爆炸我们就再也不能爆炸了。他们一听就心动了。公安消防他们这些人，除了在不同的法律下，对艺术家的不同态度，有各种各样的观点之外，有什么共同的？就是他们都想看到震撼自己的那个瞬间。

曹：您在全世界旅行都是用的中国护照，很难想象像你这样一个世界旅行者还是到处使用中国护照。您是怎么想的？尽管它用起来有时候有些麻烦。

蔡：我经常跟我孩子说啊，有时候带着孩子旅行嘛，孩子还没有读小学，咱们解决这种问题就是两个办法，一个就是换护照，换成外国护照就方便了；还有一个就是利用这个事情提醒我们，我们应该为这本护照受人尊重做一点贡献。小孩还很小他都懂，现在小孩20岁了，在美国读大学二年级了，也是拿着中国护照。

曹：女儿现在在美国也是读艺术吗？

蔡：读雕塑啊，现代艺术啊。

曹：她是不是也很有艺术天赋？

蔡：还好吧。我昨天晚上睡觉的时候，她跟我打电话，她跟我谈她最近的作业。我给她讲了一些看法，她哭了一场。

曹：为什么呢？

蔡：可能她看出我对她的创意的水平有担忧，教她太多了，她不平衡，反正有好多角度。当爸爸不容易啊！

夏末秋生——黄秋生专访

黄秋生

黄秋生是香港影坛的一个异类，在香港这样的商业土壤中能够诞生这样一位全面的实力派人物，是非常令人庆幸的。他是那种你只要给他一个上档次的剧本，他就能做到征服人心的鬼才。1993年他在《人肉叉烧包》中精彩绝伦、神形兼备的变态表演让人至今心惊胆战，1998年他在《野兽刑警》的表演达到无我境界，再次博得金像奖影帝殊荣。“不疯魔，不成活”，这是《霸王别姬》里最精彩的台词，放在黄秋生的身上，也绝不为过。他还有很多的空间可以去发挥，还有很多的表情可以被重新定义。所以，忙碌的你也请放下脚步，慢慢地，随着时光，伴着黄秋生，我们将了解得更多更多……

由刘伟强携手甄子丹、舒淇、黄秋生、黄渤等众多演员共同打造的《精武风云·陈真》让观众大饱眼福。黄秋生在电影中，又一次扮演江湖大佬，不过这一次大佬的世界里不仅仅只有江湖，更有家国大义。多次荣获台湾金马奖及香港金像奖影帝的他，总能带给影迷意外的惊喜。

曹：这次在《精武风云·陈真》这部片子中，您又一次担任了大佬角色，其实大佬这个角色正是黄秋生四大品牌啊，警察、大佬、色情狂、变态狂。那重新扮演一个类似性格的角色，您怎么去演出一些新的东西？

秋：其实我演的时候也没想这么多，没有分析那么多，就是根据他剧本里面给我的材料，因为我的角色其实比较单一，戏不多，所以对我来讲难度不算很大。有朋友看过，我妹妹看完后给我的意见是，好的地方是演得比较儒雅，这个我同意，因为他的规定环境应该是这样的人，但我没有把他的霸气演出来，因为霸气我自己都有了，不用演了。

曹：自然出来就有霸气！

秋：所以就演了儒雅的那个方面。

曹：虽然戏不多，但很多桥段蛮精彩的，比如说您跟舒淇演这个角色之间的情感纠葛。您好像也说过这次拍这个片子理解最多的是这个铁汉多情，是不是这样？

秋：这种人物其实在社会上面现在也很多，有钱，尤其是比较年纪大的，我的上一代，我的叔叔，那些前辈都是家里有钱的，有钱人，就是多情啊！

曹：这个片子中，你们从导演编剧一直到演员，差不多有两个铁三角组合，一个就是你们的影帝影后，您呀，子丹呀，舒淇呀，还有导演之间，这样一种合作的班底，是不是让您作为一个演员来说演起来就非常地舒服？

《精武风云·陈真》海报

秋：可以说很安全，因为演员在现场感觉到非常安全，很放心。导演怎么样拍，你对他非常有信心，大家合作那么多次，对他的一动一静，摆一个怎么样的镜头，基本上都知道他需要什么，而且对手又非常熟悉，知道对手一定会这样，或那样。

曹：您这次演的是一个大佬，可是听说您对黄渤演的巡捕头这个角色，还是很有兴趣，是吗？

秋：我知道他演，我跟他有一场对手戏，非常期待那天跟他演戏，后来也证明演得很过瘾。他是一个很聪明、反应很快、而且很有天分的演员。

如今的黄秋生功成名就，但是他的从艺经历并非一帆风顺。黄秋生是在1983年入读香港亚洲电视演员训练班而出道。当时他不过是配角演员，知名度不高，只是凭着在电视台的演出经验，1985年再入读香港演艺学院一年，毕业后才再加入无线电视。

曹：您是香港演艺学院首届毕业生，当时您怎么会想到读这样一所学校？而且因为家境的原因听说您还借了一些钱去读，现在回想起来，在这个学校接受的教育，课程是不是对您现在演艺生涯有特别大的帮助？

秋：从一开始我就相信，演员是专业的，演员不是随便谁都可以……就像卡拉OK，去唱卡拉OK不等于说你就是歌手，音乐是要学的，艺术也是要学习的，要练习的。在电视台的时候,没有一个前辈可以告诉我,演员的训练究竟是怎么样一回事,直到演艺学院开办了,我就决定去学习,就是这个原因。就好像说,有一些武林秘籍,谁都不知道是什么东西,后来有人叫出名堂了,我就上山拜师。

曹:会不会像功夫熊猫一样,其实武林秘籍打开以后什么也没有。

秋:如果讲到最高境界,真的是打开什么都没有,到最后也是看山是山,看水是水。

曹:然后看山不是山,看水不是水?

秋:没有,到最后,我讲的是最后那个阶段,也是看山是山,看水也是水,非常直接、简单。所以人家经常问我怎么样分析一个角色,到现场怎么样演这个角色,我说没有,都没有,根据剧本,根据导演要求的。以前不是这样,曾经有一个很长的时间不是这样,那现在就是这样,很简单。

曹:您现在回想起来在演艺学院的那几年,自己最难忘的一些经历是什么?

秋:我最难忘的是整个三年的时间。因为我小时候读书不好,基本上在学校里面的回忆都不太开心。演艺学院三年,包括所有的环境、同学、老师、对我的影响非常大,而且留下了一个美好的回忆。

曹:这几十年您的从艺经历,有哪一些比较重要的步骤,对您来说是起着一个非常决定性的作用的?

秋:我不能否定的、不能不同意的就是《人肉叉烧包》,拿奖,虽然我不喜欢这个角色。

由澳门奇案改编的电影《人肉叉烧包》,是黄秋生的代表作品之一,他以出色的表演,获得了香港金像奖最佳男主角的称号,他的精湛演技也得到了众多影迷的肯定。毫无疑问,黄秋生将这个"魔鬼"演到了极致,这就足够了。

曹:据说那个戏在香港上映的时候,好多家卖叉烧包的店生意都特别不好。

秋:听说是这样。我那个时候也没有去吃叉烧包,反而我母亲因为这个戏就开始吃叉烧包,每一次去茶楼饮茶的时候她都吃叉烧包。

曹:因为儿子是演这个戏出来的!

秋:对!

曹:可是您自己为什么对这个戏不是那么太有好感?

秋:太色情了吧,因为那个时候我签了约,签了三部,我们那个年代不是先给你剧本,看完剧本才签。那我一个小演员给你三部戏,一年三部戏,我非常开心,过来就演这个角色。当时想啊,我怎么说都是一个演艺学院毕业的做艺术的人吧,文艺青年啊,我怎么会堕落到做这种东西？那个时候是这样想的。

曹：所以那个时候拍戏主要是为了讨生活，是吧？

秋：有些事情真的是很无奈地去做了好久好久，很不高兴，那后来就一直内心忧郁，终于爆发，病了，就去了英国。回来之后又好了，想通了。

《人肉叉烧包》海报

尽管小时候深爱读书，尽管对艺术有着执著追求，可是现实仍然很残酷，在很长的一段时间里，黄秋生的生活总是不能和两个刺眼的词分开，那就是配角和烂片。而这些对于今天的黄秋生来说究竟意味着什么？

曹：有人总结了这么一句话，我觉得挺好：用配角铸成的戏精，由烂片起家的影帝。

秋：这个很精彩。

曹：我觉得这句话总结得很精彩。回过头来看，您是怎么看待人们对您的这个总结？

秋：如果有人给你两句话，在整个事业里面，无论怎样，有人总结你历史的话，那总是值得开心的吧。有很多人连被总结的机会都没有。

曹：您面对这样一段历史，觉得特别厌恶，还是能够接受，或者说其实还蛮感谢的？因为这么多烂片，有一个量，所以可以有某一部片子黄秋生可能突然找到了一个自己表演的爆发点。

秋：当然每一个人都有他的命运，我的命运我自己要承受，我要面对我的命运。现在我已经是有选择性了，到有选择的阶段啦，现在我可以选择不拍，而且现在比以前好，有“审批”，有“审批”肯定就不会有人写这种东西了，那太好了。

曹：所以您欣赏这个审查制度？

秋：对。可是，回头看的时候，我会感谢，尤其是到外面去跟其他演员合作的时候，我的应变能力，我的理解能力，我非常地感谢我曾有这些非常人可以忍受的经历。我非常高兴我有，我见过任何戏，什么烂导演，什么神经病的，我都见过，都可以应付。

曹：您觉得您见过最神经病的、最烂的导演是什么样的导演？

秋：最烂的导演，连灯光都没有，黑乎乎地就开拍了。

曹：他这个片子怎么拍？

秋：没有戏，只是一个镜头，其实是一个过场的镜头，真的旁边人就说"导演没光"，当然是没光，根本连路都看不见，开拍，这样的导演也有。

曹：所以您面对这样的导演也很无奈。

秋：你不觉得好笑么？现在我觉得这种导演已经到了疯狂的地步，突然又出来一个给我笑，连他都是我的娱乐，变成了我的"甜点"。

曹：那您通常会纠正他的一些方法，比如您会教他们怎么拍么？

秋：我不会，我帮他们，"导演不够黑啊，连那一点点的灯都没有就完美了，把那个灯也关上。"我会这样。你要这样的话，我就给你这个，你自己看。

曹：但您有这样的本事，如果有好的剧本，您可以演得很好，即使是一个烂剧本，您也演得不怎么坏。什么方法可以让您铸就这样的本事？

秋：你就把自己的角色演好就可以了，很简单的。其实剧本可以很烂，对手所有的故事可以很烂，可是每一个角色都可以在里面找到一些剧本里有的，或者是剧本里没有的东西，你丰富他，赋予他一个生命，可以有这种办法。而且那些烂导演他们通常都看不出来。因为他们真的很烂，他们连基本的分析能力都没有，你做什么你演什么，他们看不出来，而且他们喜欢教戏，他教你的时候你就点头，你其实戏里戏外都在演戏，也就表现你是一个好学生，而且对他非常地尊重，非常欣赏，但你演的时候照演你自己的，他看不出来。

曹：所以这就是评判烂导演和非烂导演的一个最重要的界限。

秋：对，看他真烂还是假烂。

黄秋生早年就读则仁中心学校，当时的人形容来说，这是一所群育学校，专为有学习障碍、过度活跃、情绪行为问题的学生而设的特殊学校。在读期间，黄秋生的学习生涯并不平静，而且充满了许多的未知数。那么在学校里究竟发生了什么事让年幼的他铭心刻骨，这些经历对于他究竟意味着什么呢？

曹：您在童年或者少年的时候，就有这样的表演天赋，喜欢跟同学玩一玩表演的游戏？

秋：我很小很小的时候家里穷，就读那些寄宿学校。每个星期天，其他小朋友都有人接回家，我家因为我母亲有些时候星期天要开工，所以两个礼拜我才可以回家。那时候学校里面剩下十几个同学，没什么好玩，也没钱，就扮演角色，自己把桌子凳子围着，像个厨房，就回家了，就是我家，然后就扮家里有电视，因为那个年代家里没电视。有些时候就装大侠，拿着树枝当剑，然后自己配乐。看了一些电影，那个年代台湾的电影“嘟嘟嘟噔噔噔……”这样打，过瘾！就这样，最初开始扮演就是这样。

黄秋生获得第25届香港金像奖最佳男配角奖

曹：听说您很小的时候就很喜欢阅读？

秋：我开始阅读大概是小学的时候，第一本书是我妈买给我的《贝多芬传》。学校里面平常没什么娱乐，每天下午，我就躲在图书馆里面把所有的书都看完。后来碰到一个好老师，那个老师影响我阅读，那个时候已经是中学了。我差不多把所有钱都拿去买书，家里现在的书真的是多到不得了了，我要找一个地方，另外租一个地方放书。

曹：您是个混血儿，在香港这样一个比较国际化开放的社会，小的时候大人是不是很喜欢你？

秋：其实不开放。好像说是什么那个叫华洋杂住，其实不是，是分开的。我那个年代我爸在外国人住的地方，文化上互相没有什么交流，尤其是一个穷的混血儿的话，你就有很大的麻烦。中国小孩被欺负的多了，外国人没见过，见到一个“怪物”就打。我爸走了，我母亲打工，住在老板家里，整个区都是外国的小孩，外国的小孩用箭射我。

曹：为什么？

秋：就当你是白老鼠，骂你，你不会英语嘛。小时候我父亲走了，我妈也没有跟我讲英语，家里面全部都是中国人，我在一个中国的家庭里面长大。

曹：可是长的是外国人的脸。

秋：我受的是传统的中国式的教育，小时候外婆教我三字经，又打掌心，跪祖先之类的，所以在外国人眼中你是一个中国人，在中国人眼中你又是一个外国人，里外不是人啊，猪八戒。

曹：我们小时候读英国小说，发现寄宿学校是很可怕的地方，往往对孩子的成长、心理带来很多的阴影。不知道您在寄宿学校是不是也碰到类似的状况？

秋：非常多，非常多。

曹：是一个什么样的状况？

秋：我经常回想，我真的不是变态，我已经算很强很强的，在精神上面，我的遗传很好，一般来讲,在这种学校里面出来的像我这样的很少很少,以我知道的,很少有成功的例子。当然有一些很成功,可是比例不多。比如说,在学校里最普遍的惩罚是打,关起来打,那种状态像监狱,监狱里面有的都有了。如果你得罪同学,有些比较大的学生他们有帮派,如果你得罪人,吵架,晚上要小心,睡觉的时候,用袜子,放一个肥皂,盖着你就打。比如说,几个同学对这个同学不满,知道他下课的时候,会从这条路拐弯,就在旁边等,一个人拿麻包袋,他一出来就把他盖住,然后几个人冲出来把他臭打一顿,然后扬长而去。

虽然在寄宿学校中度过艰苦童年,但是母亲的坚强却让他学会了忍耐。从小到大,黄秋生的记忆中只有母亲,父亲的影子是模糊的。在他幼年的时候,英籍父亲狠心抛下他和他的母亲回英国,他被视作是私生子,老妈在别人家当女佣,他是被周围小朋友看不起的混血杂种。

曹: 您父亲离开你母亲的时候您多大?

秋: 我好像4岁。

曹: 那母亲靠什么来维持你们母子的生活?

秋: 也有去工厂里面做,那个时候香港有很多的工厂,也有做过物资公司,后来就去做佣人,还有其他的我就不清楚。因为有些时候我睡觉就见她出去,她早上晚上两份工,睡不够,而且身体不好,后来她又有肺病,经常吐血。

曹: 那您成名以后跟父亲有没有再见过面?

秋: 没有啦。最后一次联络就因为我进医院,我12岁,我妈给他打电话,那个时候是要去电报局里面打,我爸那面说香港付款他就听,我妈还要付款。听了以后就说没事了,他没事了,那我也没钱了,因为他已经结婚了么,"我老婆癌症,我的钱花光了,我没钱了。"就这样挂线了。后来我妈就告诉我,说连他公司的电话都没有了,没有联络了。

黄秋生和曹可凡

曹: 一直到现在?

秋: 找不到。

曹：等于失踪一样的。

秋：找不到了。

虽然童年生活艰苦，但是黄秋生并没有自甘堕落。为了养家糊口，他在上世纪90年代初自毁英俊的小生形象，开始接拍荒诞之极的烂片。这时的他并不知道生活将带给他什么。

曹：是不是因为这样一个成长经历，所以作为演员来说您是一个比较敏感的人？

秋：有可能。单亲家庭的孩子真的有可能比较敏感的。

曹：您说过有一段时间比较低落，甚至有一些忧郁的状态？

秋：有忧郁的状态时已经在演戏了，就是那个……

曹：得了影帝之后，是吧？

秋：长时期拍那些烂片，不知道自己在做什么，觉得很羞愧。怎么别人可以接到那么好的片，我的样子真的像变态么？我不可以演那些英雄、演那些爱情片吗？我在学校里面还演那个《大鼻子情圣》呢，都有那么多女孩子喜欢我，为什么我现在会这样？就觉得自己的命运不好，经常这样想，就忧郁、忧郁、忧郁。后来因为病了，甲状腺病，吃了类固醇，体重达到240磅。

曹：对，有一段时间特别胖。

秋：后来去了英国，这样就没有工作了。去英国跟一个老师，跟一个大师学习，去学了半年，他的那个方法是令人很开心的，每天都开心的。我去还有一个目标是去寻根啊，不知道自己是什么人，是中国人呢还是外国人呢，究竟是怎么回事？然后去找了半年，终于明白，其实不需要找，你就是混血嘛，就是一半一半。可是我现在就越来越中国了。

黄秋生性格直率，脾气火爆，在圈中是出了名的，片场开工，未见其人，先闻其声。也许正因为如此，让他结识了很多圈中密友，刘德华就是其中的一个，他与刘德华的初次相识也非常富有戏剧性。

曹：听说您一直性子比较急，早年间楼上有个人跳舞跳得您特别想上去跟他理论，结果打开门一看里边是刘德华，是吧？

秋：那时在拍戏，第二天还要开工，睡觉后楼上一直在响，我跑到楼上去看究竟是谁在搞什么，他在练舞。然后我说“哇”，他们看到我怒气冲冲地冲上去，“怎么回事？”我说，

黄秋生和刘德华

“谁在搞什么？”“刘德华。”我说：“没事没事，继续跳吧”。

曹：刘德华一直跟您保持很好的关系，他叫您“怪好人”。

秋：不错不错，他也是好人。以前不太欣赏他，因为我跟他不熟，在现场我最不爽的就是，大家那个年代就是同时间接几部戏，没有时间睡觉，我一到现场就找一个桌子，或者沙发，先看清楚就去睡觉。他就经常在我停机的时候，就在我旁边走来走去，然后用脚踢，OK，起床起床，不要睡。我说：“你几天没睡了？”“我3天没睡。”我说：“你3天没睡了还不找一个地方睡觉，你搞我干吗？”我那个时候就觉得这个人很烦，怎么不去睡觉？后来有一次我就跟他去布拉格拍戏，天气很冷很冷，吃饭之前，我忘了什么原因，我们就找了一咖啡厅，两个人就在里面聊了差不多3个小时，就聊以前他怎么样啊，他以前怎么帮人啊。我在听的时候就觉得跟我差不多啊，他蛮好，蛮有心的，有些时候笨笨的，也不错，可以交朋友。那个时候就开始交朋友。

曹：您现在随着年龄的增长，火爆脾气是不是有一点收敛？

秋：我现在不需要这个。瞪眼就可以了么。

曹：对。

秋：比较火爆。

黄秋生坦言自己不适合结婚，性情致此，以至于结婚第二天就和老婆吵架，搬了出去一人独居。几十年过去了，如今的他对于家庭有了新的感悟，也许正是因为太太的执著守候，让这样一个“怪人”，谈到自己妻子的时候，眼神也开始变得温柔。

曹：应该说演员是一个比较敏感，比较浪漫的职业，你觉得自己这么多年来，您是怎么看待的自己婚姻和爱情的？

秋：我运气比较好。婚姻拖拖拉拉，搞来搞去，搞不散，越搞越好。

曹：听说那个时候和太太的结合其实是蛮浪漫的，是吗？

秋：我跟她认识是蛮浪漫的。浪漫之中，上天已经暗示你们是风风雨雨的了。

曹：当时你们是怎么样认识的？

秋：我住的地方对着她的窗户，她的厨房。那个时候我还没入行，有一次就看到对面有一个鲨鱼口，鲨鱼口风水不好啊，你对着人家窗户。我就对着人家骂，还拿了一个黑锅挂出去。第二天，大风，十号风球，把所有鲨鱼口啊、锅啊都吹走了，她的房子楼上有3只烟囱都垮下来了，那就过去了嘛。几年之后我就入行了，有一天我在看书，有一个女孩子蛮可爱的在洗碗，突然之间她就这样，我的头也这样，她在笑，我也在笑，然后我就跑到厨房，这样才看得清楚嘛。然后大家就约聊天、出去。她蛮可爱的，像日本女孩，像一个日本娃娃一样的，很甜美的，身材也蛮好的，然后呢，大家就开始谈恋爱，好，后来才发现我给她骗了。过了好几年，那个时候还没有结婚，突然有一天就在客厅里面走来走去跟我妈聊天，一看这个窗户，之前的那个鲨鱼口的回忆突然回来了，我就打电话，我说："那时候是你窗户挂了一个鲨鱼口吗？"她父亲是卖鱼的，她说"对啊，我爸那个时候拿了一个鲨鱼口回来挂在窗户外面。"我就告诉她说"当年我就在外面挂了一个黑锅，你记得嘛，那年十号风球，楼上的那个烟筒吹走了。"然后她说"对、对、对"。那个故事就已经预示我们的十号风球，全吹。

黄秋生曾在多个场合说过，婚姻是一件悲壮的事，但是命运还是把他带入了婚姻的殿堂。经历了几十年的风风雨雨，如今的黄秋生享受着爱人在侧，孩子在旁的生活，却也其乐融融。拍戏常年在外，妻子如何看待这个经常不回家的男人？在两个孩子的眼中，他又是怎样一个父亲呢？

曹：其实您也说过，自己的个性是不太适合结婚的。

秋：真的不太适合。我经常不在家。

曹：所以你们这样不常住在一起反而不太吵架。

秋：反而不太吵架，都已经二十多少年了，我都忘了，经常朋友看到说你们结婚那么久还那么多话题，两个人还看起来好像在谈恋爱的样子。

曹：所以你们注定十号风球是吹不散的。

秋：吹不散的。有小孩，小孩要长大。

曹：您平时有多少时间和孩子相处？

秋：没有，他们都不想跟我相处。烦着他打球，反正我讲话的时候他就"嗯、啊、嗯"，我像

黄秋生夫妇

生了一头牛，只会“嗯”。

曹： 您现在差不多多少时间回家一趟？

秋： 有时候天天在，回家煮饭，然后我老婆说，“你快去工作吧，你看你现在状态人椅合一，人凳合一了”。整个人都越来越涨大，每天就想着吃，有些时候就是这样。最近我老婆经常去做运动，专业运动员一样，每天4个小时，很厉害。

曹： 她是属于什么样的性格？

秋： 传统，很传统，温柔、聪明、反应很快、嘴巴很厉害。这个是肯定的，毒舌。

其实生活永远都是比喜剧要丰富和精彩的。黄秋生做过演员、编剧、导演、电台主持人、诗人、词曲创作人、摇滚乐队主唱，拥有这诸多的才艺，在我们看来也是非常不易的，而这些才华的积累也跟黄秋生的兴趣爱好有着极大的关系。如今的他不再为生活而奔波，闲暇之余黄秋生究竟在寻找一些什么新的灵感呢？

曹： 其实我们很长时间没有听到您弄音乐，是不是现在对音乐的兴趣跟过去相比有一点减弱？

秋： 我最近写字。

曹： 写毛笔字？

秋： 对，写毛笔字。喜欢写毛笔字。

曹： 为什么呢？修身养性？

秋： 搞不定。

曹： 什么叫搞不定？

秋： 搞不定，我搞它不定，很难搞。那么简单的一支笔，加上墨、纸，就是搞不定。我就越来越喜欢。毛笔它的变化太大，还有状态，还有真的好像是演戏一样，不是每一天都有灵感的。有些时候写了一个晚上，差不多三四十张，然后就丢掉大概一半以上，第二天再看，只有两三张可以留下，有的时候一张都没有。

曹： 我听说您会唱很多早年内地的一些革命歌曲，会背毛主席诗词，这个怎么会呢？

秋：我的成长有点奇怪呢，因为我母亲有些朋友，我很小很小的时候，经常叫我读毛泽东语录，我妈就反对，然后他们就逗我叫我背。小孩什么都不懂嘛，就背给我妈听，然后他们就在旁边拍手，"好好好，好小孩，毛主席的好孩子"，这样气我妈。我长大了，到了中学，家里面穷嘛，尤其是有那种叛逆的状态，又碰到一个老师，我看到他的家里面很多马克思、毛主席的书，就自己跑书店去买。再因为英语不好，英语不好就学简体字，那个年代，其他小孩一般都不会简体字，我就买了小小一本字典回来，自己学简体字，然后又喜欢看鲁迅，看革命题材的电影。那个年代看这种电影的，第一是那种很土的人，第二是那种很前卫的人，我当然就是那种很前卫的人。我就看《董存瑞》啊，《地道战》啊，后来看到那个《东方红》，非常喜欢，一听里面的歌曲都对胃口。

曹：您最擅长的是唱哪首歌？

秋：我没有擅长，我都喜欢。

曹：你现在就在嘴边的，可以唱两句吗？

秋："我们都是飞行军，每一颗子弹消灭一个敌人。"

曹：游击队歌。那毛主席语录还能背吗？

秋：用广东话就比较好背一点。

曹：没事儿，用广东话。

秋：全世界人民团结起来，打败美国侵略者及其一切走狗。

曹：顺嘴就来。

最近几年，黄秋生几次与周杰伦合作，于是两人结下了深厚的父子情。黄秋生出演周杰伦首次执导的电影《不能说的秘密》，在片中与周杰伦既是父子，又是师生，于是在戏里戏外两人都情同父子。旁人看不清楚其中端倪，那么到底是怎样的机缘，让两人之间有如此的默契？在黄秋生的眼中，周杰伦是一个怎样的人呢？

黄秋生和周杰伦

曹：我知道您跟杰伦的关系特别好，

有点情同父子啊，您觉得杰伦是个什么样的孩子？

秋：有天分，很有天分，很乖的，我觉得他的家教很好，他母亲把他教得很好。

曹：平时你们爷俩在一起聊得最多的是什么？

秋：其实很少见面，最近有机会，因为他演唱会叫我上去跟他唱一首歌。我现在还在练，我害怕，我记不住歌词，到时候上去背不了。

曹：唱一首什么歌？

秋：唱一首摇滚，我要上去打完招呼就算了，或者是唱一些革命歌就算了。

最近几年，黄秋生多次以老爸的形象出现在作品中，这也看出，在他的内心深处，亲情是多么地可贵。家中老母亲已经年迈，身体一直都不好，黄秋生每每远行拍戏，母亲都是他最大的牵挂。回想儿时母亲经历的苦难，让黄秋生更加珍惜与呵护自己的母亲，忙碌之余总不忘打个电话。而今的他用自己的成就作为送给母亲的最好礼物。

曹：刚才聊了这么多啊，也多次谈到你的母亲，我想母亲在您生命当中是非常重要的一个角色。在您的人生当中，您觉得什么时候能够让母亲是最开心的？

秋：我开心她就开心，很简单。

曹：母亲看到您成功，她会怎么跟你说？

秋：当然很开心，她看到我笑她就开心，我开心我健康她就开心。因为她现在有点很可爱，她老人痴呆了，她现在讲："你吃饭没有？""你在哪儿？哦，你在北京，什么时候回来？""哦，过两天。""那你在哪儿？"好过瘾。我觉得现在真的好过瘾啊，真的好笑。她已经没有短暂记忆，比如说我上一次在剧组4个月，每一次她打给我电话的时候，我就告诉她，过两天就过来，然后过两天她又问，我说我刚到，我过两天我就回来。她都忘了，她不会担心。

整个采访在一片温情中结束，让我们深感黄秋生是一个个性错综复杂的结合体。有人说他脾气火爆，他却能爆得有理有据；有人说他极为爱钱，什么烂片都敢接，但我们看到，在他出演的300多部作品中，每个角色都能被他演绎得入木三分。这就是黄秋生的行为艺术，他要告诉我们，曾经那些看似"荒诞不经"的经历，其实才恰恰是生活的本质。人生总有那么多的事与愿违，或许我们每个人都可以从黄秋生的感悟中有所收获，用心去栽种一颗种子，不管经历怎样的苦难，试着让自己开出一朵美丽的花吧！

回味上海——林忆莲专访

她是香港歌坛公认的艺术成就最高的女歌手,她被香港爵士教父包以正先生钦点为香港首席爵士女伶,她就是林忆莲。她演唱的许多经典歌曲称霸歌坛近二十年,她每一次的个人演唱会,在给我们带来经典老歌回味的同时,又会不断推陈出新,带来新的回味。本期节目林忆莲走进《可凡倾听》,大谈上海话,回忆儿时的难忘岁月。

走近林忆莲,我们发现这个享誉歌坛的一姐,跟我们想象中有太多的不同,亲切如邻家女子。正是这样一个女人,在舞台上时而热力四射,时而娇艳妩媚。谈话间,我们深深地感觉到,这个在香港出生的上海女孩,有着地地道道的上海情结。

林忆莲

曹:虎年的大年初六,你要在上海举办你的新一轮演唱会,从内心来说,是不是特别期待?为什么会选在这样一个新年的时刻?

林:我觉得也是机缘,有这样的一个档期,然后,我觉得在大年初六可以跟上海的观众朋友通过音乐来做一个聚会,是很开心的事情,因为上海对我来说是特别的地方,对,可以说是我的第二个家乡。我是在香港出生长大,可是我父母亲都是上海人,然后很长时间在香港。

曹:你出生在香港,可是你父母都是从上海移居到香港,那你小的时候,现在回忆起来,家里是不是还保持着上海人过往的生活状态?

林:绝对是的。

曹:能描述一下你小的时候家里的状态吗?

林忆莲和曹可凡

林：小时候，我记得我们有好几户人家，一起分租一幢房子，都是一些一起从上海来的。我记得都是很热闹的气氛，有很多长辈在身边。父母亲都要出去工作，家里就是我跟两个弟弟，我们就自己在家里抢电视看，打架，然后到街上跟邻居小孩玩。其中有一个记忆很深刻的就是食物的味道，因为这么多户人家住在一幢房子里面，你就会常常都闻到饭香，就是上海菜的味道。所以后来我自己也出了一本小小的书《上海回味》，就是我自己的一个童年的回忆。

曹：你记得那时候家里特别是妈妈给你们做得最多的菜肴是什么？

林：妈妈常常都是……我们家里就是包馄饨。我一吃大概就是25个到30个这样子。

曹：跟我食量差不多。

林：对，就是我很爱吃上海馄饨。除了这个以外，大概也是一些上海的食物吧，就是熏鱼，烤麸，我们家还喜欢煮那个汤，有一点点像西餐，就是罗宋汤那一类型的。

曹：罗宋汤、炸猪排。

林：对，还做色拉。

曹：小时候有没有帮爸爸妈妈做过色拉？

林：对，很喜欢帮忙，切、切、切，然后就很喜欢一起搅拌。把色拉油放进去，妈妈告诉你要同一个方向搅，不能倒过来。

曹：上海人叫乍脱了。

林：对，乍脱了，水跑出来了。

曹：你上海话说得很好，那个时候爸爸妈妈跟你说上海话吗？

林：讲上海话的。我小时候不会讲。

曹：小时候不会讲？

林：嗯，只会听不会讲。

曹： 那爸妈两个人都是讲上海话的？

林： 对，他们一直讲，我们就听。我是后来到2001年的时候，回到上海来住，住了大概两年半的时间，那个时候就逼着要说上海话了，那个时候上海话就跑出来了，所以这个是童年的记忆起了作用。

曹： 所以你回到上海就把你的上海话激发出来了。

林： 就是可以说，还是不很流利，大概就是说个几句，就是听起来不太会讲的。但是你这么一说听上去你家里也肯定是上海人，因为要不是上海人也讲不出这种话的，这感觉是很亲切的。

曹： 我听说你爸爸妈妈其实还都挺喜欢文艺的，爸爸喜欢拉拉二胡，妈妈也喜欢唱绍兴戏。你还记得小时候妈妈唱绍兴戏唱哪一段最喜欢？

林： 唱《梁山伯与祝英台》，还有《红楼梦》。

曹： 其实爸爸的工作就是一个二胡的乐手，妈妈就是唱绍兴戏，那你会唱吗？

林： 我小时候听得蛮多的，会唱一点点。

曹： 试试看，你现在还记得吗？

林： 其实我印象很深刻的是《梁祝》，因为我爸爸很爱听，我常常记得那一句"梁哥哥，我想你"，我就觉得特别深刻地记得那一句，很哀怨的那个感觉。虽然小时候不懂，可是也听得出那个情感。

曹： 你小时候印象当中，觉得上海这个城市是一种什么样的？

林： 小的时候我觉得上海应该是每个人都在打毛衣。我第一次回到上海的时候，就是看到各种色彩的毛衣，穿在大家身上的那个感觉，那就是好熟悉好温馨的感觉。我坐车经过，看到真的是每个人都在打毛衣，那个感觉很棒。因为我小时候很爱打毛衣。

曹： 是吗？

林： 就是妈妈教我怎么打。

曹： 你后来又来上海住了两年半的时间，你觉得那段时间对你来说是一种什么样的感觉？

林： 等于是回家了，真正体会在上海生活的那个感受。我记得我很不习惯的就是上海的冬天，我就是觉得很冷很冷，冷得就缩在屋子里面，整个人在发抖的这样的感觉，那个是我很不适应的。对，就这一点，除了这个以外，每天都很快乐。我喜欢吃上海菜，结果也变胖很多，然后也去逛很多上海的旧区，去看外婆小时候经常跟我们说故事的一些地方啊，东逛逛西看看。

曹： 那时候你家住在什么地方啊？

林：我记得我外婆跟我讲是在法租界。

曹：那么就是淮海路这一段。

林：淮海路这一段，淮海路这里叫法租界，不过究竟是哪里我就不记得了。你看我的上海话还是不流利，但一听是有点老式的上海话。

曹：对，有一点。而且我告诉你，你在上海那段时间，我是跟你住在一个院子里的。

林：真的？

曹：我是住在玫瑰园的。

林：真的？

曹：我现在还住在玫瑰园，但是我没看见过你。

林：我也没看见过你。

曹：我只在花园里见到过一次李宗盛，但是没见过你。我只知道你住在这里，但不知道你究竟是住在哪一户。

林：你现在还是住在那里？

曹：我现在还是住在那里。但是我住进去的时候，你差不多已经快要离开了。就是和你有一点小小的缘分。

林：对对对，这很好玩。

林忆莲在16岁时曾做过一段时间的电台DJ，这也为日后她成为歌手埋下了伏笔。音乐让这个自认为是丑小鸭的女孩，变成了歌坛上最美丽的白天鹅。她是如何与音乐结缘？走上音乐这条路是否一帆风顺呢？

曹：那你小的时候想唱歌，在电台做DJ，爸爸妈妈是否支持你的想法？

林：我觉得我爸爸是挺支持的，不过我倒是没有真的想过要当歌手或者什么的，只是喜欢音乐。那个时候当DJ还是一个同学拉我去参加一个节目，是在很偶然的机会之下。可是我记得到后来当了歌手以后，每次录一首歌，我爸就会很主动地问我，拿来听听看，然后就给我很多意见，你这里不可以这样子唱的，不行不行，这样子。他就是我的一个很大的支柱。

曹：你爸爸应该是一个有点浪漫情怀的人吧？

林：我觉得他其实挺浪漫的。

曹：居然把你的名字取来回忆过去一段未果的爱情，是吧？

林：是是。

曹：那你妈妈没意见吗？

林：我觉得她也挺大方的，后来我听他们说，就把这个因果说给我听的时候，我就觉得妈还挺大方的。

曹：你做了一段时间的DJ，当时是做一个什么样的节目？据说给你取了一个特别的艺名叫"611"？

林：对，其实我当时进电台，我是想做DJ很简单，就是很开心，可以播我自己喜欢的音乐，然后不用多讲话，结果不是。他们要把我……要有一点形象，就是一个很活泼的、八卦的小美眉这样子。因为我当时只有15岁，我进电台的时候就叫"611"，6+1+1就是等于8。那个时候就是当时商业电台的俞铮小姐，她去设计构想的，就是八卦的意思。所以我当时的节目就是跟另外两个女孩在一起，我们每次节目就是叽叽喳喳。

曹：就是属于叽叽喳喳的那种节目，是吧？

林：对，那种小女生很活泼的节目。我们做了一个暑假，然后我就开始主持一些深夜的节目，那我就很开心了，因为我就可以播我喜欢的音乐。从DJ变成一个歌手，可能在外人看来这一步应该说跨得挺容易的，其实真正要完成这样一次蜕变也是不容易的。

曹：你觉得自己是怎么去跨过那个坎儿？

林：当时我们做DJ的时候，有很多的机会演出，然后就会要表演、唱歌或者是做一些访问的工作，其中我有一个机会演唱了一首英文歌，然后就被唱片公司发掘了。我说其实我不会唱歌，只是爱玩玩而已，所以当唱片公司要给我发张专辑的时候，我非常不习惯。我记得发完第一张专辑就跟他们说，我觉得自己不适合，我不能当歌手。当时他们一直在鼓励我，说再试一张吧。我想既然做了，我就每天去检查自己的录音跟现场演出的那个录影带，惨不忍睹。所以我回去就学习，找老师去学唱歌，学跳舞。其实也经过蛮长一段时间，我回想起来，我们那个时候是比较幸运，我们有这么长的时间可以去慢慢磨练。我想如果在现在的唱片市场，一个新人可能就一张发出去，有就有，没有就没有了。

林忆莲演唱会

曹：你当年的这首《灰色》让你一举成名，当时跟张国荣的《无心睡眠》在香港大街小巷是被广泛地传唱，应该说，作为一个歌手、一个新人来说，是初尝了成功的滋味。那时候听到满大街都在唱自己的歌的时候，感觉是不是还真不错？

林：那个时候的感觉，走在路上或者什么听到的时候，其实有点想要躲起来的感觉，就是蛮不适应的。会觉得最好躲起来，不要让人看到我，不要认出我，我想跟我自己本身的性格可能有关系。就是我觉得比较私人的部分，隐私部分，对我来说很重要。后来唱片取得成功，我觉得还是有点不敢相信的那个感觉。

曹：我觉得当时你的成功是不容易的，因为那个时候应该说是，就是今天看来也是香港流行乐的黄金期，有梅艳芳、叶倩文、关淑怡、邝美云等一大批歌手。你觉得当时自己是靠一个什么样的特点才脱颖而出的？

林：我觉得我当时有一个非常好的团队，如果单靠我一个人可能很难获得这样的成绩。我觉得是在唱片的制作方面，写词、填词、作曲、编曲、摄影师、造型师各方面的一个综合的配合，然后大家一起去推动的一个事情，我是站在前面去把整个的概念表达出来。所以我想如果没有我这个团队的话，我觉得我不会有今天的，也无法会有一直走下去的成功。

曹：你这些年的发展轨迹我觉得很有意思的，就是1983年你出道，1987年《灰色》大获成功，然后你在香港、台湾、大陆再回到香港似乎是完成了一个生命的小的轮回。不同的阶段有不同的感受，作为自己来说，你现在想一想，最喜欢自己哪一个阶段？

林：其实我最喜欢我现在这个阶段。经过了一轮轮回以后，我觉得每一个阶段其实都非常地重要。在我自己整个成长当中，当然，你在经历每个阶段的时候你可能当时并没有这个想法，当时可能是会觉得蛮辛苦的，我想如果回头看的话，我还是觉得在香港的前面发展的头四五年是很重要的，是我自己回想起来还是非常享受的一个阶段。

林忆莲2010演唱会海报

曹：你唱红了那么多歌，如果选一首你最喜欢的歌的话会选哪一首？

林：《至少还有你》，我个人最喜欢这一首歌。

曹：你个人最喜欢。

林：我还记得这首歌，我当初并没有很确定我要唱这首歌，是我的制作人Jim Lee，他就很坚持，跟我说你一定要唱这首歌，所以我觉得这也是一种幸运，对不对？如果当时没有 Jim Lee 的坚持,可能我就白白错过了一首很好的歌,所以《至少还有你》是这样的一首歌。可是如果要我自己去真正选一个,我自己特别挑出来的一首应该是《铿锵玫瑰》,因为这首歌从编曲到旋律、到歌词的部分我都觉得它有一个很强的生命力在里边,这一点是让我会特别选它的原因。

1998 年 2 月林忆莲嫁给李宗盛,这对歌坛唱将级的金童玉女一度成为大家关注的焦点。但就在 6 年后,这段感情走到了尽头。多年以后,当爱已成往事时,今时今日的林忆莲,对于爱情,对于婚姻,又有着一份新的体会。

曹:坊间一直说,你每一次举办演唱会都给李宗盛留张票。这次上海演唱会会给他留张票吗?

林:其实倒没有这样的事情,坊间有很多的流传都是虚假的。因为我自己在做演唱会的时候,工作的时候,不太喜欢我的朋友或是亲人在那边看,除了我爸爸妈妈他们每次来看,那是让他们很快乐的事情。

曹:跟我一样,如果有亲人朋友坐在底下,我主持会不自然。

林:对,会有一种奇怪的感觉。

曹:有一点紧张,对不对?

林:就是面对再多的观众,你可能都可以很从容的,可是当你知道下面有你的亲人,那就觉得怪怪的。

曹:李宗盛他们这次做了"纵贯线",做得非常好,你去看过他们的音乐会吗?

林:目前还没有机会,不过我觉得他们的这个合作是一个非常的,可一不可再的很经典的合作。

曹:你在上海的这段时间和李宗盛在一起,你觉得自己从你们当初的那段生活经历中学到最多的是什么?

林:我觉得婚姻这个事情的确是很艰深的学问、是一个课题。我觉得我没有做得很好。我学到的是,我觉得人跟人的沟通

林忆莲和李宗盛

是最重要的，无论是夫妻之间，或者是朋友之间，家人之间，我觉得这个是我人生的一个课题，我必须要去克服的。因为我觉得我通过音乐表达了很多自己内心的感情，可是我并不是一个很会用语言来沟通的人。所以这个可能就是我学到的吧。

曹：你觉得现在这种自由自在的生活方式也许是更适合你？

林：对，我其实很享受。我属马的嘛，所以那个感觉好像都是很爱自由自在、天马行空。

曹：有时候心目当中你欣赏一种什么样特质的男性？

林：我觉得如果就男性来说，他的热情跟他对他自己的生命里面的……他一定要有某一种事情是非常执著、非常热情地去追求的。我还觉得幽默感很重要，然后是沟通吧，我觉得这一点是最重要的，愿意去聆听，愿意去沟通。

曹：自己现在做了母亲以后，你觉得对生命的想法，对人生的想法，是不是跟过去刚刚出道的时候有完全不同的想法？

林：有太多的改变了，我觉得我人生里面最美好的事情，其中的一件事情就是当一个母亲。那它其实对我来说也是一个学习的过程，它是一个很大的提醒，你要好好的，因为你的责任很大。

曹：小朋友会不会跟你说，妈妈这首歌是我最喜欢的，那首歌一般，会不会跟你谈这方面的问题？

林：我们是会分享很多的音乐，我就是很喜欢跟她分享她喜欢听的音乐，倒是比较少去谈我自己的音乐。

曹：那平时你怎么跟你的小朋友沟通呢？

林：像朋友一样，我觉得就是这个是最没有距离的、最好的方法。

曹：其实我跟你谈了这么多，我真没觉得你是一个香港的女孩子，我觉得你是一个上海人，真的，像一个上海小姑娘。你自我心中对自我的认定，你觉得自己是一个上海人，还是一个香港人？或者两者兼而有之？

林忆莲演唱会

林：我觉得绝对是两者都有。因为上海的这个部分是在我的童年里面占一个太重要的部分，就是我今天有机会说上海话的那一刹那,那个感觉还是马上会让我很激动的,那个亲切感,那我觉得一些上海人的特性还是会在我身上看得到。那这样很好,我有两个地方的一些综合的特质在里面。

曹：那你自己会做上海菜吗?

林：会啊。

曹：跟我们说说会做点什么菜?

林：就是上海馄饨,会包馄饨。

曹：鸡汤、腌笃鲜会烧吗?

林：腌笃鲜应该可以,应该可以。

曹：不容易,还有什么?

林：就是一些,烤麸不太会烧,烧不好。

曹：上海人烧的八宝辣酱、咸菜炒肉丝会吗?

林：咸菜炒肉丝可以的。

曹：好的,我们希望将来有一次机会,好吗?再做一次节目来品尝一下林忆莲给我们做的菜,上海菜。

林：好啊,有机会的话。

大地飞歌——宋祖英专访

有人说她是一只音乐喜鹊，带着梦想，飞上悉尼歌剧院的枝头；有人说她是红牡丹，开在金色的维也纳大厅！宋祖英——中国著名歌唱家，国家一级演员。她是从湘西小镇走出的一个传奇！她的嗓音、她的真诚、她的优雅、她的美丽，构成了她的综合魅力。她总是怀着一颗感恩的心在观众心中书写着“德艺双馨”。2010年5月1日上海世博会开幕当晚，她与世界著名男高音歌唱家安德烈·波切利，以及郎朗、周杰伦等在上海体育场同台演出。

宋祖英

曹：5月1日是世博会的开幕日，也是你在上海万人体育场的音乐会，怎么选择这样一个时机来开你的音乐会？

宋：世博开幕式是4月30日，那么我们就想，5月1日、5月2日、5月3日，会有一些什么样的活动在上海举办呢？后来打听了，这个时间段里没有太多太大型文化体育方面的大活动。我们就觉得这个时间段对我们来讲是非常重要的。5月1日世博刚刚开园，而且5月1日也是国际劳动节，全国都在放假，那么对我们来讲，这个时间是最重要的，所以我们就争取了5月1日。

曹：跟鸟巢的演唱会一样，这次来上海，你邀请了众多的国际巨星，安德烈·波切利啊，郎朗啊，杰伦啊。或许大家会觉得，其实宋祖英的实力是够强的，请了这么多大牌的明星来，会不会喧宾夺主？你是怎么想的？

宋：我觉得我很自信，因为我自信才敢请他们来。在上海世博这个舞台上，邀请几位嘉宾来作为我音乐会的嘉宾，在这个舞台上展示给大家。同时郎朗也是中国人的骄傲，在世界的舞台上也有极高的声誉。杰伦呢，之前大家也都知道，我跟他有过非常愉快的合作，大家也期待我们再次合作。那么有这样的机会呢，我还是希望能请到他们一起来，和

安德烈·波切利、宋祖英、周杰伦

我站在这个上海世博的舞台上,放歌上海,为世博喝彩。

曹: 听说你这次跟杰伦的合作和以往的合作都不一样,你们俩会把舞台进行一个时光的倒流,回到上世纪的三四十年代,而且你们会扮演一个比较特定的人物。

宋: 我们的创意是这样的,上海人呢是非常有文化底蕴的,而且上海人特别怀旧,那么这种怀旧,我觉得它能影响很多方面,所以我们也借这个音乐会的平台,想把这一段展现一下。

曹: 在鸟巢的音乐会,你跟多明戈有非常成功的合作。春节前几个月我也采访了多明戈先生,他对你是褒扬有加。其实他是从你一个个体看到整个中国文化,最近媒体在报道,多明戈先生身体有一些状况,我不知道你是否通过某种方式,向他表达过慰问?

宋: 我是在报纸上看到说他身体不适,那后来我就问我们组里人,我说:"哎呀,听说多明戈先生好像身体有点不适,赶快把我的问候写给他,写 email 发给他。"其实他们也有很多担心,人家也没有跟你说我生病了,你这样写信,不知道这个国际礼节是否合适?我说我们有友谊在里头,所以我跟他们说尽量用最快的方式把我的问候发给他,祝他早日康复。我一直非常关注他。

曹: 这些年来你唱的很多的歌,比如说《好日子》、《辣妹子》、《爱我中华》等等,都脍炙人口。可以说你只要一唱,马上在大街小巷流行起来,所以我特别纳闷,是不是你在选择歌曲的时候有点窍门?

宋: 我觉得跟作品也是缘分,有些作品可能大家听了,觉得一般,作为演唱者来讲,可能觉得很好，就想推推，但是推很长时间也没有见大家能接受或者传唱什么的。但有一些可能自己觉得旋律简单一些的作品，这样的作品没有太高的技巧，没有高音，没有难度，觉得这样的作品大家能喜欢吗？自己有时候都很拿不定主意的。但是你要能做到面向市场的时候，大家都会非常乐意地接受，因为这个就是有特点的。

曹：琅琅上口的。

宋：对，相对简单的，更加容易被大众接受。

1966年8月，宋祖英出生于湘西古丈县的一个普通苗族家庭，外婆一手带大了她。尽管山里生活清贫，但那清悠悠的溪水、和暖的山风、如潮般的山歌，给了她无穷快乐。1981年8月，古丈县歌剧团决定招收一批新演员充实队伍。命运之神就在这个艳阳高照的秋日将机遇送给了15岁的宋祖英……

曹：我在湘西旅行时，曾问当地人，湘西究竟美在什么地方。他说："湘西的美，留存在沈从文的小说里，黄永玉的画里，宋祖英的歌里。"很多的观众没有机会去湘西看到那么美的景象，你能不能跟我们描述一下你从小生长的家乡是什么样的地方？

宋：我的家乡非常美，山清水秀。现在想起来，当时比如说吃过一些苦啊，从山里头走出来啊，都是一笔财富。如今再看很多城市的这些人来人往啊，其实大家都非常的辛苦。像我家乡那样的一个地方，真是一个世外桃源。

宋祖英和妈妈

曹：我在想你的小时候是不是也背着个小背篓，上上下下的那么忙碌？

宋： 小时候一定是这样的生活，小时候从自己认识世界的那个时候开始，就在妈妈的背篓里，听着妈妈的歌声长大，看着妈妈忙碌、劳累的身影，这么慢慢地成长，很让人难忘。

曹：其实我觉得你妈妈是个非常了不起的人，你父亲很早去世，妈妈用她的这种勇气，把你姐弟三个人拉扯大，你眼中的妈妈是个什么样的人？

宋： 我觉得我妈是一个特别不简单、特别能吃苦耐劳的淳朴的妈妈。不多言、不多语，一直到现在。我们所有的活动她会很关注，但是她是一个不太多言多语，也不太说你们儿女事的一个人。因为我也经常问她，我说："你怎么都不关心关心我们？"她说："我关心不了你们，就是在家里等你们，回不回来吃饭啊？"她还说："我其他担心不了，我担心我跟你们说了你们还急，我不说你们可能也会坦然地面对去解决任何你们所遇到的问题。"我觉得，我妈太不简单了。特好，真不简单。

曹： 妈妈有时候会不会听了你的歌说，"闺女啊，这首歌我喜欢，那首歌我觉得还应该怎么样"。会不会这样说？

宋： 她都会说很好，都很好。在她的眼中，可能儿女所有的，她都会接受，她都喜欢。我们现在做的就是，经常在舞台上表演啊，还有参加一些活动啊，她觉得我们是有这个能力处理这些事情的，可以面对更多的难题。

曹： 我那天看到一篇文章，是当时你们县文工团的一个姓田的老师写的，回忆第一次看到你的时候的那个情景。他说当时你给他的感觉就是非常朴素，很清新，说话也非常直来直去："我希望能到文工团来，我希望能早点工作，为母亲来分担家里负担。"是不是当时是这样？

宋： 当时对我来讲，有一份工作就是对母亲最大的帮助。最大的帮助就是能够离开她，不让她再操心，不让她再操心我，因为还有弟弟妹妹。我走了，我离开，虽然不在她身边，但是有份自己的工作，可以养活自己，那么她的负担就要轻一些，就是很简单。

曹： 我听说你第一次在这个县剧团里边演的是《啼笑因缘》里面一个小角色是吧？

宋： 跑龙套。甲乙丙丁，一会儿甲一会儿乙。甲上了吧，乙不够的我还得顶乙，丙要没有的话再顶丙。就是在舞台上拳打脚踢，我们练功啊，有台词的没台词的，应该怎样表演，老一辈都给我们很多的启发，教了我们很多的东西。比如灯光，对

宋祖英和曹可凡

没有？在哪？聚光谁打？今天怎么没打对？那个聚光怎么没打人？没打到主要演员？怎么偏了？是不是柔一点，再亮一点？还有锣少点，去，小宋，有个锣要敲一下。就是这样。因为我们那会儿这个剧团，也演戏，也演歌舞，就是舞台上所有拉幕，舞台上所有的东西我们都知道，都经历过，我觉得这是一个很好的丰富的积累。

曹：20世纪80年代初的时候，你有机会去州里边参加一个学习班。可能那个学习班里面的学员都经过一些正规的训练，可是你是靠自学慢慢摸索起来的，所以一开始是不是也会觉得很艰难？而且老师的要求也很严格？

宋：没有，我倒不这么认为。我觉得在县里面三年我打下了很好的基础，所以自治州歌舞团觉得我还不错，声音条件很好，形体啊各个方面都要考核，都觉得还不错才调到自治州歌舞团。调到自治州歌舞团我就觉得我怎么没有机会练功了呢？因为它相对比县剧团要更专业，它分歌队、舞队、乐队、舞美队，分几个特别专业的队。县剧团就是什么都得干，而且我们练功练了整整三年。调到自治州歌舞团以后，我就分到歌队啦，歌队就是大家一天到晚练声去了，都各自练，也没有说哪个老师来教你。那个时间段其实没有太多的工作，倒是给我更多时间去学习看书，后来才有了考大学这一段。

上个世纪70年代末80年代初，那时刚刚恢复高考不久，读书、上大学几乎是所有青年的梦想。1985年4月，中央民族学院音乐舞蹈系在湖南招生，怀着对更高艺术理想的追求，宋祖英把全部的希望都放在高考上，希望通过高考来改变自己的命运。

年轻时代宋祖英

曹：你考那个中央民族学院非常不容易，因为你原来也就念到初中，之后的课程也都是自己自学。

宋：全是自学。

曹：太有能力了。

宋：我一直到后来是每次考试的时候，我觉得都会给我增加一个信心，就是因为我觉得人的潜能一定是无限的。就是你想做一些事情，自己要追求的时候，我觉得凭着自己的努力，是可以记住很多东西，学到很多东西的。

曹：所以现在也是这样，不断挑战自己的极限。

宋：其实也有压力，就是会觉得，没有压力多好，可以休息休息多好，也会这样。

曹：我知道你在成名之前在北京也有一段北漂的生活，当时的生活也是比较艰难的。当时是个什么样的状况？

宋：这是1987年。从中央民族学院毕业以后，我又回到了湘西自治州歌舞团。回来以后，因为我对北京有非常美好的印象，觉得北京那个地方真好，人也不复杂，你如果一心一意地去上课的话，北京那个平台会有很好的声乐老师，你想学什么都可以学，我就觉得我没学够，我觉得我应该再学。但是回到北京再学的时候费用太高，所以就比较为难一点。

1988年全国歌手大奖赛在湖南举行，在湖南省音协老师的鼓励下，宋祖英站到了比赛的舞台上。回忆起那场比赛，宋祖英坦言，那次赛事最大的收获并不是获奖与名次，而是借此认识了她如今的先生罗浩，并在罗浩的引荐下结识了她人生中的伯乐——声乐教育家金铁霖。

曹：是不是你觉得在跟金老师学习了声乐以后，等于在自己的艺术生涯中是一个很重要的分水岭，他对你有他独特的教学方法，而且我发现你到世界各地开演唱会，金老师也一直跟着，是不是金老师在身边就有特别踏实的这种感觉？

宋：其实早年间也跟一些老师进行过短暂的学习，可能每一个学声乐的人都有过这样的经历。我也曾经跟好几个老师上过课，很短时间的课，但是跟金老师学习的时间就相对长些。我觉得对我来讲，金老师的教学方法更合适我，更适合我以后面对中国的这个市场。因为大家接受的还不是那种太技术化的东西，还是要唱民族的东西。作为民族唱法的一个演员呢，我觉得以后有更多的机会来演绎中国民歌，中国新创作的一些歌曲。我们现在的审美，更多的人呢还是喜欢带民族特色一点，还有一点就是韵味，就是中国人讲唱歌的韵味。很久以后，我觉得还是金老师最合适我，所以也就一直跟着金老师学，已经也有二十年了，就从1989年3月份开始跟金老师，到现在已经有这么多年了。我每走一步，每上一个台阶的时候，都是金老师

宋祖英和丈夫

跟着我。在国外音乐会啊，在国内的重要的一些演唱会啊、音乐会啊，我都会找金老师调整。我也从来没有间断过跟金老师学习，在重要事件之前，一定要加紧频率跟金老师进行训练，技术训练。在演绎一些作品的时候，也更多地得到了金老师的一些指导。

曹： 金老师后来也说在他所有的学生当中，宋祖英是最乖的，那时候来上课，随叫就随到。

宋： 我那会儿没什么事儿，就是一门心思想上课，没有其他的事。我也不是特别爱社交的那种人。

如果说宋祖英当年在全国性的青年歌手大赛中展露头角是她事业起点的话，那她真正为大多数人所认识和了解，还是通过1990年的春晚。1990年是马年，这一年正好是宋祖英的本命年。凭借着一曲悠美动听的《小背篓》，24岁的她第一次登上春晚舞台就马到成功。

曹： 你第一次上春晚的时候，还记得是什么样的状况？我知道你唱的那个《小背篓》。

宋： 对，是。

曹： 那当时黄一鹤导演是怎么找到你的？

宋： 我那会儿正在北京进修，刚好放假，就往外地走。剧组的人找我说，北京有事找你，到春节晚会剧组来一趟。稀里糊涂的，那会儿没有概念，没有现在这样大家都那么关注春晚。因为自己会觉得，不具备那样的实力，所以也不奢望、不梦想。

曹： 现在是不是会觉得每年的春晚会有一点压力，总希望能突破自己，比过去那年能有新的东西给大家？

宋祖英和多明戈在工作室

宋： 春晚是我一直非常重视的一个舞台，一个平台。每年春节之前我都会准备，准备上春晚的作品。

曹： 一般是从大年三十往前推多长时间开始准备？

宋： 有时候会水到渠成，准备一些作品，就是演绎过的。有些是临时创作,就是之前两个月的时间会请作曲家、词作家专门为春晚做。但是有时候这样的作品也未必能在春晚表演,有时候导演组说可能这个未必合适,可能那个更合适春晚,就是这样的。但是每年都希望在春节的时候有一个很好的表现,因为春节晚会是全世界华人都非常重视的,就像过大年吃饺子一样,不吃不行。

曹: 这些年你在世界各地演出,特别是在悉尼歌剧院、维也纳的金色大厅和肯尼迪中心演出,我相信在那样的地方演出,演员的感觉,包括从观众的掌声和眼光当中所得到的那种反馈都不一样。在那些地方演出,有哪些事让你今天想起来是特别温暖的,是记忆犹新的?

宋: 我其实经常讲,就是感谢这个时代,因为我们这个伟大的时代,伟大的祖国,因为我们的经济腾飞,因为我们在世界上的地位的不断变化,才给文化艺术界搭建了一个非常好的平台,让我们有机会走出国门,去宣传弘扬我们中国的民族文化、民族音乐。

曹: 你觉得民歌这样的一种艺术承载的方式,你是不是找到一种窍门,就是说能够让更多的欧美主流社会的音乐爱好者喜欢?

宋: 音乐爱好者能够喜欢的话,这是非常艰巨的任务,任重道远。我们尽量去做。但是欧美对中国的音乐文化,确实了解甚少,几乎没有,所以任务很艰巨。我们要有更多的人、更多的音乐,我们还有一大批音乐工作者,他们都在努力,都在为中国民族音乐走向世界努力,大家都在做实事,这个确实也是让人可喜的一件事。所以我也希望能给他们介绍多一些的经验,多一些鼓励,让更多有想法的,更多年轻的一些歌唱演员有机会走向国外。

让中国的民族声乐走向世界,让更多的外国人领略中国声乐艺术魅力,是宋祖英近年来孜孜以求的目标。宋祖英,一个湖南的辣妹子,苍天赐予她百灵鸟般的歌喉,所有听过她的歌声的人都深深为之沉醉。宋祖英把中国民族音乐独有的魅力向全球展现,用音乐向世人昭示着中国民族音乐的最高水平。

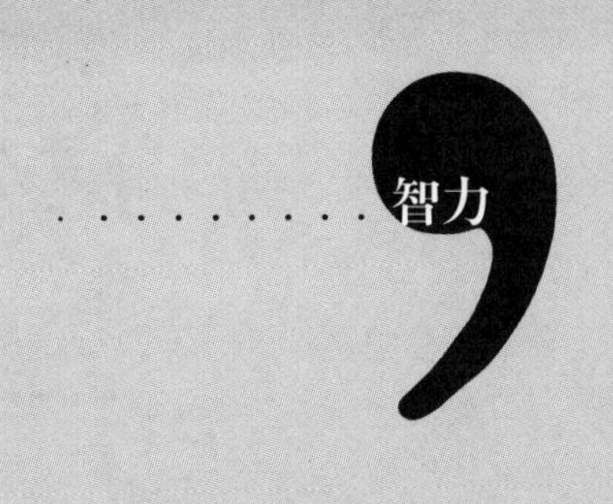
智力

智　力

我的中国梦——龙应台专访

女作家龙应台出生在台湾，去美国留学8年，在欧洲居住了13年，如今在香港生活了7年。很多人读龙应台的作品，都曾经以为她是一个男性。

龙应台祖籍湖南，她的英语和德语都说得很流利，却不会说家乡湖南话，至今称自己这个湖南人是个“冒牌货”。2010年的夏季，龙应台登上了北京大学百年讲堂，讲述了关于家国、乡土、个人价值和尊严的中国梦。

龙应台

曹：刚才在北大百年讲堂听了您的演讲，在北京大学这样一个世界闻名的高等学府，跟内地的莘莘学子进行面对面的互动和交流，你最最真切的感受是什么？

龙：我觉得时间太短。要不然的话，我很希望多听听年轻的学生提一些什么问题，对一些事情有什么看法。因为时间这么受压缩，结果呢，互动只有十分钟，觉得挺遗憾的，希望再来。

曹：你刚才在演讲当中有一段非常有意思，就是说，其实从小到大，你一直认定自己是湖南人。

龙：我从小到大听到说湖南话的人，就觉得他是我的长辈。我第一次到湖南是1985年，去找我那个失散多年的哥哥，我到了湖南衡山的街上去走走，站在街上当场我就愣住了，满街都是讲湖南话，跟我爸口音一模一样。我有点时光错乱，如果是一个20岁的人来跟我讲话的话，他一开口我就觉得，我要站起来跟他讲话，因为这个人一定是我的父执辈，你知道吗？这种错乱。所以真的是从1979年的时候第一次碰到湖南人，因为那个时候大陆才刚开放嘛！就是从“文革”之后开始第一批到美国来的人，那有工程师啊，各种人都有，所以真的是刚好在那个场合上，碰到湖南人的时候，对我是个震撼。我是湖南人，我父亲是湖南人，这么一路做湖南人，做了几十年，到了1979年的时候，中国大陆开放了，我终于在纽约，生平第一次见到了一个真正的湖南人。他站在我面前，一口湖南腔，刚从湖南出来，他就说，我是湖南人。你知道我心里的震撼是什么呢？这个人再转过头来，问我是哪里人，你说我该说什么？我不会说湖南话，我没有去过湖南，我对湖南一无所知。这个老乡站在我面前，我当时就说不出话来，这一辈子，那个中国梦，就把我懵在那里了。

曹：当你面对一个真正从湖南来，讲湖南话的人……

龙：我觉得我是个"冒牌货"。

曹：就觉得自己是很困惑的。在台北我跟侯孝贤导演聊天，他告诉我，当他在上个世纪90年代初，在一些国际电影节上，第一次看到内地电影，比如说《黄土地》等等，当他听到那些过去可能在眷村里边听到的乡音时，哭得稀里哗啦，这是他作为一个电影导演的这种感受。其实上个世纪80年代你已经去了美国，在那样的一个状态之下，接触到大陆的很多文化讯息的时候，你最大的一个感触是什么？

龙：我觉得既亲切又陌生。亲切是因为我父亲母亲从大陆来，所以大陆跟他们是同一个文化；陌生的原因是毕竟这么多年的隔离，它跟台湾的感觉，美学的品位等等，或者是说话的方式，很多价值观方面中间有差距。甚至于到今天，中国大陆对我都是一个既陌生又亲切的地方。

龙应台的父亲15岁那年，用肩上的扁担挑着竹篓去湖南衡山火车站卖蔬菜，刚巧遇见国民党招兵，他就跟着军队走了。这一走就是一辈子。2004年，龙应台将父亲的骨灰送回湖南衡山龙家院落葬，乡亲们一路点起鞭炮，迎接这个离家70年、颠沛流离一生的游子归来，一个长辈还用最古老的楚国乡音，唱出了凄切的挽歌，这让龙应台再也忍不住流下眼泪。

曹：回到父亲的故乡，在家祭的时候，听着那个哀婉的旋律的时候，你会掉下很多的泪。你是感叹父亲的个人经历，还真是就像你写《大江大海1949》一样，是感叹一个时代的变迁？

龙：我是乡下的一个外省孩子，因为我父亲是乡下警察。所以我是在乡村里头长大的。从一个村到另外一个村，就是不断地迁移的，在闽南人的环境里长大，所以我其实闽南语说得还不错。但是在那个穷乡僻壤，在渔村跟农村里头，都有那些外省长辈，我现在说他们是长辈，其实在我12、13岁的时候，这些人本身大概不过20几岁，30几岁，其实当时是年轻人。我就记得有一个我们称他为王伯伯的单身汉，住在海滩上的一个防空洞里头，为什么住在防空洞里头？因为他是所谓的海防哨，站哨的。那为什么要海防哨呢？是因为那个时候，两岸所有的海岸线，都是军事警戒地区，是很恐怖的。我记得当时的这位年轻人，他喝了酒就哭，想家，后来有一天，跟我父母亲、朋友们在一起打麻将、喝酒的时候，"嘭"一下就死在牌桌上。现在回想他才不过30几岁。所以写《大江大海1949》，我是带着一个文学"大上香"的心情，去写这本书。对内战中尸横遍野的那些白骨，做一个"诗的意义"上的上香，另外对于60年前，那些还活着的长辈，不管是这一岸的，还是那一岸的，也是一个致敬。

1949年，在经历了烽火战乱后，有200万人由大江走向了大海，很多人离开大陆还不知道是去台湾，所有的生离死别都发生在了某一个码头，上了船，就是一生。龙应台在400天里披星戴月，跨民族、跨疆界、跨海峡，去探索一个从来没有认识过的1949年，倾听战后的幸存者、乡下的老人令人动容流泪的生命故事……然后，孤独地守在"山洞"里，忍住自己的情感，淘洗自己的情绪，用文字酝酿的张力，将一整代人迁徙离散、生死契阔、隐忍不言的伤痛，记录下来，写成了《大江大海1949》。

曹： 去年到台北时，有一位电视制作人说，在台湾，像他这样的中年人看完《大江大海1949》之后，都回到自己的家里，问自己的爸爸妈妈，问他们当年的历史，希望他们能够写下来。是不是你觉得，这样一本书，其实超出了文学本身所具有的那种意义？

龙： 可凡，这本书，其实是台湾社会的集体疗伤，它是一个很深的伤口。60年前自己没有办法控制自己的命运，上了一条船就是一辈子的这些人，对母亲连一个道别、最后一个拥抱都不可能的这些人，到了台湾之后，他们以前的，所有的人生里头付出的东西都不算数了，一种完全被抹掉的人生，其实就是伤口上面再加伤口的这个样子。我选择用这种方式来写这个东西，而不是像一个学术

《大江大海1949》封面

作品来写历史，我就希望它是文学，因为你知道，要打动你的脑的可以是学术作品，但是要打动你的心的，它必须是文学。所以后来书出来之后就发生了你说的这个现象，确实它就是一个社会的集体的疗伤。

曹：你在写的时候，是带着一个什么样的心情？或者说你在写的时候，觉得让你感到困惑的最大的困难在什么地方？

龙：我希望这本文学的书，所有说的事情都是真的，因此我必须做大量大量的功课去采集，去跑田野，而且跟时间赛跑，因为常常是，今天打电话那个人还在，你说约一个月以后是不行的，说不定他就不能说话了。所以前面几乎70%到80%的时间，我都在做功课，就有很多的千头万绪的工作，但是到最后写的时候，我心情特别地平静，甚至有一点觉得那所有的亡魂都在的那感觉，很平静地写。

曹：听说你写作的时候太过投入，还摔了一跤，是吗？

龙：是，好惨。

20世纪80年代，龙应台在美国留学获得博士学位后执意回到台湾。她说："离开台湾时23岁，之前在校园里长大，没有用成人眼光观察过自己的家乡和社会，现在要回去真正认识一下。"结果就发现台湾在环境、交通、教育、消费等方面，存在着很多的不公和不义。她用投稿的方式连续发表了《中国人，你为什么不生气》等28篇杂文，把台湾人郁积在心头的话大声说出来，却没想到从专栏到出书《野火集》，如干柴烈火，烧出了一个"龙应台的现象"，诗人余光中还把她的出现形容为"龙卷风"。

曹：说到《野火集》，也许今天的大陆读者很难理解，在当时台湾这样的一个社会环境当中，会产生一种什么样的冲击力，你能不能给我们描述一下当时的状况。

龙：《野火集》，我记得当时收进了总共是28篇文章，其中有一篇题目叫做《欧威尔的台湾》。我不知道大陆读者是不是熟悉欧威尔，就是英国的作家，他写的是《一九八四》，就是一个全面被控制的，一个不自由的国家里头，是一个什么状态。作者是欧威尔嘛，所以我有一篇文章叫做《欧威尔的台湾》，那里头写到1984年台湾在当年的言论取缔，就是说把书给搜了，或者是禁书，或者是警察冲到杂志社、冲到印刷厂去把某个杂志给查封了。所以《野火集》是在那样一个社会的背景里写出来的东西，它的出版也是在一个风声鹤唳的状态下。我记得那个出版人，都快半夜了，跑到我家里来，因为他不知道《欧威尔的台湾》那一篇文章该不该收进去。如果收进去的话，很可能导致整本书不能出，然后就会出现那种警察冲到印刷厂去搜书的状态，到最后决定放弃了。所以现在回头去想，不太懂历史的人，他会说1987年台湾就解禁了，所以1987年之前大概都已经很放松了，其实不是。到了1986年的8月，我做一场演讲，心里都带着恐惧，所有的人都担心说，演讲到一半是不是电会突然没有了。这是1986年的8月了，那也就是说，虽然1987年就解禁了，但是到了1986年，你在隧道里头还不知道那个光，你还看不到光。

曹：你当时写这样一些犀利的文字，比如《生了梅毒的母亲》，《中国人，你为什么不生气》等等，有没有害怕过，也许因此会招来杀身之祸。听说你父亲那时候提醒你，也许弄不好被人绑了石头投入大海。

龙应台和曹可凡

龙：我必须说，《野火集》它是踩着前人的肩膀走的。如果你说《野火集》多么多么勇敢的话，我心里会有一点惭愧，因为前面，前辈知识分子，一代又一代做了很多很多的努力，所以我不敢说我特别勇敢。我倒是可以说我特别天真，就是不知道前面人死得多惨。可以这么说吧，我绝对不敢说自己特别勇敢，我唯一做的是，我就特别低调，所以《野火集》有很长的时间，台湾的社会不知道这个作者是一个女性，也不知道她的年龄，因为我从不出现。

曹：据说那时候《野火集》在21天里重版了24版。当时作为作者来说，你是一种什么样的心情？

龙：我没什么心情。我在生孩子，我在产房里头。

曹：在产房里头听到这个信息的时候……

龙：没有，我那个时候对出书，或者是出很多版不太关心，我只知道它走得很快。我在喂奶啊，很高兴，很开心地喂奶。然后因为我在产房里头，所以书出来之后，那个时候的国民党开始进行的所谓围剿，这些来看我的朋友也不告诉我，我还是过了好久之后才知道这个事情的。

1985年，龙应台听到台北市政府宣称要铸一个比自由女神更高更重的孔子铜像，这让她不堪忍受。她用《不要遮住我的阳光》为题大声疾呼：台北实在够糟了，给我们一片青翠的草地，给我们一点新鲜的空气，给我们清净的社区，给我们的孩子一个干净的厕所，一个宽广的公园，一个儿童图书馆，但是不要，不要给我们一个会遮住阳光的大铜像。15年后，她做梦也没有想到，自己会以一个"文化局长"的身份，亲自为保存台北的古迹而实战，以至于被人说成"凶悍"。她何以成为这样的角色呢？

曹：你从一个作家后来变成一个台北市政府的公务员，当时为什么会同意做这样一个选择？因为对于所有喜欢你的文字的人，大家都觉得，那几年龙应台浪费时间了。

龙：我其实犹豫的，非常地犹豫。一开始台北市政府打电话到德国去的时候，我哈哈大笑，我问他说这个"文化局长"是什么个官，听起来蛮小的，做这个小官有意思吗？后来他们跟我要我的履历，我跟他们说，马市长如果要知道我的履历的话，他去买书啊，我又不跟你求职，我为什么要写履历表？所以就是那个好玩好笑、没把它当真的一个过程。后来当时的台北市长马英九就到德国来，到我家来，我们有一个夜谈。应该说我后来同意去呢，跟抑郁心情有关，就觉得作家，大陆好像有一个词叫什么？

曹：挂职锻炼。

龙：挂职锻炼。我就想说你作为一个作家，你有一个好奇，你知道吗？就是说尤其是作为一个对于社会做评论的人，你大概是有了实务经验之后，看到的会不一样。我打个比喻说，你看到的不是那个时钟怎么走，而是会看到钟表后头每一个齿轮怎么转的。

曹：我记得《野火集》当中有一篇叫《我的过去在哪里？》，其实那篇文章就已经谈到了对于环境的整治和对于古迹的保护。所以我觉得是冥冥当中，你做的事情实践了《野火集》当年写的那些东西。

龙：你说得没有错，就是说十几年之后，去做公务员的时候，就变成你管这样的事情了。

曹：现在回顾那段政务官的经历，你觉得自己是基本上完成了自己预定的任务，还是说其实还是壮志未酬？

龙：没有"壮志未酬"。你如果就一个作家的本位，你把它当作人生的田野调查，那永远不会有"壮志未酬"的事情了。我进去的时候，心里想的就是，我就是去做一个打基础的工作。我就是去把那个铁轨铺起来，因为铁轨就牵涉到方向的定义，以及格局定义，你是大轨、宽轨还是窄轨的？你是从哪一个点到哪一个点，最后是到哪里去？所以建铁轨的这个工作，我觉得三年半的时间，我能够做到的，也就是把那个铁轨方向格局奠定下来。那其后一个城市长远的文化建设，一定是一个接力的东西，就是一任又一任的"局长"接着做下去。

曹：其实我在台北，有时候一个人闲逛，去"剥皮寮"，去"光点"，真的感到这个城市还是保留很多历史的遗韵在这里。

龙：我就比较提倡一个所谓"减"的美学，减少的减。台北是那么一个人口稠密的、土地狭窄的城市，所以我做的第一件事情，能够综合所有其他的"局"，包括牵涉到财政，牵涉到地政，牵涉到"都市发展局"，去做一个台北市的所有闲置空间的彻底调查。这个闲置的空间一调查出来之后，有上百处。那个房子空着的，没用的，有的情况还相当好，有的呢，是破了一半，稍微动一下，它又变成一个很美丽的地方。我跟马英九合作的那段期间，我们把那些老的、破的房子，大概修出了20几处，我们基本上没有建新的东西。所以你去的"光点"也是这么一个例子。

曹：对啊，我很喜欢。

龙：我当时去看的时候，那个草长得比人高，我得穿着长靴去，因为里头有蛇。那个大厅里头有一个壁炉啊，壁炉里头长出一棵树，这棵树一直蹿到二楼的屋顶再出去，所以就想改变那个状态，就把一个"鬼屋"给修出今天的状态。

曹：你觉得从一个写作人，经历一段政务官的经历，现在重新回到写作，那个感触会不会真是不同？

龙：是。所以当你回头再来写评论的时候，你会比较更照顾到那个实务的部分，比较不会掉入那个大、高、空的那种写法。

龙应台是一个思路清晰，文笔洗练、辛辣温婉兼而有之的人，她一边能用锐利的视角写出见人所不见，言人所未言的《野火集》，一边能用温馨的母爱写出《孩子你慢慢来》。当孩子长大后，她又能勇敢面对与儿子之间的代沟，从《亲爱的安德烈》，再到深邃、忧伤、美丽的《目送》，龙应台的写作境界由天真逐渐转向了深沉。她用中年人的成熟"目送"失败和脆弱，失落和放手，对生和死作出了大问与倾诉。

曹：所有熟悉你的文字的人都知道，龙应台的文字是伶俐的，甚至是有一些刀光剑影的。可是我发现《目送》里头的文字，则是充满着一种温婉、忧伤和深邃。是不是到了不同的阶段，写作的心情会不一样，写出来的文字的感觉和心绪也会是不同的？

龙：《目送》一定是一个人过中年之后才写得出来的东西。虽然它的读者倒不一定是要

《目送》封面

中年以上,有很多20岁的读者给我写信。所以读者是跨代的,但是作者你必须是中年以后。可是你所说的文风的问题呢,那倒不尽然,因为如果你读过我另外一本书《孩子你慢慢来》……

曹:我就想到那本书了。

龙:那本书也够温婉的,是不是?

曹:但《目送》更多有一点忧伤。

龙:是有忧伤,对《孩子你慢慢来》是有一种欢悦,因为是在带孩子。

曹:所以我觉得这两本书,好像是从生到死,有这样一种变化。

龙:你说得不错,就是从《孩子你慢慢来》到《目送》,中间还有一个《亲爱的安德烈》,它基本上像一个人生三书,写的时候没这个计划,但是写完了之后,回头一看,哎,好像是这样。

龙应台的大儿子安德烈、小儿子菲利普都是混血儿。小的时候,父亲对他们放任自流,母亲却是集责任于一身,对孩子施行了既温暖又严格的教育。每到周末,龙应台都会和孩子围在床上朗读和讲故事。从《安徒生童话》、《希腊神话》,到中国的《水浒》、《三国演义》。那时候孩子们为了和妈妈黏在一起,总喜欢把听故事和朗读的时间拖得越长越好。可是等儿子长大了,突然间母子就不能沟通了,一堵无形的墙横亘其间。龙应台为此采用书信的方式与儿子沟通,写成了书信集《亲爱的安德烈》。这本书出版后,无数被"亲子"之间的隔阂与冲突深深困扰着的家长和子女,从中得到了弭除代沟的启发和帮助。

曹:说到《亲爱的安德烈》,你当时怎么想起跟儿子用这样一种方式来进行沟通?

龙:因为他不理我呀!我想有这二十岁上下的孩子,尤其是男孩子的父母都知道我在说什么。他不理会我,然后我想要跟他交交心的时候,他就用他的音乐MP3把耳朵塞起来了,要不然就跟你词不达意。所以在饱受挫折的情况之下,我在想,我到底怎么样可以把他的心打开一点点啊。尤其是做母亲的很难受,孩子小的时候是那么个甜甜蜜蜜的小东西,然后变成一个不太理你,根本不跟你沟通的人。很难受,为了解决我那个难受,所以我决定跟他一起写信。

曹:是不是就像你说的,孩子长大了,有的时候就意味着永远的一种告别?

龙：当然是了，你说不是吗？

曹：当孩子跟你说，其实他不仅仅是你的儿子，他是独立于你的另外的一个人，听到这个话会觉得很感伤么？

龙：挺矛盾的，因为我在写这种道德文章的时候，鼓励所有的年轻人都要独立，对不对？

曹：对。

龙：然后轮到你自己的儿子来跟你说，你离我远一点，我是一个独立的个体。

曹：所以凡是自己的跟别人的事，那个态度还是不太一样。

龙：还是觉得："哎呀！心里有一个事，有一个东西。"

《亲爱的安德烈》封面

曹：在儿子眼中，你是一个什么样的妈妈？

龙：他们大概觉得我挺自由派的，然后两个孩子都会觉得，这妈妈，太天真。

曹：但是孩子是不是也会认为，你可能跟其他妈妈相比，太认真，太严肃？

龙：他们会觉得这个妈妈呢，太知识分子，太不会玩，也不会穿衣服，比如说，太认真。对。

曹：你在香港、台湾工作写作，儿子在念书，会不会像普通的妈妈一样，每天要跟儿子打很多的电话，发很多的简讯、邮件？

龙：我在台北"市政府"做公务员的那个三年半里头，因为每天工作16个小时，然后昏头转向地回到家，筋疲力尽。那个时候，确实是那1000天里头，每天晚上跟他们打一通电话，但是那个电话呢，就只是安慰我自己而已，好让我听到他们的声音。他们觉得我挺无聊的，因为那样的电话你只能问，你功课做了没？吃饭了没？是不是？每天都问一样的东西。也是这个原因导致后来我决定写《亲爱的安德烈》这个东西。

长大的儿子安德烈，和朋友一起去了地中海的马耳他岛、巴塞罗那。旅行三周后回来，儿子写信告诉龙应台他们干了什么：你——身为母亲，能不能理解，受不受得了欧洲十八岁的青年人的生活方式？能，我就老老实实地告诉你：没错，青春岁月，我们的生活信条就是俗语所说的，"性、药、摇滚乐"。只有伪君子，假道学才会否定这个哲学。

龙应台和儿子在《亲爱的安德烈》签名售书会上

曹：当儿子跟你谈起性，药，摇滚乐，作为母亲来说，你会不会特别紧张？

龙：那不会，这方面我倒是蛮开放的，就是孩子差不多十四五岁，十六岁的时候，如果晚上出去晚一点，或者是我觉得他开始在交朋友的时候，我会半开玩笑半认真地跟他说："你就千万不要有一天，有一个女孩子来跟我说她怀孕了。"那他们就会瞪我一眼，就是说，这种事情需要你教吗？

曹：如果你想象，如果儿子的女朋友，真的跟你说这样的话，你会如何回应？

龙：不会发生，因为女孩子会直接跟他说，然后他得去处理，所以不会来跟我说的。

曹：你儿子曾经跟你说，也许他将来会是一个非常普通的人。但是你想今天许许多多中国人，都希望自己的孩子成龙成凤，可是你对儿子说，人生的第一要义其实还是快乐。

龙：对。因为你为所谓的杰出或者成功，也要付出非常大的代价，那成功跟特别杰出，也不见得带来快乐跟幸福。对于你真正所爱的人呢，你还会希望他以幸福优先的。

曹：你通过跟儿子这种特殊的交流方式，是不是觉得跟孩子的沟通，找到一个新的契合点？

龙：那当然。《亲爱的安德烈》这本书真正让我认识了这个时代。因为我们现在如果回头去读《傅雷家书》吧，他是单向的，父亲写给儿子的东西，而且他完全是上对下的教诲，那种传统式的东西，但是这样的东西到今天这个全球化的时代，讲究独立思想、独立人格的时代，其实很难用得上，所以跟安德烈的沟通里头，其实有一半是他在教我。

曹：这个书出版以后反响特别好，儿子是不是也觉得很骄傲？

龙：我想这个我们要分稿费吧，他得了稿费，他特别高兴吧！

曹：他怎么跟你分账？

龙：我们讨论过。我本来想说，这个不能。他说五比五啊，一半一半。我说不对啊，我还翻译你的东西呢。后来呢他说六比四吧，我说不对啊，人家买书是因为我，而不是因为你啊，他说七比三吧！有时候我还得被孩子纠正，譬如说这个书出来一年之后或者两年之后，有时候会有媒体要求采访我，或者是说有读者来信要求说，可不可以得到一张安德烈的签名照片。我就会有一种惯性，就直接去回答了，可以，或者不可以，但是我又会把自己拉回来说，对不起，您忘了，这是一个双作者的书，不是你一个人，你不能代表他。这个还要自己心里头常常提醒自己，所以这就是他对我的挑战。

在龙应台看来，一个作家，首先文笔要优美，思考要缜密，要能够博览群书，谈古论今，洞察秋毫，入木三分；对文明要尊重，对环境要珍惜，对丰沛的大自然要热爱，对孩子和年轻人要亲近，对老人要关怀和孝敬。应该说，她自己是把这些品质综合起来，成为了一个常年关心人、关注文化和社会的观察者，也成为了一个愿意花三年三个月三天的时间，去台北"市政府"考察社会的实践者。

曹：我还想知道，近几年来，除了文学创作之外，你一直对社会公共话题保持了非常新鲜的感觉，给予了一些比较犀利的评判。在你眼中，觉得一个当代的中国的知识分子，应该对周遭的世界，去产生一种什么样的影响？也许每个人的力量是很微弱的，你是怎么看的？

龙：我觉得首先还是要从个人出发，我基本上不敢说知识分子应该如何、如何，或者是作家应该如何、如何，基本上还是从个人出发。作家有很多种，一个作家他很可能非常关心社会的进步跟发展，但是也可能有作家，他完全只关心自己个人的内心世界跟情感。那我不能说，这个前者就比后者重要，但是我可以说的是，一个作家或者知识分子，他可能还是要从他自己的性格，自己的志趣所在，去选择他自己在这个社会里头的位置。其实比较重要的是一个作家或者知识分子，找到了最适合他自己发挥的那个位置，那他只要在他的那个位置上，做到极致的好，他就自然而然有他的影响力。如果有一个志气非常大的知识分子，热切地关心社会，他写出的东西却是三流的，这有什么意义呢？或者是说你对一个完全只是处理自己内在世界，内在情感的，内宇宙的这么一个思考的人，你对他说，你为什么不去关心社会，然后要求他去写对社会有意义的东西。我觉得这不是重点。我觉得每个人还是要从自己个人出发，你只要在你自己选定的位置上做到，重点是你写的东西好不好？

曹：如果用一个词来形容的话，你觉得台北、香港和上海，各有一种什么样的文化特质？

龙：我不敢说，就是说一个字。

曹：比如说沉静是台湾城市的一种文化力量。

龙：台北这个地方，相对之下，它是一个表面上比较不炫目的，不像香港很抢眼，香港比较抢眼，所以大陆的朋友，初到台北的时候，如果他是带着那种香港的想象去台北的话，他第一个感觉是说，怎么房子那么老，那么矮，很多上海人去了台北也是这个感觉，他觉得台北没什么好玩的。那我就会跟我大陆的朋友说，你错了，你去看香港，你去走一个星期，可能会觉得时间花得太多了，因为每一个商场都是一样的内容，一个样子。它没有深街小巷让你去真的是留，逗留。到台北是一个需要逗留的城市，你不能够到台北去找高楼大厦。到台北要慢，你要去走那些老巷子，你要去那个老房子，你要去走一下永康街。然后呢？你会看到，这个画廊里头，就是转角就一个画廊，再转一个角一个咖啡馆，再转一个角是一个茶馆，你会看到说，作家、导演在那个酒馆里头。你再走几步一个古董店，然后主人呢？在看佛经，然后烧晨香，然后跟你谈佛学。所以台北是一个需要逗留的地方。那香港呢，其实也是一个被误会的城市。你比如说，大部分人不会知道，它除了中环之外，它有非常非常大的宽阔的绿野，有非常好的自然环境，二百多个岛，然后它有百分之四十的保护区，全是绿色的，一般人不会知道。香港有它保存得非常好的古老的粤文化，就是广东文化，它的语言。它的粤文化跟粤语言，我觉得它比广东保存得还好，比广州还好，还完整。这个是你去看它的高楼大厦，而看不见的东西。所以我会说，大陆的朋友到台北一定要慢，要沉得住气，同样到香港也要有特别的眼睛去看。那这也是，就是说可能你也会要跟台北的朋友说，你到上海，你要带一个历史感去吧！

曹：我从上海来，自然会说一说当年你引起很大争论的一篇文章，就是《啊！上海男人》。你当时怎么看这个《啊！上海男人》的反应？

龙：那是一篇我比较少有的戏谑文章。我第一次到上海去之后，而且留的时间比较稍微长一点，作为一个外地人去的话，你那种新鲜的接触是很重要的。你马上会发现说，上海男人做家事的特别多，表面上看起来，上海男人去买菜了，在厨房里煎鱼，或者是帮太太洗衣服什么的，可事实上在公共领域里头，在工作的重要的岗位上，那些做领导的人，其实都是男性，男性多。所以这个中间是有矛盾的，那篇文章是戏谑之中带严肃，对于妇女解放的思考。

龙应台的父亲姓龙，母亲姓应，父母迁移到台湾后，生活十分艰难，母亲只好变卖首饰，开一个小店维持生计，龙应台就在这样的离乱中出生在台湾，父母给她取名龙应台。但是龙应台后来的人生却没有局限于台湾，她不仅在美国和欧洲居住了20年，还游历了世界许多国度，从地球的南面到北面，她几乎全走遍了。但是，直到今天龙应台还在想，她到底走到哪里，才是自己的归宿呢？

曹：你在回顾自己人生轨迹的时候好像说过这样的话，就是小的时候三年搬一次家，自己永远是像一艘起锚的航船。那你觉得自己的真正的心灵归宿是在什么地方？

龙：到最后恐怕文学是最后的依据，文字是最后的一个，最后的一本护照。像你所描述的，我这个整个流动的人生，你已经很难说，哪一个是……什么是你的国，哪个是你的家，哪个是你的村。整个世界都改变了，到最后真的是只有文化跟文字了。台北当然还是比较特别，就是你最好的朋友都还在那儿，三更半夜你开车如果到了一个荒郊野外，车子轮胎爆了你找谁，马上打一个电话，你知道有朋友马上会来。那么你心情不好的时候，你永远是有可以发简讯的对象。或者还有一个就是说，你坐飞机来来去去，你落地之后，你有没有人可以去告诉他说，我回来了，有这样的人很重要吧！那台北是这样一个城市。但是另外一方面说，香港对我的意义非常非常特别，你说香港大学，它会在校园里头给我一个龙应台写作室，给我最大的自由，我可以一年只教一门课，让我充分地写作。我除了写作之外，它对我没有要求，那这一种宽阔跟对我这一条怪鱼的这种包容，恐怕也只有香港做得到。

龙应台在演讲

曹：我们回到今天你在北大这个演讲，就关于"中国梦"，当然你的题目是《文明的力量从乡愁到美丽岛》，如果用一句话来说，你心里有没有一个中国梦？

龙：我有，对于中国我有梦。这个梦就是在这一块这么美丽的土地上，有我的父亲跟母亲，我深爱的父亲跟母亲，以及我父亲跟母亲所深爱的他们的父母亲跟前辈，在这一块充满着我的情感的美丽的土地上，我当然对它有梦，是希望她越来越繁荣。就是说，中国大陆是否是一个开阔跟文明的社会，它根本就会影响到全球人类的未来。那我不要说是作为台湾人，我就是作为一个所谓全球公民好了，对中国都有梦的，是希望它变得更开阔，更包容，更理性，更讲究个人的自由，以及幸福。当中国变成一个真正的繁荣昌盛，开阔又包容的一个社会的时候，它不要说是对两岸，它对于整个人类社会的和平、稳定，都有非常非常重大的贡献。

楚国的乡音，曾经使龙应台深刻地认识到，父亲年轻时是怎么被迫脱离了故乡的文化，不由自主地过着灵魂漂泊的余生。在浙江淳安长大的母亲，一生都念念不忘那条清

澈的新安江水。从小留在湖南老家的哥哥，永远悲伤着与父母的分离。而在龙应台的心智上，中华文化是弥足珍贵的营养，她读万卷书，行万里路，总以中国的轮廓去面对世界。她说，尽管有些路只能一个人走，但是，文明、自信，包容和开阔的中国梦，必定会由千万个中国人用奋斗去实现，她希望这样的中国梦，能够推着历史的长河走得更远、更远！

爱的奉献——翁倩玉专访

很多人喜欢上翁倩玉源于那四个字——似曾相识。也许是因为她唱的都是充满希望的歌,又或是她总是满面笑容,和蔼可亲。可是又有多少人知道,当她演唱《爱的奉献》时正值大病初愈。难能可贵的是她善于忘记痛苦,记住快乐,用她温婉轻柔的歌声把幸福带给每一个人。

翁倩玉

曹:很高兴在东京又能跟你见面,已经有几年了,上次是1996年在东京,我跟你做访问。1988年第一次上海国际电视节,你第一次去上海演出的时候,那天你的服装包括道具有一个水晶球,一束灯光照在水晶球上,然后镜头拉开来,你那像羽毛一样的衣服给大家留下非常深刻的印象。

翁:谢谢,那是真的难忘的事情,那是我第一次在上海演出。然后见到很多很多的歌坛的朋友,还有在上海电视台也碰到你。

曹:对,1996年我跟你在东京做完访问,我还去过你伊豆的家,非常的漂亮,还拜见了你的母亲。老人家带我去看了你的版画工作室,那是我第一次知道你还花这么多时间在版画上。为什么会对画画这么有兴趣?

翁:我从小就喜欢画画,小的时候是画水彩画,后来我学了油画,然后有一天我的朋友说,要不要我们两个人去看看版画展览会,黑白的版画展览会。

曹:黑白的版画展览会?

翁:可能看起来作品比较民族化的,不过等到我们进去,我就喜欢了。它是黑白,但是会让你感到那个颜色,那个世界太有魅力了,我从那天就想要做。

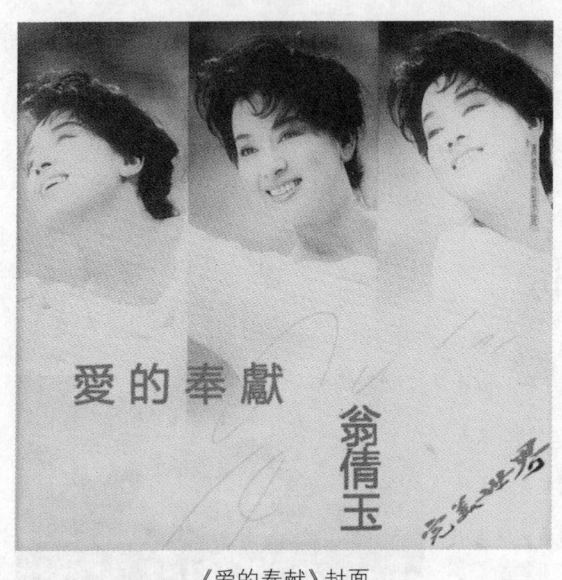

《爱的奉献》封面

曹： 1990年更多的观众是通过《正大综艺》认识你的，你的那首《爱的奉献》风靡了全国，直到今天大家都很喜欢这首歌，很多的歌手都翻唱这首歌。你觉得为什么一夜之间翁倩玉和这首《爱的奉献》会被那么广泛地流传？

翁： 大家那么喜欢，第一我要感谢我的父亲。

曹： 正大综艺这个节目，也是非常轰动的一个节目，是你爸爸引进的。

翁： 是的，这首歌的歌词是我父亲写的。我的父亲是一个拥有很深爱的人，对人类、对世界，特别对孩子充满了爱，所以他把对于和平、爱的想法写在歌词里面。《祈祷》也是爸爸写的。所以我要感谢我父亲。那我们人类都是希望和平，没有一个人是希望去打架，大家都是希望在一个有平安充满温柔温暖的世界，所以可能这首歌带给大家的是这一点，我是这么想的。

曹： 我记得1995年你还策划演出了一台和平演唱会，是在天坛举行的，而且你为这个演唱会花了好几年的时间。当时为什么愿意花这么多时间来组织这场音乐会？

翁： 因为我想我们音乐是世界通的一种语言，透过音乐我们可以彼此交流，这是重要的。一个人有一个人的想法，让他们知道每个国家是不一样。有一位女孩子她写了一封信来告诉我，去参加这个音乐会之后，她隔壁的中国女孩子跟我一起唱《爱的奉献》这首歌，她是唱中文，我是唱日文，两个人这样转头看，笑笑，然后变成朋友了。那天晚上这个中国女孩子到这个日本女孩子的家去吃饭，然后她写了这一句我觉得非常有意思的话：“我们大家都是用筷子，日本人横摆是正式的，我们中国人直摆是正式的，哪一个是错的？哪一个是对的？两方面都是对的。”

翁倩玉生长在一个艺术气息浓郁的家庭，也许正因如此，儿时的翁倩玉便聪慧可人，多才多艺。年幼的她便会讲六种语言，音乐、舞蹈、绘画无一不通，无论走到哪里都会成为焦点。

曹： 我们来说说你的演艺生涯。其实你从小就喜欢演戏，最早可以追溯到参加向日葵的剧团，当时是怎么一个机会去报考这样一个剧团？

翁倩玉在表演

翁： 小时候，我妈妈带我去少年少女合唱团，唱歌、学芭蕾舞、钢琴都是妈妈带我去的。但是有一天我的朋友跟我说，你一起跟我来，将来你可能有机会见到一些红明星，把我弄得真的想去，我自己就一个人先去了。那团长看我会讲好几种语言，普通话、闽南语、英语和日语，脸看起来好像是日本人，但也不是日本人，他就觉得不错，这个将来可能会有前途。那好的，你爸爸妈妈知道这个事情吗？我说爸爸妈妈不知道。那他就跟我说赶快回去先商量，他们如果说好的话呢，就可以开始。爸爸不高兴了，因为他是制作人，他年轻的时候就已经做广播节目，所以他想文艺界对于他的女儿来说，不一定很好，他的理想是女儿大学毕业之后就在银行做事做三年，然后嫁给他最好的朋友的儿子，他有这么一个计划。

曹： 那他是不是有具体的一个对象？

翁： 就是这个朋友的儿子，将来可能会成为他女儿的对象。但是到今天为止我还不知道是哪一位。

曹： 很多人告诉我，当然我们很多人都没有看过这部片子，就是你的银幕的成名作，叫做《大波浪》，这第一部影片非常有意思，你拍这部片子是由这部小说的原作者，就是诺贝尔文学奖的获得者赛珍珠女士亲自点的。赛珍珠对于中国来说是一个非常神秘的名字，我特别想知道她怎么会钦定你来担任这部影片的角色？

翁： 她看我会讲英文和中文，我跟她讲了几句中文，她的中文讲得比中国人还要标准。她觉得看我的前途不错，就说那个翁倩玉不错。我们大家都要去参加面试，有几十个人来，那赛珍珠女士挑了我。

曹： 她差不多一直到70年代才过世，你后来那个阶段跟赛珍珠有没有一些新的联络？

翁： 没有，后来就没有了。但是我听说赛珍珠跟李香兰是好朋友，我跟李香兰住得比较近，我们住的屋子相距不到1公里，所以我通过李香兰有听到赛珍珠的消息。

曹： 那你后来又去台湾发展拍了很多片子，而且得过很多的大奖。据说当时你跟围棋高手林海峰和棒球高手王贞治被称为是“台湾三宝”,为什么后来离开台湾又回到日本来发展自己的事业?

翁: 其实那个时候,我两方面都在工作,然后回到东京也有拍,就是同时在做的,不是离开哪一个地方。

没有改名字究竟会对翁倩玉的事业带来怎样的影响?压力之下她又是如何调整心态?是怎样一个机缘把翁倩玉推向了事业的巅峰?

曹: 你在日本发展自己的事业,但是你没有改成日本名字,还是叫翁倩玉,一看就是个外国人。这个会对你的事业发展带来一些阻力或者影响吗?

翁: 有许多的困难。有一个制作人要我来做这个女主角,不过他的要求是要我改名字,改成日本人的名字。那天的情况我还记得很清楚,我记得是我 12 岁的时候。我们吃晚饭,他就开始讲这个事情。妈妈没有回答,说我们先回家想想看吧。一出门之后,妈妈跟我说,你想要改名字吗?我说我不要,我要维持我自己的名字。她说这条路可能会有很多困难,但我也是这么想的。第二天妈妈就打电话给那个制作人,这个角色我没有拿到。

曹: 那你会觉得有点难过吗?

翁: 没有,我说这是一个决心。那有决心了之后你要怎么样呢?你要三倍的努力,要比大家更好,大家要看得到你。总有一天,我向我自己说,我希望总有一天我会去演日本的古装戏,用翁倩玉这个名字。过了十几年我 20 岁的时候,在京都拍了穿和服、戴日本的头发的片子,片中的名字叫阿花,是日本的名字,但是旁边演员名字就是翁倩玉。耽误了十几年,但是我的目的达到了。

翁倩玉早期唱片封面

付出了三倍的努力,也得到了不仅仅是三倍的回报。这之后翁倩玉片约不断,拍摄了一系列影视作品,成为当红艺人,鲜花与荣誉也如期而至。

曹: 1979 年的时候你的事业达到

高峰，你的唱片《爱的迷恋》是获得日本唱片史上的一个大奖，应该说这也是日本唱片史上第一次由外国人来获得这样的一个奖项。当时有没有想到自己会拿到这么特别的一个奖项？

翁：我本人是没有想到，因为我那时候的对手是西城秀树，他的唱片公司也是很强的，我是一面歌唱一面演戏的人，得了这个机会，这首歌就一下子出来了。我本人当然唱了很多年，但是他是专门唱歌的人，所以这个竞争是非常难的。不过老天保佑，所以1979年12月31号很难忘的一件事情就是日本唱片大奖。

曹：我知道这部作品里面有一句非常著名的歌词，当时在日本非常轰动，日文的歌词是说在一个爱我的男子的臂弯里，仍想象着另一个男子。很大胆，而且很难想象这个歌词是翁倩玉唱出来的。

翁：其实我第一次拿到这个歌词的时候，我说，啊？我要怎么样子来唱这首歌呢？他们说没关系，你就轻轻地把它唱下去就可以了，不要想东不要想西。我就一直这样子唱下去。

事业上升期却被重病压倒。经历生死难关，是谁给了她信心与鼓励？面对病魔，她又是凭借怎样的毅力破茧成蝶？

曹：我听说，你在事业最高峰的这段时间经历了一场大病，我不知道是什么样的一个问题？

翁：太忙了，每一天睡三个小时四个小时。早上在北海道，中午在东京，晚上在九州这种的日程安排，日程实在是太紧了，太疲倦了，疲劳过度，身体受不了，所以我被救护车带到医院去三次。

曹：你觉得这次生了病之后，自己对人生的想法有变化吗？人有时会这样，你一直在忙的时候就像火车一样一直往前走，可能因为某些原因停下来的时候，可能会有另外一种想法出现。

翁：有，我停下来的时候刚好我的新的计划出来了，新歌是一个很有名的电视节目的主题曲，然后我有一个新的电视剧也要同时开

翁倩玉穿着和服

在东京电影节

始的。许多东西都安排好的时候，一下就生病了。我在床上听我自己的歌，在电视上面播，我人不在，看到那些电视节目应该是要我做主演的，我不在，心里很难过。我就问我自己为什么？我做了什么不对的事呢？我就什么事情都不高兴了，坐在医院里面也不能做什么事。突然有一天，护士进来了，倩玉我们来量体温看看。没有发烧，太好了，希望下午也没有发烧，她就出去了。她的表情是那么温柔，我不晓得为什么，她一出去之后我就开始哭了，眼泪一直掉一直掉，这个眼泪是感谢的眼泪，谢谢你帮助我。我今天活着是因为有你们的帮忙，爸爸妈妈，谢谢你，我就开始谢谢大家了。眼泪是一直不停的，那时候看到窗外那天，天空的颜色是青蓝透明的，我都没看到，那几个星期我不记得它的颜色是什么。我就觉得有生命，是应该要感谢的事情。从那一天起我就跟我自己说，总有一天我自己身体好了，我要来感谢大家，不是只要工作，要对社会，希望能变成一个有帮助的人。想法有点不一样。

如今的翁倩玉经常参加一些慈善活动。出席慈善演出，为残疾儿童献爱心，只要有《爱的奉献》歌声响起的地方，我们总能看到这个美丽的身影。高贵而典雅的她被人们尊称为"东洋之花"。

曹：很多人告诉我说你不仅是戏演得好，歌唱得好，而且是特别有语言天才，普通话也说得好，闽南语也说得好，日文当然不在话下，还能说英文和西班牙语，这个很难想象，怎么能掌握这么多语言？

翁：这个我要感谢我的父母，因为我小时候两岁半，快要到三岁的时候就来到日本了。但在家里小孩子只能讲闽南话。

曹：据说你妈妈为了逼你讲闽南话，那时候你不讲闽南话，她就不理你了，假装听不懂，所以你一定要讲闽南话。到了日本，爸爸也是把你送到中华学校，为了让你不能够把自己国家的语言忘掉。

翁：对，没错。学到小学四年级，就转学到美国学校，因为父母可能是想国际性的时代会开始，英文也是很重要，所以就转学。

曹：那你怎么会想到去学西班牙语？

翁：因为学西班牙语的人毕竟不是太多。我那时候看到世界上你会讲中文的话，新加坡那些国家都可以，都讲得通，英文在欧美这几个国家都可以，如果再学一种西班牙语，差不多在所有的国家都可以讲得通，对，基本如此。那好，就学西班牙语了，很简单的。

曹：你是不是觉得学语言也是一种很快乐的事？

翁：对，我对语言非常有兴趣，当你讲得通的时候，就很高兴了。用一种新的语言来跟那一个国家的人交流的时候，那个感觉真的是讲不出来的快乐。

曹：我听说你不仅是唱歌演戏，而且特别擅长烹饪，刚刚还出了做菜的书。

翁：对，叫《Judy Balance》。因为我觉得人生只有一次，我希望是每一天都有意思。

曹：那世博会在上海举行，你对世博会有一些什么样的期待？

翁：我这个期待是非常大，因为全世界的人都要过来了，而且只有半年的时间，所以我希望大家以这个机会来了解我们中国，不单是这个博览会里面的事情，外面的我们中国的东西也了解多一点，然后带回去很多好的东西。

翁倩玉和曹可凡

铮铮铁骨硬朗汉——杨在葆专访

杨在葆，一个跟我们阔别很久的银幕硬汉，铮铮男儿。1960年，他从上海戏剧学院毕业后不久，便被著名导演汤晓丹相中，出演电影《红日》中一个极富阳刚之气的个性化的连长；接着又在《年青的一代》中，扮演了激情报效祖国，到西北边疆从事地质勘探的队员；在讴歌国际主义战士白求恩大夫的电影中，又一次塑造了英勇杀敌、身负重伤的军人形象。也就是在他毕业后的短短7年间，他的表演，他的形象，甚至他的声音都被刻画成为那个时代聚焦良知和真诚的硬汉模板。如今已经75岁的杨在葆，是否能够延续他铁血男儿的故事呢？

杨在葆

曹：好久不见您了。我知道您退休之后啊，基本上是住在北京了。

杨：是。

曹：在北京，会不会想念在上海当年的生活？因为您从戏剧学院读书开始，一直到退休在上海生活了四十多年。

杨：我把上海当做我的第二故乡，我非常爱上海，爱上海的原因除了这个城市，我还爱上海人。

曹：您当年从安徽考到上海，是什么样的梦想，把你从一个高中生变成一个演员？听说您妈妈那时候并不赞成。

杨：对，对。我从小就喜欢搞文艺，上小学的时候，老师让我去演双簧，说快板，那时候小啊扎一个小辫啊，在那儿玩，特别喜欢。小学毕业以后，考到了皖北区联合中学，我们的学校有些老师，都是从上海南京这些地方来的，他们去以后有一种新思想，排了许多大戏，比方说《教师之家》、《龙须沟》、《雷雨》、《保尔·柯察金》、《民主青年进行曲》，这些戏都是大学里才排的,因为这些老师是大学生,在大学里头待过,就带着我们中学生也排。

曹:当时您妈妈为什么一直反对您演戏?

杨:因为我们家是一个传统的家庭,我要去考的时候母亲就说,咱们不要去唱戏,但是你可以当个老师,或者当个先生。老师就是教师,先生就是医生。我跟她说:"娘,这不是唱戏,说这是在台上演话剧,演现在。"她说:"不都一样吗,在台上装神弄鬼的。"我一岁多点,父亲就去世了,所以母亲就感觉要指望孩子,她也没什么文化。

曹:考进戏剧学院,你们这个班里头,现在我们大家知道的演员还有些谁呢?

杨:有焦晃啊,张名煜啊,张先衡啊,梁波罗啊,李家耀啊,卢时初啊……这些都是青年话剧团的。

曹:后来"青话"的那批。

杨:对对对。

曹:那您毕业以后,说第一个大戏就是《红日》,这部戏让您成名天下,特别是石东根策马纵横啊,拿着指挥刀的那场戏,特别威武。

1960年,杨在葆在电影《红日》中,用醉酒纵马的一股草莽英雄气,演活了解放军连长石东根,这是一个在战场上英勇无畏,在生活中又有点散漫的农民出身的指挥员,他个性张扬,清新鲜活,完全颠覆了传统观念所能接受的英雄形象,留给观众震撼难忘的印象。

曹:当时汤晓丹导演是怎么找到您的?

杨:那时候我已经到了实验话剧团,听说天马厂要拍《红日》,还有本小说,叫我去。后来我就去见了汤晓丹,他看了看,说:"好啊,那试试妆吧,"他就把我头发给剪了,还到郊区去试片子。一拍回来以后,一看这片子,我说不行,回去以后跟那支部书记说,这片子是人家天马厂的重点片,我不能拍好。领导说你怎么不能拍,我说我看了人家拍的样片,我样子不像个解放军,像军阀,这么凶,特别是训俘虏的那段戏。我就给汤导演说了:"汤

《红日》剧照

导演,我不像解放军,我像军阀。”他就跟我说:“蛮好嘛,我看你蛮像解放军的。”他就这种表情,于是我就演了。后来为了这个戏我到横沙岛去下生活,在那待一个月,后来又在山东拍戏,时间长了,老跟他们在一起,接触久了以后,自己身上那些学生气的东西,就去掉了。

曹: 这个戏里边有很多老演员,比如说舒适。

杨: 也在,对。

曹: 还有张伐演的军长啊。当时在这个组里头,跟那些老艺术家合作,您觉得从他们身上能够获得一些什么样的东西?

杨: 那时候刚毕业嘛,他们也都挺喜欢我,跟我在一起玩。他们排戏的时候我就在那看,因为我是学话剧的,我看人家怎么演,为什么这么演,像《南征北战》、像《红日》,能让人感觉到这么真实,因为那些演战士的群众,那都是在战场上打过仗的,整个感觉都是对的。像我这样的学生和他们在一起,他就在那陶冶了你,影响了你,你处处向他们看齐,这就非常好。

继《红日》后,一部表现年轻的地质勘探队员理想和报效祖国的影片,又一次让杨在葆登上了事业的顺风船。在他扮演的肖继业身上,集中了那个时代年轻人最饱满的激情和崇高志向,而这也正是杨在葆自身的情感追求,他在演人物,也在演自己,整个拍摄过程兴奋不已。剧中由他塑造的肖继业,成为那个时代年轻人心目中的清纯偶像。

曹: 《年青的一代》这部片子影响了很多年轻的一代。可能那个时候走在大街上,人们都不管您叫杨在葆,叫肖继业。

杨: 对,叫肖继业。

曹: 而且您那句台词,在那个年代深入人心,说,我即使断了一条腿……

杨: “我爬,也要爬到地质队去。”因为那个时候像我们这一代人的思想啊,受了这样一个教育,总是有一个美好的愿望、美好的理想,就是将来能够给国家做一些事情,报效祖国忠于祖国。地质大学成立50年的时候让我去了,哦,他们看到我非常亲切,说:“哎,当时就是看了你演的那个电影,我才去学地质的,到祖国最艰苦的地方去。”我觉得这一代的年轻人是值得尊敬的,这一代青年非常可贵,他们是我们民族的脊梁。那时候我们的国家由于受封锁,在很贫困的情况下,这些青年人有抱负,要报效祖国,到祖国最艰苦的地方去,他们身体力行,这样说的,也是这样做的。到今天,我看见这些人,都很尊敬他们。我到地质大学去都给他们敬礼。

杨在葆和曹可凡

曹：后来跟张骏祥导演拍《白求恩》，是不是会觉得有压力？因为张导一向是以严格著称的。

杨：对了，说他是法西斯……

曹：法西斯导演，片场不能有声音的。

杨：对！这个老头他对我特别好，有一次到苏州木渎拍戏，票给我了，早晨大概是六点钟就要上火车。那时候我喜欢睡懒觉，一醒，哎哟，已经到了五点半了，等我从安福路赶到火车站，火车开了。呀，这怎么办呀，我就又签一个票，又赶过去了，要是别人的话，他就要发火了。他一看见我，就说杨在葆，你怎么没上火车，我说我误了车了，哈哈哈，他就笑起来了。他可能因为我不是电影厂的人，对我印象还算挺好的。后来有人说，这就是你，要是别人的话，这顿骂不算，本来要拍这个戏，你没来，就改拍别的戏了。

曹：他们说骏祥导演在现场，谁要大声说话都要被他骂。

杨：那当然咯，他连美国人叫谭宁邦的，他也骂，他用英语骂他。他很严格的，像温锡莹同志啊，老张雁啊，都是他的学生，他们自己说，一看见他不知怎么就怕了，不敢说话。不过他这个人是很有学问的，挺好的。

杨在葆曾深感自己在演艺事业上的起步幸运而顺利，那时候，他凭着执著和真诚，真正做到了演一部电影就成功一部。如果创作激情继续得到发挥，他的星途应该是宽广

而辉煌的，但是一场“文化大革命”不仅中断了他的演艺生涯，也让他蒙冤呆在监狱里四年多，这期间他的妻子重病缠身，最终离他而去。那么，铁骨铮铮的杨在葆是怎么样安排失去妻子后的家庭生活的？

曹： 夫人去世以后，听说您也一直赡养着岳父母，是吧？

杨： 我岳母就这么一个女儿，后来我妻子去世了之后，她就很伤心啊。我叫她姩子，不像上海叫丈母娘，我就说，姩子，你放心好了，你活着我就养，死了我就葬。她一直住在我家里头，和我那个孩子在一起生活，我的工资，自从我的第一个夫人生病，我的工资就没拿出来过，全给她了。因为就那点钱，那时候我才 75 块钱。那我吃什么呢，我在北影厂，一天有一块二毛钱的补贴，到了晚上再加班的时候，还有两毛五，好，每月有三十多块钱，我就在北影厂大食堂里吃饭，许还山给我一个盒子，就是他那时候劳改时候的盒子。买馒头一买十个，北京的馒头都这么大，拿个筷子我就串起来，这头穿根线，那头穿根线，放在那个部队晾毛巾的架子上，拍完戏吃个馒头，吃根榨菜，北京花生米多，吃点花生米。那时候并不觉得苦，挺好！没有感觉到，哎呀，你看我多苦？不感觉到苦。所以我这个岳母一直在，她活到 90 岁。钱，我为什么要给她？让她有个主人的感觉，她感觉我不是寄人篱下，好像你要钱，你还得向人要。哦不，我手上的钱全都给你，该怎么花怎么花，我的儿子和我大女儿要钱。都问她要，这个感觉就……一直都挺好。里弄里也挺好，还给我们家门上贴了个五好家庭，我回去说怎么五好家庭了，说我们家里挺好，没什么矛盾，挺好，挺好。

《代理市长》剧照

电影《血，总是热的》，曾被他认定是这一生中最让自己满意的电影之一。正是有这样一部反映改革浪潮和规章制度不合理的电影，让他有机会抒发张扬自己作为一个男人的使命感，因为他的性格，也和戏里的厂长一样，敢于承受冰霜雪打，敢于去堵枪眼，不退缩。最终他以厂长的形象，赢得第四届中国电影金鸡奖最佳男主角奖和第七届百花奖的双料影帝桂冠。

曹：所以他们说那时候《血，总是热的》获得金鸡、百花奖，你要去领奖，连服装都没有，花几块钱买了件上衣。

杨：哦，那时候我夫人已经去世了，我在北影厂拍《双雄会》。上面通知我，说杨在葆，你得奖了。我说得什么奖，他说你得了这个金鸡奖，百花奖可能也是你的，因为票还没到。他说其实全部是你的，你的票太多了。后来我在北影厂住着，通知我到济南领奖，领奖衣服穿什么？朋友说："哥，我还有件猎装。"猎装就打猎的，还有两个口袋在这里，我说这怎么穿，还夏天呢？我说这哥们，你陪我一块去买件衣服去，我没衣服穿。好啊，到了太平庄买衣服，一看那个拐角的地方有一个百货店，一件体恤衫只要五六块，哦，好呀，很薄，很好，圆领衫，我说好啊，买回来了。去的时候还不穿这件衣服，到第二天晚上就要领奖了，才把这个衣服穿上。我给陈怀恺导演说，我说我得奖了，第二天你一定要给我打电报去，就说是摄制组拍戏等我赶回来。他说，好啊。后来人家说这个杨在葆太不严肃了，人家穿的都是很整齐的，西装，他怎么穿这种东西？不是我不愿意，我没有。第二天，又到部队那去，那我没衣服，还穿这个，到了第三天就走了，为什么呢，时间再长了我没衣服换了。

硬汉形象

1979年杨在葆再一次得到了很好的机遇，应邀在电影《原野》中出演集正气、流气和匪气于一身，粗野刚烈，勇于反叛，性格非常突出的人物仇虎。这个角色杨在葆非常喜欢，倾注了极大心血，可是电影完成后，过了8年才得以播映，才得到百花奖最佳故事片奖。

曹：其实在您演的这么多的戏当中，《原野》是一部很特别的片子。

杨：有一天，厂里头一个长途电话，说杨在葆，刘晓庆给你从东北打电话来……，说刘晓庆？刘晓庆我没见过她。我说我看过她演的什么戏，一个什么戏，是"小花"还是什么戏啊，我说她怎么打电话给我啊……后来叫我中午去打电话，12点，我就打到刘晓庆那，

《原野》海报

她说我们在东北呢，在黑龙江呢，在拍一个戏叫《原野》，导演想请你来演这个仇虎，她说导演叫叶向真。叶向真，她有名啊，我知道她。

曹：当时很少有这样一个戏，关于复仇的，关于欲望的呀，这个在当时是比较超前的。

杨：曹禺先生他写的那么多戏里，我最喜欢的就是《原野》，因为，我在乡下待过，那些人似乎我都见过，

曹：所以里边这些人物您都很熟悉的。

杨：都很熟悉。包括那个金子我也很熟悉。我一个亲戚，他们家里头有一个儿媳妇，那时候都是那样，梳那个头发，穿上那个衣服，我叫那个人嫂子，小时候我都看见，这个人很好，她脸红红的，也不擦胭脂。我一看这个剧本，我挺熟悉，一看脑子里就全有了。

曹：您当时跟刘晓庆合作得怎么样？

杨：挺好。

曹：您觉得她是一个什么样的演员？是不是一个很能投入，很有能量那样一种演员？

杨：她这个人非常好，她很坦诚，不虚伪，有什么她就说什么，有时候她也会得罪人。她有她的性格，但不刁钻，很善良，她对父母，包括她外婆，都非常好，对朋友也挺好。她是一个非常聪明，非常用功的演员。虽然没读到哪个大学毕业，但她看了很多书。

曹：您还记得当时拍《原野》哪一场戏让您觉得特别酣畅淋漓？

杨：像逃出去那场戏，一开头就拍那戏，开头就看见她……大老远河边上有个女的，一看，哟，这个人怎么像金子啊？哟，她怎么嫁人啦？因为那时候姑娘就扎个辫子，媳妇这有个小髻。越看越那个，就朝她跟前走去。她坐在河边上，后边一个影子在那个地方，她一回头，看见他了，她说是你，我没死。这时候仇虎的心里啊……后来他说的真心话，他说我这八年能活下来啊，我就时时刻刻想着你了。突然之间看见她已经结婚，梦破灭了，人也马上冷到了冰点。我感觉这场戏让我很难忘。

最近20年里,杨在葆依然保持了硬汉性格,继《血,总是热的》之后,他自导自演了反映改革开放的影片《代理市长》,再次以为民请命、干犯天条的市长形象,荣获第九届百花奖最佳男演员奖。这之后,他更加欣赏高尚的情操,更加洁身自好,对演什么戏的选择也更加挑剔,希望在高雅和淡泊中安度晚年。

珍爱舞台三十年——刘德华专访

谈起香港明星刘德华你会想到什么？无线五虎将？四大天王？金像金马奖影帝？但看到他本人，你才发现，“劳模”、“完美”、“永不知疲倦”之类的溢美之词，真的无法完全概括这个始终被称为“华仔”的男人。他是复杂的，如同他在银幕上的表现；他又是简单的，“生活上的事情是没什么可以谈的，工作上的事情没什么不可以谈的”，这就是他的底线。日前，刘德华为宣传新专辑《忘不了》来到上海并接受了专访。

刘德华

曹：对你来讲，入道30年这样一个节点，你选择了以老歌为主打的这样一个专辑《忘不了》，当时处于一个什么样的考虑？

刘：这是为我踏入演艺圈30年而做的一张唱片。所以是我小时候陪着我长大的歌，还有是我踏入演艺圈后影响我的人，他们曾经唱过的歌。

曹：这次为了配合专辑，拍摄了很多的音乐电视，其中有一首音乐电视歌曲就是《人办》，我看了这个花絮跟音乐电视本身，就特别地让人感到愉悦，很搞笑。但是我想可能大陆的朋友对“人办”这个词是什么意思不是太清楚，你先跟大家解释一下，什么叫“人办”？

刘：“人办”就是一个，怎么说呢，就是一个“无赖”。

曹：“无赖”，“小混混”。

刘：“小混混”的代表。

曹：在拍摄这个音乐电视的时候，邀请了很多的朋友，像郑秀文、杜汶泽、郑伊健等等，那些好朋友无偿帮忙，并且不惜自毁形象，是不是你感到非常的温暖？我看到Sammi(郑秀文)贴着这个胡子就觉得非常好笑。

刘：在演艺圈,大家都觉得你忙你的,我忙我的,然后每个人为了自己的地位,可能有冲突,非常大,大家都认为是这样。其实踏入这个演艺圈那么多年,我觉得艺人本身,他们公司可能有这种东西出现,但是艺人跟艺人,其实没有很大的冲突。所以我想这一次,也真正地去表达了一次,其实艺人中间是没有矛盾的,而且这种友谊是非常深的。

曹：你还自己吹一个爆炸头,好像是回到自己刚刚出道的时候,非常年轻,是不是也非常过瘾?

刘：对啊,那个年代的时候,那个爆炸头也真的流行了一段时间,很多小孩都弄成那个样子。

曹：我一直想知道,你当时是怎么去学到理发的技艺,能够把自己头发吹成这样?

刘：因为我小时候就是学剪头发的,然后我踏入演艺圈,第一个赚钱的工作,就是做发型。我给谭咏麟、曾志伟都剪过头发,就是在80年代,应该是1982年的时候。

曹：所以现在重操旧业。

刘：对,长头发比较容易弄。就是现在剪到这么短的话要靠别人。

曹：其实我觉得,这张专辑从里到外,都透着非常浓厚的朋友之间的这种友情。我觉得特别感动你选了这个,小黑(柯受良)当年教你唱的这个《孤儿泪》,也拍了这个音乐电视。你是不是还记得,小黑(柯受良)当时怎么教你唱这个歌?你怎么跟他这种"笨小孩"结下了友谊?

刘德华和柯受良

刘：跟黑哥(柯受良)认识了很多年，从1986、1988年起就跟他比较熟，也看到他跟老婆认识，然后追她的那种行为，中间看到他对生命的那种要求，他每天都做一些非常危险的东西，但是他对生命那种热忱是非常高。《孤儿泪》,那个时候我听的时候觉得,这是什么歌啊,我说你什么时候听的?他说我也不知道,我也是在那些卡拉OK的时候,听到人唱,我就觉得很感动，然后就唱。那个时候他真的表现得非常好，而且就因为他唱了这首歌，后来我们公司为他出了一张唱片。这首歌就一直都在我的脑海，从来没有离开。其实跟黑哥的那一段时光是非常开心的。因为你知道吗，我那个时候很忙，只要他有重要的表演，我一定会到现场去支持他。他飞跃黄河，我都在。

曹：那你作为他的朋友，是不是也跟他讨论过，到了这样一个年龄，是不是还要做这么危险的一些事情？

刘：首先我跟大家说，他对这种事情感觉非常强，他很清楚他能力到哪里，一部车它能飞多远，他后面起步的地有多长，他会很清楚。其实他每一次都能掌控自己的表演，他从来没有做过头的东西。

曹：那你这次在拍摄整个音乐电视的时候，还选了一些过去合作的拍档，比如说许鞍华导演。我想，许鞍华导演在你的电影创作历程当中是有着非常重要的作用，当年的《投奔怒海》确定了你在电影领域当中的地位。这次在音乐电视的现场跟许鞍华导演一起合作，尽管这么多年过去了，同样的她，同样的你，是不是会有一种时空交错的感觉？

刘：其实从第一天我在海南岛飞机场见到她，那天她的笑容，她对电影的那种执著，到今天我都看不到她有一点点的不一样。

曹：许鞍华导演也说，在拍摄现场，拍一个音乐电视也好，跟拍一个电影完全是一样的投入。她说你们有一个镜头是，你跑到一个水潭里，一下去突然水就没到了脖子，大家都吓一跳，可是你依然镇定自若，完成所有的拍摄。

刘：因为有时候，怎么说，就是很多人会还没有想清楚就做那件事情。因为我以前在农村出生，然后掉到池塘的机会很多。

曹：小时候掉进去多吗？

刘：有，很深刻，有一回我记得我姐姐背着我掉进去了，很深刻的一次。

曹：那小时候你们俩会游泳吗？

刘：不会，我还是小孩，还是要背。

曹：那后来怎么脱离险境的？

刘：就是有人来救，我姐姐就用手抓着那些在池塘旁边的树根，就是树的那些水根，就这样在等别人来救，一直用背带背着我。

曹：可以想象这是多么惊险的一幕啊！

刘：对啊、对啊。

曹：据说还有一个镜头是机器挂在你身上，然后拍着、拍着大家找不到你了，后来发现在草丛当中，还是在自己演。

刘：我那个机器应该是在铁路那边拍，一直拍了很多镜头，然后感觉上面，我可不可以拍一个倒下来的镜头，一倒倒到草坪那边，就躺在那里演。然后忽然间张开眼，突然看见人都在。

曹：大家吓坏了，找不到你。

刘：他们都说找不到你。就是好玩。

人人都说，最努力的男艺人或许就是刘德华，他自己也有首歌叫《勤力是我密友》，所以他成了天王，所以他一直在一线。但如果你以为他只是下苦功而不懂得用智慧，那是你错了。“好像世界上有很多个叫刘德华的人，你只要做你自己这个刘德华就好了。”从艺30年的历程，就像这次这张《忘不了》新专辑所折射出来的那一面，刘德华始终在做着自己心中的那个独特的自己。

曹：其实还有一个段落，也让人特别动容，就是有一段《珍爱舞台》，把你从艺30年来演唱会的一些经典动作镜头重演一遍。我想不仅是歌迷看着会非常感动，自己是不是也会非常感慨，其实在舞台上这么跳着，30年的时光，在眼皮底下就没了？

刘：我觉得每个人都有每个人的天分，在舞台上面其实我是一个天分不是那么高的一个艺人，我花很长的时间去练唱歌，练跳舞。其实我每一次看我上一次的演唱会，我都会觉得还不够好。跳舞是我最难的一部分，我真的完全没有美感。

曹：前不久我采访黄秋生，黄秋生说在艺员训练班的时候，发现楼上有个人跳舞吵得要命，然后他火气很大，冲上去想跟那个人理论，推门一看，是刘德华。

刘：对，那个时候在拍戏，那天我熬了一夜，忘了是什么演唱会。因为我要去拍戏，所以没时间练，我就把排舞老师请到我拍戏的地方，我住在他隔壁，我们就订了一个房间在上面，不要吵到人，没想到那个房间下面就是黄秋生，然后我们就每天在那边练舞。

刘德华和梅艳芳

曹：是不是你自己的要求比较高，希望把最完美的一面给大家。

刘德华和张国荣

刘：如果我不紧张的话，就觉得没有那一份热情去表现。因为这个紧张会让我必须全力以赴，不是要求的问题，是我紧张，所以我自己的付出会更多。这种推动力才会让我每天努力，今天晚上要唱歌，中午开始就要排，到那边不要演不好，这样。

曹：过去也曾经有人说过一些这样的风凉话，或者说过一些对你不太尊重的话，比如说刘德华可能演戏不如梁朝伟，唱歌不如张学友，跳舞不如郭富城。是不是你这么拼命地工作是想证明自己的一种能力？

刘：因为我常常会很阿Q的。那个时候郭富城还不是影帝。我就会告诉自己，我演戏比郭富城好，我跳舞比梁朝伟好，我比张学友帅。

曹：其实过去你不会跳舞，也不会写歌，甚至黄霑那时候都骂你，连歌词都看不懂。现在回望过去走过的这三十年，觉得你自己走得还是蛮精彩的吧？

刘：但是黄霑叔叔是第一个找我拍广告的人，我第一个洗发露广告就是他找我拍的。他经常给我很重要的一些意见，而且他很中肯，我好，他就会说我好，不好，他就会说我不好，后来他就觉得，你现在写歌词行，比我们还行。

曹：听了这张《忘不了》里边所有的歌，会觉得真是有非常浓郁的怀旧气息，但这些歌的原唱者，有的已经退隐江湖了，有的是你非常尊敬的人，有的是你的非常好的朋友，也可能其中的一些人比如说张国荣、邓丽君、陈百强、梅艳芳都已经故去了。你在录的时候或者在重听这张唱片的时候，你特别想对他们说什么？

刘：比如说张国荣，我们都在同一个俱乐部里面做运动，我打保龄球，他打羽毛球，每次他打完就会下来说你喝什么？我帮你买。梅姐(梅艳芳)其实她还没有红，我也还没有红的时候，在电视台她刚刚参加完新秀的歌唱比赛，我们就认识了，然后她几乎每一天跟我们一起都有一段时间在一起。

曹：梅姐(梅艳芳)是一直特别看好你？

刘：其实从开始的时候，比如说我也不懂穿衣服，也不懂怎么样，然后她就会带我去一些很新潮的店，买很潮流的一些衣服，我都不敢穿。那时候我还没当歌手，我说你们当歌手的可以那么花哨，我们不行，我们是那个正面小生，不能乱穿。在录这些歌的时候，多多少少有一点点的遗憾，就是因为他们已经走了，但是我们还是可以用一个很乐观、很正面的回忆，去回味跟他们在一起的一些开心的日子。

曹：我在想，假如有一天，当大家已经把你也看成一个老歌手，你过去唱红的那些歌，也被当成老歌重新翻唱的时候，你希望自己是一个什么样的状态？

刘：我会开心，我会很开心，因为真的很少人唱我的歌，人家翻唱的很少选到刘德华的歌。

曹：为什么？

刘：我也不知道，难唱。

曹：说你胖你就喘。不过有一个人翻唱过你的歌，可惜你不知道，他也没有出名，这个人就是鄙人。我经常唱你的《谢谢你的爱》，可是唱不好，所以没有出名。

刘：因为有时候，不是说我的唱能打动他们，可能我的歌词，我的表演的那个态度会给人印象。他如果对我的音乐有认同的话，我总会开心。

曹：很多年前我跟香港老牌歌星潘迪华姐姐做访问，那个时候她已经74岁了，她还在做演唱会，还这么喜欢在舞台上展示自己的歌艺，所以我当时就问她，我说你都74岁了，你还准备唱到什么时候？她的回答让我非常感动。前面我们谈了很多她都很平静，我问到她这个问题的时候，她突然眼圈红了，掉了眼泪，然后用英文跟我讲了一句话，她说“I will sing until I die”，就是我至死都是要用唱歌来完成我的人生。是不是做音乐的人真是有这样的一种，对音乐对舞台的一种痴迷？

刘德华和曹可凡

刘：这是一个非常难回答的问题。她能够讲那句话，只有在她那个状态，在她那个年龄。我不知道大家会不会把她跟我拉上关系，因为我是她演唱会出现最多的特别嘉宾。我喜欢她的执著,喜欢她的做人。我今天听到你这样讲的话,其实我也很感动,因为没几个人能听明白她那句话,没有人知道她为什么要唱那么久。然后很多人就说你为什么要,当然有一些对她关心的人她会感觉温暖,但是有一些不是。有一些人会觉得,真的她是眷恋这个舞台。但是她是一个在舞台上面非常有能量的一个歌手。

曹: 其实到今年你也从艺30年了,也到一个知天命的年龄。这样的时刻,你对自己的音乐或者是说对人生是不是会有更新的一些感悟?

刘: 我们的感情应该怎么样?我们面对压力又应该怎么样?我们面对感情应该用什么态度?我觉得到现在是需要比较沉稳的一些音乐,不是说要再跟风。比如说R&B(节奏布鲁斯)或者是一些韩风的音乐,我可以尝试,但是它一定不是我的主流。

出道30年来,华仔一直拼杀在娱乐圈,在偶像明星层出不穷的当今娱乐圈,刘德华总占有一席之地,他真的是创下了一个不老神话。这样一位不老情人在其之前的星路历程当中,有着几段或明朗或扑朔的感情经历。那对于家庭婚姻,刘德华自己又有着怎样的看法呢?

曹: 大家都称你是香港的劳模,以前采访你的时候你也说,因为是属牛的,没办法,就是要这么辛苦的耕作。那做了30年是不是也可以让自己放松一些,让自己生活的节奏能够缓一下?

刘: 对,我也会,我也会慢下来。其实只要有工作,我的那种付出是很习惯性的,但我真的会慢下来。

曹: 我觉得是不是可以调整一下自己的生活状态,去享受一下天伦之乐,享受一下家庭和生活所带来的这种温情或者是温暖?

刘: 我享受的。对,因为我是特别一点,我是跟家人,跟爸爸妈妈一起住,所以家庭的那种感觉,对我来说是非常重要的,我没有离开过那种感觉。我也很怕我一个人住,或者是如果爸爸妈妈不跟我一起我会担心,我会常常回去见他们,就不一样,所以我还是会慢下来。

曹: 你如果空下来的话,是不是会自己下厨,做点菜给家里人吃,或者带着他们一块去旅行?

刘: 会,其实那些事情,陆陆续续都有,在我过去的那些时间。但是大概在五六年前,爸爸生病了,他到外地就比较少了,现在身体好了,应该是这一次的演唱会完了之后,就又开始回到我们五六年前的生活,每一年我都会带他们旅行。

曹：我想，去过一个平常人的生活，去追求家庭的幸福，像平常人一样的生活，可能对艺人来说是非常困难，因为你们私人空间非常的狭小，但其实有的时候，可能也未必像想象的那么难。你做了这么多年的艺人，对这方面自己有些什么样的认识？

刘：其实我觉得艺人一直下来，都没有很改变他们的态度，其实很多人都不想他私人的生活跟他们的工作、跟他们的娱乐挂在一起，他们都不想。但是现在因为，市场上面有一些不同的媒体，他们都喜欢讲这些，所以艺人们就尽量去保护自己私生活的那一部分。我会保护，我真的会保护那部分，因为那个其实越公开，我觉得就越难过。

曹：所以有的时候我觉得你也是用心良苦。

刘：这个不是说会用心不用心的问题，我觉得是一路走下来慢慢出现的一个态度。

曹：但面对像现在香港狗仔的这种生态，作为艺人来说，你有的时候是否觉得特别无奈，没办法？

刘：我觉得那不是我们掌控的，但是我们还是要生活得好好的。

曹：不要让他们干扰我们的生活。我想这次的演唱会和这次专辑的名字就是《忘不了》，那演唱会的主题也是《珍爱舞台》，我想这两句话，是不是也代表你现在这种心境，比如说你在未来很长一段时间的那种心愿？

刘：很多很多大家在一起的时间，有很多忘不了的东西。舞台上面我真的不想跟大家说再见。因为舞台可以很小，哪怕只有5个人，像你一个人来听我，我也会唱给你听。我要拼命唱到你笑，拼命唱到你哭。所以舞台对我们来说不一定是一个很华丽的，它只是一个桥梁，让我们自己去沟通。

刘德华和家人在一起

曹：那我也准备把你的那首《谢谢你的爱》能够好好练一练，争取有朝一日能够上你的演唱会。

刘；那我的演唱会你就来站台。

曹：一定要来，谢谢！

刘：谢谢。

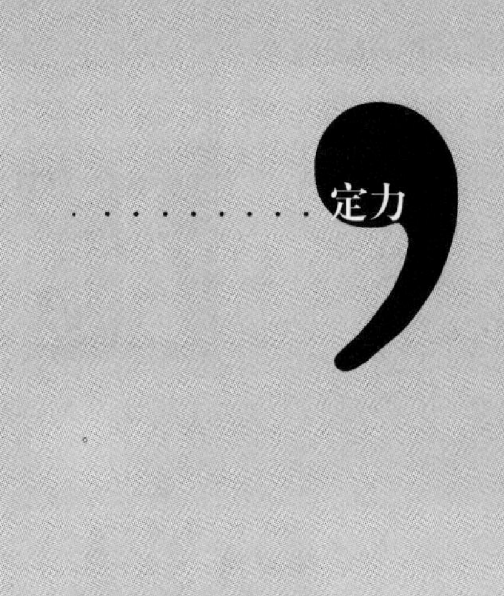
定力

定 力

仰不愧于天——宋楚瑜专访

2006年12月，在竞选台北市市长失利后，台湾亲民党主席宋楚瑜宣布从此退出台湾政坛。4年来，这位风云人物主动淡出公众视线，却没有真正过上风轻云淡的退休生活。他依然行走于两岸之间，抱定“一个堂堂正正中国人”的赤子之心，以己之力，推动两岸和平统一。他的人生追求便是：仰不愧于天。

宋楚瑜

曹：非常荣幸能够在台北跟您做访问。您从2006年宣布退出政坛以后，我们似乎很少在媒体上见到您。您能不能跟我们介绍一下，这段时间您大概的生活状态是什么样的？

宋：我主要一方面是在整理我所搜集的过去的一些资料，另外一方面对于两岸的问题也比较关心。同时呢，也跟国民党保持密切的联系，对于相关的问题提出一些私底下的个人见解。

曹：就像您说的那样，可以说这一年多的时间里，两岸关系迅速回暖，彼此之间的交流，特别是文化之间的交流和融合越来越频繁。我知道一个有趣的现象，最近大陆一些非常走俏的电视剧比如说《潜伏》啊，《人间正道是沧桑》啊，都在台湾找到很多知音。听说您就是《潜伏》的粉丝，您还找出了其中有些穿帮的镜头。

宋：不敢当。

曹：是不是属实？

宋：就像你刚才所说的，这段时间做些消遣，除了每天去走快步啊，一个多钟头到两个小时之外,我晚上有些时候喜欢看看大陆的连续剧。目的有两个,一个是弥补一些空档,一个呢是消遣。我觉得这些戏剧性的节目里面才能够真正去反映社会上大家的一些真正的思维和想法。我最近看了最有兴趣的一个电影就是《激情燃烧的岁月》。

曹: 您连这个都看了啊?

宋: 看看这些军人的角色怎么样在转变,包括你刚刚讲的《潜伏》也好,包括过去喜欢看的《大宅门》,最重要的像《亮剑》啊,这些片子我都看看,就晓得大陆上他们一般的人对于某些问题的一些思维。比如我归纳出来一个道理,几乎每一个戏不管是《闯关东》也好,《走西口》也好,《大宅门》也好,最后都是很强烈的民族主义意识,对于日本对中国过去的侵略以及我们的惨痛的教训耿耿于怀。我看了之后我心里面就有一些体会。

曹: 您刚刚说到还看了《建国大业》是吧?

宋: 是,我还看过《建国大业》,你在里面也扮演一个角色。

曹: 我演您的前任吴国桢"省长"。

宋: 不过《建国大业》的拍摄,我私底下有个感觉,那就是要在两个钟头之内,像拍《红楼梦》一样,把全本几十回一起拍出来,确实是一个不容易的事情。对每一个角色的这种刻画,包括蒋经国先生,要很深刻地去描写,不太容易,但是基本上总是希望把历史的一些真相还原。我倒觉得《建国大业》里面所反映的一个非常重要的主题就是整个民族的事情,就是众人之事,这个是孙中山先生常讲的话,那么管理众人的事情就是必须要集思广益,众志成城,形成共识。

曹: 我从上海来,自然会问一些有关上海的问题。我知道您的太太万水女士是浙江大陈人,但是她在上海有过一段生活的经历。她是不是会常常跟您聊起过去在上海生活的状况?

宋: 我的岳父是浙江仙居人,在交通大学念了一年书之后就抗战从军了,空军。后来因为身体的关系就不能续飞。他退下来以后就到曾经去过的陕西,所以万水是在陕西的岐山出生的。我的内弟叫做千山。我的岳父他先是飞行,后来又航海,他走遍全世界啊,所以他取的两个孩子的名字一个叫千山一个叫万水。万水是在抗战胜利以后就跟我岳父回到了家乡,还在上海念过一年小学,所以她能讲一口流利的上海话。我们自家人(上海话)。

曹: 您在上海访问的时候我记得您也说了几句上海话,所以上海人感到特别的亲切。

宋: 我看到上海的进步是很好的,真是很有进步。

2005年，宋楚瑜第一次以亲民党主席的身份访问大陆。他在清华大学的一场演讲，令学子们领略了其超凡的口才和强大的语言魅力。台上的宋楚瑜如此能言善道，自小却是个木讷寡言的孩子。他说如果没有父亲的宽厚开明，今天的自己也许只是一个普通的科技人员。

曹：您曾经说过，自己小的时候其实比较内向，比较内敛的，不是那么擅长言辞。可是大家也知道在台湾的政治人物当中，您的口才是一流的，有口皆碑的。那小时候如果口才不好的话父母是不是有点着急？

宋：从小我父亲希望我学理工科，希望我去考理工方面的学校。但是我数学不太好，后来回想起来跟战乱很有关系。我是1942年出生的，但是我1953年就小学毕业了，跳班，其实不是天才，是我们家里孩子太多，去转学的话，常常就漏掉好多节课。所以我从小没有学过九九乘法，不懂乘法表。在这个情况下数学老不好。后来我父亲让我去考大学，第一次我就落第了，联考就没有考上，我记得数学考个7、8分这样子。第二年开始苦读，苦读的时候我有一位老师亲自来找我父亲，他说宋楚瑜如果好好去补习的话一定可以考取的，可以考得不错。那个老师还特别跟我父亲说，他观察我的性相，将来即使去考了理工科，只能够做个二三流的工程师，但他说我的文史特别好，我应该去学外交和新闻。我父亲很犹豫，结果我就跟我父亲讲一段当时小孩子讲的话。我说爸爸您曾经到美国去访问

宋楚瑜在演讲

宋楚瑜和曹可凡

过，您到林肯纪念堂，您看在那边纪念的不是林肯总统嘛。林肯总统是学政治的，但是造那个房子的是工程师，工程师最后还是要去替政治人物造房子。爸爸讲这个观念不错。但是我从小很木讷，不太会讲话，那是后天练出来的。所以上次我到清华的时候，清华大学的学生就问我，你是怎么练出来的？我说有时候很紧张。我在大学念书的时候，一定要去参加演讲，辩论社，上台讲不出话来的时候就用脚板去抠地，故作镇静，这样慢慢练出来的。但是最重要就像我父亲告诉我的，其实口才倒不一定要练，是"不诚无物"。讲话要有内容，一个要讲一些自己能够让别人信服的话，第二是自己的内容要对别人有一些启发，那么这个角度去演讲才有影响力。我就慢慢琢磨，慢慢去练，但是口才不一定很好。

曹：您刚到台湾的时候多大？当时家里的生活状况是一个什么样的情形？

宋：我到台湾来的时候7岁，我们家庭可以讲是非常温馨。我父亲常常教育我们一些基本做人做事的道理，尤其是我祖母以前教育他的话，就是说"举头三尺有神明"。每一年过年的时候我父亲会亲自拿毛笔写一些《朱子家训》的格言帖在墙上，"一粥一饭当思来之不易，半丝半缕恒念物力维艰"，从小培养我们、教育我们做一个堂堂正正规矩的人。

曹：听说您当年考入政大的时候，父亲特别送您一本《韦氏英语字典》，上面还写了"有志者事竟成"。

宋：我父亲感觉很高兴，这个小孩终于考取了大学，而且一直很志向于学外交。我上次到圆明园去的时候特别问陈云林会长，能不能去参观一下过去的这些古迹。看了之后就像我在政大念书的时候一样的感受。他要我写几个字，我写了八个字："勿忘明圆，更盼团圆"。看到在那个时代中国受到这样的冲击，对于所有的青年人来讲都是非常大的冲击。所以我在政大念《中国外交史》的时候，对我那时候人格成长是有很大的激励的作用。

宋楚瑜聪明而善学。1966年他赴美国加州大学深造，在图书馆打工的那些日子，不仅将馆内庞杂的图书卡重新整理抄写了一遍，还有机会打开了一扇看得见祖国大陆风景的窗。

宋： 那个时候我们从台湾去的学生，坦白讲经济条件都不是很好，尤其我那个时候还坚持不肯改系。好多人都劝说你学这个政治啊现在还有什么前途，你改学理工吧。那时候我们有个开玩笑的话，学理工都是有奖学金的，我们称之为"有船的"，我们这些就靠游泳，打工。那么我就到加州大学中国研究中心图书馆打工，打工呢就写图书馆的卡片，所以那个时候接触了很多关于大陆的资料，包括书籍，多少对于大陆上的一些问题有一些小小的接触。

曹： 听说您那段时间还常常读《红旗》杂志，读《人民日报》？

宋： 我是少有一个读过从1949年以来所有《人民日报》的人，很多前面的都是在微卷，叫micro film（缩微胶卷），还要拿一个透视镜一页一页摇的在那里看。所以看过《人民日报》，以及1958年以后的《红旗》杂志。所有的《红旗》杂志在美国各个不同的学术单位被翻译的每一篇文章，我曾经把它做过一个缩影，那么其他要研究《红旗》杂志的人在那里可以找到翻译文本，就不必自己去翻译了，我做过这个工作。其实呢都是在打工。

1974年，宋楚瑜回到台湾担任蒋经国英文翻译，此后一直追随他15年。这一段经历，对他一生都产生重大影响。

曹： 我看您的办公室挂着经国先生的墨竹，是不是您每天一看到它，就会想起跟他在一起的那些时光？

宋： 经国先生晚年身体不如以前，特别是因为糖尿病让他脚走路比较不太方便。我感受最深切的是差不多在他离开人世前

宋楚瑜和蒋经国

的三四年当中，几乎他每个礼拜会在家里面约见我，都是他躺在床，就是现在一般的医疗的床位，按钮可以起身一下的，然后在那边垂询一些事情，听听我对外面的一些看法，搜集一下民间的反映。他对很多问题，思维还是非常的周密。

曹： 我看旁边还有于右任老人的一副对联，但是上款写的是经国同志。是经国先生送给您的，还是另有故事？

宋： 这对联我蛮珍惜的。当年是经国先生请于右任先生帮他写的，于右任先生写好了之后，不小心把墨泼到了后面，弄脏了，于老就重新再写了一幅。所以挂在经国先生办公室的事实上是后来写的第二幅。原件，这个第一幅是于右任先生的公子于望德，他特别送了我作个纪念。我一直不敢裱起来，怕他们误会，等到经国先生走了之后，有一天，我去看经国夫人，我特别跟她报告，我有一幅。她说："你可以把它拿出来。"我就特别把它裱起来，但是我裱的时候，一定在旁边把于望德写给我的原信附上以作证明。这副对联和这副墨竹的真正含义，我可以感受出来，那就是做人要像竹子一样，高风亮节，对不对？一方面要有立场，要有纯洁的这种为国为民的心，但另外一方面，竹子态度也是非常谦虚的。这副对联"济利应济天下利，求名当求万世名"，那就是做任何重大的决策，不是为一时的，是在历史上面在求安，而且是对民众有一个考量。

1994年，宋楚瑜以超高的民意成为中国台湾省第一位"民选省长"，虽然最终的任期仅持续了2年，但在这几十个月中，宋楚瑜体会到作为一个政治家最宝贵的"民心"自何而来，体会到成功救助弱者的巨大幸福。

宋楚瑜访问原住民校舍

曹： 您在担任台湾省领导人的时候，穿着夹克衫，戴着帽子，走遍了台湾省的309个乡、镇、市，亲历亲为，深入到民众的生活当中去，就地为他们解决了很多问题。我听说在宜兰的大同乡您遇到了一个小女孩？

宋： 宜兰有个大同乡，我走出乡公所的时候，我就看到门口好一些民众在跟我挥手,在招呼。我一眼看到好漂亮一个小女孩,也就才十三四岁的样子,我就跑去跟她招招手,过去跟她聊聊。我说:“小妹妹你住在哪里?”她说:“就住在旁边。”其实大概不到一百公尺,就在乡公所的后面。我就随着她,到她家去走走看看。一去我真是大吃一惊,她的父亲又聋又哑,坐在一个非常简陋的竹搭棚子那边,一个老祖母脸上还有刺青,原来是原住民。那小女孩还有两个妹妹,还有弟弟。然后我就问她父亲在哪里做事,没工作,在打散工。我就非常非常地关心这个事情,因为那个时候台湾有一个非常坏的社会现象,就是每到了暑假的时候,有很多人口贩子,就到这个原住民族群的地方去拐卖孩子。特别是有些族群,像宜兰这些叫做泰雅族,泰雅族有几个族群的原住民乡亲,一看就晓得,脸部轮廓非常秀美,皮肤也非常白,这些都是我们称之为高危险区,大部分的人口贩子就到那个地方去,把这些小女孩买走。像那么好的女孩子,家里这么样一个情况,怎么办?王永庆先生办的长庚护校那时还没有开,怎么样子想办法?王永庆先生说那里缺护士,他愿意出来帮这个忙,就把这个护校的问题解决了。他非常了不起,说所有的学费、杂费、住宿费、服装费全部一律由他全额支出,而且给她们盖宿舍。我后来亲自去参观,很有人性化,布置像是一个家庭一样。王永庆先生的想法跟我一样,原住民要的不是怜悯,原住民要的是尊严。你要培养她作为一个人的价值和尊严,才不会去做那些你不希望她做的事情。所以他让这些原住民的孩子能够受到好好的照顾。

曹: 这个女孩后来长大了,嫁给了一个硕士,而且结婚还请您去证婚?

宋: 这个小女孩后来也大学毕业,结婚的对象是现在在新竹科学园的硕士。我还特别去给他们恭喜,他们邀了我一起去,看到她有这样的一个归宿,我也很高兴。

2008年,台湾出品了一部电影《海角七号》,最终票房狂揽近亿人民币,人们庆祝着台湾本土电影的复兴,回味着电影中那些层出不穷的笑料……但是有一个人却从热闹的商业片背后,体会到一丝伤感。穿过电影本身,他看到的是战争带来的伤痛和疤痕。为了不再让历史重演,他愿意付出自己最大的努力。宋楚瑜,依然是那个希冀于“仰不愧于天”的大人物。

曹: 2008年《海角七号》创造了台湾电影的一个票房记录,可我知道您说,如果您有钱的话,想拍一部《海角八号》,原因是当年您在台湾走访的时候,和一位农民的对话触发了您的情感的神经。

宋: 是啊,我讲到这些故事,有的时候情绪会有一点激动。我在做“省长”的时候有一次跑到嘉义,感到突然内急,就跑到一个警卫室,跟他们借洗手间。我用完了之后,看到警卫,我就跟他打招呼。一看是位老先生,我就谢谢他,然后我就问他:"你认不认识我?""怎么不认识?"他戴了个帽子,上面还写着"宋楚瑜"三个字。我选"省长"的时候他支持我,不过因为久了,有一年多了,上面那个漆已经斑落了,所以要仔细看才能看出"宋楚瑜"三个字来。然后就跟他聊天,我说:"你是退伍军人啦,老兵啊?"然后他说:"是。"我说:"你有没有回大陆啊?"他说:"有。"我说:"你在大陆上还有亲友吗?"他说:"有。"我说:"有些什么人啊?"他说:"有儿子。"我说:"你怎么还有儿子在大陆啊?"他就接着说:"20岁的时候,就在那个时候抓兵,然后到了军队,转战南北之后,最后到了台湾。"他20岁的时候刚结婚,所以他那个孩子是他离开大陆之后太太生的。我说:"你在大陆上有孩子,你为什么不回大陆去,回去跟你的儿子?"他说:"还有孙子啊。"他叹了一口气,说太太改嫁了,所以他只回去探亲,他还是回到台湾。他回台湾做什么?听了更大吃一惊。我问:"你在这里干嘛?"他说:"省长,你看我这个厕所干不干净?"他退伍之后,扫了20年厕所。这就是台湾的故事,这就是战乱的故事。所以《海角七号》描写的就是那些故事。刚刚这位老先生,我刚刚讲的,他已经80岁了,他儿子60岁。我简直不敢相信,他儿子已经60岁了,他80岁还在扫厕所。打那以后,我几乎到每一个县市,一定去农家,询问他们有些什么需要帮忙的事情,我主动跟这些老兵交流。我讲的故事是很少大陆的乡亲会了解,早期这些老兵到了台湾,当年二三十岁的时候是不太鼓励他们结婚,因为待遇不好,自己都很难活,怎么还要再养家?所以几乎很多人没有结婚。等到两岸后来交往了之后,现在好多老兵娶了在台湾称之为"大陆妹"的妻子,但是早期两岸还没有来往的时候,这些老兵娶了很多对象都是智障的。他到了年龄很大了,他怎么结婚?谁嫁给他?生活不好,只能有些智障的女孩嫁给他,生的孩子都是有病的,就是常常外边讲是"蒙古症"的。我在当"省长"的时候,看到听到太多这种故事,说明战乱带给人民生活叫做离乡背井、家破人亡。所以我常感慨地讲:政治人物做的任何决定,他可能影响多少人的身家性命。家破人亡、妻离子散,这是做得不好的;如果做得好的话,那就是举家团圆、家庭和睦,这个是好的事情。

自2005年第一次以亲民党主席的身份展开"搭桥之旅"引起轰动以来,宋楚瑜对这块故土的情谊与日俱增。2008年,他亲临北京奥运会开幕式现场,向入场的中华台北代表团致意。2009年,宋楚瑜又一次携夫人到黄河故里拜祭先祖。从20世纪60年代在美国初次接触大陆文化至今,他眼中的家乡越发变得亲切真实。

曹：从一个政治家的角度，以一个旁观者的眼光，您是如何看待大陆改革开放三十年所取得的这样一个成绩？

宋楚瑜和邓丽君

宋：最先开始你还记得吗？邓丽君的歌，还有些人认为这是靡靡之音，这是精神污染。但是你仔细去听，邓丽君好多的歌，不但唱得优美，歌词也很正面。但是早期怎么样去转变？所以当我看到大陆上面这样的转变，跟我在加州大学图书馆看到的情况很大的不同，我很感动。有几件事情对我冲击很大。第一是到四川，我表面上去看九寨沟，我特别不露痕迹地请求去看看怎么安置这些灾民。汶川大地震，1200万人无家可归，不到两年，这么多的人能够给安顿好，不容易啊，真不容易。1200万人，在历史上还得了？我再说，今年4月份到河南，今年年初的时候你还记得吗？河南大旱，今年大丰收，怎么会？徐光春书记告诉我说，他们花了多大的努力，投了将近27亿人民币去救灾。我在河南从东边的商丘，开车沿途经过开封，经过洛阳，一直到函谷关，然后呢，从北边的云台山，一直到南边的驻马店，开了将近三千多公里。我在看什么？沿途看绿油油的一片。原来不是旱吗？怎么会救得了灾？这就表示这个政府真正在开始对于这些事情，真把它当一回事来做。看着沿途的快速道路，那道路上都是大卡车，都在运货，一直从河南要运往山西和陕西。最后到了函谷关，到老子的道观，骑牛出函谷关的地方，他们让我写几个字，我就写了。"善政无为"。我感触的是什么？我说真正一个好的政治，是有所为，有所不为。为老百姓来做这些公务是有所为，大兴土木，劳民伤财是不应该随便做的，无所为，不作为，所以善政无为。最后"两岸不争"，两岸可以竞争，但是不要再武装抗争，不要在那边相斗。套句你们的话讲，不要闹别扭，明白吗？不要在那边再折腾。不折腾的结果就是两岸共同地来替老百姓着想，掌握这个契机，这就是大家常常现在琅琅上口说的，为中华民族再复兴好好做。中华民族好好地复兴之后，汲取以前的教训，人家以前欺负过我们，我们不会做同样的事情。所以我常常跟好多人说，我从来没有听过哪一个中国人，伟大的志向是哪一天我要占领东京，我要去加州把它抢过来以后可以种稻米，没有任何人，我们没有这个想法。我们只要能够好好过日子，大家老百姓安居乐业，这就叫"善政无为，两岸不争"，这个道理。

在宋楚瑜宣布退出政坛的那一天,他特别感慨地说,以后会快快乐乐、潇潇洒洒陪夫人走未来的路。台湾民众眼中,陈万水是得分最高的政治家夫人,她优雅得体,低调淡然,总是微笑地陪伴在宋楚瑜左右。人生难得老来伴,在相濡以沫的岁月之中,感悟和感动犹在。

曹:我特别想说说您的太太陈万水女士。您太太在公众场合永远是非常亲民、低调、和蔼可亲,相对您作为政治家的一个比较严肃的个性来说,你们夫妻俩是不是属于一种互补?

宋:万水常常跟我的朋友讲,她最不喜欢政治了,所以老天爷罚她嫁给了一个学政治的人。但是从另外一方面,她有两句话对我印象冲击很大,她跟好多人说:"如果你们选宋楚瑜,我要恭喜你,因为你选了一位会做事的人,帮你们好好服务。如果你们不选择他,我也要谢谢你们,因为你们把宋楚瑜还给了陈万水,让他在家里好好替陈万水服务。"所以她非常轻松。我的弟弟妹妹常说我们大哥得到最大的帮忙就是大嫂,为什么?大嫂从不给他找麻烦。万水常讲一句话,她不管公事,只讲母事。母事是什么?就是把孩子照顾好。所以我家里我的女儿、我的儿子从来没有跟我惹过任何麻烦,全都是万水在照顾他们,两个人念书都念得很好。而且我这里面最感动的就是教我的小女儿。我们在国外念书,当然你也很清楚,那时候生活大家都很紧张,所以我们老大跟第二个差了12岁,这个小女儿出生的时候,我忙得不得了,全都是万水在照顾,给她很多很多的教育和启发。也许你也听过,我小女儿在念辅仁大学的时候,她也从来不要家里去照顾她,她跟同学一起去上学,骑摩托车是骑在她同学的后座去。有一次就是下雨天路滑,被公共汽车轧了,出了事情送进医院的时候,她都不说她是谁,然后打了个电话给妈妈,说:"妈妈你不要紧张,我现在在医院里呢。我现在要进开刀房。"做妈妈的当然大叫了:"怎么样了?怎么样?"她腿被车子卡了,后来缝了十几针,差一点人就没命了。在这样的一个情况之下,最后开刀之前一

宋楚瑜夫妇

定要拿身份证，看到上面有父亲的名字，人家才晓得她是谁，这都是平时妈妈教得好。所以我跟万水，我感觉到很贴切，我逢人就要讲万水对我的一个影响。我一回台湾，我父亲不到半年就生病了，就过去了。万水跟我母亲的生日只差一天，都是九月。万水这么多年来，从不过自己生日，一定跟妈过，跟妈妈那天过生日。她讲了一句话我很感动："爸爸不在了，不要让妈妈觉得儿子也走掉了。"非常温馨。

曹： 那您现在是不是会有更多的时间，可以跟夫人潇潇洒洒地去过一个属于自己的生活？

宋： 我现在最大的享受有几个：一个是有些时候陪她出去走走，比如说有些时候到国外去看看孙女，看看小孩。他们都不希望妈妈太无聊。第二个，晚上陪她快走，她要运动，我们两个人就走快步，她走前面，有时候要跑，所以就要陪陪她。最近又去了大陆，真正陪她到处去走走。这是现在我觉得最大的享受。她常常讲："你看看人家那么累，你心里应该要感恩啊。"她写给我几个字，她的字写得比我不差。她说什么啊？"无求就是贵"，"无病就是寿"，你看你这个人又有富又有贵又有寿，你要感恩嘛，感恩就是福嘛，你还求什么？所以我现在感觉到很开心。我之所以现在对两岸的问题还非常地关切，基本上是一个责任，就是希望亲民党还能够继续对现在的台湾的政治方向，能够引导到一个正规的道路。

或出于对他威望的仰慕，或出于对他政治才华的惋惜，2006年以来，周围人不停劝说宋楚瑜重出江湖，他至今不为所动，继续游山玩水打高尔夫。然而他始终是属于这个舞台的人，他在快乐的情绪中等待，未来还有很长的路要走。

曹： 您这么多年在政坛上也是几上几下，起起落落，但始终是跟巅峰擦肩而过。但是您的生命是轰轰烈烈的，您对自己这一生的政治生涯是一个什么样的评价呢？有的人说，宋楚瑜先生是一个复杂的人，也有人说宋先生是一个简单的人。

宋： 我既不复杂，我也不简单。我不复杂是我没有三心二意，我对我的理想一直不变。我当年念书时候，人家常常讲，宋楚瑜有时候会哭，有时候会笑，这是永保赤子之心。但从另外一方面来讲，我也不简单，那就是再大的挫折我也不灰心。这次我回湖南乡下，不是湖南人有四个特征吗？敢为人先，心忧天下，经世致用，实事求是，这就是我们湖南人的个性啊！所以有这样的个性，也不简单。所以你说我简单也好，复杂也好，我刚刚讲了，永保赤子之心。但是最重要的还是觉得老天爷给我这么多的栽培，有这个机会，有这个砺练，能够去替这个社会来创造一个好的环境，如果糟蹋这个条件的话，我对不起老天爷。

书法:“善政无为　两岸不争”

但是呢,非要去强求什么位子,我觉得不必要。套用英语讲“I’m very happy!”我现在很高兴啊,我不必要负这么多实质上的责任。坦白跟你讲,对台湾现在的处境,我非常忧虑,就是60年来,大概今年我们的经济是负增长的。台湾如果对世界的形势、对岸的改变和台湾现在的现实,不能找出一个对台湾未来比较合适的道路的话,我觉得,这是所有政治人物有愧职守。那从另外一个方面来讲,我也期盼大陆能够真正认识台湾,了解台湾人真正在想些什么。台湾意识不是坏事,对家乡,对于乡情有执著的爱就是好事。所以未来真正两岸要相互多了解,我们要了解大陆,我们也希望大陆了解台湾。合则两利,两利则合,就是把心里面的关隘去掉,两岸之间真正的问题不是地理上的距离,是心理上的距离,把心理上的距离和关隘去掉以后,就不会有点颠倒幻想。所以我对于两岸未来的发展是寄予高度的乐观和肯定的。

曹:非常感谢您抽出这么多的时间接受我的访问,我想我们大陆的观众,也特别期待您能够为两岸的交往、两岸的融合做更多的工作,谢谢您,主席!

宋:谢谢有这个机会能上您的节目,更重要的,透过这个节目,让大陆上多了解认识台湾,我们两岸之间能够更融洽,最后中华民族大家重新合二为一,成为一个好的未来的开始。

曹:谢谢您。

健康之道　非常道——安德鲁·威尔专访

安德鲁·威尔 1942 年生于美国费城，1968 年在哈佛大学医学院获得了医学博士学位。自 1994 年开始，威尔担任亚利桑那大学整合医学主任，同时担任临床医学与公共卫生学教授。他是全球整合医学的奠基人，培养了大批人才。

安德鲁·威尔

曹：作为整合医学的创始人和拥护者，您能否向中国观众简单介绍一下什么是整合医学？

威：简单讲，整合医学是一套巧妙融合了现代西医、传统中医的理论和实践精华的医学体系，整合医学的实质是关注人体本身自我治疗的能力，关注人们生活的各个方面，关注一个人的全部，不只是身体，还有心理、情感、灵魂的需求，也关注医患关系，从而研发出一套更加有效、更节约成本的疗法。

曹：您为什么如此提倡整合医学？

威：首先，整合医学是人们想要的，病人有这样的需求，他们希望多接受自然疗法，少服用药物。目前来看，大部分医院和医生对整合医学表现出兴趣，主要因为这可以帮助他们大大节省开支。

曹：那您认为整合医学与现代主流医学有无矛盾？两者能否互补？

威：我想他们可以互补，他们可以使彼此双赢发展。

曹：在现行体系下，人们大多把焦点放在疾病治疗，而忽视疾病预防以及健康促进。我们应该如何改变这种观念？

威：你知道我是一个教育工作者，我相信教育的力量，所以我认为这其实是个如何教育民众、教育从医人员的问题。我们可以来看看吸烟问题，这在中国是个大问题。我们知道吸烟是可预防性疾病的第一大诱因，但怎么才能让大家不要抽烟呐？教育可以是个方法，提高烟草价格也是一个方法，但我觉得教育是关键。

威尔的哈佛毕业照

威尔博士强调自己是个教育工作者，这一点从他超群的演讲能力可见一斑。2010年9月，他应邀来到上海交通大学医学院举行专题报告，一旁准备的PPT几乎没有发挥作用，威尔一上台便脱稿演讲了1个多小时。在美国，他脱口秀般的讲座大受欢迎，被制成DVD广泛发行。

曹：在现代社会，人们的健康都会被哪些因素影响？比如人们的行为，摄取的营养，精神状态，或者还有生活环境？

威：那么我们就来说说营养问题吧。市场能够提供什么，什么价格便宜，人们就吃什么。在美国，我们把最没营养的东西，其市场做到最大，价格压到最低，我们必须改变这种状况！举个例子来说，美国政府会补贴农民，鼓励更多人种植比如玉米、大豆、水稻这样的粮食作物，这些谷物的价格人为地下降。那些最不营养的食物，最不利于健康的食物，包括玉米糖浆，大豆油，都很便宜，并且被用在很多食物的加工过程中。而种植蔬菜是得不到政府补贴的，所以蔬菜在美国是很贵的，很多美国的穷人是吃不起这些食物的，恰恰这些食物是健康饮食的关键。这就是我们必须改变的事例之一，政府必须改变政策，让人们都能买得起健康食物。

威尔在做瑜伽

曹：现行的医学教育和医学研究应如何顺应医学模式的改变而进行彻底的改革？

威：许多对疾病预防和健康促进起重要作用的学科在医学院是不教授的，譬如营养学，这是在任何医学院都学不到的。食物如何影响健康，作为一名医生，他应该是这方面的专家。你在医学院也找不到药草医学的课程，这是非常重要的一门学问，尤其在中医里还有非常有效的药方，但我们的医生对此却一无所知。医学院也不教学生头脑是怎样影响身体的，但这其实是非常重要的，因为很多疾病都与心理和情感的变化相关，其实我们有很多有效的身心疗法，但因为没有学过，所以医生也不会使用。这些都是我认为医学教育需要进行改革的一些例子。

在全球电视领域，美剧引领的医疗题材剧一直是最受欢迎的大类之一，在《急诊室的故事》、《实习医生格雷》、《豪斯医生》等优秀剧目的影响下，亚洲地区的相似制作也佳作如云。那么，美剧中的医院、医生是否那么真实呢？文艺作品背后的社会现实又是如何？2010年，作为十几本畅销医学书籍的作者，威尔出版了一本新作，对当前美国医疗卫生服务现状提出尖锐的批评。

曹：美国的医学教育以及医学研究成绩斐然，同时，美国是全球医疗卫生投资最多的国家，约占GDP的17%。然而，在WTO全球成员国健康水平排序中，美国只屈居第37位，为何会出现这样的结果？

威：我想那是因为我们没有把钱花在刀刃上。我们不重视预防疾病，不重视身体健康，却将大把的银子都花在应对现有的疾病本身。其实，大多数的疾病都是可预防的，因为跟人的生活习惯息息相关，吃什么，是否锻炼，生活中是否有很大压力。等等。轻预防，重治疗的结果就是我们投入了大量的资金用于高科技，而高科技是很昂贵的，问题就在于我们有的医生对如何使用低科技、低成本的手段治疗病患全然不知。整合医学致力于改变现状，我们要颠覆大家的传统观念，因为最好的治疗就是预防，整合医学会指导医生如何使用一些不怎么昂贵的替代手段。

曹：目前，在像美国那样的发达国家，错误使用或过度使用医疗高科技的现象比比皆是，您认为应该如何改善这种状况？

威：途径就是去教导人们正确地使用医疗科技，不是什么病都要用高科技来治疗，确有需要才能使用。另外，医疗科技也要有新的发展，这也会有很大的帮助，尤其在信息采集方面。总而言之，高科技在一些时候是很有效，但不能滥用。

曹：我们知道，美国目前医疗卫生体系只有一个疾病处置系统，而没有建立一个健康服务系统，您认为这是美国社会现存的一大问题吗？

威：是的，我同意。我认为这是一个很严重的问题。虽然我不知道准确的比例是怎样，但是我们要应对的大部分慢性疾病都是与生活习惯有关的，比如说糖尿病，还有肥胖症，心血管疾病，这些都是可以控制成本有效治疗的疾病，都是可以预防的。如果你要问我为什么社会医疗体系中没有很好的预防机制呢，问题就在于，疾病预防的过程是没有利润可得的。医疗行业就是从疾病治疗的过程中来获取利润的，如果疾病预防体系和健康推广不能带来利润，就自然受不到重视，所以我们试图要改变这一情况。奥巴马总统曾试图进行医疗改革，但受到了这些利益相关人的极大阻力。他们不愿意改变，因为任何形式的改革都意味着他们赚不了那么多了。他们的权力很大，以保险公司为例，我们想要改革那就必须先说服他们，让疾病预防体系和疾病处置体系一样“有利可图”。

威尔博士在上海参观了某所医院的急诊大楼，从普通病床，到各个检验区域，再到教学培训系统逐一走访。在他眼里，中国的大型医院设备精良，功能齐备，虽然和美国医院的体制不尽相同，但两国面临的种种现状和问题，却又有许多相似之处。

曹：如今，医患矛盾相当突出，如何才能解决这样的矛盾？

威：这需要通过制定合理的规划来解决。我最希望看到的是对医生、护士等从医人员的

安德鲁·威尔和曹可凡

教育应有所改革,这是其一。其二,我们也得在教育民众这个问题上做得更好,因为从根本上讲健康是每个人自身的责任，人们必须对自己的生命更负责，对自己的健康更负责。

曹: 您觉得这样的医患矛盾是否还会加剧?

威: 会的,毫无疑问!你知道现在的美国就是个活生生的例子,你之前也提到过,我们有世界上最先进的医疗技术,最优秀的医学院,也有足够的资金,但是随着医疗花费的日渐增加,人们的健康状况却每况愈下。所以,如果中国也想走美国的老路,那你们就会陷入同样的困境。

曹: 中国是一个有13亿人口的发展中国家,目前还正在进行改革。不少人认为改革成功与否有两个关键:(1)政府必须大大增加对医疗事业的投资;(2)提倡人人公平,医疗卫生服务应当覆盖全人群。这两点当然重要,您认为还必须有哪些重要措施?

威: 我想首先一个前提是,西医不是人人适用的,所以中国的医疗保健体系必须是不同的,有中国特色的。我想,应该是说,中国的传统医学应该好好加以利用。第二点,我想说中国医疗体系的改革应该也是一场对广大民众的教育过程，因为你要让人们认识到应当对自己的健康更负责任,我想这样的教育应当从学校里的年轻人开始,引导人们更健康地饮食,告知人们为什么吸烟是不好的习惯,为什么你应该要多运动。这应当是公共健康运动的一部分,促进健康,预防疾病。

曹: 您觉得美国在这方面有何成功经验和失败教训可供中国参考?

威: 我认为中国面临着同样的问题,你们人口众多,社会正趋于老龄化,老了就会生病,你们对于医疗卫生服务的需求将越来越大。如果中国也试图给所有病人施以西医治疗,那么就会重蹈美国的覆辙,这条老路行不通,你们得改变医疗方法,而中医就是你们得天独厚的资源。我认为学习从中医理论及实践中汲取精髓,同时结合西医的治疗也许对中国更有帮助。

曹: 您是建议我们不要走美国的路?

威: 如果真走我们的老路,你们会遇到同样的烦恼啊!

在威尔博士的人生经历中,和埃德加·斯诺的忘年交让他获益匪浅。年龄相差37岁的他们曾经有过长期的友谊直至斯诺去世。他从斯诺那里了解到关于中国的一切,从而对整个汉文化产生了极大的兴趣。作为医学专家,他对中医颇多研究,中医成为他推动整合医学理论的一个重要组成部分。

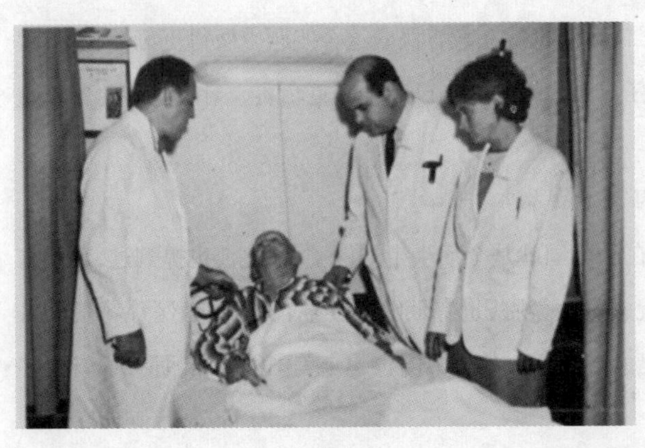

威尔在诊室

曹：我知道您对东方哲学甚感兴趣，不知您对中医有何看法？

威：哦，是的。我觉得中医里有许多非常重要的思想，还有实践，但我并不认为中医就应当完全占据中国的医疗卫生体系，我们必须有所取舍，汲取精华。举例来说，中医就非常讲究对疾病的预防，强调在发病初期的临床表现研究，在症状完全表现出来之前的阶段，在这个阶段的治疗更省钱也更容易。中医提倡不要一味地抵制病症，要支持人体自身免疫调节系统的功能，这些重要的医学思想在西医都未曾涉及。我们应该用西医的眼光研究中医，看看其中哪些是有用的，有价值的。

曹：您认为中国传统医学能对推广整合医学起作用吗？

威：这是一定的！一定的！比如说有很多研究证明中医中的药草是非常有用的，结合西医使用能提高治疗安全性。比如针对艾滋病和癌症，中医不仅能改善治疗效果，而且还能降低治疗费用。

曹：我认为中国传统医学非常重视正负两极的平衡，我们称之为阴、阳。这与您的整合医学是否有些相似？

威：是的，很相似。另外，中医很追求人与自然的平衡，充满了智慧，这与我的整合医学的确有很多共同点。我觉得我们得先好好研究中医，一票否决它的科学性是不明智的。中医也是一门科学，只不过它是一门建立在经验基础上的科学，有大量的临床实验也证明了在很多情况下中医对治病是很有效果的，二话不说就先否认中医的科学性这种态度本身我觉得倒很不科学。

曹：您认为中医中药如何才能走向全社会，被欧美主流社会接受？

威：中医在美国正在大行其道，无论在哪一座城市、哪一个小镇里你都会发现有人在实践中医。我也没料到会这样。60 年代晚期我在哈佛读医那会儿，如果你跟别人提到针灸，他们会觉得跟针刺巫毒娃娃一样，对其功效则全然不知，而五六十年后的今天，人们的观念完全改变了，城里的每个人都接受中医治疗。这种大受欢迎的情形我相信也同样发生在欧洲和亚洲其他地区。看到人们对中医的观念有如此大的转变，这种感觉很妙。

1997年和2005年,威尔博士两次被美国时代周刊选为封面人物,成为医学界的一个红人,在威尔的各种畅销出版物中,还有他关于美食的推荐。作为中国文化的粉丝,除了中华美食外,他对中国哲学、中国式养生的看法也能讲得头头是道。

曹: 您说您很喜欢中国哲学,比如老庄思想。您为什么会对此感兴趣?您又从中学到了什么?

威: 我在上大学之前,高中的时候就开始读老子了。嗯,不知是什么原因,老子的思想与我很契合,好像天生对我就有种吸引力,说不上是什么原因,我就是这样的吧,不过这的确对我影响很大。另外,还有佛学思想。

曹: 据我所知,您家里有一棵很特别的树是吗?您爬树吗?您在那儿都做些什么呐?

威: 哦,是的,是有一棵树,我在那里建了一个茶馆,在那儿喝茶、冥想。

曹: 您平时常常喝茶么?

威: 是的,我每天品茗。

曹: 您也很喜欢中国菜吧?我看过您的一盘光碟《怎样吃才健康》,什么才是健康饮食的标准?我很有兴趣了解。

威: 首先,食物是人们获得快乐的来源,是连接人与人的纽带。我觉得怎样吃,很大程度上影响着我们的健康。地中海饮食和传统的亚洲饮食是世界上很健康的饮食。我想最好不要吃加工过的食品。你知道,现在有一种叫"工业食物"的新玩意,以前人们从来不吃这种东西的。要想吃得健康,就得吃新鲜原料做的高品质的食物,远离"工业食物"!

曹: 就我本人来讲,您该看得出我非常喜欢美食吧,那我该如何保持体重?

威: 那么首先您需要经常锻炼,其次您可以去关注一个新名词"血糖生成指数",我想这也许对于您和中国民众来说都很重要,这是测量碳水化合物如何影响血糖的指标。如果您想把这个指标维持在较低的水平,那您得减少对高糖分、多淀粉食物的摄入,多食绿色食品,减慢进食碳水化合物

威尔成为《时代》杂志的封面人物

威尔在自家厨房

的速度。我想这就是控制体重的关键所在了。

曹：您喜欢吃中国菜，那么您会做中国菜吗？会做哪些？

威：是啊，我都会做，像热炒啊，煲汤啊，我喜欢用菌菇类的食物，还做面食、饭食，我爱烹饪。

曹：这是您第二次到访上海了，您觉得这次来上海有什么不同的感受吗？

威：1984 年我第一次来这里的时候，记忆中的外滩有很多人骑着自行车，浦东那时还一无所有呐，真是变化太大了！

曹：目前了解您理论的人还不多，您有计划在中国推广您的整合医学吗？

威：我很想这么做，而且我有预感我的理论在这里能获得认可，整合医学将在中国找到它的第二故乡，它也会对中国的医疗体制改革产生积极的作用。我很高兴能在中国工作。

如花美眷　岁岁年年——黑木瞳专访

她叫黑木瞳，在日本影坛一直被奉为“爱情女神”。她的举手投足之间洋溢着东方女性的温柔甜美！《化身》、《失乐园》、《东京铁塔》一系列电影中，黑木瞳的表演时而贤惠，时而聪颖，时而活泼叛逆，以戏路宽广、丰富多变的演技成为日本著名演员，也成为日本年轻人心目中最想结婚的对象。

黑木瞳

曹：黑木瞳小姐你好，很高兴能够有机会在东京采访你。我知道黑木瞳这个名字是你的艺名，是你的校友、好朋友、同时也是作家五木宽之先生为你取的，其实是纪念你的出生地。这样的名字是不是会让你时常想到自己的家乡？

黑：黑木瞳这个艺名取自我的故乡。我生在那里，在那里长大。黑木町住着我的父母和朋友，艺名充满了对故乡的回忆。正是因为有了故乡亲朋好友的支持，才有我今天的成就，所以把艺名取为黑木瞳。据说在日本，叫黑木瞳的人不止我一个，连我的女儿有时也被称作是小黑木瞳。大家都觉得这是个漂亮的名字，都非常喜欢它，我也格外珍惜它。

曹：在影迷的心目中你一直是优雅和女性美的代名词。我知道你小时候时而爱动，时而爱静，有时会像一个孩子一样满山遍野地跑，有时候也喜欢给洋娃娃打扮，喜欢读书。能不能告诉我们，你小时候的一些非常有趣的经历？

黑：因为我出生在一个恬静而美丽的乡村，经常漫山遍野地奔跑。小时候又十分顽皮，这是我调皮的一面。另一方面我还特别喜欢写诗，没事时就写写诗、弹弹琴，这是安静的一面。也就是说我是动与静的复合体。如果硬是让我选择一种性格作为代表的话，我想应该是调皮，我总是静不下来，至今还记得幼年时的我跑步特别快。我在水田里插过秧、割过稻，确实也体验了不少农村生活。天天置身于林间学校，我在自然的怀抱中尽情享受童年。

黑木瞳从小就被家人寄予着殷切的厚望，那就是大学毕业后能成为一名出色的公务员。可是，机缘巧合下，一场宝冢剧团的公演吸引了她，改变了黑木瞳的人生！

曹：那你高中毕业的时候为了去考宝冢剧团放弃了考大学的机会，家里人是一个什么样的意见？他们会同意你这样的一个大胆的决定吗？

黑：当然反对！得知我要放弃大学进入剧团学习后，父母起初竭力反对，但我却固执地希望能够走自己喜欢的人生路。我一直希望有朝一日能演部电影什么的，却苦于不知如何才能进入演艺圈，正在我迷惘时，机缘巧合下得知了宝冢剧团，但又感觉要进入这个知名的剧团比登天还难。要入团，就必须参加统一的考试，只有专业成绩合格了才能如愿。那时候才恍然大悟，本以为当演员是不需要什么考试的。于是在收到大学录取通知书后，就当作是纪念吧，抱着试一试的心态，参加宝冢剧团的入学考试，却意外合格。不要说父母，就连我自己也不敢相信这个结果。

曹：据说你考试之前还问朋友借了1万日元突击学了一个星期的芭蕾。那你在考试之前心里有把握一定会考取宝冢剧团吗？

黑：因为在学校中曾学过音乐，声乐方面的考试没什么问题。除声乐外，还有面试和古典芭蕾两项专业考试。但我从来没有学过古典芭蕾，就先从当时的男朋友那儿借了一万日元瞒着父母偷偷付了考试费。收到考试通知后又去专业的芭蕾学校特训了一个星期，还没摸清什么门道就匆匆参加了专业考试。

21岁那年，黑木瞳顺利考进宝冢剧团，正式开始了她的演艺生涯。因为剧团内演员的升迁制度十分苛刻，通常一名学员由入团到成为第一女主演至少需要4年的磨砺时间。但是黑木瞳凭借着惊人的天赋和勤奋，仅仅用了不到2年便成为了月组首席花旦，这在日本宝冢史上是绝无仅有的。

曹：你考入宝冢剧团仅仅2年就成为月组的第一女主演，应该说这是一个了不起的奇迹，因为据说到现在这个纪录没有被打破。觉得是自己特别有天赋还是比别人花了更多的力气？

黑：刚成为主演时我对自己一直心存疑虑，不想演什么角色，台词也是越少越好，紧张得不太敢登台演出。但箭在弦上不得不发，所以当时的压力特别大，常常自己一个人躲在角落里偷偷练习演技，真的是度过了一段不堪回首的苦痛时光。可是即便如此，一到紧要关头我还是会告诉自己这个角色只有我能演，这样便有了自信和勇气！

黑木瞳在宝冢歌舞剧团的剧照

曹： 那能不能跟我们介绍一下当年在宝冢的经历，哪些经历对你来说是特别难忘的？

黑： 我当初一直感觉宝冢剧团是一个让人敬畏的地方，它的舞台华丽至极甚至有些虚幻的味道，是一个能够给观众带来梦想和勇气的奇妙场所。所以，想要登上舞台的顶端就必须染上宝冢的色彩才行。于是我便开始苦学宝冢剧团的清规戒律。比如，与人交谈时，必须认真作答；对上级必须保持绝对的尊重等，现在想来都是些能够学以致用的好东西。本该是家庭或者母亲负责教导的，而我则是在宝冢剧团的生活中渐渐领会道德，受益匪浅。对我的人生而言确实是一笔可贵的财富。

曹： 那你为什么已经成为了宝冢的头牌演员，后来还是放弃宝冢转向银幕发展呢？

黑： 离开宝冢剧团有两个原因。我在一年级时就成了剧团的头牌，这段时间也算是标准头牌演员的任职期。事实上前辈中的头牌演员们也都是在成为剧团顶梁柱后陆续选择离开的。演了那么多角色也该有个终点了，当时就时常有这种想法。在成功演绎了我最喜欢的音乐剧《红男绿女》后我就再无任何遗憾，感觉自己在宝冢剧团已经完成了所有使命，到了离开的时候。当然，当时的我还只是一个初出茅庐的新人，远不能说是功成名就。所以，另一种选择就是继续留在宝冢剧团里学习，等待自己功成名就的时刻到来。第二个原因是一直与我演对手戏的演员大地真央在我之前离开了宝冢，受她的影响我也最终下定决心出去闯一闯。

曹： 你在《流泪的时刻》这本书中谈到 1985 年的夏天自己流了很多的眼泪，那你这个眼泪是为了离开宝冢舞台这样一个心爱的地方吗？

黑： 在回忆自己每次流泪的经历，回首逝去的童年后写就了这本名叫《流泪的时刻》的随笔。或许许多人会认为坚强的人是不该流泪的,而我的看法有些不同。必要的时候人也应该尽情地哭泣的,哭一哭,释怀了,就能朝着新的目标继续前行。所以,我觉得流泪并不是什么坏事,这个想法贯穿于书的始终。你问我什么时候哭过,大概是每当必须向前行的时候吧。

1986年,一部电影《化身》将黑木瞳的演艺事业推向了舆论的风口浪尖。片中,黑木瞳饰演了一个银座酒吧女招待。从小鸟依人到自由独立,其大胆泼辣的表演,鲜明刻画出"每个女人都是男人理想的化身"的电影主题,在社会上引起了很大的非议。

曹: 1986年你拍了电影《化身》,这是你第一次担当电影的女主角。这部片子给你带来巨大的荣誉,可是也因为你在片中有些大胆的演出而招致了一些非议,甚至有人批评说你的表现破坏了宝冢一贯的纯洁形象。你当时在拍片子之前,接到这个剧本时有没有一些顾虑?面对这么多批评有没有心理调适的这种准备?

黑: 在接下剧本的时候我就已经做好了充分的心理准备,因为事先就料到观众将对女主角发表褒贬不一的看法。因此在电影上映并出现众说纷纭的局面后,我反而显得比较冷静。第一反应就是今后该如何做才能尽力挽回观众的认同,也就是说在下一部电影中要如何表现自己才能得到所有观众的认同, 期待通过饰演不同的角色让观众知道黑木瞳不只会演《化身》中的女主角,还能演活各种角色,能这样就好了。从此我开始大量接拍电影,努力饰演各种角色。

黑木瞳

曹: 据说你为了演好戏中雾子这个角色,还去银座的夜总会体验生活, 去观察女招待的生活的状态。你是不是属于那种体验派的演员,就是在准备一个角色之前希望能够体验这个角色的这种生活状态?

黑: 根据角色的不同我会尝试学习和体验不同的生活方式。比如要拍与保龄球相关的电影,我就会去参加保龄球的特训;演的电影与乒乓球相关的话就要参加乒乓球培训班;要我骑马的话就会花时间学习马术。在突然决定出演女招待这个角色后,因为不太清楚银座女招待的生活究竟是什么样子的,被导演发配到银座的酒吧体验生活一周。说实话，其实对我出演的角色帮助不大，只是用心体会酒吧的氛围罢了。必要的时候我都会事先进行些学习，当然不会是全部都去学。

在影片《失乐园》中，黑木瞳饰演了一名医生的太太。在外人看来，她的家庭十分完美，但她的情感空间却是荒芜的。之后她有了一次刻骨铭心的婚外恋。虽然爱得深沉、爱得美好，却也因为情感达到巅峰最终走向爱的终点。

《失乐园》海报

曹：我想你的影片，中国观众最熟悉的可能就是根据渡边淳一的作品改编的电影《失乐园》。当然渡边先生的作品也是因为以大胆出名，他突破传统的婚姻伦理的这部片子在社会上引起了很大的反响。你当时有没有意识到，也许《失乐园》也会像当年的《化身》一样引起大家很多不同的议论？

黑：我与渡边老师特别有缘。不仅出演了根据渡边作品改编的电影，还演过不少相关的电视剧，真的是很有缘。小说《失乐园》还在连载时就获得了超高的人气，在还没接拍这部电影前，怀着好奇心我也有幸阅读了这部名作。读完后感觉确实很大胆，而且女主角的性格与我自己大相径庭，所以我认定了导演不会让我出演，甚至一度希望导演千万不要来找我。可是导演偏偏执著地认为这个角色非我莫属，除了我之外根本没有考虑别人来演这个角色，如此来说服我的。因为要饰演一个让全世界男人为之着迷的女性，觉得角色太重，自己大概无法饰演好，但几番回绝不成后，最终我还是答应了。

在黑木瞳看来，电影里的角色虽然都不是真实的她，却让她从中窥探到自己性格的不同侧面。所以，不论交给她饰演哪种角色，她首先考虑的就是如何让观众满意，而不是考虑自己的感受。对她来说，没有什么羞涩和胆怯。即使在步入婚姻殿堂后，黑木瞳仍旧为塑造好自己钟爱的银幕形象，昂首阔步地前进！

曹：1991年你步入了婚姻的殿堂。我发现很有意思，在日本，大多数的女演员在结婚后

黑木瞳和曹可凡

就淡出了演艺圈，可是你的事业不仅没有停顿，而且是越来越好。那我想知道一下，你在结婚之前有没有跟丈夫有这样的约定，结婚之后我并不会像一般妇女一样在家里相夫教子，我还是要继续我的事业？

黑：关于工作的事情我一般不与丈夫商量，他在认识我的时候我就已经是个演员了，他应该理解我的想法。我并不是为了要当全职太太才选择婚姻，所以从未打算婚后放弃自己的事业，我一心希望给更多的观众带去欢乐，不能让婚姻成为事业的绊脚石。幸运的是丈夫最终还是成了我最可靠的精神支柱。我们不太谈工作上的事，家常方面倒是经常天天聊。

曹：那你的先生会不会因为娶了你这样一位大明星在生活当中有那么一丝丝的压力？

黑：他没有任何压力。

曹：你平时在生活当中会不会像在中国一样，丈夫有妻管严，就是太太对丈夫管得比较严格？比如说晚上12点之前必须回到家里，或者说睡觉之前会查一查丈夫的手机上有些什么样特别的号码。

黑：检查吗？丈夫的手机当然要查！

曹：女儿的降生你觉得对自己的整个家庭、对自己的生活带来最大的变化是什么？

黑：女儿降生给我带来了不少喜悦，但我也为之牺牲了许多，比如时间。但反过来说，这些花在女儿身上的时间总有一天会成为无法取代的宝贵财富。很多事情从最初的不得不做变成后来的心甘情愿。所以我总感觉每个孩子都有一种神奇的力量能让父母深刻体会亲子之情的温馨。

曹：尽管你被评为最佳母亲奖，可是你在一本自己的书中一直感叹由于自己的工作比较繁忙，所以没有太多时间去照顾自己的孩子。一般来说妈妈总是会把自己对未来的、对生活的寄托放在自己女儿的身上。你对女儿有什么期待吗？

黑：我对女儿的期待很简单，健康、直爽、开朗，将来成为一个好孩子，有修养的好孩子。另外希望她能够找到自己真正想做的事业，就像当初的我执著于演员梦想一样，期待女儿她也能够找到真正属于自己的生活方式。

曹：在中国有很多你的影迷，但是未必有很多人知道你喜欢写诗写散文。那写作是不是也是你另外的一种表达自我宣泄自己情绪的方式？

《东京铁塔》海报

黑：从小我就喜欢写诗，因为喜欢所以一直坚持到现在。成人之后也一直在写，没有停歇，但从来没想过把写诗当作一份工作来做。开始时只是一种纯粹的个人爱好，不知不觉就已经到了为大众而写的地步，我感到快乐。

曹：上海世博会很快要举行了，它既是一个科技的盛会，其实也是很多艺术家文化人的一个盛会。作为演员会不会在上海世博会期间带孩子和丈夫一起去上海玩一玩？然后对上海世博会有些什么样的期待？

黑：世博会吗？其实在两年前因为拍摄电影，我去过一次上海了，那时候的上海已经高楼林立，发展速度令人瞠目结舌。能在如此漂亮而繁华的城市举办世博会真好！通过这次盛会，希望世界和平，环保事业取得进步；科技也好，人的内在也好，都能登上一个全新的台阶。当然了，我也希望通过这次盛会，上海这座城市也发展得更美好，我真的非常期待这次的世博会！

黑木瞳的美丽绝不仅仅浮于表面，人比花娇的她浑身萦绕着的更多是知性和内涵。她对表演的执著和酷爱，能够带给观众更多美的享受！如此秀外慧中，也难怪这朵银幕百合永远不会凋谢！如花美眷，岁岁年年。

汤氏人家——汤晓丹、汤沐黎、汤沐海专访

（一）汤晓丹

汤晓丹

上个世纪50年代，我的导演丈夫汤晓丹一直奔忙在外，儿子回家总也看不见父亲，心里不高兴。我这个当妈妈的只好带着他们到摄制组去看爸爸怎么拍电影。如今50多年过去了，汤晓丹在他96岁的时候获得了电影终身成就奖。我自己先做电影剪辑师，后又化刀为笔当作家，出版了十几本书。我的大儿子汤沐黎成为新现实主义画家扬名世界。我的小儿子汤沐海以音乐指挥家的成就蜚声国际乐坛。我们全家人虽然跨年隔代，天各一方，却相扶相携，心心相印，共同把艺术当作生命，写就了汤氏艺术人家的辉煌。

我丈夫汤晓丹出生在福建漳州的贫困山区，从小勤奋好学，长大了埋头苦干。1932年开始电影生涯，在近70年中，导演了各种各样题材的现实主义影片50多部。在日寇的侵华战争中，汤晓丹曾经两次死里逃生。即使到了太平年代，也遭遇过天灾人祸。但他依然对电影不离不弃，因为电影是他的生命，汤晓丹爱他所选择的电影道路。

曹：汤老，您好！蓝老师，您好！很高兴今天有机会来拜访你们。我记得2005年电影节闭幕式的时候啊当陈冲跟濮存昕把汤老送到台前的时候，以摩根·佛里曼为代表的所有的海内外电影人都起立，热烈地鼓掌，向您这位世纪老人，也是见证中国电影发展的这么一位电影艺术家，表示他们由衷的敬意。在那个一刹那，您心里头在想一些什么呢？

丹：我想，我大半辈子搞电影，是看见了很多和经历了很多坎坷，但是也还是看到一些近100年来的变化，很多新的电影人逐渐地发展，成长。我觉得很高兴。

曹：您早年的生活还是非常辛苦，母亲带着您从内地一直到印尼的爪哇去寻找父亲。回

忆童年,您觉得有哪些事情、哪些人,至今在您的脑海中留下特别深的印象?

丹: 在印尼的时候我很小,六七岁。不过在那个时候,我住的那个地方,那个城市,可以看到电影。那个时候都是无声,无声电影,都是美国出的那些片子,像卓别林啊,洛克啊,他们演的电影,我常常在那里看。所以我看电影、爱电影从那个时候开始。

曹: 很多人大概不知道,汤老其实年轻的时候非常喜欢画画

丹: 我在小学读书的时候,在家乡读小学的时候,我对图画还很喜欢。所以做家具的那个老师傅要我给他画画,家具上面的国画,花鸟啊什么东西,得到少量的报酬。

蓝: 少量报酬。

曹: 那您经过沈西苓先生的介绍进入电影厂,开始是做美工,画这个布景。接手的第一部片子,实际上就是代替当时的这个导演邵醉翁拍的粤语片,叫做《白金龙》,是吧?

丹: 对。这个事情是这样的,我美工给他搞好了,布景都安排好了,突然他称病,说是让我代替他导演这部戏。

曹: 您当时害怕么?第一次掌镜做导演?

丹: 不害怕。

曹: 当时您多大岁数啊?

蓝: 22岁。

丹: 这个戏么,赚了很大一笔钱。

曹: 他们老板赚了很多钱,你赚了多少钱?

丹: 没有份。那个时候天一影片公司只给了我几百块钱的酬劳。

我,蓝为洁,生在四川,自幼好学,曾经想长大了当个女记者。可是抗日战争爆发后的重庆,连找个糊口工作的地方都难。好不容易由人保荐,进了重庆中国电影制片厂技术部门工作,谁知第二年又遇到大裁员。有人劝我找个丈夫,能够跟着出川同行。当时导演汤晓丹正是单身,大家都说他为人忠厚,结婚是最佳人选,我想想也好,便在18岁那年,做了汤晓丹的新娘,以后,终身相守,相濡以沫。

曹: 蓝老师,您还记得第一次见到汤晓丹老师是在哪一年?是在什么样的一个场合?

蓝: 我到那个中国电影制片厂去工作。

曹: 那是哪一年的事?

蓝: 1944年冬天,我刚从学校出来。

曹: 在重庆吗?

汤晓丹夫妇

蓝：在重庆啊，中国电影制片厂。我们那个技术办公室在过道这边儿，他们呢？就在到底那儿。我呢，因为刚从学校出来嘛，很喜欢学习，就学英文打字。他们那儿刚好办公室有一个英文打字机，就这样学打字的时候么，认识他了。

曹：在这之前，您知道汤晓丹的大名吗？

蓝：不知道。

曹：不知道他那个时候已经是一个非常了不起的导演了？

蓝：不知道，不知道。那个时候根本什么叫导演都不晓得。

曹：当时来说，你们俩的年龄相差得还挺多啊？

蓝：相差18岁。

曹：18岁啊，那您当时是一种什么样的考虑，觉得把自己的一生托付给这样的一个男人？

蓝：我没有考虑那么多。那个时候单纯哪，没有想到那么多的。那是什么呢？1944年我到了中国电影制片厂后的第二年，不就是日本投降了嘛？日本投降了以后啊，他们电影厂呢就要求还乡，他们还乡么，要回到上海呀，要回到南京。那我是四川人啊，不存在还乡的呀，你还什么乡啊？要么就是留在重庆，另外找工作。那个时候另外找工作不容易啊，一个小女孩，我那个时候18岁，不容易啊。那么，就要跟着走，也没什么依靠嘛，所以说结婚，就结婚了嘛。没有想那么多的！

曹：汤老，您当时第一次看到蓝老师的时候，她最吸引你的是什么地方？

丹：她很乖巧。

曹：怎么个乖巧法？

丹：总的看样子是比较伶俐，乖巧、伶俐，很讨人喜欢。呵呵。

汤晓丹一开始当导演，就在商业电影运作的刀刃上骁勇善战。他先后以《糊涂外父》、《金屋十二钗》等影片创下当时中国电影发行的最高票房，又以《上海火线后》、《小广东》和《民族的吼声》创造了抗日电影三部曲的超级畅销。新中国成立后，他依然披荆斩棘，顶风破浪，坚持运用大众所认可的电影语言，讲述了一个个出奇制胜的好故事。为此，他呕心沥血，在所不惜。

曹：其实我觉得您的艺术黄金期是在解放以后，尤其拍了很多的战争片，大家非常熟悉的像《南征北战》啊，《红日》啊，《渡江侦察记》啊，所以很多人称您是“银幕将军”。其实您是一个文人出身，为什么会对战争片那么情有独钟？而且拍得那么细腻，那么真实，那么传神？

丹：我是很提倡大众化的，我很多片子那个卖座都是带趣味性的。这个需要有电影的技巧，导演本身组织悬念很重要。电影要没有悬念不好看，把这个悬念组织好呢，这一集看完，还感觉到不过瘾，再看下一集。

曹：听说当时拍这个《渡江侦察记》，挑选演员的时候有很大的争议。很多人认为，孙道临只适合演那些文弱书生，不能演解放军。孙道临告诉我，您是顶着很大的压力来启用他担任《渡江侦察记》连长这个角色的，是吗？

丹：对。

曹：您当时为什么那么坚持？

丹：一个演员，好的演员，总归可以创造角色。我相信这个规律吧。虽然厂长，电影局都反对，但是我给他打包票了，打包票一定能够演出来，结果还是不错的。

《渡江侦察记》剧照（中为孙道临）

曹：我们再来说说您拍的这个《红日》。这个戏当中有一个情节，在审查的时候，很多领导都是主张要剪掉的，就是石东根酒醉以后策马奔驰的那段戏。后来您用什么方法能够巧妙地把这场戏给保留了下来，成为那个时代的电影的经典片段。

丹：我很坚持这段东西，是石东根的个性的一个方面。他这个人啊，就是冲劲很大，脾气也不好。他有个性，作为有个性的人物吧，所以这个角色要发挥他的个性，剪掉这段戏是损失很大的。所以我们都很坚持，坚持到后来，后来好像剪过一次。

蓝：剪过一次，没有剪底片。就是"文化大革命"以后，他没有参加。

曹：蓝老师，还记得当时拍那几部戏的情况，那几个戏都是您剪辑的吧？

蓝：我剪辑的。他呢，就是他那个性格呢……

曹：怎么讲？

蓝：他明明晓得不同意你的那个观点，他不跟你争。比如说什么不要脸谱化啊，很多导演其实还没有汤晓丹做得那么深刻。他塑造的人物，张灵甫塑造得很威武的呀，所以张灵甫的儿子后来都请舒适吃饭，说你把我父亲演得很好。

曹：这个在当时应该说是犯大忌的。

丹：对。

曹：您当时是怎么想的呢？

丹：我因为去访问过南京的那个张灵甫的参谋长，他描写张灵甫是这么样的一个人。我从角色考虑。

蓝：他如果那会儿要说出来这个观点的话……

曹：就把这个矛盾激化了。

蓝：就激化了。所以他不说，他就这么做的。你去看看，人家都认为那个汤晓丹很柔，很温顺。所以张骏祥后来有一次跟我讲嘛，说我发了半天脾气，也没拍出好片子来。汤晓丹，就是这么软唧唧地在那儿顶着，他的片子就出来了。

想着往事，我感到汤晓丹不仅是个好导演，还是个最善良的好丈夫。有一次因为全厂出色地完成了影片生产任务，厂里给职工们发了年终双薪。我揣着汤晓丹和我的双份工资乐滋滋地回家，进了家门却发现口袋里的钱不翼而飞了。我心疼极了，当下倒在床上痛哭起来。汤晓丹知道后，丝毫没有怪罪我的意思，还劝我："算了，只当没有发双薪罢。"他这种对妻子的理解，对家庭的爱护，不仅让我，也让我的儿子们难以忘怀。

黎：我觉得特别温暖的是这么一个场景，我永远留在脑子里的，就是我爸爸和妈妈，他

们那个时候啦，特别喜欢两个人一起在家里，就坐在沙发上，挤在一起，然后就看一本画册或一本画报。

海：在“文化大革命”之前，我妈妈其实是个很热爱生活的人，我记得我们兄弟两个，还有老爹回来，都对她有意见，就是什么，她每天要把家里的家具搬过来，搬过去……她是一个在生活上面充满了想象的母亲。可是我们习惯的东西都变了样子了。

曹：原来的东西全找不着了。

汤：对。

我20岁出头生下了大儿子，给他取的名字叫沐黎。这原是他的爸爸汤晓丹为自己起的一个艺名，意思是“沐浴在黎民百姓中”，但一次也没用过，就送给了大儿子。儿子是父母生命的延续，我们不仅要把他们养大，还要让他们成才、成名、成家。为了实现这个夙愿，我们倾注了全部心血，认为这才是做父母的价值。

曹：蓝老师，应该说在那个时代啊，对孩子的培养都不是那么讲究，可是我觉得在那个年代，您是一个特别与众不同的母亲，就是对自己孩子的智力培养特别地重视，是吧？

蓝：我们四川呢有一句土话，叫作“一笼鸡啊，一个叫”。就是一个笼子的鸡啊，有十几只啊，就一个能叫出声来。我呢？当时就想，我这就两个儿子，那两个都要叫。我是主张成名成家的，我有这个思想。但是，我这个成名成家呀，不是去跟别人比的，我是主张自己积累知识。譬如汤沐黎，他喜欢画，我们家里头就全部是绘画啊什么的。

汤晓丹全家福

黎：我记得很清楚，我小时候第一次看到连环画，哎呀，一下子就着迷了，那简直迷得不得了，结果呢妈妈就把我带到那个连环画书店，就是让我看。当时我一看这本也要，那本也要，什么都要，她就全买了。

曹：听说那个时候还有人笑话你们，说你们家钱用不完。

蓝：对、对、对。然后呢，譬如说像那个乌兰诺娃（苏联芭蕾舞演员）来了，《天鹅湖》，五块钱一张票，二十块钱买四张票，大家都去。去了以后，汤沐海坐的那个凳子还不够高啊，我就是带了一个皮包，我这么斜着，这么坐着，因为这只脚等于是跪着这样，然后上

汤晓丹和曹可凡

面摆了一个包，汤沐海就坐在这个上面，他能够看到这个表演。哎呀，一场看下来累极了，那时候年轻，要是现在啊，大概老早都中风了。

曹：汤沐海那时候要学习音乐，其实你们两个人的工资也并不是很高。据说您当时要为了给他买一个手风琴啊，就省吃俭用。

蓝：那是“文化大革命”了。

曹：中午就喝点这个汤。

蓝：一分钱。

曹：一分钱的汤水。

蓝：干校自己种的菜嘛，一个大桶啊，里头就是什么菜皮、菜根，很多的，我扔一分钱，自己去捞那么一碗。我那一分钱还不是自己弄出来的，我现在讲给你听，就是废纸啊，三分钱一斤。我在干校，收那个大字报的废纸。譬如说，用那么一小点儿东西啊，包一大包废纸，现在是讲究包装啊，很高级的那样，我那时是包一大包废纸回来，拎一斤废纸回来，三分钱，是可以吃三顿的菜钱啊！所以人家看见我拎很多东西，什么很重、很重啊，其实都是拎的废纸，为了那个三分钱。我，哎呀，真是熬出来了。

三十多年后，汤沐海回家，重新拉起当年的手风琴，感慨地说，要是当年没有母亲把这个琴买回家，也就不会有自己的今天。

海：那时候我们当然只是注意着自己，拼着命要学习，为改变自己的处境。当时我对妈妈的要求是，你能怎么帮我，就怎么帮我。后来就是经过很多年以后，才听她说起当时是多么的艰苦。她每次都隐瞒着，把这一切都隐瞒着，等到把一个大琴拿出来的时候，高高兴兴地看着我们拉。她从来没有告诉过我们她是多么地艰苦。

曹：现在，沐海已经成为国际古典乐界的一个明星般的指挥家了，沐黎也是一个非常了不起的画家。可是两个儿子都是常年在世界各地奔波，很少能够回家，您老人家想他们吗？

丹：想呢，天天在想，但是我一直心胸很开阔的。现在是信息社会么，每天都有电话来，都两边通，全世界都可以通，等于天天见面，天天彼此都在讲话。

蓝：我们这种家庭跟别人不一样的。比如说逢年过节啊，像我们这样好像是很冷清啊，别人受不了，但我就感觉到并不冷清，譬如说像去年嘛，那个元旦，看起来到处都放鞭炮，我们家里就两个人。啪一下，汤沐海的电话来了，他的新年音乐会完了，完了以后，芬兰的女总统请他们夜宵，女总统就坐到他边上。那种时刻就感觉到补偿了很多很多的，好像你再这个儿孙满堂又怎么样，这种荣誉你没有呀。所以就有一种想得很开的思想，这也很不容易的。

1954年当淮河地区洪水泛滥和发生地震的时候，汤晓丹为拍好《渡江侦察记》，整天泡在水里工作。1963年为赶拍电影《红日》的外景，汤晓丹带着大家在五谷不生的石崮地区饿着肚子工作。那种只要拍上电影，就忘了家的艺德，如今都传给了儿子。沐黎、沐海今天同样也是拿起画笔或见了总谱，就顾不得家。

（二）汤 沐 海

汤沐海

我的儿子汤沐海小时候无论哭得多么伤心，一听到远处的高音喇叭传来了音乐声，马上会挂着泪珠微笑。以后他大点了，我给他买了一架钢琴，他马上高兴地按着琴键猛弹。十年动乱中，钢琴被抄走了，他也被迫离开了部队文工团。但只要有一点空隙，他还是会活动手指，手腕，模拟弹琴。音乐的旋律组成了沐海的灵魂和天赋，也因为音乐，他一生闪闪发光。

曹：作为一个指挥家，你这些年来差不多是一个世界旅行者，每天奔波在地球的各个村落。但是我想，无论到什么地方，都不

如回到自己家乡那么亲切。因为这是生你、养你的一个城市，而且在这个城市还有你年迈的父亲和母亲。是不是回到上海，那种感情完全是不一样的？

海：当然，每一次特别是经过小时候读书的小学、中学，东湖路小学、育才中学，都勾起很多愉快的回忆，当然也有孩童时候的那种懊丧。然后呢，当然更多的回忆是父母对我的培养。

曹：在你的记忆当中，你觉得在孩童时代，父母给你印象最深的是什么？

海：我记得，我父亲永远没有空的，他的挚爱就是书。我每天放完学，总要潜入到他的书房里去，一本一本地翻，这个是我对我父亲的一个基本的印象。他很少有时间照顾孩子，但是，比如夏天我们放暑假的时候，他会突然拿一本厚厚的剧本，让我和我哥哥帮他抄一遍，因为他来不及了。

曹：我刚才跟你父亲聊的时候发现挺有意思的。其实他在业余爱好当中啊，音乐跟美术都是他的爱好，很少有人知道他早年画漫画，而且还为柯灵先生做过封面，但是也喜欢音乐，是能够读总谱的一个电影导演。所以你父亲说，你读的第一份总谱是他珍藏的有关《白毛女》的总谱，是吧？

海：是《天鹅湖》。我当时学钢琴，突然我发现在他书柜上有总谱，我就把它翻出来，一看是《天鹅湖》组曲。《天鹅湖》因为家里常听，印象很深的，看了总谱，就在钢琴上想办法去把它摸出来。我记得很小的时候就懂得总谱的写法了。当时我热爱作曲，我记得我其实从很小的时候，10岁左右，每天放学回来就在钢琴上写曲子，一定要写，每天都要写。当我用最好的成绩考进音乐学院以后，高兴得不行，因为这是我最爱的嘛!

1978年春，已经在上海音乐学院当老师的沐海去北京出差，得知国家即将进行理工科留学生的出国考试，他激情难抑，挥笔给文化部领导写信，要求增加文科名额。他甚至说，如果音乐学院也可以参加考试，或许我们国家的未来，也会出一个小泽征尔那样的指挥家。回到上海不久，真的有名额下来，沐海立刻报了名，经全国考试，赴德国慕尼黑音乐学院深造。这个主动出击赢得的机遇，对他在音乐殿堂鲲鹏展翅，真是至关重要。

曹：很多人说，其实命运之神是特别眷顾汤沐海的，因为在欧洲留学期间能够得到像卡拉扬跟伯恩斯坦两位大师的指点。而且，跟卡拉扬的学习完全是一个偶然的因素。

海：对。

曹：当时你参加卡拉扬的……

海：指挥比赛。

曹：因为年龄的关系，使得评委之间发生了巨大的争执，当时是怎么一个情况？

海：报名参加的那年呢，年龄应该正好可以。要开始比赛两个月前，突然大家都收到一封信，说是明年再举行。那么大多数人当然都是没有年龄这个问题，可是我碰巧了，因为我出国的时候已经30岁了，当时我已经是上海音乐学院的教师了。结果呢，比赛下来我是最好的。那么当时就是争执很厉害。

卡拉扬

曹：因为当时有个苏联的选手。

海：对。

曹：也是水平不错的。

海：有两三个。还有捷克的，还有在那边学习过的西方选手。

曹：你的出现明显对他们产生一种压力。

海：极大的压力。结果争执不下的时候，就请卡拉扬来，卡拉扬来了以后呢，第二轮想看我。我第二天抽签，刚好是第一个，他早上爱游泳，结果游完泳再来，我指挥完了。指挥完了这就没办法了。怎么办？他就决定再进行第三轮比赛，整个比赛干脆停下来。他就让我指挥给他看。那我这一生当中最重要的机会找到了。

曹：当你手执这个指挥棒，走上指挥台的时候，心里面有没有一点打鼓的感觉？

海：完全没有。我连夜准备总谱，第二天去的时候啊，我其实心里非常平静的。因为这音乐就好像很自然地流淌着，一点儿也不紧张，当然我是充满激情地指挥。指挥完以后他马上就做了我一生当中最重大的决定。

曹：他怎么说的？

海：他说就是，明年，就是下一年了，你指挥柏林爱乐的开幕音乐会。因为开幕的时候，他们总会提拔一些新人么，然后又在柏林一起跟他学习两年。

曹：在我的印象当中，他是一个比较冷静、威严的这么一个老头。

海：对。

曹：在生活当中是不是也是这样？

海：差不多，我本来也有点怕他。有朋友介绍我在萨尔茨堡排练的时候和他认识，他非常地和善，知道我是从中国来的，很关心。我说，我想参加你的指挥比赛。他说好你去找谁谈这个事。然后我说，我希望听你的排练，他说没问题，你听。他的排练其实是不让听的，他非常尊重音乐家，他怕他们在精神上有压力。那些都是有名有姓的，而且是教授啊，是有名的独奏家啊，他非常注意这个，所以他排练的时候是不让人听的。在整个两年跟他学习的过程中啊，他是让学生完全地、主动地在音乐的海洋里泡。讲穿了每次他来排练，来演出，当然我就是最受优待的，其他所有著名的客席指挥啊，他们的工作，他们的音乐会，他们的歌剧，我场场都可以在场，不花任何钱的。包括在这边艺术节上，萨尔茨堡艺术节啊，我要是临时赶到了一个大歌剧院，那是很贵的。但我永远可以在他的包厢里得到一个位置，只要打电话给他秘书，那个位置就是我的了。他就让你自己去领悟，有什么问题啊，自己去苦思，然后看他的排练，看他的演出，感受，自己感受那种答案。恰恰我也是喜欢这样的。

1982年，汤沐海又一次喜从天降。世界著名指挥大师伯恩斯坦应邀前往慕尼黑指挥音乐会，市里推荐了在慕尼黑音乐学院大师班就读的汤沐海做他的助理。零距离的接触，让伯恩斯坦把汤沐海看成是来自新中国的青年朋友，他经常和沐海散步交谈，传授了很多的音乐知识。

曹： 其实从指挥风格上来说，伯恩斯坦跟卡拉扬是截然不同的。

伯恩斯坦

海： 对。

曹： 是不是也是因为这个原因，你愿意跟伯恩斯坦去学习他的那种诠释音乐的方法？

海： 对，就是这个意思，我特别想吸取伯恩斯坦的那种表现力，他的那种狂热。他是很注意规则的，他也可以给你讲道，讲学问啊，讲得头头是道。他在电视里，是吧，生龙活虎地在钢琴上弹啊，在上千人的音乐大厅里，在舞台上；但跟家庭、孩子们随便聊天，能把很伟大的一个音乐现象说成很浅显的故事，他这方面的才能是很高很高的。他的理论非常好，我记得有一次，我问他一个问题，那一个句法，非常难分析，他在排练完了以后，他真的拿舒曼第二交响乐的第四乐章，给我从头来一遍，真的花这个时间，跟我从头来一遍。卡拉扬我就永远不会这样去麻烦他。但是呢，伯恩斯坦到了舞台上的时候，一切规则没有了，他是敢于冲破，让自己的热情啊，精神啊充分展现。对我来说，我像海绵一样要把这些都吸进来，来武装我自己。最后，我成为一个什么样的自我，其实我并没有故意去想它。我也并不追随一种，我把最好的东西争取都拿过来，来孕育自己。

当卡拉扬帮助沐海尽快站上了国际乐坛后，曾经有4个经纪人安排沐海先后与欧美一百多个乐团成功合作演出。应小泽征尔之邀，他还赴美国指挥波士顿坦格里伍德音乐夏令营的演出。1989年，沐海和哥哥沐黎相会于美国的辛辛那提，一对来自中国的亲兄弟，同时在音乐和美术领域向世人展示了中国人的才华。他们的成功报效了祖国母亲，也圆了父母“望子成龙”的美梦。

黎：当时我在美国纽约州的康奈尔大学。康奈尔大学正好有一个教授，他跟辛辛那提一个画廊的一个主任是好朋友。所以呢，他推荐我到那边去开画展，那么也就是巧，正好在联系开画展的时候，沐海又到辛辛那提去指挥辛辛那提市的交响乐团。画廊的这个主任一听到沐海要去开音乐会，就把我这个画展推上去了，这个日期呢，就是跟沐海正好在一起，而且画展开幕，就正好是音乐会的那一天。我们要知道美国的情况，就是说真正的美国人是住在中部的，那里几代都是美国人，当时对中国了解就比较少，华人也是比较少。这个地方原来有很多人根本不清楚，中国人，他们的音乐，美术达到什么程度，有什么水平，都是稀里糊涂不知道的。所以我们这次一搞呢，影响就特别大了。因为沐海他当时搞的一个是全盘的俄罗斯的项目；我呢，当时正好画了一批像黄石公园啊，像大峡谷啊，都是很有名的风景，我就把所有的画都运到那边去，那么就是整个美国的壮丽的景色和俄罗斯的这么一个经典的交响乐，它们就合在一起，造成了一个影响。这个影响牵涉到欧洲，牵涉到美洲，但是具体制作的人呢，艺术家呢，又是亚洲人，是中国人，所以它就非常具有国际性。然后呢，又请了中国驻纽约的总领事，结果又是一个巧事情，这个中国的总领事姓汤名兴伯，汤兴伯领事。结果呢，一下子变成，汤沐海，汤沐黎，汤兴伯，三个都姓汤，所以就叫三汤联手。三汤联手就是在辛辛那提大干一场，确实给华人长了面子，都会觉得中国人脸上还是挺有荣光的。

2003年1月,坐落在芬兰首都赫尔辛基的国家歌剧院,第一次聘请华人指挥家担任首席指挥,这个幸运又一次落到沐海身上。沐海说,他又爱交响乐,又爱歌剧,而芬兰国家歌剧院有着属于世界一流的人才和设施,装备十分精良,他为自己能够在那儿任职高兴万分。

曹: 那你在国外二十年的经历中啊,指挥了很多重要的音乐会,尤其是跟欧洲的一些音乐大师进行合作,比如说梅纽因,比如说罗斯特罗波维奇,比如说帕尔曼。尤其是像跟罗斯特罗波维奇、梅纽因这样年长的艺术家合作,心里边会有一些不一样的感觉么?因为指挥在整个的音乐当中是起到一个统帅的作用,但是跟梅纽因这样的大师和长辈合作,会不会有不好意思跟大师进行交流的这个感觉?

海: 完全没有。他们都很善于沟通。很亲切的几句话,一个个笑话,或者几句俏皮话,就让你解除紧张。然后你马上就投入到音乐中。大家一块儿不管老少,不管有名没名,既然我们现在是合作,我们就在此时此地,就像两个艺术家一样,这里头就没有高低卑贱。

曹: 完全是平等的?

海: 完全是平等的。

曹: 你跟梅纽因的合作是纪念奥依斯特拉赫逝世十周年的音乐会吧?

海: 对。他那时候请我去,跟伦敦爱乐乐团和他在一起,非常有意思。他拉的是布鲁赫的协奏曲,这里头有一个地方,所有拉小提琴的都知道,一串琶音,一个,这G小调,和弦,要和全体乐队一下子合奏在一起。那我是一次就成功了,就是他拉着、拉着,突然,一下,就全部合在一起。他马上停下来看着我,他说你是怎么做的?他说我跟别人合作为什么要弄好几遍,你怎么一下就可以了?他真的像个小孩一样,看着我非常的惊讶。他说,你能不能跟我说说你是怎么做到的?为什么?当时我也说不清。

汤沐海在指挥

曹: 这是一种音乐的感觉。

海：对，就是一种感觉。第三灵感。我记得有一次跟柏林爱乐合作的时候，独奏的是皮埃尔·富涅，法国大提琴家，非常高尚，那也是他晚年一次重要音乐会。我跟他合作完了几年以后，他就去世了。当时啊，在排练到一个地方的时候，我大声跟乐队说，没有独奏。因为柏林爱乐很大嘛，要让每个乐手都知道的话，还是需要大声一点，我想他知道。结果一起拍，他还是在拉，我马上就用一个剧烈的动作，就把他制止住了。当时他真的是吓了一跳，他看着我，不拉了。休息的时候，柏林爱乐的乐手，我的好朋友，上来跟我讲，你怎么可以这样，他的身份，他这个年纪，这么伟大的大提琴家，大家对他都尊重得不得了，你怎么可以这样？我当时完全没有想到。但是皮埃尔·富涅对我非常好，一点都没有抱怨。就像我爸爸一样，一个老人啊，一个艺术大师啊，他一辈子，把自己献给了音乐了。他到晚年的时候啊，他意识是超脱的。一个年轻人对他这样，他完全没有任何的异议。

1991年，汤沐海在澳大利亚指挥悉尼交响乐团和昆士兰交响乐团，他特别打电话邀请我和他爸爸过去。我高兴地随口说一句"如果你哥哥也能去，我们全家就能够团圆了"。结果小儿子马上邀请哥哥全家赶过来。

曹：我听说你们前几年全家都在澳大利亚聚会了一次，是吧？

蓝：1991年。

曹：那次聚会很开心的，对吧？

丹：对。

曹：蓝老师，是不是那次聚会以后有点后悔，看着儿子花这么多钱，心里边有点儿疼，是吧？

蓝：对，好几万美金。住的那个是，就是那种……黄金海岸，有那种高级的住房公寓。你住啊，烧饭啊，什么都可以。租两套大公寓，他们说"阿哥、阿嫂，你们先选"，选了以后，花了四万多美金，心疼死了。

曹：后悔自己多嘴，是吧？

蓝：就是啊！

曹：汤老，那次澳大利亚之行在临别的时候，您跟儿子抱头痛哭。蓝老师在文章里说，跟您相处几十年，很少看到您有这么伤心。

蓝：哭得伤心得不得了啊，就是我们拿的摄像机那些都忘了啊，照片都忘了拍，他大概认为活不下来了啊。

曹：您当时怎么会那么伤感？

丹：我这个，我这个人是伤感型，很容易激动。呵呵。

曹：那是怎么想的呢？

丹：父子情。那时候，他们也成家立业了，我们在上海实际上也没有什么问题。不过，不免有情，不免有情。呵呵。

萦绕在汤氏人家心间的岂止是父母情，更有祖国情。沐海说，他生在祖国，后来才到欧洲学习工作。身为音乐游子，对祖国的爱不曾改变。他把生命献给音乐，又把音乐献给伟大的观众。与汤沐海一样，大儿子汤沐黎也在美术事业中驰骋。

（三）汤沐黎

我生下大儿子汤沐黎后，人家总说："你儿子脑门特别大，长大了一定聪明。"确实，沐黎是在6岁时无师自涂，画的小人和树都很立体传神。11岁就以一幅油画《工地》，在洲际儿童画展获奖。当时他父亲曾经断言：这孩子长大会是个画家，果然一语中的。几十年来，沐黎挥毫运色、全身心地创作，用画凝聚了为国奋斗的精神。当他立足于世界艺术殿堂后，依然为创造更大的人生价值而拼搏不息。

曹：可能大家说到汤沐黎，就会想到一张画，就是《针刺麻醉》那张画，当年被印成上百成千张宣传画到处散发。虽然那个时候我年龄还很小，但是那张画给我留下非常深刻的印象，这可以说是那个时代非常重要的一件美术作品。你能不能跟我们说一下，当时是怎么画《针刺麻醉》的？

汤沐黎和曹可凡

黎：在我看来是一次奇缘。当年呢，我是中学毕业以后上山下乡就分配在畜牧场做装卸工，那么当时就提倡画本单位，有这么一个提法，就是你是哪个单位的，就立足本单位深入生活。当时我搞业余创作，就选了一个题材叫《接班人》，画的是一老一少两个挤奶员，他们在用那个先进的机器挤奶。这幅画送到市里面参加展览，当时就很受好评，后来呢，还被《人民画报》登在中心画页。而卫生局的画题材虽然很好，有《断手再植》、《针刺麻醉》，但是他们没有比较好的人来画。

曹： 表现力不够？

黎： 嗯，表现力不够。因为我那个《接班人》画的是穿白衣服的挤奶员，它是一个白色调子。所以呢，他们觉得我对白色调子的处理很有一手，就觉得我能把《针刺麻醉》这个题材画好。在这种情况下，就跟我商量让我去画。

曹： 医院有没有专门安排病人模拟啊，有没有这种状况？

黎： 他们给我一个特权，就是我可以穿上白衣服，戴上口罩，扮作一个医生，在任何时候我都可以进手术室去观察针刺麻醉真正的过程。第一次看对我是一个绝大的开眼界，因为当时外面是一片红海洋，到处都是宣传画、红旗啊，大喇叭放的那个进行曲啊什么，是吧，就是这么一个世界。那么一进那个手术室啊，它是一片天蓝色的瓷砖，然后那个无影灯一照，没有影子的，就这样打上去。那个医生护士，全都是白衣服，非常安静，那个静啊，就好像是另外一个世界。这个在艺术上呢，对我产生了强烈的震撼力。所以我后来在画的时候呢，就不停地要抓住这个感觉。病人他是自己走来的，身体还不错的，大概40来岁的一个农民，他自己走进来，然后自己换衣服，自己爬到手术台上，躺下。然后呢，护士就叫他把两只手伸出来，护士就给他两根金针，接着医生来了，我们都以为就要开始了。结果呢，他们突然之间，全体的就是围着那个病床，全部立正，然后就高声背诵毛主席语录："下定决心，不怕牺牲，排除万难，去争取胜利。"就是三遍。这个给我也是一震，因为没想到，完全没想到，感觉就好像上战场打仗，一定要把这个手术做好。这个对我画这幅画影响也是非常大的。手术室因为无菌要求，任何速写本啊，照相机啊，颜料什么，都不能带进去的，所以我不能在手术室里画任何东西。那么就是需要看了，记住了，然后出来，就回到画室，就在旁边一幢楼里面，故意安排得很近的，我就是马上可以画。

曹： 这张画后来是在美展当中展出？

黎： 在1971年首先完成了第一幅，拿到市里面展览，一展呢，就一下子打响了。接着就接到了北京的通知，要开第一届全国美展，上海要送作品去，那么一张画不能分身，所以就赶快又花了6个月再画一张，那么两面同时展览都有了。送到北京去的这张，后来我听他们说，整个的中国美术馆的大厅里放满了全国各省市送来的几千张画，全部是一片红海洋，在整个的一片红海洋里面，就这一点蓝和白。整个这幅画是一个蓝白调子，它就没有那个红颜色。所以呢，这个简直就是非常地醒目，而且非常特别。后来陈逸飞告诉我，那天他走过，看到广东画家陈衍宁就在往我这幅画上在抹那个红油。陈逸飞一看就

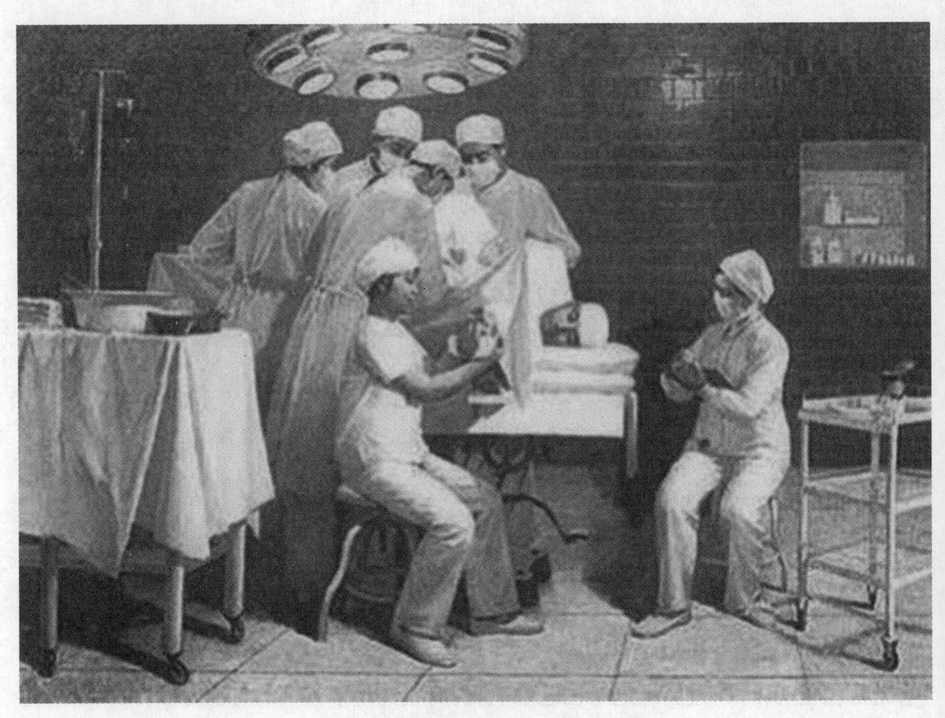

汤沐黎画的《针刺麻醉》

傻眼了,他就觉得完全把这画给毁了,所以他就上去问。陈衍宁就跟他诉苦,他说,领导要把这个脸画红。两个人一合计呢,就说不行,还得保护这张画。所以就把这个抹上去的红油又拿棉花和纱布,全部给它擦光。所以这张画就这么,几乎就是被毁了,结果千钧一发的时候,又给救回来了。

曹:据说那张画在上海展出的时候,你让你父亲去看这个画展。当时怎么个状况?

黎:当我真正开始创作的时候,他已经"隔离审查"了,就是打入"牛棚"了。所以上海的这张,在上海美术馆展览的时候呢,他还是觉得要去。他就带了一个大口罩,把脸遮起来,露出两个眼睛,然后他自己去看。那人家也以为他就是一个普通的老头吧,一个观众来看一看,所以也没有发生什么事情。

2010年4月,为纪念画家陈逸飞逝世5周年,上海美术馆特别从全球多位收藏家手中,征集到了陈逸飞的名作集中展览。沐黎和太太专程从加拿大蒙特利尔赶来,重温陈逸飞的作品,缅怀这位如师长般的画坛大哥。从1970年到1980年的十年间,沐黎白天要在牧场里顶风冒雨做装卸工,夜晚要在灯下画到万籁俱寂。有同学来找他玩儿,我都要替他挡驾,唯独欢迎陈逸飞。因为陈逸飞跟沐黎见面,总在切磋画技,从不虚度时光。

曹： 所以陈逸飞说，这个蓝老师的眼光是可以的。一看陈逸飞对自己家孩子是有利的，可以进门。其他人不行，拒之门外。

黎： 陈逸飞他确实画得好。因为他是"文革"以前真正受过5年的大学教育，美术专门的教育。当时我们都还没有经过这个正式教育，所以我们当然就是对他在专业上面的这些扎实的基本功是非常羡慕，非常愿意学到手的。所以我确实从陈逸飞身上学到了不少专业技巧。

曹： 那时候你们除了一起画画，探讨艺术之外，是不是常常在一起玩？

黎： 对对对，也是常常在一起玩。

曹： 你记得那个时候你们在一起玩，有什么事是特别有意思的，特别难忘的？

黎： 因为我们家客厅挺大，条件还是不错的。所以呢，接触文艺界的人也比较多，经常可以请到一些歌剧院啊，舞蹈学校的一些演员，大家来做做模特儿。陈逸飞呢他是一个爱美的人，所以有好的模特儿，他是必到的，一定就会来画。我们就经常在一起画，画素描，画油画。这个东西给我一个很好的准备，因为实际上在这10年当中，我把自己从非专业的水平，已经提高到大学毕业的水平，所以等到一高考，我马上直接考研究生。在考研究生的呢，你就要跟以前学过5年专业的一起考。我没有学过，别人学过，但是我还是考取了。这就归功于这10年当中的自学，把自己的水平拔到专业的水平。

《汤沐黎素描艺术》的封面

曹： 那这些年，你是不是跟陈逸飞还常常会有机会见面，尤其你们都到了国外。

黎： 第一次见面是在欧洲，相约到我兄弟汤沐海那边见面。汤沐海当时在慕尼黑的音乐学院留学嘛，我从英国伦敦就赶过去，陈逸飞呢就从纽约赶过去，我们就在那边见面。见面以后呢我们一起看美术馆，我们过去学西洋画的人，苦于看不到原作。我们学到这个程度，完全是凭着一些印刷品，看一些画册，然后听老师讲讲，从来就没有看到过真正的大师原作，突然之间，全世界的大师原作向我开放，那真是兴奋极了。我记得当初根本就是极端兴奋，一种亢奋的感觉。然后我在短短的时间里面，就是跑了30个国家，抓紧时间看。记得第一次到巴黎，两个星期14天，看了14个美术馆博物馆，一天看一个，看得头昏。看到最后啊，哪一幅画在哪一个馆里，都记不清楚了，都混了。但是呢，总的印象有了。

曹：那你觉得作为一个中国油画家到了国外以后，怎么去找到属于你自己的绘画语言？

黎：绘画基础上包括两个方面，一个就是你画画的基本功，还有一个就是你的构思，构图的能力，创作的能力。当时我把我的那批习作拿去给英国皇家美术学院的老师看，他一看，跟我说，我们研究了你的情况，你这个东西已经画得非常好了，你再学，已经在我们这儿……其实意思就是说也学不到什么东西了。所以他们给你定下来整个你这几年的课程，就是给你讨论一些题目，然后呢，你完全凭想象画，不要用任何模特儿，不要用任何参考资料，就是把你脑子里想到的东西画出来。所以这个就是后来我在英国这几年当中，画的基本上都是靠想象画的这个东西，毕业创作搞的也是这个东西。

英国导师的指点为沐黎的创作指引了一个新的方向。沐黎依靠自身对中外历史和文学的积累，创作了大批作品。特别在毕业创作时，一幅《孙中山在伦敦》的毕业作品受到媒体的高度评价。他获得了英国皇家美术学院油画硕士学位，还被彼得·莫尔斯基金会评选为1983年全英15名最佳艺术家之一。沐黎在英国显示的实力引起了美国康奈尔大学的高度重视，他们聘请沐黎去大学艺术系交流访问，每年还邀请他在大学里举办两次大型个人画展。2001年，在加拿大议会为第三任总理阿博特爵士征集画像者的竞争中，沐黎以雄厚的实力一举中标。

黎：这个总理逝世已经100年了，他的像就从来没有画过，他们就是想现在补上去，就需要在全国找杰出的画家来完成这个任务。然后他们在全国就挑选了大概有几十个画家，让我们先把我们的材料交过去。然后他们把总理历史上的黑白照片给我们寄过来，要我们画一幅彩色的像，给他们再送回去。所以我用油画画了一幅像，给他们再送回去了。后来就知道他们议会实际上成立了一个评选委员会，大概有4个人，就是投票选举，结果呢，就选中了我。当然他们给我所有的便利研究这个总理，我就根据他的一生，收集了很多资料，然后做了好几幅小的构图，跟他们商量，最后选中一个，然后就正式地画。画完以后，这幅画得到了很大的好评。我签字的时候呢，不但签了英文的名字，还签上了一个中文的名字，签了中文的名字不算，我还加上一个红的图章。我这是故意的，因为我知道，就是整个加拿大立国200年，就没有一个中国画家曾经画过他们国家的一个总

理，曾经陈列在加拿大的议会大厅，没有过。所以我就是一定要把这个中国人的特点放在里面，所以我特地签了中文名字，加了一个中文图章。在揭幕的时候很隆重，是在国家荣誉厅，开了很大的招待会，我自己也觉得是一桩很光荣的事情。

汤沐黎为加拿大总理画的画像

沐黎过人的绘画功力和修养，让他在世界各地拥有知音。美国迪斯尼乐园筹备拍摄动画片《花木兰》，特别以优厚的条件邀请沐黎前去讲学，并为《花木兰》剧组的几十位画家示范油画作品《弗罗里达姑娘》。沐黎说，自己的绘画融入了沐海的音乐精华。他常常是一边画画，一边听沐海指挥的名曲。沐海的音乐帮助他开拓胸襟，柔化情怀，在不知不觉中，作品就诞生了。

曹：说到沐海啊，你们哥俩很有意思，都是从事艺术，一个是做音乐的，一个做美术。而且你们俩的个性完全不同，你是比较内敛含蓄的，沐海真是跟他指挥的风格一样，非常豪爽，非常奔放。

黎：这个里面可能印证了一种……怎么说法呢，就是互补的一种原理。我们家其实这4个人，父母兄弟，人的性格完成是很不一样的。我母亲是一个非常开放，非常直爽的人，快言快语，大嗓门，她做事很有决断。我父亲呢非常温厚，他是宰相肚里好撑船嘛，他是一个包容一切很豁达的人。所以他们俩在一起啊，关系倒是很融洽。那么我跟我兄弟呢，其实也是这样，我们从小就没有过任何一次争吵，或者为了什么事情闹不愉快，没有过，从来没有过。实际上小时候我们的共同爱好很奇怪，是体育。在这方面我们倒很是竞争对手，就是说下棋吧，非得下个你输我赢的。但是我们都是真心地为对方能够在艺术上有所成就而感觉非常骄傲，非常高兴。我很佩服我弟弟在音乐上的才能，我弟弟很佩服我在画画上的才能，我们都很佩服父亲在电影上的成就。我记得小时候呢，当时特别喜欢的，就是我父亲每有一个新电影出来，就立刻跑到电影院，连看好几场，然后坐在电影院里了，我就最喜欢听别人议论，这个电影怎么样怎么样，是好还是不好，他们有什么意见。经常有些喜欢唠叨的观众，前面后面，一面吃东西，一面就是评论啊什么东西，我就听在耳朵里，然后回去呢就告诉我父亲。

曹：那在家里头，妈妈是不是是你们家的一个主心骨，一个灵魂？

黎：对，对。当初我们整个家庭，是母亲在那边，把它整个集合在一起。三个男的，就是早上一起来，翻身下床，很快地洗洗脸，漱漱口，扒两口饭，然后赶快就是做自己的事情的，要不就是学习的事情，要不就是艺术方面的事情。所以从小到大一直到离家，就没有铺过床，没有烧过饭，没有洗过衣服，没有扫过地。这个事情呢，都是我母亲不声不响地做，无怨无悔地挑起了这个担子。所以在她这种掌舵下面啦，我们家三个男的就是给她推到我们自己能力所及的这个方面去做我们的事情，所以我们都要感谢她，应该要深深地感谢她。

蓝：我对汤沐黎呢没有把他当过儿子看，就觉得是一个青年朋友。他是知识极多，修养极好，像他(汤晓丹)。

丹：他么埋头苦干。一个画家能够画了那么多东西。他浏览了全世界有名的地方，欧洲。他的画，至少跟那些大师比较起来能并列的。

1951 年，上海电影制片厂招考一名员工，有 100 多个家属竞争。我以最高分进了新上影。我为自己是一个凭考试上岗的新女性而自豪。敢于竞争，敢于挑战，帮助汤氏人家度过了艰苦的岁月。当全家人在艺术领域展翅腾飞时，我们也要感恩祖国，沐黎特地带着作品赶来参加《光华百年世博画展》，沐海也应邀举办专场音乐会，是改革开放成就了我们艺术之家的今天。为此汤氏人家将一如既往地为艺术献身，如点燃的火炬，经久不息。

情难了——万芳专访

她是难得一见有内涵的思考型歌手，堪称中生代最有深度的艺人，一曲《新不了情》唱碎了多少人的心，也陪伴着许多人走过了无数的青涩岁月，她就是万芳。她像是一个生活的旅人，每回发片，都像在对我们细数这趟旅程的惊喜发现。何其幸运——我们能拥有她这样一个朋友，陪我们走过每一段爱情的起伏。2010年，万芳几次来到上海，不为别的，只为一部经典的话剧《宝岛一村》。故事题材来源于台湾一个叫眷村的地方，以笑泪交替和辛酸诙谐的真实生活，还原了族群融合的一个历史记忆。万芳在里面的出色表演令人叫绝。

万　芳

曹：我是今年年初的时候去看了你们的戏《宝岛一村》，真是非常感慨！我觉得似乎有十多年没有看到这么让我感动的一个话剧。你演这个戏跟以前演其他戏应该感触都不是太一样。

万：其实最大的感触是，这个戏让我再一次地有机会跟我父亲的过去做一个比较深的联结。因为我父亲也是1949年来到台湾，因为这个戏我们就会各自回去问我们的爸爸妈妈当时发生了些什么？那时候怎么样？因为我自己就是眷村出生的小孩，就回去跟我爸爸聊很久。跟我爸聊的时候才发现，真的，他当年就是一个20岁的大男孩，离开了家就再也没见到妈妈。我住在眷村那时候还很小，我记得我生平第一次看见我父亲哭就是那时候。我父亲在客厅，我在里面，然后阳光洒进来，我看着我父亲的剪影，他大哭，他真的是放声大哭。因为听到我奶奶过世的消息，可是其实我奶奶过世早就是几年前的事情了，因为整个的消息就很难……

曹：对，不通畅。

万：所以是几年后我父亲才接到奶奶过世的消息，然后他大哭。从此以后每天晚上睡觉都会叫，用他的福州话叫“妈妈”。现在我爸爸已经 80 多岁，你知道再跟他讲到妈妈他眼眶就会湿，就会哽咽。那我想这是他人生当中，一个无法弥补的伤痛，一个很深很深的遗憾。

《宝岛一村》在国内巡演曾轰动一时，一票难求。很多观众观剧时，时而感伤时而欣慰，有时大笑有时哭得抽泣。泪还没干又破涕而笑，还没笑完却又哭将起来。真挚的情感、笑泪交织的动人故事在观众中口口相传。小小眷村，不仅反映了特定地点的特殊文化，也让更多的观众想到了自己曾经经历过的往事，引起了很多共鸣。

曹：看你演的朱嫂颠覆了过去我头脑当中的一些固执的偏见。我一直认为歌手演戏，我觉得是有些隔阂的。但是我看了这戏以后，觉得那种东西完全没有。作为歌手的万芳完全在舞台上不见了。我觉得这是非常成功的。

万：当我在这个位子上的时候，我真的是不会去想到我还是个歌手，我就是在饰演、在创造这个角色，进入这个角色，我就不会记得我是万芳。不会觉得我要粘假睫毛，我要吹头发，吹成平时的这个样。我其实就是要变成那个角色，所以朱嫂她必须要戴起假头发，变成那个年代的样子，就连我妈妈来看，她都说好像，就是那个年代的妈妈。就是走起路来也是这个样子，那种很草根性的。那时候我真的是完全不会想到，我是一个唱《新不了

《宝岛一村》剧照

情》的万芳。对,就是也没刻意,也没要努力去忘记,而是就不见了。

万芳小时候便参加过合唱团,大学期间报名参加木船民歌比赛,从此开始歌唱生涯,之后加盟滚石唱片。如今滚石唱片30岁生日,作为滚石的女儿,万芳虽然没能参加纪念音乐会,但滚石留给万芳的记忆永远都是那么清晰。

曹: 这次你为了《宝岛一村》的巡演,也错过了在台湾的《滚石三十年》这么重要的一个演出,心里会觉得有点遗憾吗?

万: 老天爷的安排,没办法。

曹: 我有几个同事他们甚至自己付费专门去台湾看那个演出。因为整个滚石的这段历史是伴随着他们的青葱岁月的。

万: 对,其实对我来说也是。小时候都是听这些歌手们的音乐。我记得第一次跟唱片公司签约,去滚石公司看到了齐豫。我就想"哇"!就很开心。后来有机会跟齐豫同台,认识,可以成为不错的朋友都觉得是很感动的事情。音乐跨越了时空,也缩短了距离,让我可以跟这么美好的……这个怎么讲,曾经陪伴我这么多美好岁月的人,可以站在舞台上一起唱着歌。你知道有一次,我在东南亚有一场演出,有我,还有齐豫、潘越云、黄小琥,我们四个人的演唱会叫《珍爱女人》。有一次到了不知道新加坡还是马来西亚,我们只是在彩排,我们四个人在台上彩排要合唱歌曲,轮流唱。我站在最旁边,齐豫站在我旁边,她就唱着《Diamond & Rust》这样子。我在旁边听着听着就哭了,我真的不自觉,那个眼泪就一直掉一直掉。我就在想为什么,为什么我这么伤感?我在那个当下真的就觉得,人一辈子的缘分是注定好的,假设一生就只有那10次或者是那两次,我只要经历过一次就少了一次。我就好感伤,就突然来得感伤。我就希望我全部的人、全部的精神,都投入在这个当下,好好地珍惜我跟她、跟这么棒的歌手同台的这个当下。我觉得我所有的毛细孔全部打开,就想要完全地在那个当下。那一场彩排结束了之后,大家都不明白我为什么流泪流得那么伤心。我到后台就开始放声大哭,我疯了!他们说:"你太感性了,你太感性了。"然后所有人都离开后,我的经纪人就问我说:"怎么了?"我就说"你知道吗?我们如果是注定的,就是我跟她在一次就少一次。"我说就是那个不知道哪里来的那么大的伤感,觉得好珍惜、好不舍这样。所以能够跟这么多的歌手同台,回顾滚石这30年来带给大家的美好的音乐,其实真的是很开心的事情。但是也没办法,就是没办法参加。

曹: 没法分身。

万: 对。

岁月可以带走娇美的容颜，却永远也带不走那些曾经的记忆。虽然如今的万芳在很多领域都有了突出的成就，但是她始终都完不了第一次录制唱片的情景。

曹：你是不是时常也会想起你进滚石第一次录音的那个场景？

万：第一张专辑我碰到的制作人就是李宗盛，然后那首歌唱了好久好久。我其实觉得那是折磨，我觉得超挫折的，好挫折。那挫折是说，就像我刚刚讲我整个人都还没有跟这些机器融在一起、跟耳机融在一起，我还不知道我的声音出去。我觉得我很深情了，可是为什么出来听一点都不深情？一点都没有那个感觉？你知道吗？所以挫折蛮大的。

曹：但是我觉得很有意思，你作为滚石的女儿，想想那个时候滚石的辉煌和今天滚石的那种寂寞，你会很感伤吗？

万：不会，我觉得我很感谢滚石带给我的这些音乐的美好，它滋养了我很多年少的岁月。现在所谓的寂寞，我觉得其实不是滚石，我觉得是整个大环境。我进入这个圈子今年第二十年，然后从过去到现在，接触到的所有的音乐的环境、音乐人，我觉得都可以看到一个时代的缩影，一个环境的缩影，所以我觉得公司也是的，我们每个人都是。我们过去曾经造就了很美好的岁月。那时候我们大家都还年轻，你现在跟现在的19岁的小朋友来说，他们也觉得现在很美好，他们没有过去的那个感觉，因为他们接受所有现在这个世界的音乐语言。那过去的音乐语言跟现在音乐语言也确实都不一样了。像我过去还会唱着《我记得你眼里的依恋》、《碧海情天》这些歌，现在很多人都说："万芳你为什么不再唱这些歌了？"我说："不不不，不是我不唱了，是没有人写得出来这些歌了。"

《相爱的运气》专辑封面

曹：是不是这种传递真思想，或者说有些文艺气息流行歌，现在已经处在一个边缘化状态，不再有这种庞大的市场？或者说没有那种回响？

万：我没有这么觉得。我真的觉得是时代，就是音乐语言的时代性不同了。就我们过去的音乐语言是那样，我们的文字语言是那样，但现在可能对他们来说音乐和文字的语言是这样。我觉得整个的教育环境、内容已经不太一样了，大概就是真的是音乐语言不同了，所以我才会说大概没有人能写得出来《我记得你眼里的依恋》这样子的歌了吧。因为你把这样子的歌放在现在来听也会……

曹：时代不一样。

万：对，也融入不上。所以我想不是我不唱，而是其实真的就是不一样了。

时隔8年，万芳的新专辑《我们不要伤心了》终于发片了。新专辑引起了歌迷的热捧，专辑里的歌曲呈现出万芳累积8年的生命感悟，也将万芳最真实的面貌展现给每一位喜欢她的朋友，让大家感受到了一个最完整真实的万芳。

曹：那你这次推出了一张新的专辑叫做《我们不要伤心了》。时隔差不多8年之后再次推自己的专辑，为什么隔这么长时间才做了这么一张东西？想传递一些什么给我们？

万：因为在2002年我出了《相爱的运气》专辑之后，我自己主动决定要暂停。我觉得整个环境看似改变了，可是实际又没有改变，就大家还是在一个框框里头不断地重复着。我觉得不管是就大环境来讲，或者是就我自己个人的一个小环境来说，我觉得都需要暂停，我需要再更多地累积，更多地学习。然后也许透过不同的领域的接触去打开自己更多不同的视野，让我有了一些感受，我就把这些的累积放在这张专辑唱片里，我觉得人生好像也不是说你想怎么样就怎么样。

曹：水到渠成。

万：对，其实大部分都是水到渠成，然后就出了这张专辑。那这张专辑大概是我20年来唯一一张情歌最少的专辑，讲的大部分都是生命里头各个不同阶段里的体悟。

曹：我听说这张专辑的一个最直接的触发点是因为有身边朋友的离逝，让你对生命有一些新的感悟，是不是这样？

万：这张专辑其实就是这些年的一些累积，然后跟很多朋友生命的共振，尤其是舞台上下的共振。其中有一首歌叫《我们不要伤心了》，是有一阵子有一些朋友相继地离开这个世界，我们真的很伤心。在有一次很伤心的时候，一个朋友就深吸了一口气说："我们不要伤心了。"因为已经伤心了好长的一段时间，然后我听到这句话的时候就觉得有一个好深好深的感动。我觉得很复杂，就是说伤心表示跟离开我们的人和事物还有联结吧，不要伤心是不是真的要跟他们说再见？可是又觉得这句话其实背后来自一份很深的爱跟祝福。其实除了祝福身边的离开的朋友之外，我觉得最重要的是祝福还在一起，可以拥抱在一起的朋友。所以，我们好像因为很难过离开的朋友，反而忽略了还在一起的朋

万芳京沪演唱会

友、还在一起的家人、还拥有的这样。所以我就觉得想要透过这句话、透过这首歌,因为生命不可能没有伤心、不可能没有离别,可是我们也许可以透过这样子的一句话,用祝福的心情来面对,来往前走。所以我们就决定把这样子的一句话变成是专辑的名称。然后又可能因为过去的专辑带给大家太多的伤心吧,所以就是说那我们不要伤心了。

经典永远都是经典,每次《新不了情》的音乐响起时,总会不由自主地把我们带回那个略带伤感的岁月。歌声中有钝钝的痛、苦苦的痴、也有傻傻的等,还有暖暖的情。每一面都是万芳的,是万芳的情歌,因为万芳的歌声里总有一种独特的氛围,哪怕是痛,我们也情愿爱上。

曹: 其实我觉得你是一个很会掌握自己生命节奏的人,想那时候你唱红《新不了情》,一般的歌手可能会利用这个契机,趁热打铁,乘胜追击。但你好像说过,那个时候,你非但没有体会到成名的那种快乐,反而是有一些迷惘,甚至好像是失去了自我。当时为什么会有那个状况?

万: 其实我没有觉得自己因为《新不了情》红,真的,真的。

曹: 但是所有人说起万芳一定会说《新不了情》。

万: 因为在唱这首歌之前,我碰到了人生感情上面的一个低潮期,所以一唱《新不了情》就哭啊,我就说我不要这样,我不要唱这首歌,我也不想唱了,就觉得太苦了。就是人生的感情,就是说人生已经到心情很低落的时候,然后看到这些歌词,字字句句又勾起我所有的伤痛,我觉得是不是太辛苦了、太残忍了,所以我就说我不要唱。可是后来他们觉得我刚好是在这个状况很适合这首歌,就还是坚持要我唱。那我唱了之后,我其实没有为这个歌做任何的宣传,我大概只参加了这个电影的一次记者会,没了,就没有做任何的事情。那时候刚好 KTV 文化开始,所以很多人在 KTV 里头唱,因为这个电影很感动人，然后就一切的元素组合在一起，让这首歌曲传唱下去。可是你说它红吗？我其实没有特别的感觉，真的。我从1993年这首歌开始唱，到1994、1995、1996年我都没有特别觉得它有什么大红大紫，都没有。那只是觉得它就是我生命当中其中一首歌而已，一直到现在。经过了17年的时间，现在连10岁的小朋友都会唱这首歌，已经变成了大家的歌了，你知道吧？

有人说，万芳挺吃亏的，她是最辉煌的滚石中的代表，可是她却也是最辉煌的那个滚石中最不红的歌手，红歌不红人。和她一同出道的很多歌手红翻天的时候，大家也只会唱她的歌，却不知道她是谁。对于这样的现状，万芳是怎样看待的呢？

曹：可能按照世俗的眼光，万芳也许不属于一个大红大紫的歌手，就像你刚才自己说的，即使《新不了情》这么多人喜欢唱，你还是没有觉得是有过大红大紫那个状况。我常常把这样的演员称为“粉红色状态”。

万：粉红色？可不可以多解释一下。

曹：就不是大红大紫的。

万：哦，好好，粉红色。粉橘色可以吗？

曹：这个就叫粉红色状态啊。作为一个音乐人，是不是其实你还蛮享受这种状态？

万：我刚开始进入这个圈子的时候，我就并不是为了要成为一个歌星来唱歌的，我从小就唱歌的，有一个很……

曹：从小唱歌有天赋是吗？

万：我爸爸说的，他说我都还不会讲话时就咿咿呀呀在那边唱歌。我记得我刚开始进入这个圈子的时候，有一个很深的感觉，就是我不能因为这一份工作、这个角色影响了我去路边摊吃饭。我还是要继续在路边摊吃东西，就是说这个状态不应该去改变，难道变成开始要求这不是金汤匙我不吃，不是燕窝鱼翅我不吃？不是的。所以我觉得我其实还是要回归到生活。在生活当中我真的不觉得所有的人都该认识我，我

万　芳

万芳和曹可凡

也不觉得所有的人都会认识我。譬如说像有一次我去参加一个演讲，我去一个座谈，然后我就在一旁等着入场，我看到一个婆婆，她就跟着她的孙子进来，然后她用闽南语说："万芳啊，万芳是女的还是男的啊？"你知道一个婆婆，佝偻着身子，要来听演讲，多可爱。然后她不知道万芳是谁，不知道是男生还是女生，我觉得太可爱了。而且你知道其实常常因为不认识我，我可以看到最真实的那一面。我喜欢这个感觉，大家其实都是一样地在交朋友。

在充斥着电子的20世纪，有人喧嚣着世纪末的华丽，而万芳的声音，是可以令人放心的。这种真实的声音，我们不妨多给一些掌声。

曹：时隔8年再出新的专辑《我们不要伤心了》，最大的一个期待是什么？

万：我其实没有所谓的期待，我只是很忠实地、很诚恳地把每一个当下的那个心情跟感受，透过音乐把它表达出来。我试图用文字或者是音乐把它表现出来，有的时候那个感受跟要把它写出来，其实还是会有一段距离，我还是得酝酿很久。那最真实情感，我觉得就是一个字不对都不行，所以就是要感受，每天都在感受。因为每天来自各个地方的爱很多，所以每天都很感谢。我想大概也是透过这个专辑去感谢这么多年来跟我一起共振的朋友吧。

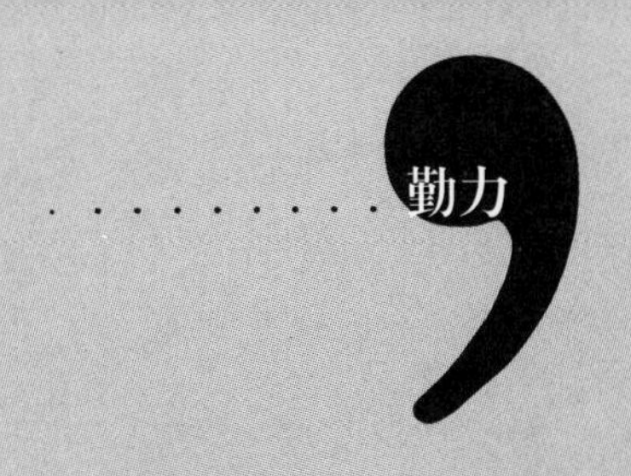
勤力

勤　力

也许你懂我——黄晓明专访

2001年，电视剧《大汉天子》的热播让黄晓明家喻户晓，此后，从《新上海滩》里的许文强，到《风声》里的冷酷日本军官，从出演翻拍剧中的主角到电影中的主要演员，他一直在拓展着自己的戏路。黄晓明从北京电影学院毕业至今，整整十年。从十年前老师眼中的那块“漂亮的木头”，到今天的影视红星，黄晓明一直用自己的行动证明着自己。《赵氏孤儿》让黄晓明的戏路有了进一步开掘，比如他很有喜剧天赋，他适合扮演亦正亦邪的角色，他的眼神凌厉和肃杀，也适合演一些心理阴暗的冷血杀手。如果说《风声》中的黄晓明已逐渐显露成熟演技，那《赵氏孤儿》将成为黄晓明表演生涯的又一分水岭。

黄晓明

曹：这次凯歌导演在《赵氏孤儿》当中请你出演大将军韩厥，这是你第一次跟凯歌导演合作吗？

黄：第一次。

曹：凯歌导演这次似乎对你的评价特别高，他不止一次地说起过这次跟你合作拍戏会想起十多年前跟张国荣的那种合作，同样是演员给他带来一种信心，带来一种智慧和灵感的火花。

黄：接不住。导演过奖了。我觉得我还不够，真的。我也很喜欢张国荣。哥哥的作品，我看过很多，我也看过他跟凯歌导演合作的电影《霸王别姬》。那我觉得照那个程度我还有一段距离需要学习。

葛优在《赵氏孤儿》中扮演程婴

《赵氏孤儿》中黄晓明饰演的韩厥与葛优饰演的程婴同为复仇者，片中演绎了两个男人间长达15年珍贵的友谊。从黄晓明面对与“一代名优”葛优的对手戏来看，并未感到他的“气场”有何变化，反而觉得比之前几场戏更能压得住场。

曹：听说你拍戏的时候不慎把葛优演的程婴给踢飞过一次，是吧？

黄：演“将军”太入戏了，没想到自己力气也这么大，直接把优哥摔了个四仰八叉。

曹：因为演过《叶问》，有咏春拳的基础。

黄：自己也就稍微地练过那么两下子。优哥过来扑我，我就下意识地“啪”一抖，没想到可能那一抖的力量就正好把优哥一下子给顶出去了。眼看他四仰八叉地摔在地上，当时我就心想：坏了，我这下子过了，没把他给摔坏吧？后来因为导演没有喊停，因为拍戏有个规矩，就是导演不喊停就得继续演，不然你浪费了这一摔，所以我就演下去了，结果拍出来没想到效果特别好，第一条就过了。

《赵氏孤儿》中，本来屠岸贾在黄晓明饰演的韩厥脸上，划了一道不大不小“刀疤”。黄晓明索性向陈凯歌建议，既然毁容就毁个彻底。于是当银幕上的屠岸贾手起剑落，伴随着一声凄厉的嚎叫，黄晓明的毁容造型从视觉上相当震撼。而这个造型也让黄晓明吃了不少的苦头。

黄：因为拍那场戏的时候，我眼睛是要划一道疤的，那一道疤化妆要做两个多小时，是要用那个刀疤胶揪到皮肤把皮肤收紧，压出一道痕，完了很痛。做上去之后呢，我这一天都不能动，也动不了，因为把那个眼皮压住了。然后化妆师就把血浆滴到我眼睛上，就做那个刚被劈的新鲜血的效果。结果那个时候血浆就滴到我的眼睛里，我觉得非常地痛，可是大家在拍戏，那我又不可能说“导演，我眼睛很痛不能拍了”。我就得忍住，因为不能让剧组的人等我一个。结果就一直这样，一天拍下来之后我就已经痛得受不了了。导演说收工，我就赶紧把当时离我们最近的医生叫过来，我说医生看看怎么办？然后把妆卸掉。当我卸完妆睁开眼的时候，我突然发现我这只眼睛什么都看不清楚。

曹：那时候有恐惧感吗？

黄：有，我觉得完了，这下子完了，我说我这只眼睛是保不住了。医生过来看了之后说他只能给我冲洗，他说他没办法检查出什么来，他说你还是要去医院。当天我正好有事儿要回北京，我就连夜坐飞机赶回北京。从象山坐了几个小时车，然后再坐飞机到北京。一路上我两个眼睛已经疼得都睁不开了，我当时已经彻底地认为我这下子完蛋了。到北京后就去了一个24小时门诊的眼科医院，大夫一检查说是叫"眼角膜化学性烧伤"。

《大汉天子》剧照

曹：所以大家特别期待看到你在这个戏中的一个新的形象，因为我想过往大家说到晓明第一个词会说他特别帅，但有的时候可能帅也会成为演员表演的一个障碍。这次是不是觉得在这样的一个作品当中能够充分展示自己表演方面的这种潜质？

黄：我觉得是一部分吧，因为我觉得还不够过瘾，还没演过瘾已经完了。我觉得其实这一刀对于我来说只是劈开了我所有的所谓的尊严、演员的尊严，还有所有的表象。我希望大家可以抛开表象去看到演员本质的东西，我真的只想去做一个演员而已，对于我来说。

作为内地当红的男艺人，黄晓明众多作品都展示了其不错的实力和人气。签约华谊兄弟之后，黄晓明的事业更加蒸蒸日上。过去两年中，他作为华谊大股东，开拓国际品牌广告代言，又自己投资拍电视剧，步步为营稳坐华谊一哥之位。

曹：其实现在说起晓明，大家除了说你的影视剧的表演，还有就是经常会说到财富。很多朋友知道我今天来北京跟你做采访，第一个反应说黄晓明现在是不是亿万富翁？因为这个股市它处在一个半透明的状态，所以人们往往会猜测或者揣摩某某人他具有多少身价。所以面对这样的一种公众的这种猜测的眼光，自己能保持一个非常淡定的状态吗？

黄：我觉得我首先最应该谢谢的是华谊兄弟这个公司，然后谢谢中军中磊给我的股票，当然也是我买的，但是是他们给我这个机会，所以我还是非常感激他们的恩情的。当然最后是一个判断力的问题。其实你问我我真的很会做生意吗?我觉得我不是一个很好的生意人。

曹:那你是不是是一个有一点理财概念的人?

黄:对,但是我很清楚自己的收入是要分几部分来投资的。作为华谊兄弟的这个股票是我一个大胆的投资,也是一种信任。当初很多人劝我,包括很专业的人分析说,这个事情的可行性不是很大,而且这事拖了一年,本来是一年前就应该上市的,拖了一年,可是我还是非常坚定不移地信任华谊公司,信任我的判断力,所以做了这么一件事情,我觉得算是比较成功的判断吧。

忆往昔十年磨剑,还记得那个入学考试时表演捉蛐蛐的大男孩。那个时候的黄晓明,与陈坤、赵薇是非常要好的朋友。这三个人的组合走在一起,青春和朝气扑面而来,当然惹得旁人频频回头。简单而纯粹,四年时光,倏忽而过。也许这段青涩的视频,比他现在拍的任何一部大片都要珍贵。

曹:听说你大学二年级的时候就已经是万元户了,是不是在那个时候就比较善于管理自己?说那个时候你跟赵薇、陈坤你们是属于学校“三剑客”是吗?

黄:“三剑客”是毕业之后他们自己给起的,那会儿没有“三剑客”,但那会是我们三个人很好,大家都知道这个事情。

曹:那时候相对其他的同学来说,你是能够善于管理自己的财务的,尽管现在看来是很小的一部分。

黄:也没有。其实我并不善于管理自己的财务,我是属于那种花钱比较大手大脚的人。然后如果别人来劝我我都告诉别人说,如果我不能花,我也挣不到今天。其实我是相对比他们成功都晚的,因为我比他们都小,他们的很多经验都比我足。而且我当时认为自己是不可能成功的,因为老师说了一个班只能出一个到两个。那我

黄晓明和赵薇

们班其实除了他们之外的，之前的颜丹晨、郭晓冬啊、何琳啊，很多人都已经有很大的成就了，结果没想到自己也有今天。

今年，适逢北京电影学院60年校庆。许多明星校友纷纷回家为母校庆生。看到多年未聚的老师和同学，黄晓明心中也是难掩喜悦与激动。

曹：最近校庆回到自己的母校，看到当年自己学习的校园，看到当年教过自己的老师，是不是也特别地感慨？十年了，我可以交一张还不错的答卷给母校、给自己的老师？

黄：我觉得特别开心。不好意思，我一晚上没睡觉也没吃饭，所以肚子老是叫，不知道能不能听得出来。其实我最激动的并不是看到很多人围着我，然后叫我晓明哥，然后让我来签名拍照。我觉得最激动的是我看到我的老师走过来跟我说："黄，不错啊，你现在很好啊！"我觉得在那一瞬间我挺激动的，说实话，因为我自己也没想到我会有今天。所以我看到我的老师经过十年，有的……不好意思，我看的我的很多老师经过十年，有的背已经……

曹：有点弯曲了。

黄：对，有点弯曲了。然后皱纹多了很多。白头发多了很多。但是他们为自己的学生很自豪的时候，我才明白了作为一个老师的人生意义，我也才明白了作为一个学生必须应

北电表演96班集体照

该回学校报答老师的一个意义。所以我觉得我那天回母校无论如何是正确的,非常正确的一个选择。

近年来黄晓明频频出现在各种慈善场合,素来是微博忠实用户的黄晓明,在目睹微博的超大影响力后,将慈善和微博完美地结合,从而帮助到了更多需要帮助的人。“做慈善微博不微”这是黄晓明玩转微博的态度。斩获“国际慈善名人”的黄晓明,一举成为了首位微博公益慈善达人。

曹: 其实晓明你在职场上是一个好演员,在学校里是一个好学生,而且你现在成功了,希望以自己的行动能够为社会做一点事情。我刚才看到你这样说起母校,特别感慨那个场景,其实挺感动我的,所以我也联想起这些年你做了很多的慈善,比如说你捐书啊,比如说你还网上照顾一对老夫妇啊。现在尽管明星做慈善会受到很多质疑,但是你一直一如既往非常执著地做这样一件事情,那你的心里是怎么想的?

黄: 其实这事说起来也挺怪的,现在就是你不做呢,可能没有人说你,但是你做多了呢,反而更遭很多人说你。所以这事你没法说。那就只能是像现在这样子,就是你想做就做,管他们说什么呢。反正你自己知道你做了对得起自己的良心就够了。

黄晓明获得国际慈善名人奖

曹: 那你现在做的这个慈善的项目,或者说你跟其他人的一些做法和想法,最大的不同是什么?

黄: 就是有一天在上微博的时候看到一对老夫妇在去卖菜,然后被城管执法揪起来打了十几个耳光,后来这对老夫妇就回去很执著地要找到这个城管。他们并不是别的原因,他们只是想告诉这个城管,我来卖菜是为了去救我躺在病床上患病的儿子,难道这也错了吗?所以我觉得如果是自己的爸爸妈妈这么做,你会怎么想?我当时第一想到就是,我说那些城管你们没有爸爸妈妈吗?你们难道看到这对老夫妇出来,你们觉得他们是愿意这样子吗?如果他们是有个富裕的家庭,他们不会是这个样子的,他们一定有苦衷的。如果这个世界上每一个人能够在自己做事情的时候多想一点,多替别人想一点,可能这个世界就会变得更美好一点。所以,借这个机会的话,我倒是想告诉每一个处在不同岗位上做事情的人，当你在做这件事情的时候、说每句话的时候，请你捂着自己的良心问一问，我在做这件事情的时候是不是对得起我的良心。

近几年，黄晓明红透半边天，也印证“人红是非自然多”的定律，是非不绝于耳。一会指他整容和工作态度嚣张，一会又拿他的身高做文章。面对这些，如今的黄晓明又是什么态度呢？

曹：近一两年来我不知道为什么，突然有一些个别的，可能别有居心的媒体会把你妖魔化。一些原本波澜不惊的事情可能一经他们渲染就变成轩然大波，比如某个英文单词发音啦，或者说身高的问题。作为一个演员，一个公众人物，会受到各种各样的压力，你自己是以一个什么样的心态来对待？

黄：我有时候会这么想，我说难道是有代沟了吗？为什么我们以前那个年代去对别人好去帮人或者去说别人好话，大家会觉得是对的，到了现在大家会觉得这是做作，是装，所以我就始终不明白，难道是有代沟了吗？不过后来我才明白，其实现在很多事情是拿钱做事的人太多了，所以很多东西是被利用的，我才明白原来钱是可以这么用的。那对于我来说无所谓，因为事实摆在这儿，我多高啊，那我前两天刚体检，还1米80呢，电子秤量的，所以我当时量完了心想算了，我也不需要再说了，再说了别人反而就觉得你怎么又拿这个出来说事。

黄晓明和曹可凡

曹：因为有时候那些媒体真的很奇怪，比如说你上一个节目，就是把鞋脱了量多高。我那天看了觉得很好，我还跟家里人说，好，这个风波到今天就没了。第二天我老婆说，你看又有新闻说他这个又搁在袜子里。这就变成没完没了的一个罗生门。

黄：但是你看了这个之后你会觉得很可笑吧?就会觉得这个人真的是别有居心。其实现在就是这样子的。我相信事实会昭告天下,会让大家明白原来其实这是一个局。那我觉得我也不需要再解释了,因为公道自在人心。那对于我来说,我还是照常去做我的慈善,我还是照常去做我应该做的一个演员本分的事情。所以我觉得这些事情反倒给了我一个非常强的内心。

今年是黄晓明入行的"黄金十年"。回首过去十年,黄晓明从一个青涩小生,到一位出色的实力派男演员,一路走来可圈可点。他用十年的电影人生向观众交了一份近乎完美的答卷。诚然,天然帅气的外表给黄晓明赢得了不少人气,但也同时让人忽略了他的表演。但是,相信观众在看过《赵氏孤儿》之后,会给他亮出公正的分数。

曹：你觉得回顾自己走过的这个十年,如果用最简单的话来说,你觉得你得到最多的是什么?

黄：一帮真诚的朋友。

曹：那你当下想得最多的是什么?比如说我希望有一个好的角色,我希望做一些对社会有益的事情,或者说过一段非常平安的个人的生活,或者是我做一个影帝,现在想得最多的是什么?

黄：其实我在这一年之前,我可能还想到是说我要拿一个影帝,但在近一段时间,我总结了一下,我觉得不重要了。我为什么说我近十年得到的是一帮真诚的朋友,我指的也包括一直跟随着我十年的我的影迷会的人,因为这是我最主要要强调的事情,就是我之所以在意是因为我非常在意,我不是在意其他人,我是在意那些其他人会带给我的这帮真诚朋友的感觉,我是非常在意他们的感觉。所以我有时候去解释,其实我也并不是想解释给谁听,只是想告诉一些我的朋友,一些想了解我的朋友,那个传言不是真实的。但那可能是,就是跟大家想法不一样吧。有些演员可能是无所谓,他不在意,也不在乎你喜不喜欢,也不在乎影迷或是其他人怎么想。可是我不一样,我很在意我的朋友和我的家人、还有我的影迷对我的想法。

曹：其实你从内心来说你对自己要求很高。

黄：因为我要求自己太高了。

曹：所以有的时候会很苦,心里会有一点苦。

黄：对,所以我说我有一阵差点得了抑郁症。我对自己要求太高了,这可以从我的演戏上，从很多东西上会表现出来，把自己憋得太狠了。那现在我反倒明白了，我不是说我不在意，而是我知道我要选择性地在意。我不能让每个人都满意，那样的结果只能是苦了我自己，然后也会让大家看我觉得好辛苦好累。所以我现在学会了去放下这些。

曹：通常来说，演员总是处在一个被挑选的状态，但是现在有更多年轻的像你们这代年轻的演员，希望能够自己做自己的主人，做自己的工作室，拍自己喜欢的戏。那我也听说前不久你买了郭敬明的小说，是不是也是想做这样的戏，拍一个自己喜欢的片子，不是说什么片子我都拍？

黄：是，其实我觉得我没有想到要做很大的公司，像华谊那么大的。我觉得我不是一个成功的商人，我做商人还不够狠。但是我只是想做一些喜欢的事情，就像很多好莱坞明星做独立制片人一样，去挑一些自己喜欢的剧本。当然不一定是自己演，也许是兼职制片人啊之类的，然后给一些新人机会。所以对于我来说现在做自己的工作室只是做自己喜欢做的事情。

曹：那还有多久可以正式挂牌面向公众？

黄：没有啦，其实我本来也一直都是有自己的工作室，只是没有单独拿出来去做一些东西而已。那现在就是让我有更大的空间自己出来做这些事情。

曹：其实作为你的朋友，我也特别希望将来能够看到有着你自己烙印的影视作品。

黄：谢谢，谢谢！

伴爱飞翔——张韶涵专访

当年一部偶像剧《海豚湾恋人》让漂亮的张韶涵成为了年轻人的偶像，随后她的专辑主打歌《寓言》更是深深打动着听众的心。从2004年开始，张韶涵就以她高亢独特的嗓音成为歌坛最受瞩目的新人。6年过去，当年的新人已经摇身变为今日的小天后，张韶涵在推出自己全新专辑《第五季》之后，近日又担任世博大使，于2010年5月1日至3日出席上海世博主题秀《城市之窗》音乐剧的演出，在剧中化身守护天使！张韶涵一直试图用自己的声音感染人们……

张韶涵

曹： 这次世博会期间你会在上海以嘉宾的身份参加世博会的主题秀《城市之窗》，并且还要演唱主题歌，我想知道作为一个歌手演员来说，对这样的一个演出有一些什么样的期待？

张： 一开始接受到像这样的邀请的时候，我觉得非常的荣幸。因为世博会一定是中国人的骄傲，我自己有幸可以在《城市之窗》里做表演，尤其又是在一个这样大的舞台做秀，我第一次有这样子的一个演出，一边演戏一边唱歌，我自己都觉得这太兴奋了，我就感觉有点睡不着觉。

曹： 那你是希望在这样一个舞台上用自己的音乐为大家传递一些什么样的情感？

张： 用我自己的音乐去传递一些很温暖的感情，包括看到一些朋友可能因为我的音乐《隐形的翅膀》也好，或者其他的音乐也好，而受到感动；还有一些像生病的朋友们，他们常常会跟我说韶涵我看到你的音乐，甚至是你的人，甚至听到你的歌声的时候，让我觉得我可以从这个很低落的情绪又更加勇敢起来。所以我那时候才会觉得，这就是我想要的东西，这是我的志向吧，我觉得。

曹：这个主题秀当中，海峡两岸的音乐人都做了很多的努力，你觉得这个音乐给你带来一些什么样的感动？或者跟你过去的一些歌比，这些歌曲有一些什么样的新的看点？

张：其实这次的音乐《城市之窗》，特别这首歌，我觉得它是一首非常励志的歌，当然也跟我们的主题是有非常大的关系。我们的故事就在讲一个小女孩在上海遇到了一个天使的故事，那这个天使就帮助她，让她顿时感到自己不再孤单了，然后甚至自己觉得可以变得更勇敢，朝着自己的梦想前进。可以透过一首歌去传达这样的一种感受。

曹：你刚才说到《隐形的翅膀》，我想但凡人们说到张韶涵总一定会提起那首歌，代表了你入行以来第一个高峰。当初你拿到这首歌的时候自己是不是也被感动到？因为这个作者其实也是根据你们共同的一些经历有感而发的。

张：有。在聊天的一个过程中我们发现彼此之间的一个成长的过程，以及我们经历过的一些什么样的事情，所以我们想借这样的一个经历去把它写出一首正面的歌。也就是希望说，以我们的个性，因为像我的个性就是我一直都希望不管遇到什么挫折，只要有勇气去面对你所遇到的事情，那老天爷一定会给你另外一条不同的路。所以那时候我们就是以这样的一个想法，希望可以用歌声去传达出来这样的感觉。

曹：现在费玉清也在自己的演唱会上翻唱了你的《隐形的翅膀》。

张：我听说了。

曹：我听到这个消息很讶异。

张：我是在视频上面看到。

曹：你看他唱的那个感觉怎么样？

张：还挺有趣的。

曹：你出道之前最喜欢唱哪一些歌手的歌？

张：比较多的还是像台湾的一些歌手，比如张惠妹，我就常唱的。

曹：比如说你在出道之前经常唱阿妹的歌，当你第一次在演出的场合见到阿妹，是不是会觉得很兴奋？

张：我其实看到自己偶像的话，我不太会是大喊名字很兴奋的那种人。

曹：很多人见到偶像会退得很远，是不是属于这种？

张：我是那种比较温和，低声打招呼的那种人。

曹：阿妹人很好。

张：是的，她待人很亲切。

出生在台湾的张韶涵，从小便喜欢唱歌，但恐怕谁也想不到这么一个歌坛小天后，小时候竟然五音不全，每每她一开口唱歌的时候，周围的人就会捂住耳朵说别唱了，但信心十足的张韶涵总是自信自己能唱好歌。后来流行唱KTV，她每个星期都会去唱两三次，就这样才把天生的好嗓子开发出来。

曹：你多大全家迁居到加拿大？

张：大概是我小学六年级的时候。

曹：那你们是住在温哥华？

张：对。

曹：一个孩子离开自己的家乡去到一个新的国度，是不是会觉得有疏离感？因为那儿语言、文化背景都完全不一样。

张：其实会，可能你出去逛街你想买一个东西，那时候你不知道该怎么去传达你的意思，甚至是更深入一点地沟通或交谈的话你也没办法。那时候会觉得有点沮丧，为什么要这样子，为什么会来到这里，但是我觉得我们可以有这样一个机会去到别的国家，去学习他们的东西。

曹：你说过因为小的时候家里兄弟姐妹比较多，家境不是那么太宽裕，所以你很小就学会怎么去挣钱来帮助家里头。特别想知道你这么羸弱瘦小能打一些什么样的工？

张：还蛮多的，我打过的工有洗车，还有在餐厅餐馆打工过。

曹：那个时候在加拿大你一个月打工可以赚多少钱？

张：不多，一个小时大概是160块的台币。

少女张韶涵

曹：160块台币？那只有30多块人民币了。

张：对。可是那个时候还必须要缴税。

曹：就这么点钱，30多块人民币还得缴税啊？

张：对，还是要一点点。

曹：你赚来的钱是全部交给爸爸妈妈？

张：全部都是的。

曹：全部都是，好孩子。

张：对，一直到现在都是这样子。

曹：当时爸爸妈妈做一些什么样的工作来维持家里的这个开销的？你爸爸心脏不是太好，是吗？

张：对，他其实就没有什么工作。

曹：你妈妈一个人在外面工作？

张：对。

曹：她做什么呢？

张：就送一些便当。

曹：所以当时这样的一个家庭的状况，每个人都要努力地去打拼，是吧？

张韶涵和家人

张：对，我觉得就是那个感觉很好，是因为家庭的感觉，是在一起的。

曹：我知道其实你们还挺小的时候，爸爸妈妈就分开，那个时候对小孩子有些什么样的影响？

张：我们也都是这样，就跟一般正常的家庭其实都差不多，那当然就是因为妈妈有时候都不在身边，所以那时候通常都是我跟妹妹弟弟在一起，甚至有时候看到同学很开心出去玩的时候，我们都在照顾弟弟。有时候必须要跟同学出去，没办法，一定要带弟弟，所以都会带着弟弟跟着我们一起出去。

曹：那其他的同学看上去会不会觉得很怪异，这个小姑娘怎么还自己带一个小孩出来？

张：对，会。

曹：你在那里有没有参加过当地的一些歌唱比赛？因为在加拿大有好多的华人，他们经常会举办一些选美、歌唱比赛，有没有参加过？

张：有，我参加还蛮多的。我应该说从15岁开始就比较有兴趣，就开始抱着试试看的心态，所以就参加了很多像是歌唱比赛。

曹：刚开始参加比赛的时候有没有紧张？或者说就像你这次摔倒一样有没有出现很糗的事情？

张：非常糗，还记得第一次上台好紧张、好紧张，紧张到我手跟全身都是发抖的，这么抖，然后我就说完蛋了完蛋了，大家都看得到了。我那时候就想说好吧，胜出的一定不会是我，所以没有关系，就学习一下经验吧。

不服输的张韶涵为了证明自己，开始参加各种唱歌比赛，她化压力为动力，在加拿大大大小小的唱歌比赛中，都能见到张韶涵瘦小的身影。终于，在她17岁的时候，她凭张雨生的那首《没有烟抽的日子》获得了加拿大"中广流行之星"华人组的冠军，继而被著名音乐人林隆璇力邀回台湾发展。可参加唱片公司的选拔并不像张韶涵想的那么顺利。

曹：我听说当时你妈妈跟你说，既然找不到一家合适的公司，我们是不是还回加拿大，等几年再看看有什么机会。可是你在那个时候断然拒绝了，说一定要找到一家公司。是什么样的力量让你做出这么决绝的一个决定？

张：我觉得那时候有一个心态，就觉得说既然回来了……

曹：没有混出一个样来不回加拿大？

张：对，就是没有试到一个层面的话，我觉得好像也不应该放弃。所以那时候是一个这样的感觉，就说好吧，就继续试试看。如果真的已经到筋疲力尽的时候再说吧，那我们再回去。

曹：在最后被福茂公司接纳之前，前后转悠了多少家公司，找了多少家公司？

张：应该有五六家吧。

曹：最终被福茂公司看中是一个什么样的机缘？

张：因为福茂的老板是以音乐取胜的，所以他会说自己喜欢什么样的音乐，那你唱什么样的歌，他会觉得怎么样。所以那时候觉得老板其实真的懂一些音乐，是这样子的一个聊天的感觉。

曹可凡和张韶涵

曹：那在正式出片之前有没有接受一些什么样特别的魔鬼训练？比如说舞蹈、音乐，比如说其他的一些方面，有没有经过这样的一些训练的过程？

张：我的际遇是我一开始进了公司之后，当然有一段时间是练舞，但是突然就被制作人看到了，所以我那时候就去试镜，是试偶像剧的。那时候我其实还不太清楚，什么是偶像剧?因为对这种东西一概就都不懂，就是说有一个试镜你要不要去试试看，机会还不错，我就去试了。试镜的时候他问我，“韶涵你会做一些什么事情，你最喜欢做什么事情?”我说唱歌。他们就说：“答案就这么简单吗？就只有唱歌两个字吗？”我说：“对。”他说：“你要不要来唱唱看？”我说：“好啊。”然后我就开始唱歌，什么也不说我就唱歌。他们后来跟我说那时候很惊讶，我怎么就是那种很直接的个性，什么都不说就唱歌了这样子。所以好像也是因为这样，就让我有机会进入这个戏剧。然后印象最深刻的是那一段，我还记得我第一集的剧本全部都背了，我想太好了，我都准备好了，我可以去拍戏了。结果第一天去拍戏的时候导演说好，开始拍戏，我们现在开始拍第一集的第五场。我说导演，我只有背第一集的第一场，然后他就说有人说我们是照顺序拍的吗？我们是打横着拍的。我说，啊？那我就傻了，我不知道怎么办。

曹：你不知道电视电影是倒着拍的，是吗？

张：对，我不知道，我就傻了。那导演还算蛮有耐心的，就慢慢教我。

从来没接触过表演的张韶涵凭借自己的努力，成功地出演了《MVP情人》，就这样她意外从电视界开始了自己的演艺生涯。之后她出演的《海豚湾恋人》大获成功，使她终于有机会接近自己的梦想。2006年的一曲《隐形的翅膀》更是让张韶涵的事业达到了最高峰！

曹：《隐形的翅膀》把你的名声推到了一个最高峰，但是你是不是也在想尝试做不同风格的一些音乐？因为那个高峰你再突破有点困难了。

张：我倒是不会害怕像这样的一个想法，就是说突不突破这个点到底在哪里?这个意义到底是什么?就是说突破了也许你会觉得我成功了，我很厉害，那又怎么样呢?我觉得。

曹：但有的时候你知道听众也好，市场也好，就是这么残酷，就是它会对你有新的要求。

张：没错。

曹：当你没有新的突破，没有一个超越过去的作品的话，你会被大家淡淡地、慢慢地遗忘。所以这个其实对歌手来说是非常难的一个事情，尤其你有一个高峰——《隐形的翅膀》，在这么一个状态下，你会对自己的将来有些什么样规划的设定？

张：其实我不害怕，因为我觉得人生就是这样子，你有起就会有落，所以何必去很计较于我一定要非常成功，当成功的时候，你应该就享受那个时候的成功，当你真的掉下来的时候，应该觉得至少我曾经拥有就好了，何必去说我的人生就一定要这样要那样。所

《海豚湾恋人》剧照

以我对这个事情的看法，对我的人生的看法也都是这样子。我一直觉得说我能在这段时间可以给大家一些东西，我尽力了，我从我的这个人生里面所学习到的一些东西，我把它带到我的工作上面，我把这些东西传递给所有的朋友，我能给多少的东西，我就给多少的东西，直到有一天我没有办法给了。那我也许我就该退休了，对不对？我就应该有这样子的想法。

2008年对于张韶涵来说或许会是终生难忘的一年，一场突然而至的心脏病令她的事业脚步暂缓。当张韶涵沉寂一年多在加拿大就医康复，再次发行新专辑之时，她又被爆出母女为钱反目，成了众矢之的。在历经一年多的身心煎熬后，她在节目中吐露真情，倾诉这不堪回首的伤感往事。

曹：大家知道前一段时间你跟母亲有一些纠葛，此事闹得沸沸扬扬，经过了一段时间沉淀以后，是不是可以说现在的内心慢慢地归复一种平静？

张：当遇到了一些挫折的时候，或者是生命中的一些起起伏伏的时候，我们都会觉得说可不可以就让我静一静，不要再问了。因为这种事情，说真的，我自己觉得我也不想去讲太多，那我一直都希望事情都是一个很好的发展。

曹：你要知道天底下人与人之间的情感来讲，母女之间的这种情感是最亲密的、是最无私的。当你有一天发现这种情感都出现有一些变质的时候，你会不会对这个周遭的世界有一些失望？是否发出这样的疑问，那世界上还有没有真的人与人之间的感情？

张：这个问题问得好，其实我觉得我很少有机会可以真正坐下来可以好好讲一些这样的东西，或者是把自己的情绪讲出来，因为现在有太多的媒体有一些不正确的报道，当我看到那些失实报道的时候我更难过。其实我觉得这都不是这样子的，为什么会变成这样子？那当然我没有办法去怪别人，因为这个事情的发生其实连我自己都没有办法接受，我都是很诧异，我不知道我该说什么话。毕竟我遇到的这个问题不是说像别人家那种，也许私底下可能像一般的人，也许每个人家都有自己家的一些问题，关起门来自己都可以解决。

曹：家家有本难念的经。

张：是，但是很少会有像发生在媒体前的这样子，这样子的考验对我来说其实是一个很大的考验。

曹：是有一点点残酷的。

张：对，因为我觉得自己一直以来都是一个以家庭为重的人，我们一直在讲人与人之间的关系，家里的事情应该是更要紧才对。那发生这样的事情，我等于是无言，我不知道我该说什么。当然会有很多支持我的人，也有很多批评的声音，但我都觉得那个不重要，重要的是当我遇到了这些事情的时候，我才会真正发现到什么叫做人生的一个经验。就是你一定要走过来，你一定要很勇敢地面对自己，然后面对所有的人，因为当你知道你对家庭是完全奉献的时候那就够了。因为你曾经做过这么多的事情。但对家庭我觉得一直以来到现在都是这样，我希望都是一直在付出的。

曹：春节前我在香港跟青霞姐在一起吃饭，我们说起刘嘉玲，她说过一句话，我觉得很感动的，她在文章里也写过。她说："刘嘉玲的了不起是她能够原谅这个世界上最不该被原谅的人。"所以你能够原谅伤害你的人或事吗？

张：其实我可能再隔一天起来我就已经原谅了吧。因为再怎么样她都是我的妈妈，所以我觉得不管怎么样，我希望就是一切都可以往好的地方发展。

曹：这个事情之后有没有试着跟妈妈进行沟通？

张：其实有。

曹：我觉得像你这样的家庭，像你这样成长的一个孩子非常不容易，从小那么懂事，也许妈妈站在她的立场上有一些其他的不同的想法，所以我今天听到你这样说，我心里都挺感动的。不管这个事情的是是非非究竟如何，其实我们没有必要去探究其真伪，我想一个女孩子对母亲有这样的心就足够了。

张韶涵和母亲

张：其实我还蛮开心的，因为我很少有这个机会可以去聊到这件事情。而当我遇到事情的时候，我选择去做的一件事情就是我不希望以眼泪来博取同情，因为我觉得当你没有做错事情的时候，即使媒体这样报道你，你都不应该低头。可是你对家庭的那个付出是不可以被抹灭的。这是另一回事。

曹： 其实我一直在想如果这次你来上海参加《城市之窗》能够把妈妈邀请来，来看看你在世博会上的表现，我相信妈妈会有一些新的感受。我们也希望妈妈跟你能够都过得好，能够以一个新的面貌出现在我们的面前。谢谢 Angela，谢谢你。

张： 谢谢。

明月照人来——钟欣桐专访

清新的面孔，甜美的笑容，无论你曾经用哪种眼光审视过她，她却从未停止对于美好未来的执著追求，她就是钟欣桐。今天的她依然美丽，依然楚楚动人，只是眼神里多了一份坚定，少了一份羞怯，让我们不禁想问候一声，阿娇，好久不见！对于她的故事，我们以为我们了解了很多，但是我们是否真心地去聆听过？自从那事件爆发之后，这个本来就少言寡语的女孩变得更加沉默。回想刚刚组成Twins之初，一切荣誉似乎来得太快，又走得太突然。于是，在这漫长的两年当中，我们几乎很少看到阿娇的身影，也许她无法继续洒脱。两年里，阿娇每一步走得都很小心翼翼，每一次在公开场合的露面，也都是经历过无数次心灵的徘徊才做出决定。今天，钟欣桐带着她的新片《出水芙蓉》做客《可凡倾听》，再回首恍然一梦，往事云淡风轻。

钟欣桐

曹：阿娇，你好！经过三年蹉跎《出水芙蓉》这部片子终于浮出水面。这部影片的女主角经历了一些挫折之后，通过体育运动来重拾自信，然后又寻找到了一段新的爱情。那之前你也曾经在一个公开场合坦言，确实通过这部片子能够让你感受到，在挫败中学习成长这样一种现实的收获。是不是现在想想拍这部片子对你有一些特别的意义？

钟：我觉得每一个人都会遇到挫败，关键是不管有多大，都要面对，不要把自己收起来，不要钻牛角尖，因为这样是帮不到什么忙的，所以我尽量地去放松，还有就是往前看吧。

曹：你跟刘镇伟导演是第一次合作，是不是在你眼中，其实他不仅仅是一个大导演，更是一个在你遇到不顺心，或者困难的时候，能够给你帮助的这么一个长辈？

《出水芙蓉》海报

钟：真的当他是爸爸，因为我从小爸爸就离开了嘛。他真的对我很好，还有真的很关心我，在我在最不开心的时候，他就算再忙也会出来跟我吃饭，跟我分享。原来他最低潮的时候发生的事比我糟糕，但是现在他也那么成功，我觉得我也应该不要放弃自己，要继续做好。因为你知道，就是那个命运，还有就是机会，不是常常有，如果你不去争取的话，就没有了，所以我就一直都很努力地去学东西，希望有机会可以再重来。

曹：我觉得你这个想法非常好，我记得很多年前有一位长者就跟我讲，当一个人在人生道路上突然摔倒了以后，有两种做法：第一种人可能站起来，拍拍身上的灰就走了；第二种人就永远注意把他绊倒的那个洞，所以他永远没有进步。我想你大概就是前者。

钟：我觉得最重要就是身边的人，身边的人怎样去支持你，给你真能量是最重要的。不要常常听一些不好的东西，越想不好的东西，就会往不好的那个方向走。所以我就一直都有这个想法，不要想太多啦，就往好的那边想，人就会开心多了。

曹：在这部片子的宣传当中，片方用了一个“二”字来形容这部片子，然后把你这个角色定为叫“二姑娘”，这个是比较北方的说法，你香港女孩子是不是知道“二”的意思？

钟：我懂，我觉得蛮搞笑的，用一个数字来形容一个人。一开始，那些场务就教我，你说二，我说二，太二了，我说我喜欢卷舌：二。我都不知道这个是什么意思，之后有人解释给我，我就晚上跟他说“嘿，二哥你好”。

曹：在这部片子当中，像方力申本身就是游泳运动员，而田亮又是一个世界的跳水冠军，你游泳是不是在行？跟这些个游泳跳水的高手在一起，有没有压力？

钟：没有压力的，因为田亮在戏里面是不跳水的，他演一个水上观音。还有方力申，我没有压力是因为怎样都比不过他。反正就是我蛮怕水的，很辛苦，常常都喝那些海水，都很辛苦，很怕，洗澡用花洒，我站在下面都怕的。

曹：是吗？

钟：对，都会入水，差不多每一天都要拍游泳的戏，都会沉下去，都要人家去救我。

2001年夏天钟欣桐和蔡卓妍这两位活泼女孩，由于外表接近，神似双生姐妹，开始组成Twins组合。20岁的阿娇和19岁的阿Sa以“年轻得像威化饼干一样干脆”的可爱形象，赢得上至公公婆婆，下至3岁女孩的喜爱。可爱的娃娃脸和青春跳舞路线，使得她们出道半年便人气直升。Twins像阳光下闪着露珠的苹果，孩子气地播撒美丽。年轻是她们的旗帜，简单成为她们的优势，一份单纯的少女情怀，似夏季的一阵清风，滋润着每一个喜欢她们的人。

曹： 明年其实就是Twins组合的十年，也是你入行的十年，回想当初你跟阿Sa两人之间的这种合作，你觉得你和阿Sa个性上最相同的地方是什么？

钟： 就是想Twins好。我们反正就都在一条船，有共同的目标，就是想Twins做得很好，其他都不重要。就算大家有什么意见，最终都是想Twins好，这是最重要的。

曹： 两人个性上最大的不同是什么？

钟： 大家看到她是很活泼，比我话多好多。其实我话也好多的，只是我慢热，她比较快热一点，所以大家觉得她比较直爽一点，我就比较酷一点。大家都好像觉得我黑脸，其实我没有笑不代表我黑脸，因为我一出生就是这样，没办法，我没表情大家就以为我不开心，黑脸。

曹： 如果你们两个小姐妹之间出现一些小的矛盾、小的分歧，通常是谁先让一步？

钟： 有时候是她，有时候是我，就打圆场，打圆场就说我们不如去吃东西好不好，就这样。

曹： 那当你们两个人如果遇到一些不顺心的事儿，或者遇到特别困难的事儿，你们两个人会怎么来互相安慰，互相鼓励？

钟： 我们觉得大家应该给对方时间，不要去骚扰对方，反正知道对方是关心自己，就好了。就可能有时候发一个简讯，但是我就算不发简讯也好，我

twins组合

都会跟她的助理讲，这样会直接一点，我就希望她知道，我是关心她的，我有注意她的。我不用写出来，也不用告诉人家，大家互相知道就好了。

曹：到明年十年，回过头去看，自己是怎么看待这十年所走过的演艺道路？

钟：眨眼间，眨眼间，很快，但是中间真的，我们做了好多好多东西，演唱会我们都开了十次，在红勘体育馆。刚开始第一张，我们发的是EP嘛，我们两个人都不在香港，就是发那个EP的时候，我收到我妈妈的电话，她说买不到啊，我说为什么，我们做了什么，为什么不让我们发专辑？我以为是这样，原来是卖光了，那个时候很开心。但是可能太快了，第二年就要我们做演唱会，我们歌也不够，所以要唱好多前辈的歌，就是我们硬着头皮请一些，好多都是不认识的前辈，都是我们欣赏的，请他们来做嘉宾。所以第一次演唱会，我们要记40几首歌，真的压力很大，还有要记的东西真的好多，睡不着。

曹：首先记歌词就很困难。

钟：对啊，40几首，自己的都已经很难记，还要记其他人的，还有舞蹈，走位。因为四面台，正式开始之前，我们要走一次，我们用了三个多小时，还跳过了一个多小时，台边的工作人员都在睡觉，我们一边走，一边在想快点回家，我要背歌词。那个时候我们很想哭。

自从出演了电影《千机变》、《精武家庭》之后，钟欣桐便被称为"新一代打女天后"。她外表看似柔弱，但实际身手敏捷，虽然没有武功基础，而且又有很多高难动作，但阿娇"轻伤不下火线"，大多数动作都由她自己完成，也被剧组的工作人员戏称为"女成龙"。虽然阿娇外表看似柔弱，但是小时候也是一个调皮的小孩。

曹：你小时候的个性是哪种？就像你的名字阿娇一样，比较娇气，比较害羞的那种吗？

《千机变》海报

钟：小时候我蛮内向的，慢热，还有就是，我觉得自己是过度活泼症，是停不下来的那种，不可以停下来的。我在小时候，就已经转过6间幼儿园，所以没有幼儿园的朋友，因为没有一定的住所，我妈妈要干活嘛，所以她要把我托给人家去照顾。我小时候就有碰过很不同的人，我觉得我自己的经历,比一般小朋友都多。我在爷爷那边,那里好像有一条川,我小时候喜欢爬树,喜欢骑单车,喜欢抓小动物,我试过,就是小时候什么都不怕的,我看到有一个那么小的老鼠，就把它的尾巴拿起来,贴在人家房子的外墙，最后用那个胶布贴住,人家吓得要命,我什么都不怕的。后来可能人越来越大,慢慢变得胆怯。

曹：我知道你在中学读书的时候,有两门课是比较突出的,一门是数学,一门是体育,那时候有没有想到过,以后突然就进入到演艺圈成为一个艺人?

《精武家庭》剧照

钟：我从来没有想过要当明星,也没有想过当一个歌手。因为在学校有试过,参加那个唱歌比赛,都会抖啊,见到那么少的人都抖,我怎么可能面对全香港全中国全世界的人呢?我没想过,从来没有想过。

曹：后悔吗,进入这个圈子?

钟：没有。我认为就是因为进了娱乐圈,反而看到的更多。我觉得你一开始做了,选择了要做的时候,就尽量做好它,不要觉得后悔,因为这样会不开心。反正都要做,为什么不做好一点,开心一点呢?

曹：前几年经历了一些风风雨雨,是不是觉得,今天的阿娇真是更自信更成熟了?

钟：没有说很自信,只是因为以前有很多不可以说的话,现在全部都说了,没有什么可以不说,人比较放开一点,可以放开一点。

曹：那觉得今天从内心来讲,你最想感恩的是谁?

钟：我妈妈,因为如果没有她,就没有我了。她开始就说如果做得不开心,就不要做了,没有大房子,没有豪华的生活不重要,我们就是省钱一点,就也可以生活,我们就找工作,那些话很让我感动。因为我入行是为了我家人,希望他们可以过得很好,如果我就这样放弃的话,就违背了自己一开始入行的目的,所以我不想就这样去放弃。

曹：你那个时候是不是发生了那件事以后,最害怕的是会被放弃,被社会放弃,被歌迷放弃,被老板放弃?

钟：最重要是不要自己放弃自己,就是外间一定会有人会放弃我的啦,但是自己要面

钟欣桐和曹可凡

对,自己不可以放弃,自己不放弃的话,旁边的人看到你那么努力,也不会放弃你。我老板就是一个很好很好的,很有义气的人,真的很感谢他,还有我的经纪人,她都很用心努力去帮我,去解决好多问题。她压力很大的。

曹:某种程度她的压力可能比你还大。

钟:那当然了,她先面对啊,之后才到我,所以就很感谢他们,在背后默默地去做好多的事情,去帮我。就希望我的经纪人可以快点结婚生孩子,可以找到一个幸福的归宿,有一个幸福的家庭,很好的老公。

曹:男大当婚女大当嫁,喜欢阿娇的人,总是希望看到她的未来,就是很简单一句话,希望你幸福。从你内心来讲,希望找到一个什么样的伴侣?

钟:现在我不会去想这些东西,因为休息了那么长时间,我要回归公司,我要,真的要很努力地去做工作。我想这都是缘分,还有都不一定要嫁一个有钱人,我觉得这个压力会好大。

曹:关键是要了解你理解你,能够包容你。

钟:对啊,就是两个人可以很舒服,不会改变对方。因为我觉得,第一次你喜欢上的那个人,就是那个人嘛,为什么要改他呢,我觉得这个不对。他可能会觉得你这样做不对,但是就是这样子,如果我要改就会改,我知道自己错都会改,但不要刻意地去改变对方就好了。我认为要互相尊重,尊重是最重要,还有对方要孝顺,还要上进,我觉得很努力的人,很上进的人,那不会穷一世的,就算没钱也好,内心是富有的。

曹:只要你喜欢的哪怕他没钱?

钟:我们可以分享,但是他不可以吃软饭,他一定要做工作,赚多赚少无所谓。对啊,但是不可以吃软饭。

人生很短,何必在乎太多。人生又很漫长,何必抓住一件事紧紧不放。既然她能,我们也能。其实我们可以选择陪她一起走出那段痛苦的回忆,多些理解,多些关怀,陪她一起走过。

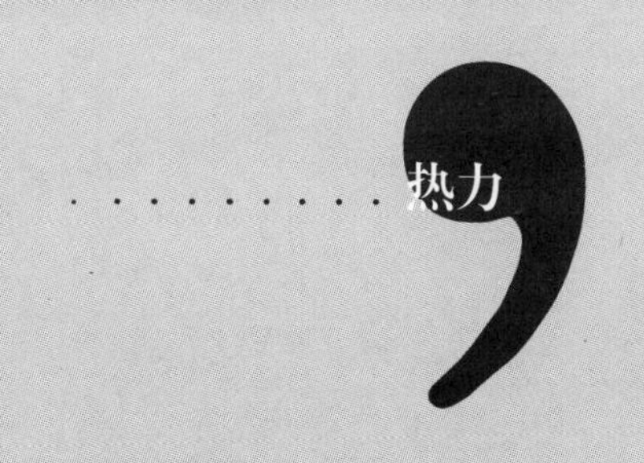
热力

热　力

欢迎来到“奇异岛”——约·基专访

新西兰，大洋洲美丽的岛国，有着令人心醉的奇幻风光。去过的人都说，在这个国家旅游根本无需停车观景，因为时时刻刻都是风景。新西兰对于中国人来说曾是遥远的南半球国家，现在是熟悉的旅游目的地。它的宜人风光，它独特的毛利文化，成为旅游休闲的代名词。2010年7月，新西兰国家馆日在上海世博会举行，年轻的新西兰总理约·基专程前来，用他阳光般的笑容，向每一个中国人推荐他同样年轻的国家。让我们跟随他的介绍，一起畅游这座奇异岛。

约·基

曹：总理阁下您好，非常荣幸能采访您！这次您是为上海世博会新西兰国家馆日前来上海的，您觉得上海世博会对新西兰来说具有怎样的重要意义？

约：对于新西兰来说，世博会非常重要，因为在整个世博会的6个月时间里，将有7000万人进入世博园区参观，其中大约有700万人会走进新西兰馆。以现在新西兰的总人口450万来说，这个数字接近2倍了，非常可观。所以这对我们来说是一次很好的机会，向前来世博参观的人展示新西兰的冰山一角，我们的美酒、美食、优秀的文化，如果他们能带回些纪念品就更好了，或者将来直接来新西兰旅游吧。

曹：我想这是您第二次来上海，对这个城市的印象有何不同？

约：我喜欢这里。上海是一个充满交融的地方，我想，是欧洲文化和亚洲文化的交融，有些角落充满了浓厚的欧洲风情，不过整个城市还是弥漫着亚洲的气息。上海是一个商业的大都市，这里每天都在发生着改变，上海也是一个不断更新的城市，我们去年来的时候，就看到有很多地方正在改建，这次则有了进一步的体验。

在高科技林立,LED超大屏炫目的世博各场馆中,新西兰馆特立独行呈现出一派纯净的自然风光,让劳顿的游客得以宁神喘息。入口处的天然大玉石是镇馆之宝,游人必摸,沾点好运;而另一件宝贝,每天都吸引无数镜头,——这个叫做"种子"的巨型独木舟,是新西兰毛利人文化的象征。9名来自本国的工匠每天在此雕琢上色,等待它完工、开启出航的时刻。

曹:这次新西兰国家馆的"镇馆之宝",是由毛利艺术家手工雕刻的巨型独木舟"种子"。能否介绍一下,为什么要选择这件艺术品作为重要展品呢?它有什么象征意义?

约:是的,很明显,毛利文化是新西兰文化的根源。毛利人早在很久很久以前就定居在新西兰这片土地,在欧洲的开拓者们来到新西兰之前。这次的展品,我们称之为"独木舟",就是一种小船。"独木舟"对于毛利人来说是非常重要的,因为它蕴含一种印迹,一种历史遗留下的传统,纪念过去毛利人从亚洲来到新西兰的传说,有着重要的意义。这个艺术品由Te Puia这所远负盛名的雕刻艺术学校来完成,同时中国驻新西兰大使张利民也在整个雕刻中贡献了力量。

曹:所以这个艺术作品中也包含了一些中国元素,是这样吗?

约:是的,没错,张先生也执刀参与了雕刻过程,因此整个作品也有中国人民的心血。

曹:毛利人的文化基础是"守护"和"热情待客",这两点,是否也能代表新西兰这个国家对世界的一种态度?

约:是的,我也这样认为,我是说他们是很友好的。毛利人在新西兰的人口中占有一定比例,很明显,作为新西兰的土著民族和文化,他们是非常成功的,我们也为他们感到骄傲。毛利人在新西兰全部人口中占了15%,这是很大的一个部分,按照常识来说,在澳大利亚的土著人只占到其全国总人口的1%。所以对新西兰而言,这部分人数真的很多。除了人数众多,毛利人在历史上也与欧洲人早早建立了联系,是很好的一个民族,

毛利独木舟

他们有很多古老的传说,他们的文化是新西兰文化的内核和发端、源头。

1901年,当现代工业刚刚起步,人们对旅游的概念仅仅停留在“旅行”的阶段,新西兰就具有前瞻性地成立了世界上第一个国家旅游局。100多年来,旅游已经成为该国的支柱产业之一,作为特色,约·基当选内阁总理的同时,还兼任国家旅游部部长的职务,向全世界大力推广新西兰的休闲文化。

曹:作为国家总理,您还兼任新西兰旅游部部长,这是国际政治舞台上很少见的,这个兼职,是否包含了特殊的使命,即,将旅游事业作为倾斜性的国家支柱产业加以发展?

约:是的,确实是。我们希望更多的人来新西兰观光旅游,当然不是同时,那我们会应接不暇的。新西兰是个很棒的地方,很干净、很环保、很安全、非常非常美丽,在那里,你可以有很多新的体验。所以我们一直致力于为游客提供全方位的、独特的旅游机会,比如可以体验一下乘坐巴士到乡村去的独特感受。对我们来说,旅游业是经济产业中的一个很重要的部分,为我们创造就业机会,吸收就业人员。同时,旅游业也是大力宣传新西兰的最佳渠道,所以我们热情欢迎大家来到新西兰旅游,感受这里的美好,并分享给更多的人。

曹:作为国家旅游品牌,“百分百纯净的新西兰”已经推广超过10年了,这个品牌告诉我们,旅游这种休闲项目也是可以有名牌的。10多年来,新西兰是否切实地从中获得经济和文化上的双重实惠?

约:是这样的,我是说文化确实也是经济的一个重要部分,也是社会的重要部分。有很多人会喜欢新西兰受欢迎的体育比赛,比如橄榄球。所以这也使他们有机会了解到、感受到毛利文化。人们在观看比赛的时候,会同时看到非常有名的战舞,我们称之为haka,这是一种毛利人在作战前为震慑对方而跳的传统舞蹈,所以如果你想在气势上占优势,可以跳这种舞蹈。所以文化是非常重要的一部分,这也是人们不断

约·基在世博会

来新西兰游玩的原因,希望看到、感受到很多不同的、新鲜的体验。

曹: 中国目前是新西兰第四大旅游客源国,新西兰政府对中国的旅游开放度也是越来越大,除了良好的国家关系,以及中国海量的人口因素外,您觉得什么因素最能吸引中国游客?

约: 显然我们是非常幸运的,我们和中国自1972年开始就建立了非常强大和友好的邦交关系,新西兰也成为在很多事务上与中国签订协议的国家。我们是世界上最早的,事实上承认了中国的市场经济地位的国家之一,所以我们是第一个与中国签订自由贸易协议的发达国家,这点很完美。说到旅游业,的确如你所说,我们非常幸运,在1999年的时候,中国将新西兰批准为中国公民旅游目的地国。事实上,在最近我访问中国期间,中国总理温家宝表达了他希望看到更多的中国公民到新西兰旅游。所以通过中国总理向中国公民推荐新西兰旅游是对我们最好、最有效的宣传。我们还有很多可以改进的地方,人们来到新西兰是为了品尝美味的食物,欣赏美丽的风景,或者感受一下地道的新西兰生活,一种惬意又私密的文化。另外,我们有将近25万的华人生活在新西兰,所以,在这里你还是会听到非常流利的中文,大部分的中国游客在这里会觉得宾至如归,沟通是没有问题的。所以中国游客到新西兰旅游,会有一段美妙的经历,会与他们在中国所能体会的截然不同。有很多年轻的中国学生选择到新西兰的大学留学,这对新西兰来说,是很好的。我们同时也鼓励那些在新西兰求学的学生在这里永久居住,所以我们看到很多中国学生拿到了他们的法律学位,或者是会计、医学学位,最后决定在新西兰定居。事实上,我们是第一个在议会有华裔成员的政党,所以说我们做得很好,另外我们议会中也有了第一位韩国裔的成员。

曹: 我们看到您2007年去南极的照片,那次旅行您最大的感受是什么?

约·基和曹可凡

约: 是的,在南极期间,我们更感受到自己在保护地球方面所扮演的重要角色。新西兰是环境保护的签署国之一,所以我们致力于改进健康和环境情况。在南极的时候,我们的大本营与美国的大本营很近,只需要几分钟的车程。我们亲身地感受了南极，我自己也的确被那里迷住，在那里待了一个礼拜。我在那里的时光很精彩，所以打算今年有机会再去一回。

2001年，电影《魔戒》开启史上最高票房电影的大幕，《魔戒》三部曲所创造的中土世界，不仅令时代华纳公司大赚一笔，作为整部系列外景地的新西兰，也着实从中得利。彼得·杰克逊用他的艺术和商业头脑，为自己的祖国做了一次巨型广告。此后，《纳尼亚传奇》，《金刚》，美剧《探索者传说》等等，均以新西兰为首选外景地，这里，成了传奇电影的最佳背景。

曹： 说起新西兰，人们脑海中冒出的几个关键词，“广袤绿地”、”牛羊成群”、“优质奶粉”，还有就是“《魔戒》”。新西兰成功地利用了电影，宣传了国家形象、推广了旅游。

约： 是的，我想我们认识到因为电影将会在全球放映，这对于我们来说是很难得的宣传新西兰的机会。这点我们也跟时代华纳达成共识，它是世界著名的电影制作公司，时代华纳制作的最著名的10部电影中，有3部是在新西兰拍摄的，比如《指环王》。所以很多人会看到电影里的新西兰，然后就很想来到新西兰身临其境地感受电影里的风景。毫无疑问，电影里美丽如画的风景大大帮助了我们的旅游推广。事实上，现在越来越多的印度电影也来到新西兰拍摄，印度的宝莱坞，因为场景真的很美，也不贵，是很节省预算的电影拍摄场所。

曹： 我们注意到一点，这些响当当的电影成为免费广告了。

约： 是的，我们和彼得·杰克逊进行了合作，因为他是世界顶级的电影制作人，制作过像《指环王》、《金刚》这样的大片，他有一个很好的音频工作室、一个高清的视频工作室，在惠灵顿。我们已经在推进一个项目，计划在奥克兰的工作室为特定电影的拍摄搭建一些场内的景观，我们也希望推进，将皇后镇建成一个融入教学的电影之城，所以我们在发展类似这样的电影产业，为需要的人提供高质量的电影拍摄服务。

曹： 中新建交以来，两国始终维持良好的外交关系以及稳定的经贸合作，前不久中国国家副主席习近平还率团访问新西兰，和总理阁下举行会谈。在未来的展望中，您对两国发展是否抱有持续的乐观态度？

约： 我们对于与中国保持并发展良好的外交关系抱着非常乐观的态度，一定程度上是由于历史渊源，同时也由于中国和新西兰经济上的互动合作。我们生产的很多食品产品是中国所需要的，非常高品质的、安全的食物，特别是乳制品及牛肉，以及近几年来日益增长的对酒的需求，而园林产品也是如此，比如在中国非常受欢迎的奇异果。另外，林业

约·基在演讲

产品及原木还有一些高科技领域的合作也在发展中。所以,去年新西兰的双边目标贸易额是100亿新西兰元,我们也和习近平副主席、温家宝总理达成共识,竭力在5年内将贸易额翻倍到200亿新西兰元,在我看来这是切实可行的。并且我们将会进一步深化我们两国的关系,所以中国是新西兰第二大市场,对新西兰而言,是非常重要的市场,现在仅次于澳大利亚。

曹:您刚提到奇异果是我们两国之间的一个特殊因缘。奇异果(猕猴桃)的原产地是中国,移植到新西兰后,被称为"中国醋栗"。而今,奇异果是新西兰的一张水果名片,总理阁下是否觉得这种缘分很有意思?

约:是的,这是一种很有趣的缘分。历史上,从很早开始,就有中国移民来到新西兰,也有很多新西兰人选择在中国生活。是的,我们两个国家的缘分在不断加深,我们之间的关系也越来越紧密。随着有越来越多的新西兰人生活在中国,有越来越多的中国人到新西兰定居,我们之间正在建立起一种人与人加深了解的关系,包括贸易和文化方面的交流发展。

曹:奇异果是我孩子最喜欢的水果。

约:金色还是绿色?金色更受欢迎。

曹:我们注意到,在总理阁下的内阁中,有一位华裔成员。对此您有什么感想?

约:我们很高兴黄徐毓芳能成为我们内阁的一员,她是第一位,不仅是新西兰第一位华裔议会成员,同时也是新西兰历史上第一位华裔内阁部长。不仅仅是因为她具有出色的能力,同时也是基于华人在新西兰人口众多,并且在我们的经济和国家发展中起着越来越重要的作用。从这个角度来看,她对我们非常重要,她的出现书写了很好的历史,我相信我们会继续下去。

曹:她出生在上海。

约:是,她爱上海。

曹:这让我们觉得很亲切,您和黄女士的合作愉快么?

约:是的,有她我们感到非常幸运。

约·基 2008 年当选新西兰总理，当年才 47 岁，是少壮派的代表。媒体面前的他充满活力，总是以年轻态的笑容出现在每一个场合。作为一个亲民的领导人，他愿意和大家分享自己甜蜜的婚恋和家庭故事。他是运动强人，尤其喜爱新西兰国家运动——橄榄球。约·基尤其受到孩子们的喜爱，人们经常在各年龄层的儿童活动中见到他的身影。

曹：我们知道您婚姻美满，您和太太是高中同学，这段爱情应该格外纯洁而浪漫，能否和我们分享一下？

约：是的，我相信她比我更清楚我们婚姻幸福的原因。到现在我们已经结婚 26 年了，所以，我们是非常幸运的。我们第一次遇到对方的时候，那年我 17 岁，我太太 15 岁，我们已经在一起走过了很长的岁月。我们有两个孩子，所以我们真的很幸运。她非常支持我的事业，这次她也陪同我来了上海，同时照顾孩子们。她喜欢上海。他们一直在购物，从这点上说他们也在帮助推动中国的经济发展。

曹：女人都爱这个。

约：真不幸，她拿着我的卡去欢度美好时光了。从上次来上海，她一直热衷于购物。

曹：把您撂下了。

约：回头给我账单。

曹：听说您还喜欢烹饪。

约：是的，我喜欢烧菜。

曹：您会为太太和家人做一些特殊的饭菜吗？

约：是，只要我在家，我平时一般会比较忙，但是我会做很多不同的料理，比如新西兰的一些菜肴，我也可以做一点中国料理。

曹：您会做中国料理？

约：是的，是的，我有一次试着做了一些很有名的菜。我们在新加坡住过一年，能简单地做几个，就是切菜很不容易。我可能切得不太好，但我能自己完成整个烹饪过程。

约·基全家

新西兰国家足球队

曹：您的个人爱好中，体育项目是高尔夫和橄榄球。橄榄球在新西兰十分受欢迎，您是运动健将么？

约：不，我不是什么健将，但是我很喜欢看比赛。我对这些体育比赛都充满激情，比如这次在南非的世界杯。我很喜欢打高尔夫，工作之余我会去打，在新西兰有很漂亮的高尔夫球场，而且不贵，所以那是我放下工作放松的去处。

曹：您之前去南非，特地观看了新西兰队在世界杯上的比赛，感受如何？

约：很难相信我们有机会参加世界杯，我们在世界排名第70位，所以没有人想过我们会进入南非世界杯，而且在世界杯比赛中我们没有输掉一场比赛。我观看的那场比赛是在奈斯普鲁，距离克鲁格国家公园很近。我们与意大利1比1平，很幸运我们没有输。这次能参加世界杯的确是次很难得的机会，如果新西兰好好准备的话，我希望4年后，我们有机会再回到世界杯赛场。

曹：您认为新西兰队在未来会更好么？

约：是的，我深信不疑。我们在世界杯取得了很好的成绩，没有输掉一场比赛，我相信不久我们的排名就会上升，比70位好一些。

约·基为推广国家旅游做了许多新尝试，比如他曾登上美国著名电视脱口秀，亲自大力吆喝，用幽默的表达方式，告诉观众“不得不去新西兰的10大理由”，博得满堂彩。

曹：能否请您用5个关键词向中国观众推荐新西兰，就像您在美国电视脱口秀上妙趣横生的介绍一样？

约：我想首先是美丽，它是一个美丽的国家。然后是欣欣向荣，因为我们发展得很好。还有那是一个值得你去，会让你激动的地方，旅游资源丰富。还有友好和热情。你知道人们喜欢去新西兰，最后一个词是干净。新西兰是一个有着非凡的自然环境、非常美丽的国度，所以我们百分之百鼓励人们来新西兰，了解新西兰，体验全新的感觉。我想，新西兰就是南太平洋上的一个小小的天堂。

曹：您会说一点中文么，上海话呢？

约：上海话我不会，但是会说谢谢，你们好，为做一些节目，学了“谢谢”，非常感谢。但是我会说恭喜发财，新年快乐。

曹：您愿意跟我学一些上海话吗？

约：好，你教我吧。大家好，新西兰很好玩。

曹：好的，非常感谢。

再回首——姜育恒专访

他是歌迷心中的忧郁情歌王子！出道25年来，他用激情演绎辉煌与失意，他用生命穿越沧海沉浮——他就是姜育恒！当年他凭借怎样的机缘在歌坛崭露头角？作为韩国华侨的他，山东、韩国和台湾究竟与他有着哪些千丝万缕的联系？他又有着怎样鲜为人知的情感历程？睽违歌坛7年，如今姜育恒携全新国语专辑《爱的痕迹》再次进入我们视线。让我们一起与姜育恒“再回首”，去寻找他人生的轨迹，感悟岁月的沧桑。

姜育恒

曹：很高兴再次见到你。我今天见到你非常高兴，刚才我们也聊过了，就是说，上个世纪的90年代，——已经说上个世纪了，白头宫女说天宝。你在上海、沈阳的6场音乐会都是我帮你主持的。可是你贵人多忘事，把我忘了。

姜：没有，你差别太大了。我觉得有必要解释一下，我在1990年的时候来上海，那个时候在成都、上海、北京、沈阳总共开了12场演唱会，每个地方3场。上海那个时候在万体，然后你那个时候很不一样，很苗条。

曹：这一晃10多年过去了，差不多20年。

姜：再次握手，你好、你好。

曹：所以我说我今天第一个要问你这个问题，你一定是把我忘了。

姜：我记得这个事，但我没办法把那个事跟你人联想在一起。你怎么差这么多？

曹：确实差得有点大，那也不怪你。我觉得那个时候，你出道的时候，大家都称你为忧郁王子，可是现在还是有人这么称你，尽管王子已经岁数不小了。其实那个时候跟你接触，我并没有觉得你是一个忧郁性格的人，你还是像今天那样那么爽朗，大声笑，大口吃饭、喝酒，是典型山东人的性格。是不是当时所谓的忧郁王子，是你真的那个时候内心是有一些忧郁，还是说是一个商业包装的考量？

姜：我觉得一半一半吧。有一个故事是这样子，我的第一张唱片是1984年，我们推广的两首歌，一首叫《爱我》，一首叫《孤独之旅》，以《爱我》为主。那当时我们要去拍MV，这是后来导演跟我说的，他说他到拍之前他都不晓得他要拍什么东西。然后我们去垦丁，我相信你去过，垦丁那边有个悬崖，在很高的地方，这边就是海边，我就坐在那里，离开大家很远，就坐在那里一个人弹吉他唱歌。导演看到那个画面之后，就说对了，这就是姜育恒，什么呢？孤独！这样子给我定义的。我的那些成长过程当中，我妈妈扮演了一个非常重要的角色，我小时候很调皮，也很淘气。我的转折点在妈妈过世之后，我变得比较沉默寡言，也不愿意内心世界跟别人一起分享。

曹：你祖籍是山东，当时你爸爸妈妈怎么就从山东跑到韩国去？

姜：我妈妈很小就过去，我外公跟韩国也有一些生意上面的往来，所以我外公就带着我妈妈，把我大舅，我妈妈的哥哥留在这儿之后就去到韩国，从此就没回来过。我父亲是1949年的时候从这儿去的韩国，他跟我妈妈是韩国相遇的，我是在韩国出生长大。我父母亲都是山东荣成人，所以我小时候在家里呢就是讲荣成话，在外面讲韩国话，在学校讲普通话。

曹：你小的时候其实家里的生活境况是非常清寒的，苦到什么程度？

姜：从我有记忆以来，就永远缺钱。缺钱的原因是因为我父亲赌博，所以经常回来就拿钱出去。我家从前是非常非常有钱的，我父亲染上这个习惯之后呢，就开始一直往下走，那整个家就变成是我妈妈在持家。

曹：那个时候对父亲有没有一点怨恨？

姜：我对父亲没有好感。我妈妈是个很善良的人，农村的那种山东妇女，也没念过书，也不识字。我父亲就是那种典型的山东以父权为主的那种大男子汉。对，大男子汉。他对待我母亲的方式我不苟同，有时候会动手。

曹：听说你父亲还有两任太太？

姜：是，我爸爸从这里去韩国之前就已经结婚了。到了韩国之后以为这里的人出不去了，就在韩国跟我妈妈结婚了。后来我爷爷又带着，我们叫大妈，又去了韩国跟我爸爸会合。我爸爸变成有两个太太。

曹：这样的话你母亲和你会不会有一种非常不舒服的感觉？

姜：小时候不会，到了学校，初中以后开始会，开始懂事了之后，会为妈妈打抱不平。因

《爱我孤独之旅》封面

为我大妈的身体一直都不好，没办法工作，所以家里的大大小小所有的事都是我妈妈照顾。现在想起来不管是我大妈还是妈妈都无辜啊，但是事实、现实是这个样子啊。我相信我大妈也一定很难受，我妈妈也不好过。可是从持家来讲的话，全部是我妈妈在辛苦啊，所以我妈妈辛苦一辈子。他们家 4 个小孩，我们家 3 个，加起来是 7 个人。而且妈妈 40 多岁生病，49 岁过世。

曹：你妈妈去世的时候，你大概多大？

姜：我 18 岁。

曹：那你应该是家里最小的？

姜：对，我是老幺。

曹：妈妈去世前有没有对你特别不放心？可能孩子大一点她会比较安心，但是你又那么淘气，她会不会对你是特别有一些叮嘱？

姜：妈妈在过世之前就把我叫到眼前就说，如果你走对了路，你会是个人物，如果你走歪了，不堪设想。你会非常非常头痛、麻烦。因为我是老幺，小时候一直就是跟她在一起。所以妈妈常常讲，待人处事的那些我统统记得。我跟妈妈讲，你放心，我一定会听你的话，你告诉我的事情，交给我的事情，我一定会照着你的路走。

曹：你母亲去世不久以后，父亲也离开了人世。那个时候，靠什么生活呢？

姜：我啊？

曹：那个时候已经在餐厅唱歌了吗？

姜：没有。我在高中的时候就开始在寒暑假打工。因为家里开过餐厅，所以我会做菜。我从做跑堂，或者是厨房里面从洗碗开始，然后也做过二厨，都是因为家里开过餐厅有底子的关系。

曹：据说你还去卖过皮鞋油？

姜：那个是什么呀，刚出现的一个新的产品，就是有一个铁盒子这样，然后那个海绵这样，一擦就亮的那种。你还记得吗？

曹：对、对。

姜：我卖过那个。韩国有闹市区叫明洞，就在明洞找个地下道入口。韩国是很多路口没有红绿灯的，要经过地下道的，地下道出来就有很多人上来。我们一个人擦鞋，一个人叫卖。我不骗你，一个人看到鞋就擦，另外一个就叫卖收钱，两个人一组，这个累了就换人。然后呢，下雨了，就卖雨伞，一次性的雨伞，很好玩的。当时呢，就是混口饭吃，糊口嘛，没有去想那么多。现在回想起来，我年轻的时候，二十来岁的时候所做的事情太珍贵了。

姜育恒的人生前20年在异乡度过，但艰苦的生活没有使他悲观。因为从小爱唱歌，所以他总是在自家的餐厅为来吃饭的美国大兵表演。上高一时，他因为得了关节炎，休学一年在家休养。哥哥怕他无聊，买了一把吉他送给他。一年以后，姜育恒摇身一变，成了吉他好手。

曹： 那你什么时候发现自己是有点音乐的天赋了？

姜： 我从来没发现我有音乐的天赋。

曹： 那怎么去唱歌？是喜欢唱歌？

姜： 当然，我前面讲的，我一直弹吉他一个人唱歌。那我在高中的时候也跟同学组过合唱团，我弹吉他，然后兼主唱。还有鼓啊、贝司都一样。二十二三岁的时候，我认识了一个在酒店里面弹钢琴的女孩子。这个女孩子听过我唱歌之后，就说你唱得不错，你应该试试啊。她说，我帮你介绍个地方，你去看看。那是个民歌餐厅，刚好征歌手，我就去了。我唱了3首歌，其中两首歌唱得很烂，有一首歌他们认为唱得不错。老板跟我讲，你如果每一首歌都能唱成这个样子的话，我就录用你。

曹： 是在韩国吗？

姜： 在韩国。我就说，好。我回去苦练3个月，练了10首歌，这10首歌我练得滚瓜烂熟。我再回去找他，他就录用我了。这就是开始用音乐来赚钱的第一份工作。

曹： 那你后来去中国台湾，是吗？

姜： 25岁去的。

曹： 去台湾是投奔？因为姐姐姐夫都在台湾，是吗？

姜育恒和曹可凡

姜： 我姐姐刚好先过去，然后在台湾认识的我姐夫。她就跟我们说，你们来吧，你们来的时候，我要跟你姐夫举行婚礼。一到了台湾之后，还不错。不错是那里的人不太会唱歌呀。那是什么原因呢？台湾那时有3家电视台，3家电视台都有叫基本歌星的演员，他们如果出唱片的话，不能到友台去打歌。所以他们就会委托、拜托很多演员，去录制他的这些歌，到其他台里唱，起到打歌的作用。当然我不认识哪些是演员哪些是歌星，但他们唱得真的不好。我说留在台湾搞不好有点机会，真的是这么想的。找到音乐的第一份工作，是在一个酒廊里面，我弹贝司吉他，有歌星唱歌，歌星没有唱歌的时候，换我唱。就这样开始结交到一些圈内的朋友，根本没想过出唱片。后来就去帮一个阿姨收一些钱，到中华电视公司，那个是张小燕的《综艺100》节目，洪伟明是她的服装设计师。洪伟明跟我熟，他说这个小孩会唱歌。那个时候那个节目的执行制作，管我们唱片的宣传部的经理，他们就把我介绍给他认识，他说你来试音，我说好。我去试音之后呢，一个礼拜之后我们签约了。当时一切都懵了，怎么会这么快？

1984年对姜育恒来说，是他个人音乐生涯中的重要转折点。他成功地加入了“飞碟唱片”，凭借一曲《爱我》，姜育恒在台湾歌坛有了一定的影响力。随后他每年都有专辑和新歌推出。1989年《再回首》为姜育恒聚集了极高的人气，专辑销量也高得惊人。姜育恒自此迎来了他人生中的辉煌一刻。

姜育恒与女儿同台演唱

曹： 我记得那个时候你的《再回首》的唱片封面好像是有长城的。这个时候很少有台湾的歌手来内地拍长城，当时是怎么想的？

姜： 就是唱片公司希望能够找个不一样感觉的东西来做。我站在长城的时候，你知道我心里有多么激动！过去全部是书本里面的，长城怎样，兵马俑怎样怎样，全部都是书里，今天我竟然是站在历史地理的位置上拍东西。我从来不为自己的事情掉眼泪，但是在长城我就哭，很澎湃，很激动。那时很少有台湾的人进来拍的。

曹： 所以那个时候我觉得这张唱片怎么会以长城为背景？而且《再回首》那首歌其实以前苏芮也唱过。

姜：是的。

曹：但是你唱了之后真的让它变成一首经典了。

姜：有一个电影叫《富贵列车》，《富贵列车》是飞碟合作，里面所有的音乐，包括主题曲，都是飞碟来制作，就用《再回首》，苏芮唱的版本的《再回首》就当这部电影的主题曲。听说苏芮不喜欢，所以也没有去做宣传，也没有去推动这首歌。后来唱片公司就找我，姜育恒，这样的歌你愿意试试吗？我一看，我当然要啊，然后就变成我那张唱片里最重要的歌了。

演唱会现场

曹：那苏芮后来有没有后悔？

姜：我没有问过她。

曹：这首歌漏给你了。

姜：我跟她先生是很好的朋友，我都不敢问她。

曹：据说还有一首歌叫《最后一次等待》，讲的是你的初恋。

姜：哇，你知道得很多。

曹：来，跟我们分享一下你的那段初恋的故事是何等模样。我觉得很传奇。

姜：一定要吗？

曹：一定要。

姜：我初恋是我高二、高三在学校的时候，她也是韩国华侨。我曾经休学过一年，我腿有病。那这个女孩子也休学过一年。我们原来是同年级，后来都休学了一年又变成同年级，所以走得就比较近。刚好我那时住的地方跟她很近，有时借个葱、借个酱油什么之类的就跑去她家，后来变成长相处这样的机会。后来就变成女朋友，那就是我的初恋。然后因为某些原因之后呢就分开了，但是我觉得那个分开是错在于我。

曹：是什么直接原因导致你们分手的？

姜：那个时候就因为固执嘛，以为自己是对的。后来就冷淡她，她是无辜的。然后她最后一次来找我，就是问我，你还是不是想要跟我在一起？如果没有的话，我们就算了吧。我说算了吧，就这样分开。后来当我越来越成长之后呢，我就心里一直过意不去，我觉得我很对不起她，就一直耿耿于怀。有一次也是在明洞，那是一个我们念书的地方，小学，中学，都在那边，我就看到她，她去接她的小孩子回家。我就说："我可不可以请你喝杯咖啡？请你小孩一起吃个饭？"她说："好"。然后我说："我送你回家，可不可以安顿你小孩子之后给我1个小时或者30分钟都没有关系，我来跟你讲讲话，单独。"她说："好"。我就把所有过去我认为的哪些事情讲出来，说这些都是我造成的。我跟她讲一切的一切。

曹：那时候她已经结婚了，有孩子？

姜：她跟我分开了没多久，毕业2年后就结婚了。所以她那时小孩已经很大了。

曹：后来呢？

姜：后来又离婚了。

曹：据说你请一个朋友照顾她？

姜：我没有请一个朋友照顾她。就是说整个的故事啊，就我一个很好的朋友，他很清楚来龙去脉，包括那天我跟她谈话，我朋友也刚好在。后来她离婚了，离婚了没多久我就听说她跟我朋友结婚了。我说怎么可能！世事难料。

舞台上的姜育恒气质忧郁，台风成熟潇洒。生活中的他是朋友眼里讲义气的"姜哥"，与家人的相处也十分融洽，是个十足爱家的好男人。在充斥着变数的娱乐圈里，姜育恒和妻子却用感情编织着一曲幸福的恋曲。回眸当年，在姜育恒投资贸易惨败的艰难岁月里，妻子也坚定携手与他一起走过。

曹：你如今有一个非常幸福的家庭，你跟太太是属于慢热型的还是属于一见钟情？我知道你们谈了很长时间恋爱。

姜：我太太那个时候是我在表演的那个地方的会计，她住的跟我是同一个方向。我骑摩托车，所以每天都是我送她，把她放下来我再回家，是温馨接送出来的感情。从1982年到现在，认识28年，相处11年，1993年结婚到现在。

曹：我们也知道，你其实有一段时间经商不是那么太顺利。你当时是做什么样的生意？

姜：贸易是一部分，房地产也有，当时我主要的投资环境是东南亚，尤其是以印尼为主。其实我是被金融风暴涉及，射倒、刺倒。我进印尼的时候，当然我们是带外汇进去的，那时是1块美金兑2500块印尼盾。后来金融风暴，印尼盾跌到1块美金兑16000，也就是说我要赚5倍才行。

曹：你最困难的时候，你有没有算过欠多少钱，比如说欠朋友，欠银行加起来欠人家多少钱？那个总量是多少？

姜：1500万人民币到2000万之间。

曹：很可怕了。

姜：这是 20 年前。

曹：那个时候的钱……

姜：很大，比现在大。

曹：那时候的钱真是钱。当然现在钱也还是钱。

姜：是是是。

曹：那个时候你的心理状态怎么样？有没有一丝丝绝望的感觉？

姜：没有。过程当中最辛苦的其实是我太太，她就义无反顾地陪在我身边。我觉得有这样一个原因吧，我认为是我没有把那个钱糟蹋掉，我不是自己花天酒地地把钱用掉，没有。只是因为碰到那样子的事件，我太太很清楚这一点，所以她全力以赴陪我一起度过这段时间。

姜育恒夫妇

曹：所以你给太太写了一封长信。

姜：是。

曹：大概写的什么内容？

姜：因为我们讨论过，我妈妈过世早嘛，我爸爸后来在没有我妈妈的那几年当中，我就看到他很凄凉。所以就谈到，如果我比你先死，你看我爸爸那样子。那是很多年前。那后来再经过几年，我价值观更正确、更成熟时，我说还是你先走吧，我说我来照顾你。因为我太太为我付出太多，做艺人的女人太辛苦。

曹：你刚才一直说到你是山东荣成人，有没有后来经常来大陆，回到自己的故乡去找亲人？

姜：有。我们在家讲荣成话。我爸爸说我们家是荣成夼子豁子什么、什么地方，我不知道它是哪几个字。大概在 90 年代吧，我就回到荣成，然后就联系到我大舅的小孩，也就是说我的表哥。这是后来的事，我第一次去时还没联系到。我到了荣成，我跟我哥他们讲话都一样嘛。“夼子豁子在哪？”“就在那个后面。”每个人都知道的。它那个夼是一个“大”，一个“川”，那个夼。然后就去找，整个村里百分之八十的人姓姜。

曹：我们这个节目快结束了,你拿着自己的专辑来给自己做个宣传。但是我有个要求,先用一段韩国话,再用一段荣成话。

姜：我是韩国华侨,我的名字叫姜育恒。我是25岁去的台湾,现在在做演艺工作。这是韩国话。大家好,有的时候这个歌《再回首》,用山东话唱这个歌的时候很好笑,你知道吗,唱不出来。再回首……唱不出来。

幸福像花儿一样——邓超专访

提起邓超，大多数人都会将他归为“阳光男孩”、“青春偶像”。外型高大挺拔的邓超从一开始进入影视圈，就以非常典型的爷儿们形象逐渐走红。《少年天子》中顺治帝一角色，让初闯演艺圈的邓超展现了惊人的潜力。之后，邓超又凭借《幸福像花儿一样》、《甜蜜蜜》两部怀旧偶像剧转型，从古装小生进化到扮相宜古宜今的实力派偶像明星。而与此同时邓超也收获了爱情，短短的两年，孙俪和邓超就完成了从同行到恋人的关系飞跃。邓超在中央戏剧学院读书期间，和他的同学们在不经意间，创造了中国话剧历史上的一朵奇葩——《翠花上酸菜》，轰动京城，堪称国内商业喜剧的开山鼻祖。时隔8年，邓超又带着《翠花》来到上海演出。

邓　超

曹：这次《翠花》在上海的演出应该说效果非常好。首场演出我发现每个观众从剧场里走出来都面带笑容，而且整场演出几乎笑声不断。我知道这次你是完全不拿报酬来参加这样一个全国巡演。我想知道这个戏对你自己的演艺生涯来说，具有一个什么样的意义？

邓：没有想到，没有想到一个学生作业做成了这个样子。

曹：当时你们在北京，作为毕业作品公演的时候观众反映怎么样？

邓：怎么说呢，因为就像一个轮回一样。8年前在中戏的黑匣子——小剧场的首演，然后走上北京的舞台，这也是我和俞白眉我们友情的一个见证。

曹：你这个九儿的形象当时你跟俞白眉两个人怎么想出来的？

邓：其实最早是在班上做这个事儿，这个九儿我是觉得如果让我们班的女同学演可能人家都不爱演,觉得干嘛找我。为以防这种事件发生,我就毛遂自荐吧。我也不知道我那根筋抽上了,就特想演这么一个角色。媒体曾问我,怎么演了这么丢人的角色?我觉得不丢人啊,我特喜欢。

曹:你一出场属于惊艳。

邓:惊艳,对对对。然后之前的舞蹈都是涩涩的,也跳得很不好,很笨拙的那种。后来改良成了还比较像科班出身的钢管舞大赛冠军。

在《翠花》的开场的15分钟内,邓超扮演了"九儿"这个角色,以女装扮相登场,立刻引得观众欢呼鼓掌,其生动演绎更是让大家笑声不断。

曹:你这次在上海演出也加了一些上海元素,我觉得效果还是挺好的。

邓:还挺好的,说得还不够标准。

曹:就是第二场说得更标准了。

邓:标准标准。昨天蹦出了好几个。

曹:孙俪没给你辅导一下上海话?

邓:嗯,辅导了。但她没有她妈辅导得那么好。

曹:这个戏其实让大家见识你这个喜剧的才能,过去在电视机当中很少看到你这样的喜剧才华。

《翠花》海报

邓超在《翠花》中的大胆表演

邓：对，比较少。

曹：生活当中就是喜欢和朋友一起闹的那种？

邓：对，我是属于那种搞气氛型的。

话剧《翠花》中邓超的精湛演技令人叫绝，而在电影《狄仁杰之通天帝国》中，邓超饰演的“白发鬼探”裴东来，更加让观众感受到他演技的日趋成熟。影片中裴东来身患白化病，但探案敏锐度和正义感毫不逊色，这个角色也被邓超刻画得入木三分。

曹：最近还有一部你的新戏正在上档，就是这个《狄仁杰之通天帝国》，也是跟鬼才导演徐克先生合作的。你觉得跟他合作是不是会找到一个新的自我？

邓：嗯，可以这么说。因为他能给你全新的感觉，是一个才华横溢、非凡的导演。因为开始听说过他很多事，难合作、脾气大、不睡觉，但是我去后才发现他其实是一个特别像孩童的导演，很童真，而且是那种怎么说呢，就是他明白了但依然要选择这样做，所以我觉得很可贵。我们聊天的时候，他会问：“超，你觉得我神经病吗？很多人说我是神经病。”我说你不是。他说可能我们俩都是神经病。

曹：天才和疯子只有一步之遥。

邓：对对对，真的是。因为外界也会对他有很多误解，什么前两部电影、什么票房啊、什么口碑啊，但是我仔细看了那两部电影，觉得挺好的。而且他能这样做我很高兴。我觉得不管是以一个表演工作者，还是一个导演，我觉得创新是一个有才华、有想法的人愿意去做的事情。但是现在大家都愿意用票房来衡量一个戏，这好象不对。很好，跟他合作我觉得是孕育了一个像裴东来这样的角色，还有一个就是和“老爷”成为很好的朋友，这是两大收获。

拍摄《狄仁杰之通天帝国》的过程中，不仅让邓超结交了许多朋友，也让他对这个剧组产生了深厚的感情。虽然在影片中邓超饰演的是狄仁杰的助手，但是他却对自己的助手角色情有独钟。

曹：据说你想把剧中的一个道具给留下来作纪念？

邓：对。我当时跟他说，因为在戏里我一直有一把心爱的斧子，是我的主战斗力、主火力。因为我是一个兵器库，身上有无数件兵器，我有闪光球，在黑夜里让天空变亮，然后我有爬山虎，就是那种像镰刀一样的铁钩，“咵”就能弹出来，“咔咔”，山就能上去，我还有那种腰刀横着的板斧，还有那种飞的火折子，就像我们小时候玩得那种竹蜻蜓一样。那把斧子我很喜欢，我说有感情了，反正因为有好几把，真的只有一把，其他有那种塑料做的那种轻的，就是我们打戏的时候用的。我说给我一把轻的，给我一个假的就行。过了几个月徐导打来一电话："超，你的斧子到北京了"。啊？还是那把真的？真的！哎呀，我高兴。而且他把斧套也带来了，但是斧套丢了。然后他就跟我说这可能不是丢了，估计谁拿走了，因为太精美了。

《狄仁杰之通天帝国》火热上映，邓超造型抢眼，"白发鬼探"令人生畏。影片中他是比女演员化妆时间还要长的人。是什么原因让邓超甘愿颠覆小生形象，出演"白发鬼探"？又是怎样的机缘让他与刘德华结下深厚友谊？

曹：裴东来这个角色的造型非常特别，据说你为了这个造型吃了很多的苦。

邓：是的，但是还很值得。主要是开始我不太接受，我内心特别抗拒，就是那种让我坐在造型的那个地方，我就觉得特别难受，就是不想做，也跟徐克导演表述了这个想法，而且第一次造型之后我也觉得不是很满意，我觉得特像太监。到今天我回想，如果不做这个我可能终身遗憾，我真的会终身遗憾。虽然是掉了很多头发，但值！

曹：要反复地染，是吧？

邓：对，因为染十几次才染成金色，还染不成白色，就是亚洲人的头发好像只能染成金色，然后它得把你的黑色素杀死。因为我又特别健康，得杀好多次，所以头皮就已经麻了，那种小蚂蚁咬的那种感觉。后来还有人说会有后遗症，会什么进入血液，通过发根会进入血液，说得特玄乎。那没办法，因为我头发生长能力又强，特别强，拍了不到三四天黑茬底下又出来一节了，后来只能用那个喷。所以我的化妆时间特别长，我比所有的女演员都化得长，因为嘉玲姐化妆的时间比较长，我比她还长。

曹：我看她这个造型也够雷人的，那个眉毛。

邓：对，她眉毛好像都是剃了还是……

曹：应该是剃了重新弄。

邓：反正"老爷"做这些都挺折腾人的，不折腾他就觉得……然后反正那时候洗澡就特别像恐怖片，就轻轻地把头发一撩，这里就全都是那种断发，洗完澡就是一堆一堆的白发，自己看了特别瘆得慌。本来有一个想法，把所有拍戏期间的头发留作纪念，攒起来。后来我觉得人家如果发现会觉得这个人太变态了，这人是个什么人，就算了。但现在还好，恢复了，就慢慢长一点剪一点。

曹：那这次跟刘德华合作感觉怎么样？

邓：好啊。

曹：华仔称他为“香港电影界雷锋”啊。

邓：就是，没错。我能强烈地感觉到那种雷锋的朝气。我们在汶川的时候第一次认识，那时候他在大巴上就很活跃，会给大家变魔术，然后很喜欢教人魔术，我们总是没时间学，然而他总是不厌其烦地教。而他也不太出门。因为我爱打篮球。我说你玩球吗？他说我玩小球。我说什么小球？他说玩台球。我说要不你教我台球，我教你篮球。他说好。我们基本都是看他戏长大，虽然他不让我们这么说啊。

曹：事实如此。

邓：事实如此，确实是看了他非常多的作品，他那个精神确实令人敬佩。原来一直说嘛，就是我们学习敬业精神的一个榜样。

曹：他说没办法，他劳碌命，属牛的。

邓：是吧？

曹：他属牛的，劳碌。

邓：而且他也不乏幽默感，确实是。然后没事也老唱他的歌嘛。动不动在他身后飘过来一句。他说谁？挺有意思。

一宗命案、两个亡命之徒、三个男人为女人铤而走险、四方命运交错出爱情真相，在《李米的猜想》里，他扮演了一个相当颠覆的“狠”角色。他是如何与这个复杂的角色融为一体？他的演技曾激发出周迅丰富的内心世界。

曹：之前你跟周迅合作了一部电影《李米的猜想》。其实那个戏演得也很特别，我觉得你把这个角色的那种狠劲儿表现出来了，而且这个狠的当中还是有一点温柔的情怀。所以我看到周迅在接受采访的时候说，你的这种狠劲儿给她很大的表演刺激，让她的这种委屈能够一下爆发出来，以至于当导演喊 cut 以后她的情绪还是停不下来。

邓：那场戏我记得拍了好多天，因为那个戏太难处理。它是一个有 4 个通道的天桥，我们说去拦住客人，拦住过往的行人是不太可能的，所以我们只能是那种，加群众演员然后加偷拍性质的那种，只能这样拍，要不然没法拍。你堵也堵不住。它是中间有大圆盘的那种，四方的，四面通的那种立交桥。然后又要一条，他必须要一个长镜头，我不能停。长镜头要求一直从桥上说说说：“方文方文，你是方文，你怎么样？你怎么不认识我了？我给你写的信怎么样……”一直到下面。所以那个回头是特别重要的，就是你刚才说的那个，

《李米的猜想》海报

你好像认错人了，然后你眼睛里的那种昔日的男友的感觉要出来。头一次拍失败了，诸多原因失败了，录音、包括这个控制穿帮，都失败了。隔了几天再去，然后成功了。确实是这样，她说完之后一直在边上哭，拽都拽不起来，而且有点干呕的那种，就是太激动了导致浑身发抖。因为她就是这么一个属于灵魂附体型的演员。

曹： 她就是这么一个人，周迅是非常难得的演员。

邓： 对，她琢磨。然后每次看她准备戏之前，她都是那种要让自己进入一个状态的人，挺好。

在《李米的猜想》里邓超一人分饰两角色，过足了戏瘾。其实邓超能将这一角色塑造得如此成功，也与他在拍摄电视剧中积累的经验有着直接的关系，饰演过大侠、皇帝、文艺青年的他，需要的是一个更大的舞台。

曹： 从电视剧转战大银幕，在表演上，你觉得有一些什么不同的感觉？

邓： 这是一定的。主要是一个尺寸的问题。比如说在舞台上你要让最后一排的观众清楚地听见你在说什么，而且你又得让第一排的人觉得你不为过。有的时候舞台它是个这样的距离，而且是当场的，你给出去然后观众就会给回来。然后电视剧它就这么大，它的尺寸就这么大，大家也可以炒个菜或者上个厕所回来再接着看。电影它有点强迫性，因为你自己买的票进去坐在那里，第一我要对得起买票的钱。但是电影确实巨大，它的一个特写能占满整个银幕，可能就有 3 层楼那么高，所以你表演的尺度当然是不一样的。但是我自己觉得这三种没有区别，对于我来说一样，因为我们要做的是塑造人物、去完成角色，其实根本的道理是一样的。

曹： 就是说演员的情绪、节奏，表演的张力、投入其实是异曲同工的，只是尺寸的掌握不太一样。

邓： 对，但它确实是有质的区别。因为电视剧 3 个月你可能拍 30 集，但是电影 3 个月就拍120分钟。你电视剧不能停的，不能像电影一样我一天就拍一个镜头，我就等这个光最好的时候，哎呀来了，错过了。

曹： 明天再拍。

邓： 明儿再说。或者说我在一个礼拜我就拍这场。电视剧必须一天10场8场，呼呼呼地滚着走，中间出现一个环节你后面就会受到影响。所以就是你得用不同的心态和方式方法对待不同的渠道。

入行不到十年，却在话剧、电影、电视剧的领域里都小有成就，这对于一个年轻的演员来说也许真的很幸运。不能不说，邓超身上有一种其他青年偶像不具备的纯净的气质，只要角色适合，便是如此地得心应手。

曹： 我想更多的观众大概是从电视剧《少年天子之顺治王朝》认识到邓超这样的一个演员，把悲凉的顺治能够演得这么神形兼备。那时候年龄还比现在小得多，怎么能够把皇上那种君临天下的感觉表现出来？

邓： 主要是写得好。真的，刘恒老师写得好，我觉得。

曹： 戏当然也写得好。

邓： 我觉得再也碰不到那样的电视剧剧本了，是这种感觉。每天我要读这个剧本的时候，我觉得我要洗得干干净净，像朝圣那样读刘恒老师的剧本。然后每天拿到那种发烫的传真，他刚刚传真到剧组，然后剧组刚刚打印出来，发到我们手里，就感到特别幸福，就是那种感觉。好久没有了，越来越没有了。那时候就是，哎呀，看剧本的时候已经不行了，而且在后场的时候就已经不行了。我记得有一场跟潘虹姐就是在聊，聊出嫁的事儿，聊我没出息，然后潘虹姐说，忍着点儿忍着点儿，实拍的时候就不行了。就沉浸那几个月，然后影响了一年多，就一直很灰色，我觉得我的世界就很灰色。我很绝望，从那个戏就拔不出

《少年天子》海报

来。真的是刘恒老师的剧本写得太好了！我觉得看着那个剧本，说着那个词儿，当我之后再去翻看的话，里面还有很多内容我没有看懂。所以我觉得就是成功于剧本，真的这一点不是我的功劳。我觉得真的，每一个能读懂剧本的人去演都会不错。

2002年，《少年天子之顺治王朝》的热播，再一次掀起了清宫戏的热潮。其中扮演顺治帝的那个帅气小伙子进入了观众的视线。在这部清装年度大戏中，这个扮演顺治帝的年轻人完全没有被潘虹、何赛飞等一干老戏骨们淹没，反而把角色塑造得入木三分，他就是邓超。

曹：你演了《少年天子之顺治王朝》、《少年康熙》之后，有一段时间大家就把邓超定位为皇帝专业户，后来演了《幸福像花儿一样》、《甜蜜蜜》又把你定位成偶像的这样一个标准。我发现观众对你的认知，在不同阶段是有变化的，我觉得从观众角度来说可能就是演员的这种可塑性。你自己怎么看？

邓：那我太高兴了。

曹：比如说《翠花》，我看到一个完全不认识的另外的一个邓超。

邓：那我更高兴了。我就喜欢做这样的尝试和这样的挑战，而不是拘泥于一种状态或者一种样子去演，我觉得那个我会特别没劲。或者说很多人会看完《翠花》，就像曹老师您说的，会觉得不认识。但其实八年前就已经在做了，只是说现在会觉得你还得好好地在一些作品里去展示这些。所以只能做，光说没用。

曹：那时候就只有演皇帝来找你，都觉得这小孩能演皇帝。演员有时候也很奇怪啊，就是你演顺了一个类型的角色，找你的都是这一类的剧本。

邓：我觉得大家是为了保险。

曹：对对对。

邓：我觉得投资方也是为了保险，这个我也是可以理解的。就他们肯定先想好甲乙丙丁，甲找谁，肯定不会去找一个乙。比如说你一直演反派的，我第一时间不会想到让你去演这个老好人，我不会的，我不冒这个险。所以那个时候找我的十个会有八个都是演皇帝，就所有中国的皇帝能给你数一遍。我说我不想演，但你说也没用啊，怎么办呢？你只能去选择不一样的。然后《幸福像花儿一样》就来了一个，慢慢像《狄仁杰之通天帝国》那样的戏也来了。我觉得你只有自己去做，喜欢什么样的就去做。比如就是俞白眉这样的角色，我们就写一个他的故事，九儿的故事，就写。我们也希望大家在电影院，能像在剧院这样欢笑。

从很小的细节上，我们不难看出邓超对于表演的苦心钻研和那份简单的热爱。如今的邓超可谓是春风得意，事业爱情双丰收，红火的不止是他的电视剧，还有他与孙俪的爱情。邓超第一次见到孙俪的母亲发生了哪些有趣的小状况？两人多次牵手出现在公开场合，如此的生活，又怎能不“甜蜜蜜”呢？面对爱情和事业上的成功，邓超最想对孙俪说些什么？邓超和孙俪是众人眼里的金童玉女，两人因戏结缘，成为一对恩爱情侣。在拍摄电视剧《幸福像花儿一样》时，两人开始了第一次合作，年龄相仿的两人很快找到了共同语言，虽然那时的两人还把彼此当成哥儿们，但是电视剧《甜蜜蜜》中的合作，迅速促成了两人的姻缘，幸福的种子在两人的心中迅速生根发芽了。恋爱了几年，邓超对于孙俪的欣赏不但没有减弱，反而与日俱增。邓超于影视圈的初次亮相非常令人惊艳，这恐怕就得益于他独特而沉稳的个性。《少年天子》和《少年康熙》两部大戏的成功，让初闯演艺圈的邓超展现了惊人的潜力，邓超也在逐渐释放着他的表演能量，也在逐渐实现自己心中的梦想。

曹：我发现我周围的朋友当中属于你粉丝的人很多，而且是不同的年龄、不同的性别、不同的文化层次。但是我发现他们很多人说起邓超会用一些词儿，比如说纯净、坦诚、阳光。是不是这样的一个性格是因为从小爸爸妈妈对你的教育非常地严苛？

邓：嗯，严苛。

曹：严苛到什么程度？

邓：连走路都是，走路要抬头、挺胸、收腹，就是得那样。然后我小时候也特别爱看书。

曹：听说你姐姐还督促你背什么《唐诗三百首》之类的。

邓： 那个我自己就能，那时候特别能背，整个三百首、五百首全能背下来。“鹅鹅鹅，曲项向天歌”，每天在家里表演。然后我只爱去新华书店。我记得小的时候，我姐发了工资，除了交给家里的伙食费，其他全部给我买书。小时候就爱看书。他们把我当女孩养，老给我

《甜蜜蜜》海报

扎个小辫儿，额上点一个红点儿。蚊帐一打开就让我开始背诵，唱儿歌什么的。我母亲是一个普通工人，我父亲是一个大学的教授，家里就是这样教育，挺严苛，我们家4个小孩都是这样。

曹：你出身在这样的一个特别的大家庭，爸爸妈妈对你严苛，但哥哥姐姐会对你特别疼爱吗？

邓：挺好的。

曹：会特别宠爱你吗？

邓：宠爱宠爱。我记得那时候，因为年龄最小，只有我可以跟爸妈一块儿在桌上吃饭吃菜，其他三个孩子都是拿那个碗分好，就是都那么大的量，我现在想想还是挺委屈他们的。但是我小时候挨的打多啊！

曹：为什么？

邓：也没为什么，就是有的时候他们两人不高兴了就打我。我说为什么打我？

曹：就是我有点不舒服。

邓：因为是重组的家庭嘛，我妈带着我大姐，我爸带着我二姐跟我哥，多多少少会有一些矛盾嘛，多多少少哥哥姐姐也会产生一些争执。我觉得这都是很自然的事情。当然这鞭子就要落在我身上，因为我是爸爸妈妈新的结晶嘛。

曹：而且打你是不会产生任何误会的。

邓：对对对，也就我误会。反正我也不懂事儿。

邓超回忆起自己小时候的情形，虽然有些模糊，而他此时的表情，也有点像个小女孩那么羞涩，其实他的这份乖巧一直持续到读完小学六年级为止。进入初中之后，一个十几岁男孩子的叛逆性格逐渐显山露水。

曹：那你从小到大有没有经历过男孩儿特别会有的一个叛逆期？

邓：有有有，我特别叛逆，我特别。

曹：叛逆到什么程度？

邓：叛逆到我妈都不想要我了。因为我小时候她跟我姐老吓我，她老说我是捡回来的。我一不吃饭，或者一不听话，我姐和我妈就说你是从那儿捡的，还带我到那个垃圾桶看过，所以我一路过那儿就哭。然后一不听话她就说你是被捡来的，我把你扔回去。我说不要不要，然后就抱着我妈的腿，所以小时候留下了严重的阴影，总觉得自己好像不是亲生的，很多事情就不敢做。所以呢，小时候特别乖，成绩特别好，年年得“红花少年”，什么区里的“三好学生”，三条杠，就是小时候可风光了，小学兴趣小组什么航模啊什么摄影啊，学写毛笔字就什么都来，感觉就是一神童。我爸妈说这孩子以后上清华北大，肯定没问题。从初一开始，就是有一个人欺负了我们隔壁班的一个同学，然后呢我们就帮着他报复了一下那个男孩子，可是那男孩是一个学校老师的孩子，就把我们给潜规则了，就把我们给处分了，当时是留校察看还是什么。我还记得当时我刻了一个银色的戒指，那时候特别兴戴那种骷髅的戒指，给我缴了。我说为什么缴我戒指啊。后来我父亲去了，我觉得我父亲那时候特牛，他说把戒指还给我孩子吧，他特别喜欢那个戒指，然后他问我，你是决定留还是走？我说我走。好，走，就转学了。

虽然深得父母和家人的宠爱，但是少年时期的邓超，却像极了香港电影里的“古惑仔”，染了颜色的头发，戴耳环，低头走路，不时和比自己大或小的孩子打架斗殴，他成了老师眼睛里管教不好的小孩。

曹：你也去歌厅闯荡过。

邓：叛逆嘛，所以我妈不要我了嘛，我爸妈对我太失望了。就那段时间跑到歌厅去了，老不回家，那个时候一个月能挣几千块钱呢。是怎么个源头呢？那时候刚有迪斯科，是1994年还是1993年，中国开始流行迪厅，我就在下面看别人跳舞，有那种领舞的你知道吗？我觉得跳得真好看，然后我说能不能教我跳啊？我完全就是喜欢。好啊，可以啊，

邓超和曹可凡

跟着我们玩。就跟着他们跳。就这时候开始我妈就觉得我是社会上的人。我开始染头发,有的时候头上染七八种颜色,头发里面还留小辫,我妈看得都快吐了,就说你是个什么东西。那个时候我还打耳洞,十三四岁嘛就打了。

曹:十三四岁就打耳洞啊?

邓:那个时候很潮。1994年1995年,戴耳钉、穿喇叭裤,又穿回来了,穿那种尖头皮鞋;每天到处就一堆人呗,男男女女。其实我们什么也不干,就是爱在一块玩儿,跳舞啊,那个叫飙舞技嘛,后来在那儿学学唱歌,打一束追光,中场休息的时候给大家唱首歌,一个月能挣几千块钱,没一分钱交给家里,然后就天天买衣服、玩。

曹:也不存钱?

邓:不存,哪知道存钱啊?根本不知道存钱。然后就是也不着家,家里人慢慢就觉得这孩子完了。后来是说你得有个文凭吧,那时候都这么说,你得有文凭,你得有劳保,你没有劳保你这老了以后怎么办?我说那我干嘛去啊?你去考个文艺学校。我说我考什么?考美术。我说为什么要考美术?我又不会画画。去去去,你爸认识一个画家,江西省一个画家。我学了三个月,学了一个素描,学到这个素描的程度。然后去考,那天车坏在路上了,迟到了,画了一个框子。我就记得那天学校所有的人看着我,就是戴耳环,金头发,但那时候觉得自己特别。

曹:眼神迷离,是吧?

邓:对,你们都不了解。就是,哎算了算了,交作业走啦。就是那时候人家形容我是用鼻孔看人你知道嘛。长发,长头发,就抖着走,就永远都是那种颠着走的。后来又去广州那边,业务做大了嘛,带团队去那边跳舞啊,觉得那边能挣钱什么的。那也算是第一次跟父母大吵一顿吧,算是离家出走,不回来了,反正你们也烦我。然后父母真的是几天之内就白头了。过了几天我在东莞的一个电梯里,正准备上楼去彩排,看见两个非常虚弱的身躯。一看,是我爸妈。他们说,孩子回去吧,不跟你吵不跟你吵,回去吧。我就回去了。

父母的白发让邓超变得懂事起来,褪去了曾经的骄纵与轻狂。此时的邓超真正地体会出父母的用心,也在一条崭新的道路上,寻找到了那个真正属于自己的人生。

曹:到了什么年龄开始真正改邪归正了?

邓:我觉得是读大学之后吧。我觉得有这个过程特别美好,虽然那个时候挺让爸妈遭罪,他们就那个时候给自己起了个外号叫消防队员。真的是,就只要是电话一响,我妈那个时候就说她会有神经衰弱,啊,就听见电话响,一接"喂你是邓超的……"完了,又得上学校去了，基本是“请带走”就这种话。就有一次，我妈还是被说得急了，你们孩子怎么样怎么样，你孩子就是社会上的人。我妈开始一直是，对不起对不起，我孩子不好我孩子不好，说着说着，我孩子不是社会上的人。就是这样的一个妈妈。

曹：但是实际上你从内心来讲，还是很单纯的这么一个男孩。

邓：叛逆不代表不单纯。

曹：对。

邓：因为你的理解力和你的表达力，或者说你在那个年龄的那种冲动，我觉得那个是每个人都有的，不论男女。但是其实那个阶段，对于我之后选择做这个职业太重要了，我觉得太重要了。

曹：所以我看你的戏无论是《甜蜜蜜》或者是《幸福像花儿一样》，有一些东西这个是个性里面与生俱来的，是演不出来的。

邓：反正演《幸福像花儿一样》的时候，我就觉得有很多走火入魔的东西，我不知道为什么，也没当过兵也不知道，就是那种跟家里的跟父母间的那种小感觉，真的是。

如今的邓超褪去了那份年少轻狂，可是骨子里却依然保持了那种天真、执著和倔强，面对自己深爱的表演事业，更是一丝不敢马虎。从2006年开始，邓超显然已经不满足于形象单一，表演形式相对固定的偶像剧集的演出了，他的志向远不止此。几年里经历了几部大片，许多导演都对邓超的敬业精神赞赏有加。

曹：我在看《翠花》的时候第一个感觉就是说，就是以前看电影电视的时候，好像没有那么强烈的感受，就真觉得你在舞台上是一个疯子、是一个戏痴。

邓：就是有的时候导演都会觉得烦，比如徐克导演，开始我们的过程也是这样，行吗导演，我还可以这样。别着急，哦，这样可以了。导演，我还可以那样，你看一下。就是后来我怕别人会很烦你知道吗？有一次我说导演你觉得这样行吗？然后“老爷”说，你已经是了，随便。陈嘉上导演也是这样，我对陈嘉上导演说，我可以换个方式，我完全可以这样。他就说，不用了不用了，够了，不要了。

邓超与孙俪的相识、相知、相许似乎是这样的自然，两人的恋情也像影迷们期待的那样情意浓浓。娱乐圈假戏真做的不占少数，而像他俩这般透明的实属不多。两人多次牵手出现在公开场合，如此的生活又怎能不甜蜜蜜呢？

曹：现在跟小孙同志一块合作拍戏跟以前拍戏会有不同感觉吗？

邓：会有，但是很怪。

曹：我觉得两口子拍戏是有点奇怪。

邓：对，就是怪怪的。很多时候还会有笑场。

曹：我常常去北京，我觉得北方人或者说是非上海人，有时候评论上海人的一句话就是说你这人不错，你这人一点不像上海人。你也会常常听到这种说法。所以你对上海人，特别有了跟小孙同志之间的关系以后，你对上海人会有新的不同的认知吗？

邓：我觉得会有不同的，就是因为原来听说太多。但是我觉得是上海人的认真劲儿让人佩服。我觉得是因为认真，就是说我全心全意做我自己想做的那个事情，就是"认真"两个字。我觉得这两个字特别代表上海人。

曹：你觉得小孙同志当时打动你的是什么，一个上海女孩子？

邓：就是很干净，然后做什么事都很麻利，就有这样的一个保姆挺好的。

曹：我常常会问小孙同志，我说一般都说上海女孩子比较作，我说你会不会在邓超面前作？

邓：她还真不作。

曹：不不不，她说不作就不是上海女孩子了。你觉得她不作？

邓：不不不，不能在这说，被她听见她又要开始作了。她挺作的，然后挺不好弄。

曹：也挺有主见，应该是。

邓：有主见有主见，但是我觉得，那些主见你就让她主吧，那种感觉我觉得很享受，很享受。

曹：你爸爸妈妈怎么评论你的这位心上人？

邓超和孙俪

邓：喜欢啊。因为我知道我是个马大哈嘛，我连一个箱子都不会整的，真的，就是我要想半天。就是拿了这个可能又扔下了那个，我每次出门我得数，比如说夏季五样、冬季六样。钥匙、手机……一关门就开始数，站在家门口，钥匙、手机、车钥匙、电话、包，好，五样，好，锁门，怎么没钥匙啊？在里面。就经常是这种，所以她也很费心。我就很烦你知道嘛，我说为什么每次出去特别是短途的更烦，长途的话什么都往里一扔，短途的你还什么都得带，可她就是5分钟。“要什么？好，拿走。”特别好。

曹： 上海女孩子的麻利，是吧？利索。

邓： 利索利索，填补了我很多项空白。

孙俪与邓超恋爱，最关心的就是孙俪的妈妈了，在母亲心中女儿永远都是个宝，女儿的事业刚刚起步，就因为一部戏开始了恋爱的征程，这不能不让当妈的有点担心。邓超为了赢得准岳母的同意，可是费了不少的心思。

曹： 你第一次跟她来上海见她妈妈心里会紧张吗？

邓： 紧张紧张。

曹： 不过上海人有句俗话叫“丈母娘看女婿越看越喜欢”。

邓： 是吧？因为我原来跟她母亲通过电话，我知道我在她母亲心目中的地位还是很棒的。后来第一次见面，她知道我爱喝红酒，就来了个下马威，哐哐哐三瓶。我说我就喝一点点。没事没事，你喝，喝完了。来，我给你倒。我知道目的是什么，于是话就打开了。那天喝了不少，就很豪放。我觉得是那种感觉，就觉得也不是我想象中那样的，她妈妈是很热情的。

曹： 热情爽朗。

邓： 就那种藏不住掖不住，不拐弯，就这种，然后就反正很亲，也因为可能我们也都姓邓吧。

曹： 那你们这个真是有缘分啊，你跟她妈妈都是同一个姓，找来找去邓家门。

邓： 对啊，这个她觉得很好嘛，所以她感觉是像自己真多了个儿子一样。就是那种，有的时候就很像朋友一样，勾肩搭背啊那种感觉。很多事都直接跟我说，不用跟孙俪说，真的。

曹： 孙俪说，其实邓超到什么地方，整个场合就显得特别的热闹，所以她就把你比作电热毯。

邓： 电热毯？

曹： 你如果比喻她会怎么说？

邓： 插头啊，不插哪来的电。因为我喜欢，我就喜欢大家都开开心心的，不管你是做访问啊还是在剧组啊，还是在任何吃饭的场合，让大家高高兴兴多好，没有什么不好的。

曹：孙俪近几年一直在做这个收养流浪狗啊、流浪猫啊这样一些事情，她也送了一本书给我，我觉得挺有意义的。

邓：《带我回家》。

曹：你会跟着她一起来做这样的事吗？

邓：其实我一直都是没有浮出水面的那个幕后。对，我就太怕像作秀啊什么的，所以一直就在背后。

曹：属于无名英雄。

邓：也不是，不算英雄。其实帮助它们也是帮助自己，就像人和人之间一样，帮助人也是帮助自己，帮助宠物也是帮助自己。帮助这个地球也是帮助我们自己，就没有什么东西是跟自己无关的，所以我特别支持。我觉得她跟我这么近的一个人，也会让我有瞬间仰视的感觉。就是这样，可能就是她在宠物的收养基地墙角那儿拭去的泪水，默默地流的泪水，就会让我瞬间觉得她很可爱，我觉得太可爱了，身边有个这样的人。所以我们家那两只养的狗也特别的好，都特别粗壮，而且有一只我捡到的狗已经完全走出了心理阴影。你看它几个月前都是那种尾巴夹在屁股底下，看人永远是这样，永远是这样躲在床底下，一定是被打过被欺负过。捡来的时候跟纸片一样，现在特别健康，而且和人类这些朋友相处得特别好，它就像个人一样，它都能听懂看懂。所以我会永远支持俪俪，也会一块儿帮她做下去。

我有一段情

我有一段情

我有一段情
——《可凡倾听》2011 年春节特别节目

开场白:(曹：曹可凡　王：王冠)

曹：亲爱的观众朋友们,大家新年好!

齐：新年好!

曹：欢迎各位收看我们的《可凡倾听》2011 年春节特别节目。

王：曹老师,我还记得去年的特别节目是“阿拉全是上海人”,很热闹。今年我们的新春特别节目又是什么样的主题呢?

曹：今年所有的节目都围绕着一个“情”字。世界上有很多情,有夫妻情、父子情、母女情、兄弟情、姐妹情、师生情、故乡情;有真情、温情、欢情、热情,也有悲情、旧情,总之,怎一个“情”字了得。

王：我被你说得整个人都被“情”融化了。

曹：所以,我们的主题叫做“我有一段情”。

曹可凡、倪萍、王冠

王：真的是这样。您看情就是一种力量，能够感天动地；情也是一种缘分，能够天生注定。

曹：我们要掌声请出来自宝岛台湾的文学大师余光中先生和他的夫人范我存老师。

余光中、范我存访谈：

曹：余先生好，范老师好！余光中先生今年83岁高龄，范老师80岁高龄，谢谢他们专程从台湾赶到上海，参加我们这个节目的录制，非常谢谢两位前辈！余先生，我特别想知道，您和范老师第一次见面，你们都是多大？在什么地方？您还记得吗？

余：当然记得。我们第一次见面是在南京，当时我19岁，她16岁。

范：印象中他是土土的，穿着麻布制服，就是当时高中生的制服，理着平头。所以当时我们没有什么太多交集，因为大家都很羞涩，不知道该讲什么话。

曹：大家在余先生的诗作里面，经常会看到一个名字叫“咪咪”。也许不熟悉的人不知道这个“咪咪”究竟是谁？其实这就是范老师的小名。据说余先生回去之后，给范老师寄了一本杂志，里面有您翻译的拜伦的诗选？

余：对。是我们学生办的一种刊物。我们拿到书店去卖，当然也没有人买。所以我就把其中一张寄到她的学校，南京明德女中。

曹：范老师是否感受到光中先生的情怀？

范：有没有情怀，我不知道，可是杂志没有销路，所以只好寄一册给我，有一个读者。

曹：您读了他翻译的拜伦的诗了吗？

范：我当然读了。所以那个时候，就很佩服他，这个人居然可以翻译拜伦的诗，我也因此知道了英国文学史上有一个拜伦。

曹可凡、余光中夫妇

曹：余先生，当时您的父母对您的恋爱是什么想法？

余：当时他们也顺其自然。所以我们一见面，因为都在四川，算是同乡，所以很亲切。所以我们再见面的时候，大家就讲四川话，一直讲到现在，我们夫妻之间讲四川话。

曹：余先生在很多诗文当中，都写到自己的母亲。母亲去世以后，您曾经写过一首诗，叫做《母难日》，这是我最喜欢的余先生的一首诗。因为大家通常会谈到他的《乡愁》，可是我最喜欢的是《母难日三题》。我特别想把这首诗给大家念一念。“今生今世，我最忘情的哭声有两次，一次在我生命的开始，一次在你生命的告终。第一次，我不会记得，是听你说的。第二次，你不会晓得，我说也没用。但两次哭声的中间，有无穷无尽的笑声，一遍一遍又一遍，回荡了整整三十年。你都晓得，我都记得。”

余：因为那时候在四川，一寸铁路都没有。我们在乡下，也没有电灯，就在桐油灯下，我读了很多古文。我妈妈陪我，她为我纳鞋底。那时候，我穿的布鞋就是她做的。所以现在想起来，完全是农村生活，可是就这段生活令我想起“慈母手中线、游子身上衣”。现在还是非常怀念妈妈。

曹：余先生和范老师有四位事业非常成功的漂亮女儿，可是余先生写过一篇非常有意思的文章，叫做《我的四个假想敌》，这篇文章余先生写得非常幽默，我给大家念一段：“冥冥之中有四个‘少男’正偷偷袭来。虽然蹑手蹑脚，屏声止息，我却感到背后有四双眼睛，像所有的坏男孩一样，目光灼灼，心存不轨，只等时机一到，便会站到亮处，装出伪善的笑容，叫我岳父。我当然不会应他。哪有这么容易的事！我像一棵果树，天长地久，在这里立了多年，风霜雨露，样样有份，换来果实累累，不胜负荷。而你，偶尔过路的小子，竟然一伸手就来摘果子，活该蟠地的树根绊你一跤。”太幽默了！当时怎么会想到写这样的一篇文字？

余：因为这种文字，在西洋文学里比较多。中国做父母的比较严肃，我是承继英国小品文的传统。那时候电话装在我的书房里，我一天晚上要接很多电话，几乎变成了接线生。她们电话讲的内容，我也不能听，听不清楚。我倒宁愿那些假想敌、那些不良少年，写信来追求我的女儿，这样他们可以练习写中文，不至于荒废中文。

曹：范老师读到余先生给您的诗，感觉应该和我们是不一样的？

范：我当然很感动，能够由自己的丈夫，用诗纪念这三十年的一段婚姻。我想每一个做太太的、做妻子的，都会很感动。表示他有始有终，都把我放在心里。我想任何人都会觉得非常荣耀，非常骄傲。可是有一点，不是每个丈夫都会写诗，对不对？所以有这么一位诗人丈夫，当然是很值得骄傲。

曹：是不是也觉得很幸福？我们再有多的感情，无法用诗的语言来表述自己的情怀。

余：写诗可以保存精神的价值。我听说美国有一个百万富翁，他的小女儿过生日，作为老爸就觉得心里充满诗意，他要赞美女儿，想来想去不知道该怎么说，就对女儿说：“你美丽得像一张一百万元的钞票”。这就是精神价值不够。

曹：听说您当时写《乡愁》，其实是一气呵成，花了多少时间？

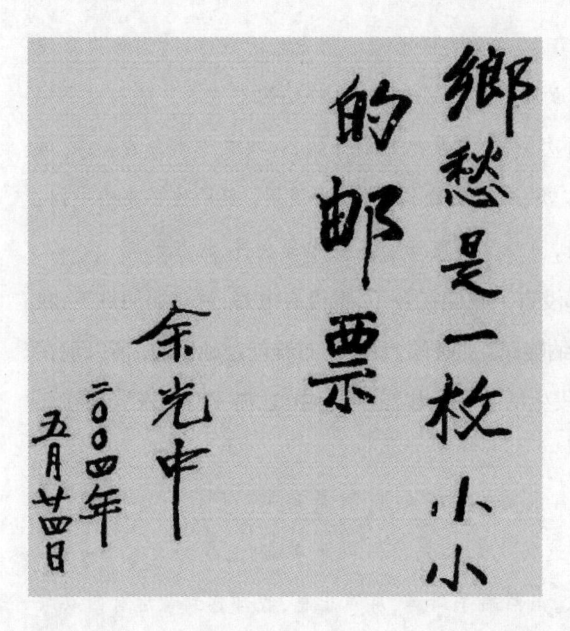

余：大概20分钟。那时候我的朋友说，你才思这么敏捷？我说倒不是，没有这么敏捷，而是这个感觉在心里有20多年了，我写的时候是40多岁。

曹：大家听过很多朗诵名家朗诵《乡愁》这首诗。今天非常难得的机会，我们可以亲耳听一听《乡愁》的作者余光中先生自己为大家朗诵这首经典小诗《乡愁》。

余：小时候，乡愁是一枚小小的邮票，我在这头，母亲在那头。长大后，乡愁是一张窄窄的船票，我在这头，新娘在那头。后来，乡愁是一方矮矮的坟墓，我在外头，母亲在里头。而现在，乡愁是一弯浅浅的海峡，我在这头，大陆在那头。

歌曲：《乡愁四韵》（演唱：林海）

主持人串联：

曹：王冠，我想问你，你是怎么看女强人？

王：女强人，我觉得应该整天穿着一身套装，讲话说一不二，做事雷厉风行，特别精明干练。

曹：你愿不愿意别人称你为女强人？

王：别，千万别，这样不太容易让人接近。

曹：关键不太容易嫁出去？

王：对，真是这样。

曹：接下来给大家介绍一位女性朋友，她也不愿意别人称她为女强人，可是她确实是女强人，“我不愿意别人称我为女强人，我宁可别人称我强女人”。

王：谁？

曹：我们有请张兰女士！

张兰访谈：

曹：兰姐，春节好！今天穿着特别俏江南化。大家知道，张兰女士和她的儿子汪小菲先生，他们打造的“俏江南”在我眼里，其实不仅仅是一个餐厅，他们是借餐饮推广了一种中国的文化。这样的理念，是不是你和儿子一起琢磨出来的？

曹可凡、张兰

张：是。80年代的时候，我去了加拿大，最早接触了品牌。所以说回国就想做一个自己中国的品牌，能够让全世界了解中华美食文化，而且能够进入世界品牌之林，这也是中国人的梦想，也是我们的责任。

曹：兰姐，我一直特别纳闷，当年像你说的，去加拿大打拼时，小菲还很小？

张：几岁。

曹：你怎么就舍得把这么年幼的孩子扔在中国，一人跑到加拿大去打拼了？

张：我觉得小孩，一定要经受一些挫折，经受一些苦难和磨难，成人后才能有感恩的心，才知道今天什么叫幸福，才知道如何承担一些责任。所以我觉得孩子，不要溺爱，要让他去锻炼。

曹：听说你在加拿大的时候，虽然儿子的照片带在身上，可是从来不摆起来，是倒扣着的，为什么这样？

张：那时候背井离乡、寄人篱下。痛苦、孤独，特别想儿子的时候，一看儿子的照片，就会落泪，就会动摇你的意志。所以我要坚强，所以把儿子的照片放在心里，不敢去看。

曹：在上个世纪90年代初，兰姐在北京开过一家阿兰酒家，一个女人要应付社会上方方面面的人，非常不容易。而且有很多地痞流氓也会来捣乱，甚至不付饭钱。

张：我那个时候真的是视财如命，因为创业太不容易了，一分钱一分钱地积累。当听说有人不埋单的时候，我马上骑着车就去了。我一看这个单还不小，600多元。如果是60多元钱也就算了，600多元钱可不行。这时候他们就动手了，踹了我肚子一脚，当时我就蹲在那儿了，但是我还是拉着他们，必须埋单。

曹：非常不容易！我们看到兰姐取得今天的成功，其实包含了很多的艰辛和酸楚在里头。兰姐，通常人家称她为女强人，看着她非常强势，可是我知道兰姐不喜欢“女强人”这个词。你觉得自己是怎么样一个人？当然你好强是肯定的。

张：我觉得是一个内心坚强，又充满了女人温柔的一个强女人。

曹：给兰姐打电话永远是快乐的，电话一通，第一个不是先说话，先乐。你如果用一句话来形容你和小菲母子之间的感情,你会怎么说?

张:我觉得就像人的生命不能缺一杯白开水一样。当人遇到大灾难的时候,你会发现人可以十天不吃饭,但是不能不喝水。没有水,人的生命就会枯萎、枯竭。我觉得我是我儿子的一杯白开水,他也是我的一杯白开水。

曹:我想随着儿子的长大,母亲最关心的就是儿子的终身大事。一直以来,当儿子还没有找女朋友的时候,你想象当中,儿子找一个什么样的儿媳妇你觉得是最恰当的?哪种类型?哪种性格?

张:因为我们家都是旗人,而且是知识分子家庭出身。我希望女孩子知书达礼、大家闺秀,希望找这样的一个,所以儿子有一段时间曾经很困惑,对我的朋友讲,我不知道我妈到底喜欢什么样的。

曹:小菲和大S的恋情曝光以后,大家都纷纷给予祝福。你是通过什么途径知道儿子和大S恋爱上了?是通过媒体,还是儿子告诉你的?

张:不是。那么巧,我觉得是一种缘分。儿子和大S认识,也是有那么一种机缘。安以轩过生日,因为在她过生日之前,刚刚到我们家,八月十五吃大闸蟹。她说干妈,我刚下飞机,过来吃大闸蟹。吃大闸蟹的时候,她说我过两天过生日,我说我要出差,小菲去吧。后来小菲参加她的生日,我听说认识了大S。我说这个大S,很活泼、很可爱,大明星,所以没有多想。"十一"前后,我在伦敦给小菲打的电话,我说儿子,你在哪儿?他说我在台湾。我说我的儿子真棒,"十一"还去工作。因为……

曹:没想到儿子在台湾公私兼顾。

张:从伦敦回来以后,好像是10月7日,我请好多朋友在我们酒吧吃饭。这时候小菲走进来,和我朋友打招呼,彬彬有礼,我朋友都非常喜欢他。这时候他对我讲,"妈,您过来一趟行吗?"我说"什么事?""您认识大S吗?"我说"当然认识了",他说"她也在"。我说"这里不是大腕、明星经常云集的地方吗?在就在吧。"他说"您过来一下",我看儿子的语气和眼神不一样。

曹:有情况。

张:我说好,所以撂下一大帮朋友,我就过去了。这是第一次见大S。她站起来叫"阿姨",彬彬有礼,我还没有多想。后来小菲说"您觉得怎么样"?我说"太好了"。这是第一次见面。

曹:正式确立关系了,他们俩要准备结婚了,小俩口有没有专门对妈妈来说一下?我们俩想好了,我们要准备结婚了。

张:我儿子特别了解我,我是一个特别大大咧咧的人。那时正在上海出差,他说"妈,您祝福我们吧”。我说“好,祝福你们,知道了”。登记、结婚,我说好,祝福。

曹：当从媒体上得知小菲和大S结婚了,我给兰姐发了一条短信,她特别高兴。我说,恭贺你升级换代,成婆婆了,而且是这个世界上最年轻、最漂亮的婆婆。你肯定都没有想到,这么年轻就开始做婆婆了?

张：还没有准备好。他们又说你快当奶奶了,我说不行,将来不能叫我奶奶,叫娘娘。

曹：兰姐对我说过,因为他们家是旗人,小菲爸爸家里也是旗人,所以她年轻时做媳妇挺辛苦的。

张：是。所以我在想,我一定让我的媳妇快乐,我不能有那么多的老理、老规矩,我应该破四旧、立四新。

曹：坊间有好多好事者总这么想,张兰是个女强人,大S也是女强人,强强联手当然好,但是婆媳怎么相处?有没有想过多年媳妇熬成婆以后,自己怎么做婆婆?怎么和儿媳妇沟通?

张：其实做母亲的,都是把自己的儿子当儿子,把人家的闺女当媳妇。我觉得应该是把人家闺女当自己的闺女,把自己的儿子当成别人的儿子。到这个家以后,首先爱这个女儿,再一个,我觉得这个媳妇是一个事业型的女孩,我也是做事业的。前段时间有媒体说,我对她演的戏有意见,我都不知道。只是朋友给我打电话,我说我哪有时间看戏?特别巧,每次我一坐飞机,可能那些小姐看到我,就放大S演的电影,真的,特逗。我朋友说小姐心多细,知道这是她婆婆,放电影。有朋友告诉我说,有媒体说你对她演的镜头有些不满意。我说大错特错,如果要不满意,我就是小女人了。我觉得做事业,一定要敬业,她为艺术献身,我一定是支持的。所以说她演的镜头,一定要全身心投入,这样才对得起观众、才对得起事业。

大S和汪小菲

曹：所以按照你的话说,其实你不反对儿媳妇拍戏?

张：不反对。

曹：甚至她拍激情戏，你也没意见？

张：没意见。但不是哗众取宠的，是为艺术而献身的，绝对是没意见。

曹：大S听好，谢谢你的婆婆。

曹：前不久你和亲家母也见面了，其实大S的妈妈，对她们大小S的整个成长居功至伟。你们两位妈妈在一起，聊得最多的是什么？

张：就是感谢、就是感恩。我感谢徐妈妈，培养了那么一个优秀的女儿交给我们了。我说徐妈妈，你放心，我会比你更爱她、更疼她，我觉得我会给他们幸福的。

曹：其实做妈妈的，也希望儿子结婚以后赶快有小孩。你是怎么想的？

张：我觉得顺其自然，不要给孩子压力。我觉得小孩一定是在父母愉悦的心情下，宝宝才快乐。如果她天天想着，我婆婆让我生小兔宝宝，我儿子想，我妈让我生兔宝宝，他们就会有压力，人的心情特别特别重要。我觉得不要给孩子压力，让他们快乐。

曹：现在小菲和大S，他们已经紧锣密鼓地要筹备他们人生当中最重要的一个华彩乐章。他们现在有没有商量好，将来他们把家是安在台北还是北京？

张：因为儿子的事业和媳妇的事业都在大陆，当然他们会两边跑，因为那边还有徐妈妈，我也希望他们能够多照顾一下母亲。所以他们会两边跑，但是可能会大部分时间在北京。

曹：现在是春节，知道小菲和大S他们也都在国外去筹备他们的婚礼，借着我们这个节目，想再对儿子和儿媳妇说一点什么样的新年吉祥话，有什么话要再关照他们小俩口？

张：我希望我们全家能够全家福，幸福美满，也希望他们小俩口和和睦睦、相互尊敬。就像大S给我发的短信说，"妈，恭喜你，新年快乐。我和小菲一定踏实做人，希望你子孙满堂"，这是我媳妇发给我的。我也希望我们家子孙满堂，人丁兴旺，我们的企业后继有人，做成一个世界级的俏江南。

曹：好的，我们再一次掌声感谢兰姐，我们要用最最热烈的掌声，把我们最最美好的祝福送给汪小菲，送给大S，好不好？

张：谢谢！

曹：接下来兰姐还有一个绝活要送给大家，她要为大家表演一段精彩的舞蹈，同样掌声欢迎。

张：谢谢！

舞蹈:《高原风情》(表演:张兰)

主持人串联:

曹:王冠,你知道吗?上海滩大名鼎鼎的大世界,曾经一度改为青年宫,在这个青年宫里面有一个话剧班,培养了很多日后大家非常熟悉和喜爱的明星和主持人。

王:我当然知道,您看这里面有王志文,还有肖雄、马晓晴,还有我们大家非常熟悉的,我们的同行金炜,是不是?

曹:没错。今天我们非常高兴,把这些学员,以及他们当中的老师代表,雷国芬老师、陈茂林老师都请到我们的现场,掌声欢迎!

王志文、肖雄、马晓晴、金炜、刘昌伟、雷国芬、陈茂林访谈:

曹:大家看到走过来的是我们的金炜、马晓晴、刘昌伟、肖雄、王志文。非常感谢你们今天能够光临我们的节目,同时我们也非常高兴请来了当年他们的老师,陈茂林老师和雷国芬老师。谢谢这两位培养出这么多优秀的演员和主持人的园丁。这里我要隆重向大家介绍一下,陈茂林老师,上海戏剧学院的教授,大家见他眼熟吧,《上海一家人》里边演一个老裁缝,像吧。这位是雷国芬老师,是我们电台的编辑和主持人,她制作的广播剧相信大家都非常地喜欢,那就是《刑警 803》是迄今为止播出时间最长的广播剧。当年以他们为代表的一大批的优秀的园丁在青年宫办了这样的一个话剧班,培养出了今天大家所看到的这样的优秀的演员和主持人,所以在这样的一个春节特别节目当中,我们要请他们给我们说一说他们这一段师生情。再次掌声欢迎。

曹:志文,你跟我们说一下,尽管你们平时在天南地北,但差不多每年保证一次跟这些老师们有团聚吃饭的机会,大家共续情怀。

王:每年一次是起码的,每次听到跟老师同学一起见面,大家都会尽可能把时间安排得集中起来,就是能够一块见见面。20 多年快 30 年的事了,的确让人感怀。

曹:雷老师你给我们说一下,当时在座的这几位他们最有意思的哪些事情你记得特别清楚?

雷:每个人都有很多故事,因为他们来青年宫的时候还是十五六岁的花季少年少女。王志文我记得清楚的是那时候又瘦又高,像个绿豆芽一样的,很皮。

曹:据说一开始志文进来其实没什么好的角色让他演,后来演一个父亲,演得有模有样的?

王志文、雷国芬、肖雄、马晓晴、刘昌伟

雷：对对，因为王志文呢比较特殊，已经变声了，不是小孩的声音，所以不能演小孩，实在是没合适的角色，就只能让他演演爸爸呀什么的。

曹：所以志文从小占便宜演爸爸。

雷：其实跟他自己的年龄差得很多很多，但是还演圣诞老人，记得吧？

王：是。

雷：圣诞节的时候，在我们大剧场那边演圣诞老人。

王：圣诞老人都很胖的，我是一个圣诞瘦老头。

曹：像刘昌伟这种形象你们怎么也会接收的？你们的眼光有点问题。

雷：一个团体嘛，有俊男靓女，也要有各种类型的，才能搭成一台戏。但是他呢，这些小的角色他非常认真地对待，而且学习也很认真。然后机会就来了，电影《包氏父子》副导演到青年宫来选演员。

刘：就是夏钢和李少红，现在也都是赫赫有名了。当时还想是个小角色，我还蛮有信心，后来听说是演男一号，我想我这个形象在青年宫都演排不上号的。

曹：不是，你在青年宫绝对是一号，不过是倒着数的。

刘：所以当时去试镜也是很忐忑的，反复地试镜啊，最后谢铁骊看了以后才定下来演《包氏父子》里面的小包。

曹：我也想说说金炜。刘昌伟这种你们接收也就算了，至少他瞧着像个好人，像金炜一瞧就是坏人的样子，你们怎么也接收的？

金：像我这种按大人说话就是听话的，特别乖的小孩，雷老师最喜欢的就是我。

雷：金炜呢小时候不像现在，他挺像女孩子的，是吧？

金：比较不爱说话，很文静。

雷：然后大家印象最深的是他老爱穿一条白色的裤子，喇叭裤。

曹：白色喇叭裤。

金：你看我原来多瘦啊，你看看。

曹：还真是。

金：旁边是你的搭档袁鸣。

曹：是袁鸣吗？

金：是袁鸣。

曹：哎呀真是遇人不淑啊。

金：那时候我多帅啊。

雷：是，金炜那时候很瘦很瘦，然后呢我记得很清楚，他是自己找到我们青年宫文艺组。

曹：这一点跟现在很像，没羞没臊是吧，经常自我推荐。

金：是这样的，等我知道青年宫的事，整个招生都结束了，乔奇老师当时是青年宫话剧团的名誉团长，还有著名配音演员张欢老师。张欢就跟我说，你为什么不去青年宫呢，乔奇是名誉团长，我想挺好，然后我就磨磨蹭蹭到乔奇老师那边去了。我就说乔奇爷爷，张欢老师说您是青年宫的名誉团长，您觉得我去青年宫合适吗？他说合适啊，你找雷国芬老师，我给她写一封信，你去找她就行了。

雷：好像我没看到他的信嘛，就你自己找来的。

金：但是当时我觉得他给了我一个……

曹：自己吹的。

金：但是我觉得对我来说是一个很好的机会，我就直接去找雷老师了，是这样的。我们后来就成为很好的朋友，因为我们跟王志文家住得很近，我们俩是邻居，所以后来每一次礼拜六……

马：对，金炜、王志文，我，我们那时候一块的。

曹：陈老师，在今天来的几位学员当中你对谁的印象最好？他们说你对马晓晴是最好的。你最喜欢马晓晴？

陈：一般学生都问我陈老师你最喜欢谁，是不是喜欢马晓晴，都这样说的。其实，当时她是非常皮非常皮的。

曹：皮到什么程度？

陈：皮到什么程度呢，就是排戏时排着排着，她一上台以后就把我们导演啊，老师啊都撇到一边去。剧情是椅子上有一个钉子，每个女孩子坐得不一样。第一个是陆英姿上去的，第二个就是马晓晴上。马晓晴一上去，嗨，就往地上这么一蹬，一脚过去，一脚过去……

雷：一脚就踹在陆英姿的脸上。

陈：我说排的时候没有这一招啊，你怎么来这一招啊。

雷：一下上去那个力量之强啊，英姿一下就懵掉了，眼泪哗一下子就出来了。因为在演出嘛然后她就忍着，就没有发火。我在边上看到，英姿眼泪流下来了，疼得不行了。

陈：她就是这么一个人。

雷：超常发挥。

陈：她爱怎么演就怎么演，管也管不了的。

金：插一句话，王志文，你还记得这张照片吗？这个给大家介绍一下，这是当年王志文考取了北京电影学院表演系，我们所有当时在上海的同学欢送他，然后在青年宫大世界的这个台阶上。

王：是少年时代的事了，十四五岁那会儿。我十三岁父亲就去世了。本人就是喜欢朗诵啊，唱歌啊，说相声逗乐。那时候十四五岁的孩子还是不规矩，不是很懂事，也不是很懂礼貌。很多事都由着自己的性子来。所以我觉得长大以后，如果说身上还有一些不错的习惯的话，应该是在青年宫的时候，老师和同学给培养出来的，所以对我日后的生活产生了一些必然的影响。在这里我特别感激青年宫所有的老师和同学。

曹：志文其实在考北京的学校之前也考过滑稽剧团，是吧？

王：是。

曹：严顺开老师直跺脚，我走眼啊！当时是严顺开老师考他，就把他给 FIRE 掉了，但是严顺开老师就说，我觉得我这个看走眼还是成就了王志文。当时你们这些学员当中你跟谁走得比较近，跟晓晴和金炜走得比较近？

王：对，肖雄姐姐和昌伟兄应该比我们都大。

雷：他们是工人话剧队的，大一拨。

王：我对肖雄姐姐是很敬仰的，那时候我们觉得她可漂亮了。迷人。那个时候青春期萌动，老想跟她们上一个班，但是事实上不可能。

肖：其实当时在话剧班前面是朗诵班，我等于是破格，因为学生不能进工人朗诵班，我等于是跳级了，而且那时候我印象特别深，我特别开心的就是老跟着雷老师，我们俩像影子一样。她有时候给我一点活儿，我就像她的秘书一样，给我一点小事情做，弄得我感觉也蛮好的，尤其有时候管管他们大人。

刘：像课代表一样的。

肖：对，就是那种感觉，知道吗，所以不要看我人小，也培养了我一点这种能力。直到现在我还是挺感谢这些老师。比如像我们那时候演戏，我经常有时候演好了以后自己感觉演得蛮好的，然后鲜格格地问李家耀老师，你觉得我演得怎么样，李老师讲，你这个人表演就是上海话说的“大约目帐”，就是大概，普通话讲叫大概齐，粗线条。我自己一直在琢磨这句话。其实那时候也就这点本事了，你说不“大约目帐”，我们不知道怎么演法，真的，也不会演了。我们就这么点本事。

雷：就是凭感觉。

肖：就是凭感觉，就这点本事。但是其实这句话一直伴随我一生，直到现在，我有时候经常在想，其实我现在演戏的时候也是，因为我不相信这种特案头的那种，我觉得那种特理性的东西好像我不适合，可能有的演员比较适合，要看要想，但是那时候一到现场以后那种东西是准备不来的，就是那种一气呵成的，没准重复一遍就没有了，或是重复一遍会更好。所以这就是青年宫给我们带来的锻炼，我一直觉得这个青年宫是一座大熔炉，为什么现在没有青年宫。其实我们可以借这个节目呼吁一下，我觉得太应该恢复青年宫了，我觉得还可以培养大量的人才。

曹：马晓晴，你来说一说当时你在青年宫的那段岁月，你觉得青年宫给你带来最美好的记忆是什么？

马：青年宫那段岁月是我人生当中，很美好的岁月，永生难忘。首先我很感激陈茂林老师、雷国芬老师，我就是一直在想，一日为师，终身父母，他们对我的爱，对我的培养，我这一生都不会忘记，永远不会忘记的。然后呢还有金炜，对吧，王志文，我们那时候常到你家去吃馄饨，金炜我们那时候聊得很多很多。

金：是，而且我们最期盼的是每个礼拜六的上午，两个人一块坐公共汽车46路，到终点站武胜路，然后再走到青年宫，就是最美好的时间。

马：你穿着白色的喇叭裤。

曹：前面都还蛮好的，就是白色的喇叭裤有点吓人，有点招摇，对吧？

曹：肖雄说了你跟晓晴怎么没有发展出……

金：她喜欢的不是我。对，因为我那时候牌小。

陈：你喜欢她。

金：我喜欢她，所以我每次陪她坐46路嘛。

金炜、陈茂林、曹可凡、王志文、马晓晴、肖雄

陈：你要承认这一点。

曹：他陪你坐46路走到青年宫，回来坐11路电车回来。

马：没有，他家也住在那边。

金：其实我们两家都很熟了。

马：王志文那个时候跳高跳得特别好，他会跳高。不知道你还记得吧，青年宫门口有一个垃圾筒挺高的，他说我能跳过去，你相信吧？我说我不信。他"嘣"就跳过去了。

曹：结果跳到垃圾筒里面？

马：没有，跳过去了。

曹：志文呢，那时候也挺皮的吧，够淘的。

王：我觉得男孩可能没几个不皮的，尤其是喜欢干这行工作的，都是不太能够静得下来的，尤其是在那样的一个岁数。是，那会我们经常在一块玩，这事把我给勾起来了，就把那事想起来了。我们周末是有一堂课，在礼拜天吧，礼拜天的下午在青年宫有一堂课的。礼拜六的时候晚上他们到我家里来，我妈妈给做很多好吃的东西，马晓晴最喜欢吃那个馄饨了。然后到我们家来聊聊天啊，我们跟金炜一块还会喝点小老酒。

曹：这么小就喝酒了。

马：我不知道。真的假的？

金：因为王志文是他家最小的一个，他有两个哥哥。他两个哥哥老怂恿我们说，男人嘛，就要喝点酒,然后我们老被逼无奈喝点啤酒,但是挺好玩的。

马:我怎么不知道,没看见你们两个喝过。

金:就是一点点。

王:孩子假装自己挺有豪气那种,特想长大跟大人一样的那种,大人能玩什么我们也跟着一块玩,就觉得跟他们没有什么距离了,现在反倒不喝了。

曹:晓晴那个时候相对其他的人来说,其实你已经积累了很多的表演经验,可能其他的学员还是一个白丁,可是你已经算是一个年少的老演员了。

马:对,因为我11岁拍的《啊,摇篮》嘛,我就记得陈老师说一个天才是99%的努力,1%的天才。

陈:这句话是我说的吗?

马:是的。

陈:好像是一个伟人说的,不是陈茂林说的。

马:那个时候我哪里知道什么伟人,您就是我眼里的伟人。因为我第一年高中毕业的时候没考上戏,我考的表演系和导演系,两个专业都没要我,然后呢我就特别伤心,我就记得哭得一塌糊涂,陈老师跟我说,此处不留爷,自有留爷处。

曹:好不容易考取这个学校为何又要退学,而且说退就退啊?

马:当时接到了米家山的电影《顽主》,然后学校又不让,说一年级学生不能去,所以事情太多了,也没有陈老师帮忙,没有支持的人,在学校好像觉得非常难受,结果就退学了。

曹:后来觉得后悔吗?

马:不后悔,不后悔。

曹:在刚才大家的交谈当中,包括在这个短片当中一直有一个名字出现,这个人没有办法来到我们现场,这个人就是陆英姿。因为几年前她身患绝症告别了人世,是一件非常可惜的事,她是我长达十年的搭档。雷老师跟陈老师记忆当中的英姿是一个什么样的学生?

雷:英姿是一个特别乖特别听话的。她不像马晓晴,马晓晴有时候还给你惹麻烦,不听话,拧着。她不会,你让她干什么她就会干什么,特别听话,特别配合,很安静的一个孩子。

王:我觉得英姿给我的印象就是她一直有一个笑容,我没见过她耷拉下来那张脸是什么样,我没有……脑子里想到英姿的话不会有这样的一张脸,她一直是很开心,很快乐。

曹：我知道晓晴一直跟英姿关系非常密切。那时候我跟英姿做节目，她嘴里经常会说马晓晴长，马晓晴短，马晓晴最近又怎么了。

马：我……我还是不说了吧。

金：她好像就在我们身边。值得欣慰的是她儿子非常的好，我们也祝愿她的儿子越来越健康，也是对大家有一个安慰。谢谢大家的掌声。

曹：前不久因为志文和肖雄都在拍戏，我陪着陈老师、雷老师，还有晓晴、昌伟和金炜又回去了一次当年的青年宫，就是大世界，当然现在大世界正在重建，我们来看一下我们当时去看的那个片段好不好？

曹：刚才志文在看这段的时候跟我说，在他们的心里，就是那代人，孩子心中的迪斯尼。我觉得这个说的非常好，因为你没去，看了是不是有这个感觉。

王：是是，看着老师们同学们一块回到这个地方，一个一个环形的台阶，真像人生的台阶一样。刚才就在琢磨，现在的孩子跟我们这代人的童年有什么不同，我觉得青年宫其实在我们心里面留下的东西真的对你日后产生很大的影响。这不是一句泛泛的话。就是你有了一个爱好，有了一个理想，你对它的那种尊重，并且你持之以恒贯彻一生，就是这些东西我觉得现在的孩子少了一些。所以我刚才跟老师和可凡说，青年宫对于我们来讲就是我们的迪斯尼，那时候就是渴望到这个里面去追求自己的那些爱好、理想。

歌曲：《感谢你》(演唱：王志文、肖雄、马晓晴、金炜、刘昌伟)

主持人串联：

曹：最近有一部叫做《老男孩》的电影短片，在网上是大红特红。

王：是。这个电影短片的创作者筷子兄弟现在也是迅速窜红了。这样，我们先让各位观众回顾一下，曾经令无数网友感动的网络电影《老男孩》的片段。

肖央、王太利访谈：

曹：欢迎肖央和王太利和大家见面。就是肖大宝和王小帅。欢迎你们！我觉得2010年最重要的文化盛事之一就是你们的《老男孩》了。我特别想知道你们在做这个片子的时候有没有想到后来在网络上能够引起这么大的轰动效应。

肖：真没想到，当时觉得就是认真拍一个短片，然后可能会有一些人喜欢，但是我当时预计的浏览量是200万。

曹：其实在《老男孩》之前你们还做过《男艺伎回忆录》，是吧？

肖：对。那个《男艺伎回忆录》是我们07年的时候拍的一部网络作品。在那里面老王演了三生三世，都演了一个女人。那是我们俩合作的第一部片子，而且那时候他还是我的客户，那时候我是刚大学毕业拍广告的一个小导演，他偶尔会找我拍一些广告。王总找我，拍着拍着我们就成朋友了。有一天他发给我一首歌，他说你看，肖央，要不然咱们俩把这首歌唱了。我就想王总找我唱歌什么意思啊！当我听到这个歌的时候还觉得挺好玩的，然后马上我就想要不然咱们拍一个片子吧，我当时很快就想到一个三生三世的故事，因为在平时生活中，他的气质里有一种很……这个词不是贬义，他有一种很独特得比较“贱”的一种气质。然后我觉得他这个气质，顺着这个气质往下挖掘给发觉好。

肖央、王太利

曹：你等会，北方话这个“贱”字不是太容易评判它，你说他贱在什么地方？

肖：他这个气质里面有一种母性的东西。

王：他是说我演技好，始终找不到一个切合的词。

曹：其实王太利生活当中挺含蓄内敛的，为什么在《男艺伎回忆录》真是不惜扮丑给大伙逗乐？

肖：老王后来他也生气了！

曹：当时怎么生气了？

肖：因为他没演过戏，我是这种专门学这个东西出来的，我对这个并不陌生，他从来没演过戏，然后一来就演一个女的。机器在发廊的屋里边，所有外面路过的人都不知道里面在拍戏，他们觉得这人在干吗呢，在这里站着。然后他就感觉，他说我当时那个心情，我那个羞辱，我这么大岁数的人了，我干吗了？在这里。

王：一胡同的人都在看我，里面有一女的。

曹：在你们《老男孩》当中有很多怀旧的元素，比如说BP机啊，这种老式的手机啊。

老男孩剧照

老王你们在片中也会有自己生活当中的一些经历,比如说被女同学作弄等等。

王:你比如说最具那个什么的……就是给别的男孩扒裤子,这些事当时我干过。

肖:应该也被扒过,我估计。

曹:对,有没有被扒过?

王:没有,还真没有。

曹:这个影片的上半部分笑料叠出,肖大宝都怎么给琢磨出这么多有趣的桥段?

肖:当时我就想把过去完全做得荒诞,一个梦,一个特别美好的梦。另外一个原因就是我们年龄都比较大,非要演中学生,也只能把这个情节做得荒诞一些,大家才会觉得有特别大的问题。

王:对,两张老脸演中学生确实不太适合。

曹:肖央在拍摄的整个过程当中,听说差不多拍得都崩溃了,非常艰苦?

肖:没错。

曹:怎么个艰苦法?

肖:因为我自己还投了一部分钱,你作为投钱的角色就想少花点钱,但是你作为导演的角色呢又是想多花钱,就是希望影片越做越好。

曹:你自个儿投了多少钱?

肖:投了几十万吧。

曹:你胆还挺大。想过没有这个也许就打了水漂了?

肖:我想过,因为我觉得自己30岁了,不知道以后还有没有这样的机会,这样的冲动,去这么执著地做这件事,所以咬着牙坚持,给它坚持下来了。

曹:我想当这个片子完成、在网上播出以后,能够搜集到这么多观众的或是网民的反馈,是不是觉得,哎呀,真是经历了千辛万苦,所有的一切的苦难都还是值得的?

肖:对,没错。

曹:《老男孩》这个歌在网上播出以后迅速走红,当然你们俩唱得也不错,可是老王这个词写得倍儿棒啊。

王:谢谢。其实这里面很多写的我觉得就是我自己。填词的时候,我自己听着音乐的时候,跟自己的梦想啊,青春啊交流在一块,那时候坐地铁旁边有很多人,我自己就哭,还怕别人看见。

曹：现在网上其实除了你们自己唱的版本之外，还有其他各种各样的版本。听说南京有一个过道里，有一个残疾人做了他们的一个版本，肖大宝特别鼓励他。

肖：我很感动，我看到那个视频，他们是两个，有一个人没有腿。一个残疾人打鼓，另外一个人弹吉他，在地铁里唱"青春如同奔流的江河"，"我有个梦想"，觉得特别感人，在网上看视频的时候我还转帖了。

筷子兄弟

王：唱得非常好。

曹：今天是一个非常好的机会，能不能在现场让我们大家过过瘾，好不好？

肖：我们没有准备，得清清嗓子，来吧。来。"那是我日夜思念，深深爱着的人那，到底我该如何表达，她会接受我吗?也许永远都不会跟他说出那句话，注定我要浪迹天涯，怎么能有牵挂。梦想总是遥不可及，是不是应该放弃，花开花落又是一季，春天你在哪里？"

歌曲:《老男孩》(演唱:筷子兄弟)

主持人串联：

曹：王冠，我知道你从小是外婆、外公带大的，和两位老人的感情非常深。

王：真的是这样，我一点都不夸张地说，我10多岁了还和我外公、外婆睡一张床。

曹：真有能耐！

王：我外公是一个特别能干的人，琴棋书画样样都行。

曹：最近我们的同行，主持人倪萍，写了一本非常独特的书，叫做《姥姥语录》，她用非常直白、朴素但是感人的语言，表达了她对姥姥的一份思念，讲述了她和姥姥之间那种平常的但是又特别感人的故事，我们掌声欢迎倪萍！

倪萍访谈：

曹：现在让我们用热烈的掌声欢迎著名的节目主持人、演员，倪萍。欢迎倪姐。

《姥姥语录》封面

倪：我的第一个奖就是在上海领的,然后无数次来上海。在我状态很不好的时候,犯了好多错误的时候,上海人最原谅我了。所以我一来到上海觉得像走亲戚一样,特别温暖。

曹：前两个星期啊,我在南方周末读到一个专栏,是倪萍的专栏叫做《姥姥语录》,当时虽然只有看了一点文字,可是立刻引起了我的关注,甚至我读着读着眼泪就出来了。后来才知道,这是从一本书里头摘录出来的,就是最近中华书局推出的倪萍的第二本大作,《姥姥语录》。

倪：实际上这是一本你看了就知道人人都能写的书,而且谁家都这么过日子,姥姥这些话咱姥姥咱奶奶都这么说。只是有的时候我们好像急着往前走,有些事都忘了。再说得大一点,好像被欲望啊,被那些理想啊有时候挡着了,萝卜白菜你觉得它不值钱,可是真的这个世界上从此不再有了,全都是鲍鱼全都是鱼翅,天天吃,吃一辈子,可能人也挺难受的。

曹：那就铅中毒了。

倪：对! 会想念萝卜白菜。《姥姥语录》实际上就是这么一本书,你看了全都是废话,真的。

曹：大家看到这个照片,倪萍和她的姥姥,非常珍贵的照片。

倪：姥姥 88 岁的时候住在我这里,我弄一堆红豆、绿豆给它混在一块。我让姥姥给挑出来,说这煮在一块上锅不一块烂,绿豆先烂,红豆半天熬不熟,得分开。姥姥特别认真,实际上我就让她锻炼,要不然她坐着睡觉了,然后天天红豆、绿豆,红豆、绿豆,我也够坏的。

曹：姥姥有一段时间跟你一块住,然后你家里可能会来一些公众人物,可是倪萍姥姥就对一个人耿耿于怀——赵忠祥老师。说这个赵忠祥怎么吃包子能吃这么多呢。

倪：赵老师这个人很实在,跟我也特别熟。其他人上我们家去都知道有个姥姥,反正拿串葡萄,拿包糖啊,都是觉得家里有一个老人嘛。赵老师这个人你也知道,比较大方吧。

曹：非常大方。

倪：对,不可能拿东西。有时候他进门我就想,从我们家里找一包点心让他先提着。有时候还没找到东西,赵老师已经坐在饭桌那里了,然后你桌上有什么,他就会吃什么。

曹：赵老师真是这样的人。

倪：对，你来不及给他说，你给姥姥带点东西。你要提醒，他也会说你弄那个干吗，你家缺这个？

曹：这赵老师是缺心眼。

倪：赵老师坐那儿，包子上来还很烫，你看赵老师。姥姥就这么盯着，干部怎么这样吃饭啊。姥姥说这是个挨过饿的人，也是个实在人。赵老师那天跟我讲，他说你书里写我吃了7个，我怎么记得我吃了5个。我说你从来都是记少不记多。我说弄不好姥姥还数错了，要我印象当中你至少得吃9个。我们家包子有这么大，垫着玉米叶，里面是那大肉块和白菜块的，姥姥包的那个皮里面得噙着那个油，那个油是酱油，是老酱，那个肉必须得是筋道的。你别吧嗒嘴啊。

曹：不是，我听着哈喇子都出来了。

倪：赵老师吃了几个，他怎么数得过来呢，但是姥姥数着。

曹：这个干部怎么到我们家吃这么多包子呢。

倪：对对。

曹：但是姥姥有个缺点，有点财迷，她书里头写了

倪：姥姥省了一辈子，穷得一辈子不舍得，特别是里面这些秋衣秋裤不扔。我说姥姥，我们单位回收旧衣服，无论是短裤长裤、短衣长衣，一件一百，你收拾收拾看看有什么旧衣服。姥姥一算瞬间就说，我有，有，有的是。27件，迅速就给我都拿出来了，这也不犹豫了，过去怎么动员你拖出来她又放回去你拖出来她又放回去，她也不穿。

曹：这一算2700块钱。

倪：当然你得马上兑现，而且我拿走之后说我们单位给你钱了2700元，姥姥说，呀，这一堆破衣服2700元，立马打电话给我小表妹，南城我玲玲表妹住着，"玲玲快点，你姐单位收衣裳。"玲玲还没来得及收拾，我姥姥就坐着车去了。97岁了，同志们啊，上玲玲家，现在年轻人什么旧衣服，不穿的破衣服有的是，姥姥收了52件。天那!

曹：又得付出5200元。

倪：玲玲给我打电话说，姐姐这出戏是不是又开演了。我说对，玲玲不可能给你5200，叫姥姥收拾吧，就一大包啊。

曹：姥姥有经营头脑。

曹可凡、倪萍

倪：绝对，但是我害怕。因为她这个电话很快就 0536 了，0631 啊，我大舅啊，小姨，大姨他们住的荣成张店啊电话号码，我一看显示器全有了，叫他们收拾衣服，她准备回老家去。

曹：回家等于把这村里的衣裳全给收回来了。

倪：对。

曹：你赚的这点稿费全付给姥姥了。

倪：而且老说中央电视台尽办好事。赶紧制止，我说我们单位停收了，等这个季节过了，下一个季节等了到冬天再收。姥姥心里很高兴，贪财。

曹：你记忆当中最后一次见姥姥是什么样的情形？

倪：姥姥那时候已经抢救两次了，最后一次是威海医院，那时候我觉得姥姥其实已经走了，我在那里站一天 8 个小时姥姥连看我一眼都没看。身上插满了各种管子。8 个小时我一秒钟都没有坐下。我其实是怕我心灵倒下，这是最要命的，我反复对自己说真的不能过分地在情感上生命上依赖一个人。真的不是怕坐下人起不来，是心灵倒下可能就起不来了。

曹：你书中也写到其实当你接到姥姥往生的短信的时候，那个刹那你倒反而心里挺平静？

倪：应该说早有准备。姥姥 60 多岁的时候整天说，好走了。姥姥的愿望是活到 70 岁就已经很好了。一下子过了 39 年，99 啊。姥姥真的，一生，我们说姥姥真的其实什么都不贪，姥姥是个特别不贪的人，但是晚年到最后我真的明显地感觉到她眷恋生命。用姥姥的话说就是，共产党真有本事，把日子弄得这么好，你说人活着还有个够啊。她那种感激可能每个人的角度不同，她眷恋生命，然后觉得没过够。

曹：在这样的场合我特别想让倪萍自己朗读当中一段。

倪：无数次地想过姥姥的走，我相信天最终是要黑的，我一滴眼泪也没有掉，只是不停地在纸上写着“刘鸿卿”三个字，姥姥的名字。我把写满姥姥名字的纸贴在结了冰又有哈气的双层玻璃窗上。“刘鸿卿”三个字化开了，模糊了，看不清了，升腾了，看着小姨的短信，心里想着半个月前在威海姥姥病床上见的最后一面，我这位认识了快 50 年的老朋友，我最亲的人，最爱的人最可信的人，一句话都没跟我说，甚至她都不知道我在她身边，我们就这样永久地分开了。从此天上人间。

曹：我还有最后一个问题想问倪姐，这本有关姥姥的书里面没有出现你跟姥姥的照片，取而代之的却是自己的画，当时是怎么想的？

倪：是因为想姥姥，姥姥生前最喜欢的两种花，都是最穷的花，一种是月季花，一种是栀子花,是最便宜的。姥姥走了之后,我就精心养着这两种花。也常常爱画这两种花。

曹:好多人都不信这画是她画的,我想现在是春节,姥姥在那个世界里就像倪姐说的一样也很冷清,我们没有看到过倪姐当场为大家作画,所以我特别想斗胆请倪姐在现场为我们,为姥姥画一幅画。

倪:但是要是姥姥知道这事,姥姥会怎么说?

曹:她怎么说?

倪:你是真能得瑟,你这么点本事还上电视得瑟。这点还都不算个本事。你们别笑话。

曹:大家不会笑话的对吧。我们欢迎倪萍给我们作画。

主持人串联:

王:说起童祥苓,就让人想到了现代京剧《智取威虎山》里威风凛凛的杨子荣。

曹:的确是这样,杨子荣这个角色是童祥苓老师艺术生涯当中最有光彩、最广为人知的一个艺术形象。可是我问你,你对他的太太张南云了解多少?

王:这我还真不知道。

曹:你不知道吧?我们掌声欢迎著名的京剧表演艺术家童祥苓、张南云老师!

童祥苓、张南云访谈:

曹:欢迎童老师,张老师,欢迎!告诉大家,童老师和张老师同年同月生,今年已经有76

曹可凡、童祥苓、张南云

岁高龄了。我考考大家,张南云这个名字的来历,她原来不叫张南云,她原来叫张兰云,大家知道是谁给她改的名字吗?一个人有幸让一位伟人,把她的名字给改了。

张:非常有幸!自己都不知道,我那天都傻了,领导让我参加一个晚会,我就去了。那天演的是《霸王别姬》,演完了之后,毛主席出来了,就走过来了。我就不相信自己的眼睛,我说真的还是假的,毛主席,我在做梦。他说,"我和霸王夫人跳个舞",我就更傻了,我不会跳舞。就跟着主席的步子走,老踩人家脚,我心里直跳、直害怕。主席笑笑,问我叫什么?我说我叫张兰云。"你应该叫张南云",他是湖南人,东南西北的"南"。当时人挺多的,都听到了。什么意义?好像很吉祥的意义,就是这个内容,我非常荣幸。

曹:我一直对张老师说,您太幸福了,您的名字是毛主席给起的,毛主席的脚还被您踩过,真不容易。所以您这双脚金贵,不能随便走,一会儿您踩我一下。童老师和张老师,他们俩从年轻的时候一直恩爱到年老,他们一生经历了很多曲折、磨难和坎坷,始终是相亲相爱。可是大家并不知道,他们当年并不是自由恋爱,他们是父母包办婚姻。

曹:头一回您见到童老师,您觉得他帅不帅?

张:我倒没觉得他帅,我觉得挺好玩。

曹:结果您就把他弄到家里,玩了好几十年,什么叫挺好玩的?

张:那天正好在汇报演出,我演《楼台会》,演完了之后,大家在后台就拿我开心,我说别闹,弄得我挺不好意思,我就卸妆了。等我下去,他在门口等我,我一看,我也没词,这人怎么这样?

曹:什么叫这样?什么意思?

张:长得不难看,说实在的,长得像个小外国人。

童:受到表扬了。

张:就是扮相受不了

曹:什么扮相呢?

张:穿着双排扣的列宁装。那时候都是女同志穿双排扣列宁装,他怎么穿女同志的衣裳?我再一看脚底的鞋,和卓别林大皮鞋似的,我就不好意思了。但是这人笑眯眯的,挺好玩。

曹:听说你第一次上张老师家,突然晚上停电了?停电之后出什么事了?停电之后,您都干了什么?

童:有一天晚上在那儿聊天,我丈母娘的床在那儿,对面有一个小床,就是她睡的。我们俩坐小床上聊,聊着聊着,啪,突然断电了,大家马上赶紧找。说了一会儿,电又来了,等一来,一看人没了,人哪儿去了?我一看,她跑她妈怀里去了。那时候说良心话,我还没有心存不轨。

曹：人家有戒心。

童：就是。

曹：他们俩结婚之后特别好玩，南云老师其实是一个非常内敛的人，听说您都不好意思叫童老师的名字，可是童老师就使坏，说您不好意思叫我名字，没关系，我教您说一个英文，您说英文，人听不懂，我知道就是叫我。结果闹一大笑话。

童：我说这个人太老实，拿她开开心。她那时候不好意思，叫名字有什么关系？她脸都红。就叫"喂"，后来我说，你别当着人老叫我"喂"，对人也不尊敬。这样吧，你叫我名字难为情，让人知道，好像太接近了，就叫我名字。我教你一句英文，我的名字翻过来的英文，我说"I love you"，她记住了，天天练。

曹：她后来怎么知道了？

童：我母亲后来到鞍山了，我母亲是教员，她会英语。进去说着说着，她就叫我了，"I love you"。

张：他耍我。

童：她一叫，我妈就乐了，她一看我妈乐了，有点不对劲。英语，我是不是说得不对？我母亲说对，挺对。

曹：娘俩一块儿糊弄你。童老师和张老师，他们最大的心愿是希望儿子能够继承他们的衣钵，能够把童家京剧艺术的香火传下去。可是非常遗憾，愿望一直就没有完成，能够为儿子做点什么，他们就做点什么。所以他们俩就决定，开一家小的面馆，才 50 多平米吧，张老师？

张：没有。

童：30 个平米不到。

张：厅大概有 14 个平米左右，摆 4 个条桌，包括后面的厨房和走廊，20 多平方米。

曹：当时你们是自个儿下厨，还是专门找厨师一块儿来？

童：刚开始的时候，倒是找个厨师，一个月下来，不对劲了，后来就我们俩自己干了。

曹：你们怎么分工的？你，张老师，还有胜天。

张：每天最晚五点钟起来，准时起来，我得赶上自由市场的便宜菜。我就和跑单帮的一样，脚踏车，前一包、后一包，我也不知道哪儿来的劲，也不怕摔，就能带那么些菜。

曹：您是一个艺术家，可是为了儿子的生计问题，老俩口开了饭馆，做了厨子，心里是不是有点觉得委屈？

童：我倒是不委屈。凭自个儿的劳动，不偷不抢、不坑不骗，就是好人。

《智取威虎山》剧照

曹：前两年童老师差点出现一个意外，出现了一个非常严重的疾病，可是戏剧化地转化了。

张：这一天挺有意思，我万万没想到他心脏病。老以为他……因为他就一个肺了。那天晚上，因为我睡觉不好，要吃安眠药，我睡着了。半夜里，我就听见叫声，我们家养了一条小狗，刚抱来一年不到，在他身上扒、叫。我们那小狗叫妮妮，我说妮妮你干嘛呀。我一看它，就这样都把我们叫醒了。这狗可救了他的命。到现在，这条狗就睡在他旁边。他晚上起来，它就先跳到地上，等他解完手，它再上床，看他睡好了，它再睡。

曹：所以那条狗真是他们家的救命狗。大家看了张老师，好像觉得富富态态的。其实我告诉大家，大家不知道，张老师一辈子为这个家，为丈夫、为孩子操心。她对我说了一句话，她说我一辈子的眼泪都可以用桶来接了。她一辈子操心、焦急，所以她的眼睛非常不好，她的眼睛是黄斑变性，而且中间的变性，是几乎接近失明的一个状态。

童：她视力只有0.01了，我夫人为我们家付出了一切。人家说嫁丈夫之后就享福，她嫁给我之后，真是一天福没享，跟着我净受罪，担惊受怕。另外现在眼睛还看不见。所以我心里非常内疚，她有时候说我老了怎么办？我说你老了，我就给你做拐棍。

张：你也别内疚，但是我也觉得我很幸福，我儿女都挺好，媳妇也挺好，尤其是小媳妇特别好，特别照顾我。但是他们越照顾我，我就觉得越应该做点什么，为他们做点什么，这是我的愿望、是我的幸福。

曹：今天非常难得的机会，两位艺术家已经久未登台，我也很久没有听两位老师唱戏了，现在我们用热烈的掌声来欢迎童祥苓老师和张南云老师，为大家唱一段《武家坡》。

京剧：《武家坡》选段(演唱：童祥苓，张南云)

主持人串联：

曹：我要问王冠一个问题，你知道在近三十年当中，哪一部中国电影，它的放映时间最长？它的观众人数最多？

王：我还真知道。您说的应该是《庐山恋》吧？

曹：没错。

王：您看当时的郭凯敏和张瑜，真的是那个年代的青春偶像了。

曹：偶像派人物。你知道吗？郭凯敏其实还和我们的一位主持人，那就是燕子姐姐合拍过一部非常独特的影片，叫做《邮缘》。今天我们非常高兴，请来了郭凯敏和陈燕华，我们首先请出郭凯敏。

郭凯敏、陈燕华访谈：

曹：大家都认识郭凯敏吧?《庐山恋》看过吧?

非常高兴郭哥能够参加我们这样的一个节目，我想现在拍电影的人都非常讲究票房，其实我想载入电影史的吉尼斯的一部影片就应该是《庐山恋》，这么多年它一直在庐山放着呢，而且当地的电影院也改名叫“庐山恋电影院”。

郭：对。

曹：能不能跟我们说一下当初拍这个戏的时候导演黄祖模怎么找到你的？

郭：因为我长的太好看了。

曹：有这么没羞没臊的吗？

郭：当时因为年轻，两对人都在选，完了以后我跟张瑜这一对确实用黄祖模导演的话来说就是两小无猜，透射出一种纯真。最后讨论了一个星期，终于决定了，就是我们俩了。

曹：其实当时来讲《庐山恋》这部片子突破了电影创作当中的一个禁区对吧。怎么讲，一个华侨啊，张瑜在里面换多少件衣服啊，你们又有一些接吻的镜头。

郭：什么叫一些接吻的镜头，就亲一下脸，“一些”你就说多了。

曹：当时你多大？

郭：当时是21岁。

曹：你还记得进组之后第一眼看见

《庐山恋》海报

张瑜,她留给你一个什么样的感觉?

郭:当时来说挺另类的。

曹:那个戏里头有一个镜头,刚才也说了,张瑜演的周筠在你脸颊上稍微亲一下。

郭:估计现在拍很难拍出来。就是两个年轻人那么纯洁、那么纯真,最后只是在脸上轻轻地碰了一下,耿华,也包括我郭凯敏在内,就热血沸腾起来了。他给了一个特写,导演黄祖模是一个恋爱的老手,这时候他知道应该抓谁,他把镜头紧紧地对准了我,所以亲了以后确实是有一股热浪,有一股热浪在涌动。人物啊,不是我本人,当然也有我本人的因素在里头。

曹:你不要狡辩。

郭:我觉得初恋的时候这一吻都是这样的。

曹:那个时候21岁嘛!

郭:就是美好,真的是美好,因为那个,许多年以后碰到很多观众,尤其是一些男观众,就为了这一吻还跑到庐山,去找张瑜这样的女朋友。

曹:这种人心理有问题。

郭:这个不能说有问题,当然很多人没有找到,但是他觉得就是这个环境谈恋爱是太美了。现在到处是车,人来人往的,这样的环境很难找。

曹:我记得大概是1986还是1987年我去过庐山。

郭:你也去找了?

曹:我没去找,我去看电影,我觉得在那个地方看《庐山恋》,那个感觉还真是不一样。

郭:那是,确实是不一样。

曹:其实当时所有的观众可能心里都有一个非常美好的愿望,因为电影里头看到郭凯敏跟张瑜两人卿卿我我,所以观众有一种这样的美好愿望,希望你们俩能够成一对,是不是当时也有很多人来说合这事?

郭:现在也有很多人说,你看你怎么没有跟张瑜成为一对呢?这怎么回事呢?老提这个问题。我就觉得证明我们角色塑造得很成功,是对银幕情侣的一种认可。因为银幕情侣跟生活中的情侣是两个概念。所以不能把它划为等号,划为等号就麻烦了,因为我演的戏跟张瑜合作过,跟龚雪合作过,包括跟陈燕华合作过,那我就麻烦了,你看我有多少老婆,那就忙不过来。

曹:美的你,人家不一定喜欢你,你喜欢人家,人家也不一定喜欢你啊。陈燕华就不喜欢你,陈燕华喜欢这种知书达理的。为什么说到陈燕华,因为后来郭凯敏跟陈燕华拍过一部桑弧的电影《邮缘》,是讲邮票的故事。今天非常高兴请来了我最崇拜的主持人燕子姐

曹可凡、郭凯敏、陈燕华

姐陈燕华。我们再次掌声欢迎陈燕华,欢迎燕子姐姐。

陈: 大家好。

曹: 当时主持人拍戏非常少,桑弧导演怎么就找的你?

陈: 我也不知道,其实在这个以前我拍过一些零零碎碎的戏,有很多时候电视台不让我去拍,因为主持人工作蛮忙的,所以不让我去。后来有一天电视台说桑弧导演要找你拍戏,他们同意了,所以当时我很惊讶。

曹: 燕子,那时候拍《邮缘》的时候郭凯敏其实已经挺红的了。

陈: 对,他是全国的当红小生。

郭: 不,那时候燕子姐姐更红。我们拍《邮缘》的时候走到哪儿,都有这么些的孩子都围着她叫燕子姐姐。当时桑弧导演定她的时候其实我也知道有个燕子姐姐,但是我觉得桑弧导演为什么要选择她来演这个《邮缘》呢?第一,我觉得她的脸长得像一个小狐狸。

曹: 有这么夸人的吗?说人家长得漂亮,长得像狐狸。

郭: 因为什么呢,很多女演员要么漂亮,要么像农村出来的。她不是。她也没有媚态,但是很有魅力,所以我就觉得桑弧导演选她选得特别准。因为我是一个迷途的羔羊,一个小狐狸在我面前,她可以引导我走上革命的道路。

陈: 这哪儿是哪儿啊。

曹: 人家陈燕华一辈子正儿八经,被你说成了小狐狸了。

郭: 我就是说她的脸,当时啊! 现在已经成大狐狸了,当时是小狐狸。

陈: 说相声了。桑导演就跟我讲你不要紧张,我找你就是看中你的气质。所以他这句话一说我就心定了，我就知道导演觉得我会像这个人物的。

曹：那个戏都是围绕着邮政局，要寄信啊，骑自行车。你们都要体验生活吗？

陈：他不用。我是邮递员嘛。

郭：我不用体验，她确实体验。一开始她自行车好像不大会骑。

陈：我不会骑自行车的。在这之前我是不会骑自行车的，我怕。后来桑导演说这个不行的，是一定要会的，学车特别辛苦，真的。

曹：郭凯敏，其实《庐山恋》之后，你跟张瑜当然都是非常走红。可是有很长的一段时间，郭凯敏在我们的视线中消失了。你怎么会在那时候离开上海这么优渥的生活条件，跑到海南去闯荡了？

郭：我想做导演，想干一番事业，选择了半天只有海南岛。它是一个发展的特区，一个新型的特区，到那里干一定成，就去了。

曹：在海南，这小哥们混得不大灵，从著名影星沦落为我们这行的主持人。你觉得自己主持的水平怎么样，跟我跟陈燕华比，怎么样？因为我们没见过他主持节目，我想想灵也不大会灵的。

郭：跟你没法比，我主持有我主持的风格，这个风格还没有展示，慢慢有了时间以后呢，我相信总有一天，我会在可凡策划的节目当中担当主持，我录一把。

曹：咱们说好了明年《可凡倾听》特别节目，郭凯敏就是我们的嘉宾主持人。

郭：那没问题。在座的观众朋友你们再来，过完兔年以后我们再来，我给你们好好主持一把。

曹：反正兔子的时间不长，兔子的尾巴长不了嘛。他这个人不认输。在海南其实你不算成功，后来自己开公司，我记得拍过一个电影叫《天伦》，亏了很多钱。

郭：因为现在电视剧已经开始产业化了，我们的老百姓已经在电视机前很习惯了，但是不要忘记，在电影院里欣赏一部电影是一个很难得的机会。今天能够认识我的在座的很多的观众，都是因为当年在电影院里看到了《庐山恋》，看到了《小街》，也看到了《邮缘》。今天我们这种美好的感觉逐渐消失在电视机前，一会做个饭，一会听个电话，一会聊个天，全打乱了，所以我们现在把很多的视觉，很多的注意力放在什么地方呢，《可凡倾听》了。

曹：感觉我是千古罪人。

郭：这是一个好事。

曹：其实今天我跟燕子一样很欣喜地看到郭凯敏同志走过一段弯路之后，又重新回到这个观众的……

郭：你说清楚，“这个弯路”是打引号的。你别说弯路，走过了一段不平常的路。

曹：对，今天我看到燕子，看到郭凯敏，燕子好久没有主持节目，也好久没有演戏了，特别希望你们俩《邮缘》之后能有机会再拍一部戏再续前缘。

郭：《邮缘》的孩子们，包括可凡也在，虽然你到时候可能演一个反派那也不一定。欢迎你参加。

曹：没事儿，拍《邮缘》没问题，我一直是圆的，上哪儿都是圆的。好的，再次谢谢郭凯敏，谢谢陈燕华，谢谢。

歌曲：《我有一段情》(填词：林海；演唱：曹可凡、王冠)

主持人串联：

王：听完上述许多嘉宾的谈话，我们的观众朋友们都说意犹未尽，所以咱们接着聊，接下来要请哪一位大人物呢？

曹：紧接着我们要请出的是著名京剧表演艺术家尚长荣先生。大家知道长荣老师的父亲是一代京剧大师尚小云先生，我们今天特别请来尚长荣老师，来聊一聊他的父亲尚小云先生，我们掌声欢迎尚长荣老师！

尚长荣访谈：

曹：我知道您的父亲尚小云先生比较讲究吃。家里专门有厨子为他做吃的，您记得父亲最爱吃什么东西？

曹可凡、尚长荣

四大名旦(后排左起:尚小云、梅兰芳、荀慧生,前坐者为程砚秋)

尚:我父亲他爱吃甜食。

曹:那时候你们家有特别的家厨。据说如果做得不地道,老爷子会生气,有时候拿厨子的手表摘下来扔地下。

尚:我父亲脾气很大。

曹:可是来得快去得也快。

尚:是

曹:你们家跟梅先生是什么样的亲戚关系?

尚:我母亲是梅先生的表妹,我外祖母姓梅。

曹:现在大家看到的是四大名旦难得的一张合影。他们之间的关系怎么样,你父亲跟你说过没有?

尚:这老四位一生当中只有一次合影,有几次都是三缺一。这次合影是在1949年建国初期,程先生坐在中间是我父亲的意思,老四,你坐下,咱们这儿一围,一边是我父亲,一边是荀先生,梅先生在后面。这是一张非常喜悦,非常和谐的四老的合影。

曹:您年轻的时候陪父亲演戏是不是紧张?因为您父亲拍舞台艺术的时候,《失子惊疯》里面的金钱豹就是你演的,我们先来看一个片断好吗?尚小云先生和尚长荣先生父子的一段影片。这是一段非常珍贵的影像。尚先生今年是71,这个影像是50年前拍的。那时候尚长荣先生21岁,父亲是62岁?

尚:61岁。

曹:61岁。父亲演戏一直是非常顶真的,跟老爷子在一起演戏紧张不紧张?

尚:应该说确实紧张,私底下就怵,上台也怵。现在归纳起来我觉得是私下是严父,舞台上是慈母。

曹:老爷子最后留下什么样的话给你?

尚:他没有留下什么话,但是给我们留下了一种精神,这个精神就是对事业的执著的追求,无悔的信念,这是应该说是给我们留下的最大的财富。

曹:您是花脸演员,作为尚小云的后人,是不是也反串过尚派艺术?

尚:应该说我们是抹油黑的,大花脸,窦尔敦、李逵、张飞,那么贴片子只有两次,幸亏没

有以旦角为专业,如果我要是以旦角为专业,现在这个形象应该是不堪入目了。

曹:告诉大家我们翻箱倒柜终于找到一小段,尚先生十年前反串尚派艺术的一个小的片段,我们让大家看一下。

京剧:《慨当以慷》(演唱:尚长荣)

主持人串联:

曹:今天当我们在谈论贺岁片的时候,大家比的就是票房,是不是?比较多的五亿六亿。

王:已经很多了。

曹:可是这样的票房,和有一部电影相比,那是“小巫见大巫”。

王:怎么说?

曹:我跟你说,有这样一部电影,当年的观众人数多少,你知道吗?

王:多少?

曹:1.2亿。你算一算,如果10元钱一张门票的话,票房就是12亿,对不对?如果按照今天100元钱一张门票,票房就是120亿。

王:天哪!这是什么电影?

曹:三个字,《牧马人》。

王:说来我有点印象,我记得当时这部电影是捧红了朱时茂和丛珊两位演员,是吧?

曹:而且你别忘了这部电影,还有一位老演员,他的表演相当出色,获得了当年度金鸡奖和百花奖的双料,最佳男配角奖。

王:他是谁?

曹:他就是扮演这部戏当中郭骗子的著名表演艺术家牛犇老师。

牛犇、朱时茂、丛珊、邬君梅访谈:

曹:我们欢迎!牛老师!牛老师已经78岁高龄了,还跟18岁的小伙子一样。

牛:虚岁。

曹:大家知道现在的演员啊,拍戏很多是为名为利,可是在你那个年代,拍电影其实就是为了吃饭。所以大家可以先听一下我们牛犇老师是怎么进入影坛的?

牛:我纯属是为了吃饭。我小的时候,可以说是在拍第一部电影之前,我没有吃饱过。我们这几个人一天只能吃两斤玉米面,吃窝头的时候得掰掉一点,给我妹妹吃的时候得掰

曹可凡、牛犇

掉一半，所以我们都是定量吃的，所以到现在你看，我倒是不错，那时候就开始减肥了。

曹：牛老师小的时候其实是哥哥嫂嫂把他带大的，因为他很小的时候父母就去世了，而且对于一个孩子来说，其实应该说这是一个非常大的打击。牛老师告诉我，他的爸爸跟他的妈妈在同一天去世的。

牛：对，一个上午一个下午。

曹：父亲在上午去世的？

牛：父亲是后得的病，母亲是先得的病，完了母亲是在下午逝世的，父亲是上午咽气的。

曹：父亲是什么病啊？

牛：父亲的病好像当时传说那叫瘟疫，就是传染病。母亲是产后病，结果母亲好像有点灵气，她说我知道你爸爸死了，你爸爸来叫过我了。实际上我们那个时候对一切都封锁，也不敢叫她听见声音，把她窗户都关上。但是她感觉你爸爸走了，我也要走了。

曹：就是夫妻间的这种默契。

牛：我从那个时候就失去了父母。

曹：后来是哥哥嫂嫂带你们去当时的北平投奔了你们的亲戚。

牛：我们就在那儿靠卖一个桌子，卖一件大衣，卖一个板凳，卖一个铺板，就这样勉强糊口。所以到现在我自己没有生日，我的生日是后定的。

曹：就是母亲去世之前也没有说清楚你究竟是哪天出生的？

牛： 没有。据说是我的一个小哥哥，就是把我的那个生日刻在木板上的，结果木板到了北京之后为了生活都给卖掉了，那木头还值一点钱的，于是给卖掉了，结果把我的生日也给卖掉了。后来我就是把我入团的日子作为我的生日了。

曹： 后来啊，牛犇老师的哥哥得到了一个驾驶员的工作，当时就在电影厂里头给这些明星们开车。当时他主要给谁开车呢，就是大艺术家谢添先生。

牛： 谢添先生是我进入电影的这个行当的引路人。没想到这一干就干了几十年，我的名字也是他给起的。

曹： 所以牛犇老师其实刚入行的时候跟两个人的关系非常密切，一个就是谢添先生，还有一个就是白杨老师。因为第一部片子就是在那个里面演一个小孩，到第二部片子牛犇老师就开始升级换代了，演白杨老师的小丈夫。

牛： 我是为了吃饱饭才进入电影界，但是是他们教会我怎么做人，怎么样来对待事业，怎么样对待我的朋友，特别是爱我的亲人。

曹： 牛犇老师有很多的名家给他写过字画过画，他都不挂在家里，在他的小小的书房里头有一幅字，是牛犇老师最珍贵的，那是谢添先生的作品。旁边还有白杨老师的一行小字，这行小字看着有点歪歪扭扭，可是已经非常不容易了，因为那个时候白杨老师刚刚中风出院。

牛： 当时他给我写了“春风无价”四个字，是倒笔书法。旁边就写着你长大了，有成绩了，但是不要骄傲，白杨说你在我们中间，友谊还是要珍惜的。后来白杨说，我也要写，实际上她手已经不能抬起来了，也拿不了笔了，但是她还是拿起笔，颤颤巍巍地写了几个字，她说，咱们的友情也是无价的。这幅字集结了我们多少年来的一种友情，怀念我们开始工作，怀念我们这几十年大家分别之后的思念，也怀念白杨老师最后的绝笔。

曹： 上个世纪50年代，当牛犇老师从香港回到上海以后，拍了很多今天看来是非常经典的影片，比如说《海魂》、《沙漠追匪记》、《山间铃响马帮来》、《苗家儿女》等等。在那些老艺术家当中，他还是一个小牛子，是最年轻的，而且是在整个组里头他是最最捣蛋的。现在您也78岁了，得好好交代一下这事儿。

牛： 实际上我现在都不敢太细说，细说了就变成教唆了。我们练马的时候看到一个坟头，里头那个墓已经给冲塌了。我再一看里头，有两个很完整的死人的头，骷髅。我就非常喜欢，于是我叫他们把马停下给我拿着，我就下去把这个骷髅给拿起来了。拿起来我就给抱着回家了。回家了之后我是对它爱不释手。

曹： 您怎么有这个嗜好啊，爱骷髅头，真是。

牛： 我想看看我的将来。完了我们那时候化妆都是三四点钟天没亮，还有的人更早。天很冷，大家都是昏睡中被叫起来拍戏的。女演员们化完妆要上厕所了，经过那个地方一看，“啊”就叫了，没到厕所就尿了。

曹：真够捣蛋的！

牛：后来全组批评我。

曹：还有最可恶的是什么呢，为了让这个骷髅更加逼真，他还抱着骷髅跑到牙防所去补牙，你说这……

牛：不是牙防所。

曹：牙铺？

牛：也不是，就是地摊上，拔牙的野郎中，我说我配一个模型上的牙，是一个标本上用的。他说你拿来我看看。我那时候装得很好，配了一个盒子，我到那里之后给它一拉开，把人家那个郎中吓得差一点没背过气去。他说我这都是给活人拔牙的，没给死人配过牙。我说我一定要配，他抓了一把牙说，你到后头去吧，你到后头自己配去吧。他说，你这样弄，我生意还做不做了。

曹：据说不久这个牙铺它就关门了。

牛：它就收摊了。

曹：大家都知道牛犇老师是一个电影演员，也许你们不知道吧，他还做过导演，而且是我们中国电视剧的先驱，上海有史以来第一部电视剧单本剧叫《玫瑰香奇案》，大家看过吧，这部戏就是牛犇老师的，他自己也导了一部非常有名的电视连续剧，叫做《蛙女》。其实牛犇老师做了很多的事情。我想牛犇老师给大家留下印象最深的大概就是《牧马人》当中演的郭蝙子，这个戏让你获得了很多的殊荣。今天我们非常高兴地请到了《牧马人》中的两位主演，那就是著名的艺术家朱时茂老师和丛珊老师。我们欢迎。大家今天能够看到《牧马人》一家团聚，非常非常的难得吧。

牛：很难得。

朱：非常感谢可凡，要没有可凡的话我们没有这个机会，没有机会见到牛犇老师，你要是再不见就不容易见了。开玩笑。牛犇老师太好玩了。

牛：可惜不能玩。

曹：要玩您就带回家玩。我想先问一下丛珊，我知道当时谢晋导演到中戏来选演员的时候，他有没有跟你说为什么会选你演这个角色？

丛：他没有说为什么要选我。他只是说需要一个，就是十六七岁，十七八岁这样的一种青春的气息这样的一张脸。

曹：牛犇老师你是不是记得刚进组的时候他们俩给你留下什么样的印象，你先说一下，当时朱时茂的脖子有那么歪吗？

牛：你别看他脖子歪，他眼睛不斜的。

曹：当时你们俩进组的时候谢导给你们安排了小品的任务，叫做《十年间的十个瞬间》，还记得你们当时是怎么去琢磨的？

朱：那一段时间，作为演员来说，我觉得是最难忘的那一段，把我们俩关到那里，而且当时我还真是，你说，丛珊当时是东方第一美人啊，我们俩在一块关了那么长时间，没犯错误，说明我立场很坚定了。

丛：抛砖引玉。

朱：对我们俩那十个小品我觉得最后谢导演还是很满意的。

曹：在这个戏当中有一个挺生活化的镜头就是脱土坯，我们来看一下。大家看了这场脱土坯的戏，其实原来的设计只是一个扫地，可是牛犇老师他这人爱管闲事，他觉得这个太普通了，他认为脱土坯这样的一个动作更为生活化。牛犇老师，是不是这样？

牛：我那个时候很坚持的，一定要叫她脱土坯。脱土坯可以表现她从这么一个弱女子到能承担起一个家庭，能够看到她这个人的成长。

曹：这部戏啊在那时候就有很多亲密镜头，今天看来好像是稀松平常，那个时候属于突破禁区。

朱：其实现在看来，就是我光着一个膀子，丛珊穿了一种小背心，那个背心，说实话就露

牛犇、曹可凡、丛珊、朱时茂、邬君梅

了一个膀子,那跟现在露的差多了。那现在敢露啊。

曹:但是那时候露的膀子有想象力啊!

朱:当时就是我在这里躺着,从珊就靠在我身上。

曹:别趁机,别趁机。

朱:完了就说了一段话,我们第一场戏有一个拥抱,对吧?

曹:据说那场拥抱开始拍的时候姿势老不准确,丛珊没拍完就哭着跑出去了。

丛:老不对,那场戏那可是费老了劲了。其实朱时茂在这之前跳过了很多,为了接近这样的人物关系,我们到了上影厂以后,他对我特别好。

朱:我经常在上影厂招待所带她去吃小笼包,还有烧卖。

丛:对,我第一次吃烧卖都是他带我去的。

朱:她说这个是什么,我说这是烧卖,还挺好吃。完了带她去吃上海小笼包,完了吃那个馄饨,又回来带她到上影厂招待所。

曹:我听出来了你派头蛮大的,请她吃的都还蛮便宜的。

朱:完了之后,特别好玩,当时我俩经常学一两句上海话,我说的我认为比较准的就是……

丛:当时有一个林师傅,是服装师,他跟我们一块深入生活,每天都叫他。

朱:"林师傅,电话。"对不对啊?我那个时候有时候也学,"朱时茂,电话。"完了之后,我说"丛珊,电话。"

曹:哎呀妈呀!

朱:刚拍完戏的时候我们俩打电话:"朱时茂侬在啥地方啊。"

丛:现在还说呢。现在也说。

朱:"丛珊侬在啥地方啦。"前面说几句,后面马上就接不下去了,因为上海话有时候挺好玩的

曹:有没有想过,当时丛珊可是第一大美人,东方美人嘛。

丛:没有,那时候一点也不美。

曹:有没有想过,在生活当中,如果跟她谈一场恋爱,也不错!

朱:就是。

丛:牛犇老师要说了。

朱:丛珊你说,你有没有这个想法?你从来没有告诉过我,你不要不好意思。

曹:丛珊从实招来。

丛:你先说。

朱：你当时有没有这个意思?

牛：你不要逼她了好吧，我来说。我和他们俩拍戏那么多次了，我倒没有感觉他们两个人有这种互送秋波啊，或者是搞这种语言啊。

丛：就是说没有潜规则呗。

牛：没有。要不就是我是上海人讲的“木知木觉”。

曹：木知木觉。你肯定木知木觉，你在的时候人家这“秋天的菠菜”怎么能送出去呢。

牛：所以我没有感觉，我觉得他们还是非常非常正规的。

朱：那是丛珊掩饰得比较好。

牛：如果他们心里头有什么，那我就不知道了。

曹：你别说，还是让丛珊说

丛：第一次见到朱时茂的时候，就跟大家看到的照片一样，我觉得，哎哟，这么帅的一个年轻人，这么英俊的一个小伙子。然后就坐公共汽车，我就一直在看。这个人长得很帅，今天的话就是说很养眼，一直在看他。就是朱时茂很酷，一直在那儿，眼睛根本就不看我，目视前方，不知道他的内心是怎么想的。反正我看了半天他，他就没看我。

曹：朱时茂同志，错失良机了吧。

朱：不是不是，当时我们在招待所，我要把她送回学校去，我记得我买的票，因为当时我比她年长嘛。

丛：买票的事他也记得。

曹：这是什么男人啊，还北方男人，买张票子还说是他买的。

丛：记了三十年，说明还是用了心的，用了心的。

朱：我当时只有一条，我和丛珊在一起的时候，不能让她掏腰包，一定得我掏腰包，不能让她花钱。

牛：你不是后来也报销了吗?

曹：漏底了。

朱：最重要的是我首先不能让丛珊感觉到我是一个色迷。

曹：他其实在想，我就是一个色迷，不能让她看出来而已。

朱：我不能老看她，我一定不能老看她。

丛：我一定让她一直看我。

朱时茂和丛珊

曹：别弯弯绕，就一句话，那时候心里面有没有存这样的念头？

朱：如果当时我没谈恋爱，那我跟你说，你跑不了！

丛：哎呦妈呀。

曹：劲爆啊，劲爆啊。

朱：我就是有这点自信。

丛：牛犇老师吓得都流眼泪了，你别这样。

曹：牛犇老师一听快哭了。牛老师，幸好那幕惨剧没有发生！

朱：但是，我跟你讲，当时丛珊的妈妈真的挺喜欢我的。

丛：我妈现在也挺喜欢你的。

朱：你妈真的挺喜欢我的，完了之后拍完戏到她家吃饭，丛珊她妈说，吃饭吃饭。做了很多的菜，特别高兴。

丛：老中青三代女性都很喜欢，所以我妈妈喜欢他很正常，我姥姥那时候要在，也肯定喜欢你。

朱：姥姥也喜欢我。

曹：也就是说朱时茂同志从年轻时候比较讨中老年妇女的喜欢。最近一段时间呢，朱时茂同志因长期受到丛珊同志忽略，所以呢……

丛：就移情别恋了。

曹：没错。他最近拍了一部新戏叫戒什么不戒什么？

朱：《戒烟不戒酒》。

曹：对，《戒烟不戒酒》！他找了一个新媳妇。我们来介绍一下，丛珊是他的旧爱，他今天胆大，旧爱来了，还带新欢。我们有请朱时茂同志的新欢、我的好朋友邬君梅。坏了坏了，俩女人得掐起来，把棍都带上了。

邬：朱时茂，电话，电话。等一下，等一下，我是上海女人嘛，上海女人要有点腔调吧，我看你的脖子往哪歪。你把我往哪儿按吧，我们俩坐一起。

朱：对！对！你们俩坐一起，我不能坐中间，我坐中间不知道脖子往哪边歪。

曹：对。牛老师吓坏了，您坐这里安全。一位东太后，一位西太后啊。

朱：牛犇老师太好了，太知道我怎么想啦。

牛：好就好在我一贯地爱成人之美。

曹：挺好，朱时茂同志把今天家里的A角B角全请来了。你先介绍一下你们怎么个事？

朱：我们也有事吗？这个我们俩和君梅。

邬：脖子往我这边歪了？

丛：这全身都歪了，不是脖子歪了。

曹：他是心歪了，然后带着腰一块儿歪了。

邬：他汗都出来了

曹：丛珊跟邬君梅她们个性当中最相同的是什么地方，最不同的是什么地方？

邬：这有什么可比性呢。

朱：有可比性。

邬：不是他每句话你都要答的嘛。

朱：我要答。你这个笑特别像咱们那个电影里头笑场了。

曹：我发觉朱时茂今天蛮十三点的，不晓得什么道理。

朱：她经常笑场，你知道吧，笑场拍不下去，有一个镜头拍不下去了。

邬：没有，我现在的确在想比丛珊要，要怎么讲，要 HAPPY。丛珊可能比我含蓄一点，我呢就是有时就会跟茂哥去要求。

曹：你要求什么呢？

邬：我饿了，他马上巧克力递过来。我说我有点累，好，最高级的温泉，那个 SPA 去按摩，对吧，然后我说最近又想吃点什么新鲜的东西，好，什么最贵的这个这个……

曹：你太没出息了，要我就是，茂哥，最近手头有点紧。

朱：但是我给你讲，我和君梅说了，我们这个电影，如果票房超过亿，就送她一辆车。

丛：牛犇老师看不下去了。牛犇老师说。

曹：牛犇老师看不下去了。

牛：今天你没喝酒吧。

邬：他戒烟不戒酒。

牛：今天说得倒蛮直白的，但是我相信，在我认识朱时茂这么多年里头，他没有过这种表现，我还不记得他有。

丛：重新认识了你。

邬：朱时茂是一个很多情的正人君子。

牛：对，这跟他的心里、跟他的外表是一致的。

朱时茂和邬君梅

曹：您这么夸他。我们告诉大家，茂哥的这部《戒烟不戒酒》2月3号大年初一，就已经在全国放映了，希望大家能够踊跃地买票去支持他，其实也不是为了支持他，是为了邬君梅能够得到100万的车，我为什么这么惦记这个车呢，知道吗，我想要。我为什么要呢，我儿子是她干儿子，她还从来没送我儿子什么东西，我得把车给要过来。

朱：搞了半天为了你啊！

曹：所以大家踊跃买票啊，为了我们家儿子，拜托大家。

邬：拜托拜托。

主持人串联词：

曹：王冠，你也知道在过去的一年当中，我们中国的足球界是经历了大风大雨。

王：是。我觉得说到足球界，有一个足球人不得不提，虽然在这个过程当中，他遇到了很多的磨难，但是他依然对足球事业充满了一种情怀，而且培养了一大批的足球名将，他就是非常著名的中国足球教练徐根宝。

徐根宝全家及弟子艾迪、顾超、王燊超访谈：

曹：现在让我们以热烈的掌声，欢迎中国著名的足球教练徐根宝先生和他的弟子们。跟大家介绍一下，今天徐指导带了他的三位队员，艾迪说两句上海话给大家听听。

艾：大家好！

曹：我认识徐指导差不多有20年，我觉得徐指导一直就没变，永远那么年轻，相貌好得不得了，我头发都白了，他仍然乌黑。大家猜猜，徐指导多大岁数，大家猜得出吗？徐指导自己揭个密，今年多大？

徐：67岁。

曹：67岁啊。

曹：大家知道，徐指导在2000年的时候，就在崇明办了自己的根宝足球基地，当时他有个非常响亮的口号，叫“打造一个新的曼联”。当时徐指导怎么会想到要做这样一件惊天动地的事情？

徐：2000年的时候，我从大连回来以后，想到中国足球要上去，一定要从青少年抓起，要有自己的球星。所以我提出来，足球明星的摇篮，走向世界的希望。所以当时的思路就是想以上海为主，在崇明基地，提出来十年磨一剑，缔造中国的曼联。

曹：我想问一下，当时你们一共投资花了多少钱？你自己投了多少钱？问银行借了多少钱？

曹可凡和徐根宝一家

徐：当时我拿了四五百万，2000 年拿四五百万。

曹：2000 年四五百万很值钱。

徐：房产是最低谷的时候。总共我想了一下，用七八百万，想把基地办起来。越搞越觉得是一个无底洞，最后搞到向银行贷款，所以总共向银行贷款了 2300 万，加上我们投资的总共 3000 多万。

曹：这样的话，每个月要还银行多少利息？

徐：130 多万，现在还欠了 2000 万，还在还利息。

曹：到现在，徐根宝的名下还欠着 2000 多万？

徐：欠银行 2000 万。

曹：所以大家给徐教练一点掌声，他为足球奋斗了十年，不仅没有赚钱，身上还背着 2000 万的债，而且他今天依然对足球有信心。

徐：当时正是走一步看一步，最大的问题就是资金问题。他们来了以后，这都是第一期的，来的时候是 11 岁。第一年交了 600 元，后来实在顶不住，我让家长再增加 200 元。经济问题是一个最大的问题，好在当时我基地里面盖了一个宾馆，还能做一点生意。

曹：告诉大家，他们宾馆有一样食物非常有名，是我们根宝教练自己创造，叫“根宝馄饨”。

徐：那个馄饨主要是给他们吃的，因为我在北方待了 30 年，做饺子、和馅儿，我是和得很好的，所以我做给他们吃，后来都感觉到好吃，就给客人吃了。

曹：你和的馅儿跟人家和的馅比，有什么秘方没有？

徐：秘方?反正我又不是做馄饨生意的。

曹：让我们下面的很多阿姨学一学。

徐：20斤荠菜,10斤青菜,因为荠菜比较干,一定要10斤青菜,有点水,和出来才有点水分。猪肉少一点,10斤,和馅儿。80个鸡蛋,2斤虾米。

曹：他的馄饨是蚀本的。

徐：还要1斤榨菜,完了放1斤香油,因为我们人多,机器不停地和,不停地加上去,所以谁吃了都说好吃。

曹：徐指导当时把这些孩子招进来的时候,我是见证人,可以说我是看着他们这批队员慢慢地成长,因为10年前我就去徐指导的基地,他当时给那些孩子们都取一个国际球星的名字,有马拉多纳、有贝利,艾迪叫什么?

艾：那时候叫贝利。

曹：顾超呢?

顾：我是布冯,那个意大利的守门员。

曹：你呢?

王：卡纳瓦罗。

曹：还有罗纳尔多,你跑到那儿,感觉都是国际球星。但是大家看到,这10年来,其实那些球员的发展非常好。比如说今天传来一个好消息,徐指导的得意门生张琳芃获得了一个非常重要的称号。

曹可凡、徐根宝

徐：亚洲评最佳新星有10个，其中有我们国家队的张琳芃，以前我们中国的新星是没有的，希望他能成为真正的新星。

曹：我想问一下，这10年当中，其实队员的流失还是很多，我记得当年差不多有97个，最后留下24个。孩子们还很小，他们的文化学习怎么样？他们的精神生活，你是怎么给他们安排的？

徐：除了学习就是训练，晚上做夜实习，完了就睡觉，就是这样的生活

曹：我知道徐指导对自己的队员是非常凶的。顾超，你觉得呢？他发起火来不得了的。

顾：我觉得徐指导在训练场上绝对是一丝不苟，对我们非常严厉。

曹：他最凶凶到什么程度？比如对你最凶，凶到什么程度？有没有屁股上踢你一脚？

顾：有时候会有。

曹：踢上来厉害吗？

顾：还可以。毕竟徐指导年龄比较大。

徐：踢不动。

曹：徐指导说我年纪大，踢不动，年纪轻的话，你们有得苦了。徐指导是一个非常执著有毅力的人。他当时的口号是打造一个曼联，所以曼联是他脑子当中一个至高无上的目标，不仅要求他们的队员要达到曼联的水平，连他们的基地养条狗也叫曼联，吃得消吗？我今天把这条狗带来了。

徐：曼联，这里。

曹：灵的。你们穿得太花，它刚刚都跟着你们走。这条狗很听话的。徐指导介绍一下你们家曼联。

徐：这是2004年、2005年正好中秋，把名字起了。我当时想了半天，起什么呢？最后给它起了个叫曼联。为什么呢？让他们知道，我们的目标是打造中国曼联。是这样来的。

曹：了不起！徐指导你奋斗了10年，就像你刚才说的，其实你没有想到10年以后，今天我们中国足球的状况是如此令人担忧，如此糟糕，你后悔不后悔当初投了这么多钱，借了银行这么多的钱，去做这样的一个事情？自己当初定的所谓“根宝模式”，这条路究竟对不对？

徐：实际上我是没后悔的，当然我没想到我们的足球会到现在这个现状。我想搞足球的人，很多人没有想到。但是现在是低谷，总有一天要反弹上去的。

曹：比如说这两年相继有一些队员被卖出，当然你可以收获一些钱，张琳芃还卖出不错的价钱。我想问一下几位队员，你们心里怎么想？对于留和去，心里是什么想法？艾迪。

艾：张琳芃本身值这个价格，因为他本身有这个实力。如果将来我也能到达他那种实力

的话，我相信应该也会有这样的球队对我感兴趣。

曹：你觉得现在你自己可以值多少钱？我们变人口市场了。

徐：你说好了。

曹：不要怕，便宜不会把你卖掉的，你放心。

艾：100万以内。

曹：顾超，觉得自己值多少钱？

顾：300万。

曹：你为什么比他贵200万？

徐：他是国奥队队员。

曹：哦！他是国奥队队员。

曹：王燊超，你觉得自己值多少钱？

王：我觉得也300万。

曹：徐指导快点卖掉，三个人700万了，今年过年好得不得了。你给我5%好了，也有35万。真的如果那些队员全部卖出的话，第一说明徐指导教练有方，是成功的，但是心里面是否也会有一些不舍。这些孩子，都是自己花了这么多心血。

徐：我希望他们能在一起打造一个中国曼联，如果我有条件的话，我肯定把他们留下。但是没有这样的条件，就像刚才我说的，他们在外面发展更好，我肯定是放他们走的。

曹：徐指导，你在崇明奋斗了10年，现在回过头去看这10年走过的路，你觉得自己是成功还是失败？

徐：我应该是成功的。我最成功的就是，我们夺回了上海失去26年的全运会的冠军，这是我10年为上海足球做出的成绩。

曹：你还能够奋斗10年的话，你还想达到一个什么样的高标杆？

徐：现在的标杆就是，我要把我的技术风格打造出来。因为中国足球缺少的是一条，走什么技术路的风格。我现在的"抢逼围，接传转"这六字风格，就在他们身上去实践。我相信两三年以后会实现。

曹：刚才我们听了徐指导和他的弟子们对于足球的情怀，我想大家一定也想知道，徐指导几十年几乎在他生命当中最重要的一个词汇就是足球。他的家人对徐指导是怎么看的？今天我们也非常高兴，把徐指导一家都请来了，现在我们就掌声欢迎他们。

曹：徐指导的太太李丽芬老师，这是他的宝贝孙子，然后他的儿子、儿媳妇。现在他们家辈分最高的是他，你给我们说，爷爷对你好吗？

孙：好的。

曹：好在哪里？

孙：心里。

曹：你怎么知道他心里很好的呢？爷爷平时带你出去买东西、吃饭，去吗？他帮你买最好的玩具是什么？

徐根宝和孙子

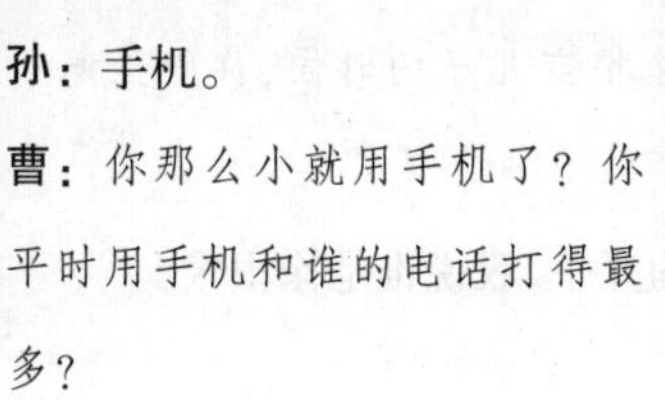

孙：手机。

曹：你那么小就用手机了？你平时用手机和谁的电话打得最多？

孙：没打。

曹：爷爷白买了。你想不想以后也做一个非常棒的足球队员。

孙：想的。

曹：你最想到哪个队去踢球？

孙：中国队。

曹：中国队，厉害！

曹：李老师当年也是一个非常优秀的运动员，她是个游泳运动员。其实我知道徐指导平时对家里关心不是太多的，所以家里基本上是李老师在那儿操持。您眼中的徐指导是一个什么样的人？

李：他是一个对足球事业非常执著的人，在足球领域里面，他是……

曹：最牛的？

李：不是最牛的，就是说在中国的足球事业上做出了一些成绩。因为他几十年了，痴心不改，到现在60多岁了，别人都劝他说不要做了，但是他还是要继续做下去。

曹：徐指导，如果带的队成绩不是太理想，甚至我们经常说他有过几次黑色的遭遇，他一般回到家里是什么样的状态？我们特别想知道。

李：他的状态，我觉得还是比较好的。不管怎么样，睡觉还是睡得着。

曹：我再问一下徐震，15年前就跟爸爸一起上过我和袁鸣的节目。当时我们就说徐震很帅，可以做主持人、可以做演员，而且歌唱得非常好。

徐震：我那次唱了个《奉献》，15年前。

曹：徐震说说你眼中的父亲是一个什么样的人？

徐震：我经常开玩笑说他，我说你除了足球，什么都不懂，这也是开玩笑。但是我觉得他比较疯魔，对足球有一种感情在里面，但是如果不疯魔的话，也做不好这个事业。就是这样，他心思都在上面。

曹：郑灵，眼中的爸爸是什么样的人？

郑：他在我眼中是完美的男人，是粗和细的结合。刚刚你们说他不太顾家，我觉得不是的，他其实非常非常顾家，虽然人不在家中、身体不在家中，但是心从来没离开过。所以我觉得他有他很细腻的地方。

曹：你和徐震谈恋爱的时候，当你知道眼前的男孩是徐根宝儿子的时候，你心里怎么想？

郑：说实话，我真不懂足球，所以当别人说他是徐根宝的儿子，我说谁是徐根宝？

曹：他说徐根宝是跳舞的。

郑：那时候我们在英国是同学，我打开网站想查一下徐根宝是谁，结果一看全是负面消息，毁林事件啊，那时候心里很害怕的，更要命的是他还欠银行贷款几千万。

曹：完了，嫁到他们家，就变成童养媳，得还钱。你现在觉得有没有压力？爸爸说了他还欠着两千万。

郑：没压力，我觉得钱都是身外之物。第一他能做自己喜欢的事情，我很开心。第二，我觉得他是一个非常完美的公公、爸爸。

曹：太好了！大孙子过来，他不容易，帅吧？今天长得比贝克汉姆还帅。过年了，对爷爷说一句什么样的吉祥话？

孙：祝爷爷新年快乐!

歌曲：《问心无愧》(演唱：译男)

主持人串联：

曹：王冠，你知道吗？在四川成都有一位被称为巴蜀鬼才的著名作家，叫做魏明伦。咱们魏老师特别聪明，10岁开始唱戏，而且喜欢舞文弄墨。十四五岁的时候，青春懵懂期，他喜欢上了当时一位挺有名的电影演员，偷着给人写信，那女演员居然还给他回信。鱼雁往来，可是他们俩从来就没有见过面。

王：我特想问你，曹老师，这女演员到底是谁？

曹：王冠，你挺八卦的。我这儿先卖一个关子，我们先请出巴蜀鬼才魏明伦！

魏明伦、李萌、秦怡访谈：

曹：魏老师虽然是个子小小，可是文采大大。魏老师刚在成都举办了他从艺60年的活动，其实他今年只有70岁，但是他从事文化艺术工作有60年。

魏：已经有一个甲子了。

曹：大家知道他是一位杂文家、剧作家，但是他在十几岁的时候，还是一个懵懂少年的时候，就对电影非常感兴趣，他喜欢看电影。并且通过一部叫做《夏天的故事》，对这部戏当中的一位主要的演员，产生了非常浓厚的兴趣。

魏：这个女主角是长春电影制片厂的演员李萌演的。

曹：这位就是李萌老师年轻时候的照片。

魏：我看了这个电影以后，我对女主角，忽然产生了同情。一个是对这个演员有好感，因为当时我很小。

曹：当年你多大？

魏：我大概14岁左右。

曹：这位演员当时比你大多少？

魏：以后通信，她告诉我比我大8岁。

曹：是不是也是懵懂少年有一种青春的情怀？

魏：一种青春躁动。所以我就写了一封长信给李萌。

曹：这么多年，他和这位李萌通过很多的信，他今天带来信的底稿还在，一会儿给大家看。是因为在汶川地震的时候，成都也震得很厉害，结果把他家的书橱全部震倒了，结果发现他十四五岁时候写的那封信居然还保存着。但是他们半个多世纪，彼此从来没见

曹可凡、魏明伦、秦怡、李萌

过，所以那次文代会，他在京西宾馆对我说，他这生有个最大的愿望，希望他能够找到李萌。我们先来看一段李萌老师的电影。

曹：刚才这个就是《夏天的故事》，李萌老师真是非常漂亮，经过我和崔永元牵线搭桥，人终于找到了。皇天不负有心人，而且今天我把李萌老师也请到了我们的现场，我们掌声欢迎！李萌老师，请坐！李萌老师，您告诉大家，您今年高寿？

李：77。

曹：是不是还和照片里年轻的李萌老师一样漂亮？没想到找到李老师以后，发现李老师其实家住得离我很近，后来我陪着魏老师去了一次，魏老师去了又回来，吃醋，他说你想我找她找了50多年，结果我们俩去了以后，她对我一点没什么感觉，她好像变成你的粉丝了。

曹：李萌老师是不是还记得，当时有这样一个四川的少年给你写信，你还热情回了信？

李：写信的人很多，还是有一点记得的。

曹：其实李萌老师今天给他面子，说好像还是有点记得，我问她，她说我根本不记得了。今天魏老师把当年写给李萌老师的信都带来了。

魏：这是第一次写信给她的时候，有照片，寄的照片。我也给她寄了照片。

曹：李老师，你记得收到过这些照片吗？

李：是比较多的照片，信很多，有那么大一麻袋信。

魏：我就埋藏在麻袋里面了。

曹：这个信很有意思，我给大家念几段，挺有意思的。有一个评价，特别是对《马兰花开》这部戏："虽然镜头不多，但你仍然忠实地塑造了这个角色，掌握住了马兰第二的特性，比较完整地给予了她另一种精神风貌。"

魏："我希望能再得到你一张照片。"她第二次就给我寄了这张照片。

曹：大家听到信的最后，其实是有点那个意思的，我们都听出来了。李萌老师，那时候演员接到很多观众的来信，你们会挑选其中的一部分，给他们回信吗？

李：挑的。因为没有那么多时间回，反正找几封必要的就回一回。我记得还有两个中学生，十六七岁，给我印象很深很深。但是他是北京的学生，到那边去录音了，我回过信的。

曹：李萌老师演的那么多影片，刚才说了，《夏天的故事》、《姐姐妹妹站起来》，其实最值得一说的，也是今天我们想来说一说的这部老电影，就叫做《马兰花开》，我们先来看一段片子。当中我们看到很多老演员，有高博，有穆宏，还有浦克老师，那几位前辈都已经去世了。我们今天非常高兴，大家看到我们画面的右下角，著名的电影表演艺术家秦怡老师，我们欢迎秦怡老师！秦怡老师，您记得有多少年没有见过李萌老师了？

秦：很多年了，有30几年了。

曹：刚才看到这个画面上《马兰花开》的电影，可能今天的人谈得不多，其实这是一部非常有意思的电影。您回忆一下，当时一块儿拍电影的一些场景。

秦：我记得因为我演马兰，首先要学会开推土机，因为她最后成为一个推土机手。当时可是真难，我平常早晨要三点钟起床，把发动机烤热了，从住的地方一直开到工地，然后再开推土机。能够这样做了以后，我就可以拍戏了。

曹：当时在拍摄的过程当中，李萌老师给您留下一个什么印象？

秦：她开始的时候小可怜。

曹：什么叫小可怜？

秦：她什么都不知道，什么也不敢，不晓得应该怎么样了，什么都不合适。她演得很好的。

曹：当时你是一个年轻的演员，周围有这么多的大艺术家，秦怡老师、穆宏、高博、浦克，拍戏的时候是不是挺紧张的？

李：还可以，我不紧张。他们都对我非常好，他们都有点像长辈一样的。像高博，有时候经常会说我的：你看你怎么这儿的带子也没系好，那个地方怎么了，像说孩子一样的。穆宏很严肃，但是也非常好，像一个老爸爸样子。挺好的，组里的老演员都非常好。我是最年轻的，刚刚20岁出头点。

曹：今天我们见到秦怡老师，都非常高兴，秦怡老师已经快90岁了吧？

秦：89岁。

曹：而且她比我们年轻人还忙，前不久她又干了一件非常了不起的事，把当年的黑白无声电影重新推向观众，而且是模拟当年放无声片的感觉，请了几位老外在那儿现场演奏。

秦：现场配音。我们无声影片不少，好的也不少。所以我就想，无声影片都躺在那儿，也没有用了，慢慢时间长了以后，这些影片都要坏掉了，我们也来举行一次。

魏明伦和李萌

一个电影工作者自己工作了这么长的时间,也热爱电影事业,现在拍戏也少了,应该做一点事情。

曹：所以在这里我们也通过这个节目,向大家呼吁一下,请大家多多支持我们秦怡老师做无声电影的工作。今天我们现场或者电视机前的观众,我们都很有福气,在这样的节目当中,我们能够和89岁的秦怡老师、77岁的李萌老师,还有70岁的小弟弟魏明伦老师共度春节。

独脚戏:《上海滩四大"杯具"》(表演:曹可凡、舒悦)

舒：曹老师。

曹：舒悦。

舒：今天非常开心！又是新年。

曹：对的。

舒：新年新气象。

曹：不错。

舒：你让我穿着长衫,戴着眼镜,而且到《可凡倾听》的特别节目,来和你一起搭档,我是心里无比开心,你真的是属于挑挑我。

曹：不用客气。我们两个人是很要好的,尤其我老婆非常喜欢他,是他的粉丝。

舒：为什么？到《可凡倾听》来,大家知道都是大牌。

曹：你也是牌。

舒：我是什么牌？

曹：大家一看就知道,麻将牌。

舒：对的,我是麻将牌,曹老师倒不像麻将牌。

曹：那我像什么？

舒：你是放麻将牌的盒子。

曹：我还要差。

舒：好的,你是包罗万象。曹老师,你是电视台工作的？我想问问你看,电视台四个最厉害的朋友,你知道吗？

曹：这倒有点冷门,不大知道。

舒：最厉害的四个人。

曹：要么我算一个？

舒：不算的,你一点都不厉害。

曹：我那么差吗？我这个身材，还不厉害？

舒：不厉害，在这四个人面前，你属于不厉害的。

曹：你说说看，哪四个人？

舒：第一个，宣克灵。

曹：我知道了，《小宣在现场》，这个人怎么厉害？

舒：宣克灵只要在你面前一站，你家里就有突发事件。

曹：这倒很吓人的，对的。

舒：有一段时间网上不是说吗？曹可凡家里被偷了。

曹：网上都是胡说八道，人家小宣说的事情都是真情实事。

舒：对的，小宣有一次电视里采访，我看见的，不过不在你家里，他在你家里的下面，你们家不是住三楼吗？

曹：对的，我们三楼。

舒：他在二楼的邻居家里。

曹：他干什么？

舒：他说观众朋友们，今天我在曹可凡家邻居这里，我想为大家报道一件事情，他们家邻居住在二楼，因为曹可凡住在三楼，他们就一直没有晒到过太阳。

曹：为什么呢？

舒：这是什么问题呢？后来了解下来，是曹可凡只要把那条内裤晾出去，他们家就晒不到太阳。

曹：瞎说有什么好说的？哪里有那么大的？

舒：不管怎么说，这个人厉害吗？

曹：这个人厉害的。也就这个人，我们电视台也就这个人。

舒：有的。

曹：还有谁？

舒：第二个，我不说，我去打扮一下，出来你就认识了。

曹：要打扮打扮，看看，我们等一下。大家掌声欢迎！很吓人的。

舒：认识吗？这个人都不知道，大家告诉他，我像谁。

曹：谁？像倒是有点像的，有点像。柏万青，柏阿姨。

舒：柏万青厉害的。我先学给你看看柏万青阿姨《和谐热线》的讲话好吗？你看，柏万青阿姨说起话来，你们大家注意，就像一个台灯在茶几上没有放稳，快要倒下去了，有个人挡一把。

曹：那么吓人？

舒：你试试看。观众朋友们大家好。

曹：倒有点像的，像吗？掌声鼓励一下。

舒：观众朋友们大家好，又到了《柏万青和谐热线》，今天我们到杨浦区去看一看一个老伯伯，可怜，四个子女都不去看他，大家去看一看好吗？

曹：像吗？灵的。你对柏万青柏阿姨研究得那么深，你倒说说看，为什么柏阿姨的调解，基本上成功率比较高？

舒：为什么？我看过的，她有三部曲，有套路的。

曹：哪三部曲？

舒：第一步，海燕、杨蕾说话的时候，她不说话的。

曹：她在干什么？

舒：她在看稿子，一只眼睛看。

曹：她为什么一只眼睛看？

舒：一目了然。

曹："一目了然"是这么说的？

舒：全部看好，稿子放好，她说了。凭良心说，我老实告诉你，一夜夫妻百夜恩，百夜夫妻似海深。

曹：最近海参很贵的。

舒：因为过年了，谁跟你说海参？

曹：你自己说"海参"。

舒：我是说一夜夫妻百夜恩，百夜夫妻似海深，感情深。

曹：比海深，是吗？

舒：柏阿姨说话的时候，话不要多，不要插嘴，让柏阿姨说下去。"海参"，因为过年了，所以价钱，我被你搞昏了。

曹：这你不能怪我的。这是第一步，第二步呢？

舒：一看没用，柏阿姨第二步就是哭。

曹：柏阿姨哭，非常有威力。

舒：你们现在都这样，生活好了都不珍惜，当初我在江西的时候，我和毕东两个人。

曹：等一下，毕东是什么东西？

舒：她老公叫毕东杰，她发嗲，叫他毕东。

曹：我牙齿都快掉下来了。

舒：和毕东两个人那么苦都没有分开，你们现在。

曹：这是干什么？

舒：轧苗头。轧下来假如没用。

曹：还有什么办法？

舒：第三步。

曹：第三步是什么？

舒：厉害了，好了吗？一直下去了？我们是电视台，你们知道吗？我们那么多时间给你们烦？说不好就不要说了，来干什么？我在电视台，我不能说，我脾气很大的，我有甲亢的。

曹：有甲亢吓死了？

舒：甲亢吓死了。你别看这三步，很派用场，人人都喜欢她这三步，这三步上去，基本上可以破镜重圆，可以达到和谐的社会。

曹：也就差不多了，小宣、柏阿姨，就这两个人厉害，没有了。

舒：还有第三个人，第三个人是谁？我要去扮一扮。

曹：这个人怎么那么忙？朋友，新年新势，不要吓人，像拍《聊斋》、《画皮》。喂，真吓人，隔夜饭呕出来。

舒：你认识我吗？

曹：你究竟是谁？

舒：《陈蓉博客》。

曹：你哪里像陈蓉？你像狗熊。

舒：陈蓉老的时候就这样的。

曹：你不要瞎讲，陈蓉就在隔壁。

舒：她在隔壁啊，我没讲过哦。欢迎大家来到我们现场，我们的金鱼缸。

曹：喂，哪里有金鱼缸？玻璃演播室。

舒：玻璃放点水就是金鱼缸。

曹：再放点水草，你胃口那么好，透明演播室。

舒：请坐。金钱可以买到豪华的大床，但是买不到睡眠。

曹：晚上有点睡不着。

舒：金钱可以买到药品，但是买不到健康。

曹：有点三高脂肪肝。

舒：金钱可以买到爱情，但是买不到真正的感情。

曹：这个女人真凶，凶得不得了。

舒：你都知道，大块头，你是太。

曹：有点不知轻重。

舒：既然他都知道，就这样，陈蓉今天就给大家讲到这里，节目结束了，谢谢大家！

曹：好了。

舒：还有第四个厉害的。

曹：不可能的。

舒：有的。

曹：第四个就轮到我了。

舒：干什么？

曹：你不要讲，现在我倒知道像谁了。

舒：像谁？

曹：跟我倒有点像。

舒：我不是你。我是谁你知道吗？

曹：你是谁啊？

舒：万峰。

曹：怎么那么吓人？

舒：万峰，愤怒主播。

曹：喂，请问是万峰老师吗？我有一个事情对你说一下。

舒：说？

曹：不要那么凶，我过去的女朋友，她把我甩掉了，我后来又谈了一个，现在准备结婚了，她现在又回来找我了，我就搞不清楚，是和现在的结婚，还是和原来的结婚？

舒：你有智商吗？

曹：有一点。

舒：我说你的脑子怎么长的？这个问题太简单了，不用问，对不对？你如果和以前的女朋友再好，现在女朋友怎么办？你想一想。人都有七情六欲，人都有感情，对不对？你懂都不懂，我告诉你，你如果这样的话，你不要打电话进来。

曹：你怎么那么凶？我跟你说，你怎么可以这样对我说话？

舒：我就这样说话。

曹：人总是有七情六欲的，总是要遇到选择的，对不对？究竟选前面一个、选后面一个，我搞不清楚，所以才问你，你那么凶，你这个混蛋。

舒：万老师，谁是万峰？

曹：弄昏头了。

舒：所以说你别看这四个人，我们说是厉害的人，但是他们真正为和谐添砖加瓦。

曹：不错，所以像这种节目，我们电视台应该多办一点。

舒：多办一点，有些节目，电视台倒是可以不用办了。

曹：他说得对，有些节目办没意思，浪费钱、浪费精力、浪费大家时间？

舒：有一档节目，我认为是不要办了。

曹：你说什么节目不用办了？

舒：《可凡倾听》。

曹：去你的。

主持人串联：

王：我觉得曹老师，您刚才和舒悦的表演真的太有意思了。

曹：滑稽吗？

王：我真没想到，这只是网上的一个说法，你们一笑而过就行了，还把他们4个人聚在一起？

曹：对。刚才这个不稀奇，我们只是一个节目，把4个人凑到一块儿，我们要完成网民的一个心愿。

王：您还想怎样？

曹：把4位都请到我们的节目现场。

陈蓉、宣克炅、柏万青、万峰访谈：

曹：首先欢迎宣克炅、陈蓉两位！小宣，你好！大家发现电视台只要有一些突发状况的报道，大多是由小宣来完成的。我特别纳闷，很多突发事件发生的时候，你怎么能在最短时间里赶到现场？这个讯息，你是怎么得到的？

宣：可以向大家透露一下，其实我们有一个新闻的爆料系统，叫62870000，在这里做个广告。我们有很多的市民，每天给我们打进来几百个电话。其实我们说民意无穷，我们还是要发动我们的观众、我们的市民，给我们提供线索。也非常感谢大家，有这样的机会。真的，过年了，应该说拜个年。并不是说我站在大家门口，就一定是坏事。

曹：但是好事也不大多。

宣：没有。其实我觉得这是一个刻板效应，把我给刻板化了。其实我要澄清一下，并不是因为有我在，所以有这些事情，是因为有这些事情，才有我在。

曹可凡、陈蓉、宣克炅、柏万青、万峰

曹：你做了这么多的突发事件的报道，有哪一两件事，让你今天想来，还是非常感怀的？

宣：曾经有一个送奶工，他非常平凡。他早上四点多钟进入小区之后，结果脚踩到了一块玻璃，伤到了动脉。结果他就坚持着，在整个小区里，把所有的牛奶全部送完之后，才离开这个小区。所以早上的时候，很多居民发现小区里面都是血脚印，经过我们报道之后，这个事情引起了不小的反响。很多的市民、观众，包括我们上视编播部，很多记者、主持人，都到他家里去看望他、帮助他，给他一些物质上的关心。另外一个，也积极帮他张罗医院，希望能够通过社会各方的努力，能够给他一些温暖。目前，他还在康复的过程当中。我想这样的例子是非常多的。

陈：这个例子很巧，我做过一次晚会，当中就有提到送奶工的故事，他其实不是光负责这一个小区。后来这个小区送完之后，他实在坚持不住了，门房劝他赶紧去医院。他还打电话，让他的亲戚把其他几个小区的奶全都送完。真的很不容易。

曹：你的家人，比如说你的父母，或者说你的爱人，是怎么来评价你做的工作？小宣，你的工作真的很吓人。

宣：其实我的爱人也是读新闻出身的，她能理解我的工作性质。但是经常占用她的时间，她也有微词。

曹：她最严重的微词是什么？

宣：就把我关在门外，不让我进。

陈： 以后我们去现场。

曹： 如果发生被挡在门外的时候，直接进《幸福魔方》。

宣： 好的。

陈： 其实我想知道，你有没有被人威胁过，甚至被人打过，有吗？

宣： 这种情况不少。

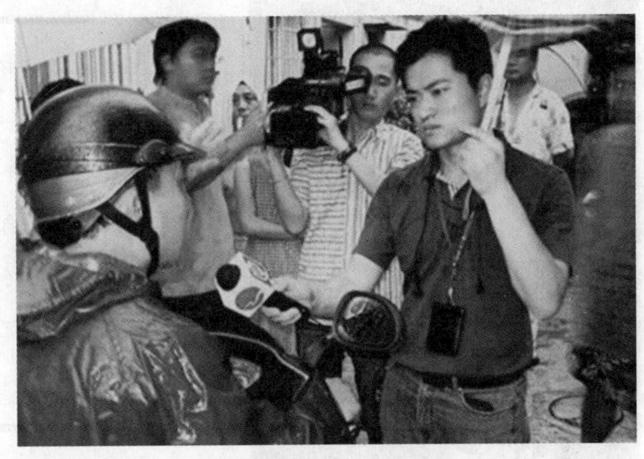

宣克炅在采访现场

陈： 你打得过他们吗？

宣： 我们有的时候有一个原则。我们是求片子不求气。我们要把我们的工作做好。那我觉得我们做舆论监督，或者社会新闻，平民报道，都是与人为善。这个基本原则，我们一定要坚持。

曹： 说得非常好。小宣的很多报道，大家都觉得他为什么老是找别人的茬，其实新闻工作者、新闻单位只是起到一个舆论监督的作用。我们所谓的曝光，不是一个目的，而是一个手段，我们的目的是能够让整个社会更加和谐起来。

曹： 接下来我们再来说说陈蓉的《幸福魔方》。陈蓉做主持人也有10多年的时间，我一直对陈蓉说，这么多年，我看她这么一步步走过来，我最喜欢她在《幸福魔方》里的那种比较淡定自若的状态。

陈： 其实说实话，当时接的时候没想这么多，但是当我录完整个样片之后，我没想到看第一期样片时我就哭了，真的哭了。我是一个哭点算蛮高的人，可凡知道，并不是经常在节目当中秀自己情感的。

曹： 她其实很冷漠的，笑倒经常笑，哭不大哭的。

陈： 当我哭完，擦干眼泪的时刻，我好像也重新开始了一样，还是蛮享受的。

曹： 做了这么多的节目，你能不能给我们一个故事，是最触动你、最打动你的？

陈： 来求助我们的这个女孩，她叫丢丢，是一个大学毕业刚刚工作没几年的女孩子，丢丢希望我们帮她讨回她的一个电话号码。我们觉得很奇怪，这是怎么回事？她说这个电话号码是她的前男友的，两年前就停机了。但是在这两年当中，她一直给这个电话号码发短信，她把自己开心的、不开心的、想要倾诉的、内心真正想说的话，都用短信的方式发给这个号码。当然这个号码从来没有回过，她只是一种排解。忽然有一天，这个号码又给了别人，是个陌生人，她希望我们节目组帮她讨回这个电话号码。

陈蓉在主持“幸福魔方”

让陈蓉难以忘怀的这个情感故事，是一段凄美的爱情经历，患有白血病的男孩和对此毫不知情的女孩相恋，不料爱情尚未开花，生命却已陡然凋零，女孩懊悔，自责，将走不出去的哀思寄托于一个失去主人的号码上。在节目的帮助下，女孩终于有勇气放下沉重的心理枷锁，答应送别过去，笑迎将来。

陈：在去年大概9、10月份的时候，我们《幸福魔方》开过一次座谈会。突然一个女孩站起来，说，陈老师，我想说两句可以吗？我都没有认出她来。然后她说我是丢丢，你还记得吗？因为她瘦了很多，而且完全变样了。她说我已经和现在的男朋友订婚了。那时候我们真的很开心，我们节目组所有成员站起来给她鼓掌。我们在当时节目现场，还不知道做完节目会对她的人生有怎样的影响。我们只说了自己想说的和该说的，但没有想到时隔大半年时间，我们真的改变了或者影响了丢丢。

曹：所以我们说“月有阴晴圆缺、人有悲欢离合”，生活依然是充满温暖的，生活依然是充满阳光的。所以要谢谢小宣，也谢谢陈蓉这样的新闻工作者，谢谢你们！

曹：接下来我们要欢迎我们的老娘舅柏万青柏阿姨和愤怒主播万峰大哥。欢迎！柏阿姨。欢迎！万峰大哥，谢谢您！如果问现在上海滩哪一个主持最红，那就是非柏阿姨莫属。柏阿姨出来以后，把我们专业主持人全部比下去，凭良心说我很吃醋的。

柏：你们是正规军，我是野战军。

曹：一般正规军都被野战军吃掉的。柏阿姨现在非常时髦，她是上海市人大代表，现在开了微博，在征求广大网民的一些建议。你的调解很有特色的，大家都喜欢看，但是我也搞不清楚，你自己想，为什么你的调解总归比较有效？

柏：我想第一个，我对当事人有一种同情心，不管他们吵架很凶，人品也很差劲，但是我就是心痛他们。一天到晚这么吵，又不为什么事，吵了闹、闹了吵，离婚结婚、结婚离婚，我很心痛他们，好好的日子不过，就是喜欢吵。

曹：你看见光火吗？我有时候看见你经常会光火的，我告诉你们，柏阿姨有甲亢，不是好弄的。

柏：有些不讲道理，是要骂的。

曹：我们总结过，她有三个诀窍可以达到顺利调解的目的，第一她是以理服人，我觉得你非常讲道理。是不是在调解之前，法律的条文，包括他们的故事，前前后后的关系，都要摸得非常清楚？

柏：一般人要吵架，都是觉得自己对的，不对，我和你吵什么？正因为认为自己是对的，所以吵。两个人吵的时候，你有理、我有理，你也不听我的、我也不听你的，就对上了。我们属于第三方，等于三点，三角形，就平衡了，就知道矛盾的症结在哪里？到底谁对谁错？至于法律，我是不如裴蓁、张兆国，他们是专家。所以观众不了解，认为柏万青法律又懂、什么都懂，实际上很多是现炒现卖的。

曹：第二个就是以情动人，我觉得这也是柏阿姨的杀手锏。"我告诉你们，那时候我们在江西苦得不得了，我们也从来没有想过离婚，你们两个小鬼。"我倒想问问，你老爱人觉得你烦吗？家里不照顾，老是飞在外面，忙得不得了。她现在节目比我还多，所以我这两年，我单子上看奖金都很少，我问领导，我的奖金怎么那么少？没办法，都给柏阿姨发奖金了。你老头子要烦吗？

柏：老头子怨的，怎么不怨？我说心里话，我今年也63岁了，总归想退休，人家说人到中年万事休，总想退了休，和老头子一起出去玩玩，散散步，锻炼锻炼身体。没办法，他怨，但是我儿子好。假如我回来晚了，或者双休日、礼拜天不在家里，他就会不理我。我本身又很累，回去又不理我，难过吗？我儿子好，找他好好谈了一谈，他说妈妈现在没有办法，叫她停也停不下来，还不如面对现实，不要去怨她，不要增加她的压力，你反过来帮帮她。所以现在老头子凭良心说，家里的事情都是他做，所以也知道了，没有办法，要面对现实，有什么好吵的？吵是不会吵，主要是脸色难看。

柏万青在调解

曹：吵，柏阿姨自己会调解的。大家知道吗。但是我们大家也很关心你的身体，大家知道你有甲亢，你现在身体怎么样？

柏：甲亢，现在基本上指标已经保持一年半，已经基本上平衡了。但是我也知道不能太累，一累就会复发。所以我也很注意，针灸、按摩，中药一直吃，还可以。老头子家里都管了，自己总归保证每天8小时睡觉，所以还可以。

曹：还不错，我们要祝柏阿姨身体健康，为我们的社会和谐多做贡献。从新的一年开始，我们的万峰大哥也将加入到《新老娘舅》?

万：仅仅是微博。

曹：大家知道万峰大哥是愤怒主播，网友也很滑稽，说最好柏阿姨的对象是万峰，柏阿姨刚刚说了，他不要看我，他觉得我年纪大了。

柏：我们真的很要好，也不会吵架。我们平常大家都很要好，也是朋友，但是我们也不会吵架，态度都很好。

曹：万峰大哥。我最早听他广播，那时候他在杭州，广播做得非常火。我一直不明白你为什么一直愤怒?其实生活当中不是那么愤怒的，他生活当中很多情的，对人也非常和善，可是他在电视上，凭良心说吃相是有点难看。我妈说一看见万峰出来，她怕的。我们想知道，你为什么老那么愤怒?

万：我是看到有些人和事，不得不让你愤怒，不过我还得向柏阿姨学习。虽然我上海话能听个八九不离十，我不知道刚才听错了没有。我觉得真的要向柏阿姨学习。还有一个，我和柏阿姨也许有个共同点，什么共同点？除了厉害，还有一点，我们俩都是感同身受，我们能体会到，好像站在对方的立场上来想。

曹：是不是有的时候，有时候我看你的节目，是不是有时候觉得你也有一点武断？人家其实还没有说清楚，“我告诉你，混蛋”，他就把电话给挂了，什么事情都没有弄清楚。

万：不。

曹：是误解吗?

万：你们可能是误解，因为你不处在我这个位置，你不理解。因为做节目做多了，对方一瞪眼，我就知道他想说什么话了，可能有点吹。但是比方说我说他混蛋，你说有些事情是不是混蛋?上回也碰到这么一位，那时候做《相伴到黎明》。他说，“半个多月以前，我到成都出差”，我说“好，出差就出差。”“我遇到一件麻烦事。”我说“怎么了”?“我和成都一个小姑娘一见钟情，我这边上海还有一个同居半年的女朋友，怎么处理？”把我气得，我说你混蛋，我就把他电话挂掉了。柏阿姨，这种事碰到柏阿姨，肯定她也火。这些当事人就是不读书、不看报、不学习，你有什么办法？无知。

柏：不是，主要是一根筋搭住。

万：用杭州话说，脑子搭住，或者筋别住，所以这个事情没办法。

曹：我们有时候单位里的同事，大家一起说起万峰大哥，我们一直在琢磨，万峰是不是所有的场合都是这么愤怒？比如说他在家里，面对娇妻，表达自己爱意的时候，也是用这种口气，“亲爱的，我非常爱你，海枯石烂心不变，奔流到海不复回”。

愤怒的万峰

万：我告诉你，那是计一彪，不是我。

曹：你用正常的表达方式，让我们看看你柔性的一面、温柔的一面，面对娇妻，你怎么表达你的感情？

万：不是面对娇妻，比方说我做节目的时候，确实往往有时候也被节目的一些人和事感动。说说有时候你不相信，可能大多数人流泪的时候，我不流泪；可是有时候别人不流泪，我倒流泪。真的，有时候反着来的，当然也不一定是反。比如刚才我就对记者说了，2008年不是汶川地震吗？有一个很有名的小乞丐、小女孩，好像肢残，不能完全站立，一瘸一拐地够到捐款箱投钱，一说这事，我真的要流泪，我现在鼻子都酸了。我真的看不得这种事情，残疾小姑娘往上投钱。我不作秀，我真的不是作秀，我一说到这事，三四遍了，不说则已，一说，我鼻子就要发酸。每个人的内心，可能都有柔软的地方。汶川地震，小姑娘投钱，我说一次，鼻子酸一次。你可以说我没出息，但是的确，也许每个人的灵敏度，某一处的灵敏度不一样。

曹：其实在生活当中，柏阿姨也好，万峰大哥也好，他们都是特别人性化的，尤其是我们柏阿姨，特别好玩。柏阿姨多才多艺，她唱歌好得不得了，你们听过吗？《少年壮志不言愁》，凭良心说，柏阿姨再年轻点，没刘欢什么事。我们欢迎柏阿姨《少年壮志不言愁》！

柏：我唱歌不行，和他唱一个《夫妻双双把家还》好了，我喉咙不行的，我唱戏可以。

万：我可不大会唱。

曹：谢谢二位！凭良心说，你们唱完《夫妻双双把家还》，回到家里出什么事，我们不管的。

万：第一个就要找你。

曹：我们再次欢迎我们四位，他们被称为是上海滩四大"杯具"，他们要说一下如何通过他们的工作，把"杯具"变成"洗具"？

陈：首先我从来没有对号入座，觉得是"杯具"之一，当我看到有这样的"四大杯具"的段子之后，我分别转发给了这三位，"杯具"是他们。这三个人没有一个回应我。我觉得自从做《幸福魔方》以来，2010年是我收获最大的一件事情。大家看《幸福魔方》，我们的宗旨是幸福，所以你一定不会是"杯具"的。

宣：其实我觉得我在现场的时候，并不一定全是"杯具"，我希望通过我们的报道，能够给我们的电视观众带来"洗具"，能够给他们雪中送炭。

柏：这不应当是"杯具"，正因为你在电视台看到你妈妈找我，有柏阿姨这样一调解，"杯具"变成了"洗具"。所以凡是家里有"杯具"的，都来找我柏阿姨。凡是家里要吵架的，为了防止"杯具"的发生，找老娘舅调解，就不会产生"杯具"。

万：我没有认为找我就是"杯具"。我觉得可凡兄，真是，你也很有创意。网上把我们4个人连到一块儿了，吓我一跳，其实很多事情不需要找我，往往找我是什么问题呢？想不开。如果事情都想开了，肯定就不是"杯具"。

曹：说得太好了，所以说，他们的工作，都是给社会带来了一个最好的正面的效应，那就是变"杯具"为"洗具"。所以我不让他们拿着杯子，我今天给他们准备了4份"洗具"，有请上海滩"丝瓜筋"，洗澡派用场的。我们请他们4位悲喜人物，拿着"洗具"给大家拜个年。

陈：我们四位在新年里给大家送"洗具"来了，祝大家新年快乐，家和万事兴。

主持人串联：

曹：在我们的娱乐圈，有这样一对兄弟，哥哥是名主持，而且他的英文歌唱的也是一等一流，弟弟更是歌坛的常青树，他演唱的那些抒情歌曲可以说是首屈一指。

王：曹老师，您这么一说，我大概能猜出来，应该就是张菲和费玉清兄弟俩吧？

曹：说得没错。

王：不过说实在的，我觉得他们俩，不管是外貌还是气质，完全都不相同。

曹：今天我们非常高兴，把哥俩也都请到我们的节目当中来，首先我们欢迎费玉清小哥！

费玉清、张菲访谈：

曹：小哥，你好！欢迎你再一次来到《可凡倾听》节目，谢谢！新春佳节，给我们的观众朋友们先拜拜年吧？

费：是的，今天上你的节目，真是太荣幸了。在这儿借宝贵的机会，对各位说一声新年快乐、合家团圆！

曹：很多朋友都想问，为什么你们哥俩，你长得这么清秀，可是你哥哥张菲怎么就长成那个德性？

费：说来也奇怪，我长得像母亲，哥哥长得比较像父亲，好像就这么分别起来。

曹：小时候你们打架吗？

费：我们小时候倒不会，他倒挺让我的，小时候我比较跋扈一些。

曹：他说你经常对他恶作剧，把他的鞋弄坏？

费：是。有的时候互相会把最心爱的东西弄坏。小朋友就是小心眼，他最喜欢什么，我就把它弄坏。当然其实现在回想起来，他还是让我的地方很多，因为他如果真的出手很重的话，父母就会来干涉。当然我个头比较小一点，现在我越长越大，还比他高了几公分。

曹：他告诉我有一段时间，他有一些情绪低落，你是不是也会开导开导他，让他释怀一下？

费：我的哥哥？他在这方面来讲，好像也没有我说话的余地，因为大家的领域不同。虽然改变不了对方太多，但是有机会的时候，坐下来，还是要讲一些心里话，觉得可以让对方修正。我们以观众的角度来看，如果哪里过了一点。但是当对方听着听着，今天有心情听

曹可凡、费玉清

的话，还好，万一今天毛不顺的时候，我们也是成熟的兄弟姊妹，懂得适时往后退一下，赶快转一个话题。

曹： 你在大陆这么红，他会不会有点吃醋、嫉妒你？费玉清在大陆这么红，每年都来赚我们的钱。

费： 哪里。其实承蒙大家的厚爱，对我这种唱有点年份的歌，大家都不嫌弃，觉得是一种时光的回味，所以我就一路从南唱到北。受到你们的照顾，心中铭感五内。各位朋友心目中，觉得费玉清的抒情歌还不错，偶尔愿意走进来我的世界里的话，我就感到非常满足了。谢谢！

曹： 刚才小哥说了很多他眼中的菲哥，我们来听一听菲哥眼中的小哥，是一个什么样的人？

张： 小时候吵架的时候动作比较多。他会撕破你的裤子，把你新买的皮鞋头可以磨穿掉。结果第二天我上学看，哎呀，大脚趾怎么跑出来了。我一看，很气，只好穿着破鞋子到学校去，袜子都跑出来了。这鞋头可以磨通掉，你看那个恨。那个麦芽糖有这么可恨吗？因为我偷吃了他一根麦芽糖。下次过年的时候放炮，他有一件新衣服，我点了个小鞭炮就往他衣服上丢，"啪"一下烧一个洞。那一年我过得特别开心，要报仇嘛。

费： 奇妙了。他还记得这么多小时候的事。

曹： 看来菲哥有点记你仇？

费： 是。我有的时候也恶作剧，我们家都很怕蟑螂，尤其是大的蟑螂。夏天他光着膀子在写功课，我就灵机一动，吓吓他。咬芒果皮，咬了一个菱形的，感觉像蟑螂那么大小，因为红色的皮。我说蟑螂，说时迟那时快，丢出去，粘在他的背上，他又弹不掉。结果我就笑，弄了半天，假的，那时候不得了，追我，把房门要踹开，开门，我就死拽着门不放。这是我记得有一次，弄得他满脸通红，吓到了。现在当然了，想起这些往事，我曾经也很不好意思。

曹： 我另外想问你，菲哥对我说，他刚学会开飞机没多久，你居然就敢坐他开的飞机，而且居然开到一半，一边的引擎都坏了？

费： 来了个强迫降落。

张： 真是无巧不成书，飞啊飞，飞到半空中，在海上的时候，剩下7分钟要到机场了，噗噗噗，(引擎)没声音了。

费： 他挺沉着的，他知道我万一有什么紧张的话，还真的说不定，还有两三层楼高，我就往下跳。

张： 哦，噗、下降。条件非常差，噼里啪啦，里面都有软木，树一大堆，烂泥巴这么深，整个飞机一半陷在泥巴里。

费：尾巴甩起来泥巴，从头到尾都是泥巴，满地还有很多螃蟹。怎么选这个地方下降？全身弄得一塌糊涂。

张：“噗通”一下就踩到这边，“你怎么降落在这里？”他还把我骂一顿，他都不知道我救了他。

曹：大家别看菲哥和小哥互相抬杠，其实他们哥俩是兄弟情深。《可凡倾听》每年特别节目都有一个主题，今年叫做“我有一段情”。我记得小哥在演唱会上，也曾经唱过这首歌，我们现在就欢迎费玉清先生把这首《我有一段情》送给观众朋友们。

歌曲：《我有一段情》(演唱：费玉清)

图书在版编目（CIP）数据

可凡倾听. 龙前虎后/《可凡倾听》栏目组编.
上海：上海人民出版社，2011
ISBN 978－7－208－09915－9

Ⅰ. ①可… Ⅱ. ①可… Ⅲ. ①名人－访谈录－世界－现代 Ⅳ. ①K812.6

中国版本图书馆 CIP 数据核字(2011)第 057776 号

责任编辑　崔美明
特约编辑　施中宪
封面装帧　陈　楠
封面绘画　王向明
封面题字　程十发

可凡倾听
——龙前虎后
《可凡倾听》栏目组 编
世纪出版集团
上海人民出版社出版
（200001　上海福建中路 193 号　www.ewen.cc）
世纪出版集团发行中心发行
常熟新骅印刷有限公司印刷
开本 787×1092　1/16　印张 23.5　插页 2　字数 422,000
2011 年 7 月第 1 版　2011 年 7 月第 1 次印刷
ISBN 978－7－208－09915－9/G·1431
定价 40.00 元

图书在版编目(CIP)数据

可凡倾听：走向世界/《可凡倾听》节目组编.
—上海：上海人民出版社,2011
ISBN 978-7-208-09915-9

Ⅰ.①可… Ⅱ.①可… Ⅲ.①名人-访谈录-世界-现代 Ⅳ.①K812.6

中国版本图书馆CIP数据核字(2011)第057076号

责任编辑 [illegible]
特约编辑 [illegible]
封面设计 [illegible]
[illegible]
[illegible]

可凡倾听
——走向世界
《可凡倾听》节目组编
世纪出版集团
上海人民出版社出版
(200001 上海福建中路193号 www.ewen.cc)
世纪出版集团发行中心发行
常熟新骅印刷有限公司印刷
开本 [illegible]
2011年7月第1版 2011年7月第1次印刷
ISBN 978-7-208-09915-9/K·1481
定价 48.00元